# マーガレット・フラー

## 近代への扉──ジェンダー、階級、そして人種

上野 和子 著

金星堂

# フラーと家族

(2) フラー生家
少女時代の家ボストン・ケンブリッジポート (Charles Capper 1)

(1) マーガレット・フラー
アロンゾ・チャッペル銅版画、『著名人の肖像画ギャラリー』The Miriam and Ira D. Wallach Division of Art, Prints and Photographs:/the Print Collection of The New York Public Library エヴァ一ト・ディーキンク出版 (NY 1873)

(4) フラーの死後、集まった家族
左から時計回り、アーサー・フラー、ユージン・フラー、マーガレット・クレイン・フラー、リチャード・フラーエレンフラー・チャニング (John Matteson)

(3) ジョヴァンニ・アンジェロ・オッソリ（フラーの夫）(Joan Von Mehren)

# 目次

## 凡例

1. 訳者の記述のないものはすべて、筆者の翻訳。
2. フラーの原文に倣い、アメリカ先住民族は「インディアン」と記す。
3. 人名および事項の原語表記は索引に付す。
4. ［ ］括弧内の記述は、筆者の補足。
5. ［……］括弧内は、筆者の省略

# 序章

マーガレット・フラー（一八一〇―五〇）は超絶主義者、[1]先駆的なジェンダー論の思想家、そしてジャーナリストとして、十九世紀のアメリカで最も重要視された知識人のひとりであった。ラルフ・ウォルドー・エマソン（一八〇三―八二）やヘンリー・デイヴィッド・ソロー（一八一七―六二）と共に、彼女は優れた超絶主義者の代弁者であり、女性の修養と権利を明言した著作『十九世紀の女性』（一八四五）は萌芽期のアメリカの女性運動に強い影響を与えた。フラーは、アメリカの女性で初めて『ニューヨーク・デイリイ・トリビューン』紙（以下『トリビューン』紙）のコラムニストとなり、またアメリカの女性で初めての外国特派員として、イギリス、フランス、イタリアに駐在、トーマス・カーライル、ウィリアム・ワーズワース、ジョルジュ・サンド、ピエール＝ジャン・ド・ベランジェをはじめとする多くの著名人、そして革命運動家ジュゼッペ・マッツィーニ、アダム・ミツキェヴィチ等に会見した。一八四〇年代、北アイルランドに端を発したジャガイモ飢饉、それに続く小麦の凶作、産業革命の進展と新産業都市におけるスラムの増大、各地に頻発した紛争や革命を克明に報道した。

特に、イタリアン・リソルジメント（第一次独立・統一戦争　一八四八―四九）には公私ともに関与し、フランス軍に攻囲されたローマから報道し、アメリカの人々を驚愕させた。一八四八年、フランスの二月革命から始まりヨーロッパ各地に拡大した革命は、民族の独立と民主的な近代国家の樹立を目標としたが、台頭する中産階級、民主主義者や社会主義者の集団は、旧勢力である王族と官僚、巨大な金融ブルジョワジーと衝突し倒れ

(1) アメリカの思想家、哲学者ラルフ・W・エマソン（コンコード公立図書館）

(2) H・D・ソロー『森の生活』「市民の反抗」1856 銀板写真 Benjamin D. M 1856

ていった。前者は民主主義と自由放任の資本主義を標榜し、後者は保護主義的資本主義で武装したが、個々の革命は、民族主義的偏見や地理的利権の対立にも阻まれた。フラーは最後まで理想や希望を棄てず、アメリカ型の共和制民主主義をヨーロッパでも実現させたいと訴え続けたのであった。

けれども、一八五〇年七月、フラーはイタリアから帰国途中、海難事故で亡くなった。当時、友人であった詩人エリザベス・B・ブラウニングは次のように述べた。「フラーと一緒に海に沈んだローマ共和国革命史の原稿は、完成していなかったと思う。完成していても、それは社会主義者の真っ赤な血の色に染まっているだろうから、必ずや英米両国の保守派の狼をおびき寄せ、敵意の牙を駆り立てたことだろう。だから、沈んでしまってよかった」(EBB Letters 1 459–601) と。フラーと、若いイタリア人の夫ジョヴァンニ・アンジェロ・オッソリ侯爵（一八二一―五〇）、そして一歳の息子、すべてがエリザベス号と共に、ニューヨークのファイア・アイランド沖に沈んでしまった。この突然の事故により、マーガレット・フラーはアメリカで一番有名な女性となった。小説家ヘンリー・ジェイムズ（一八四三―一九一六）は七歳の頃、午後の散策のためマンハッタンからフォート・ハミルトン行きのフェリー船上で、ワシントン・アーヴィングが父ヘンリー・ジェイムズ・シニアへ近づいたかと思うと、フラー一家溺死のニュースを伝えたことを鮮やかに覚えていた (James 1 259 MFW xvi 155)。

ヘンリー・ジェイムズによれば、十九世紀のアメリカ人にとって、超絶主義者、奴隷制度廃止論者、そして女権拡張論者であることは、どれひとつとってもスキャンダラスなことであった。ところが、フラーはそのすべてに当てはまった。その上、一八四八年ヨーロッパ諸国に頻発した革命の時期に、ヨーロッパで社会主義者や革命家たちと共に行動していた。当時、未だ保守的で地方色の濃いニュー・イングランドに帰国できたとして、彼女は果たして歓迎をうけただろうか？　当然、エマソン、J・F・クラーク、W・H・チャニングが編纂した『フラー回想録』（一八五二）は、当時の〈お上品な伝統〉をふまえて修正されていた。

だが、フラーの熱狂的なイタリア革命擁護の記事に感銘を受けていた人々にとって一番の興味は、なぜ、アメリカ東部の、ニュー・イングランド出身のフラーがヨーロッパで革命家になったのか、また、その道程はいかなるものだったのかであろう。そのため、本書では、ラリー・レイノルズとスーザン・ベラスコ・スミスの編纂したフラーの特派員報告『これらの悲しくも栄光ある日々』（以下 *TDSG*）（一九九一）を中心にフラーが、ヨーロッパでどのように成長し、何を報道したかを辿ることにした。もちろん、フラーの成長は、ボストン時代の超絶主義クラブの活動や、ニューヨークの記者時代がその基礎となっているが、彼女の「特派員報告」は、イギリス滞在後、徐々に社会問題や政治の方向に重きが置かれている。イギリスでは新産業都市のスラム化に嘆息し、フランスでは二月革命前夜の不穏な空気を感じ、社会主義者やフーリエ主義者たちの活躍を見守った。だが、彼女は本来文芸書評家であり、貪欲にオペラやコンサート等に足を運ぶ芸術評論家であった。彼女のペン先から流れる文章によって、ヴェルディのオペラ『ナブッコ』の「行け、わが思いよ、黄金の翼にのって」のメロディーが読者の希望を誘い、彫刻《ギリシャの奴隷》像の記事からは文化的な憧憬や皮肉が、リヨンの織物工場の女工たちの悲痛な叫びや労働者の慟哭からは政治変革への希求が、読者の心を揺さぶったに違いない。政治力学のみを語る評論家の記事よりも、はるかに深い情感に読者を巻き込んだのは、フラーの文化的な素養に支えられたその記事であった。フラーは、新しい文化の息吹を肌で感じる教養人であり、イタリアの近代化による革命家の神髄を理解したのだ。

本書では、フラーの辿った道筋を、第一作『五大湖の夏　一八四三年』（一八四四）、第二作『十九世紀の女性』、そして「特派員報告」を通して、イギリス、フランス、イタリアと、その土地でのフラーの関心を分析し、ヨーロッパにおける体験が、どのようにフラーに、そしてフラーの読者に伝わったかをも詳説する。そのため、単に「特派員報告」のみならず、フラーの伝記や、膨大な数の手紙、彼女の友人・親戚の手紙などを手掛かりに検証する。さらに、フラーが持つ豊かな世界を詳らかにするため、彼女の報道記事で紹介されたロバート・バーンズの詩や、ベランジェのシャンソンの歌詞も載せ、イタリアン・リソルジメント運動の先駆けとなったミラノ臨時政府の捕虜交換要請書なども、フラーの翻訳を参考に掲載した。また各章では、当時のフラーの私生活も簡単に紹介した。個人的なことは政治的なことであったからである。結果的に、本書はフラーの作品『五大湖の夏　一八四三年』のように、論文、解説文、伝記、詩歌の引用等が入り混じり、ポートフォリオのようになってしまった。それこそが、知的だが情緒的、大胆かつ繊細で、面白くもあり深刻で複雑な女性マーガレット・フラーの生涯を体現するものとなった。

一八一〇年、フラーはマサチューセッツ州ケンブリッジポートに生まれた。フラーの出自と出生地が、彼女の多くを物語っている。彼女は、アメリカ東部の典型的なピューリタンであり、その性格は、抜きがたくイギリス移民であったトーマス・フラーの家系から受け継いでいた。彼らは皆、敬虔で勤勉な人々であった。一六三八年、トーマスは二十歳の時にマサチューセッツ州ケンブリッジに到着し、その後結婚した。彼らの子供は、職人、小農場主、地方の役人を務め、皆、長寿を全うしている。トーマス・フラーから四代目が、マーガレット・フラーの祖父ティモシー・フラー・シニアで、王党派寄りの聖職者であった。サンドウィッチ町の名牧師エイブラハム・ウィリアズの娘セアラと結婚したが、ウィリアムズ家は、裕福で学識のある聖職者が多く、著名なユニテリアン教会の牧師ジョセフ・スティーヴンス・バックミンスター（一七八四―一八一二）は、セアラの従兄であった。また、彼女の父ウィリアムズは、アメリカ芸術科学協会の特別会員を務める学究肌の人間で、清廉《せいれん》だが、苛烈なピューリタンであった。彼の死後遺言書を開いてみると、二人の奴隷を解放し、十人の子供には解放後も奴隷たちの世話をすること、遺産は分け与えないが、代わりに最新の聖書を授けるので、「神の恵みがありますように」とあった。セアラの夫マーガレット・フラーの祖父ティモシーは、独立戦争前も、最中も、教会で王党派寄りの説教をしたため、プリンストンの教会牧師の職を締め出され、比較的戦争反対ムードの濃かったマサチューセッツ州南東岸沖の、マーサズ・ヴィニヤード島、チルマークの会衆派教会で牧師を務めたと言われている。その後、彼は弁護士となり州議会にも進出したが、アンチフェデラリストの立場から、また、奴隷制が払拭されてないという理由で、より中央集権的な連邦政府の創設に反対し、後に一七八七年憲法の批准にも反対した。彼は子供たちの教育に大変熱心で、息子たちを皆大学にやり弁護士にした。

マーガレットが父親から受けたギリシャ・ローマの古典教育、青春時代の交友関係、そして超絶主義クラブにおける文学活動、『トリビューン』紙での報道内容などからは、英国系ピューリタンの文化的な影響が色濃く感じられる。『アメリカ人の体験』（一九四七）の著者、歴史学者ヘンリー・パークスによれば、アメリカに移住してきたイギリス人は、「決して民主主義的な人々ではなかったが、彼等はみな、自由な人民であることに誇りをもち、あらゆる独裁的な権威に対して抜きがたい敵愾心を持っていた。アメリカに植民地を創設する以前、既に、彼らは代議員の選挙に慣れており、［権利の請願以降の］成文化された基本的人権や、陪審による審議を受ける権利などを侵すことの出来ない権利として造物主から授けられたと固く信じていた」(Parkes 20)。トーマス・フラー同様、多くの移民が西部に移動するうねりの中で、大西洋を渡ってきた彼等の性格は変貌を遂げたが、それでも「頑強な意志、独立独行、順応力、友好性、実務型能力への敬意、社会的権威の無視等の性向は、ますます磨かれて強化された。」「また、カルヴィニズムの強力な好戦性と攻撃性は、人生を人間の意志力と自然界の戦いであるという表現で、移民たちの心に浸透していった」(Parkes 67)。この頃の人々の性向は、面白い程マーガレット・フラーにも受け継がれている。また、カルヴィニズムの特異性のひとつである信者の強い選民思想も、まるでフラーその人を指しているようである。パークスによれば、「一旦自分が選民であると確信したカルヴィニストは、天の恵みと救済を神に仰ぎ、まだ救われない者たちに自分たちの生活様式を導くのが、必要であれば力づくであっても、為すべき義務であると考えるのであった」(Parkes 67)。

父親ティモシー・フラー・ジュニア（一七七八―一八三五）はハーヴァード大学出身の弁護士で、フラーが七歳の時に、共和党議員としてワシントンへ旅立ち、八年間務めた。母方の祖先はイギリス南部ドーチェスターからの移民で、ニュー・イングランドのドーチェスター（現在ノーフォーク郡キャントン）に定住した。キャントンの有力な氏族クレイン家の分家である祖父ピーターは、銃器鍛冶工を生業としたが、独立戦争では、マサチューセッツ州立第二十四連隊長および臨時チャプレンを務めた。三人姉妹で弟ひとりの長女、母親マーガレット・クレイン（一七八九―一八五九）は、長身で極めて美しく快活な女性であると言われ、結婚前はキャントンの学校で教師をしていた。

長女のフラーには二人の妹、六人の弟がいて、妹ひとり弟ひとりは幼児のうちに亡くなった。二つ下の妹ジュリア・アデレイドは二歳で亡くなったので、一人娘の時代が続いたが、フラーは父親の早期教育のおかげで、神童の誉れが高く、恵まれた環境で育った。多くの伝記作家は、フラーが五歳の頃すでに、ラテン語、フランス語、論理学、修辞学、ギリシャ語を学び始めたと記している。九歳までにフラーは、ラテン語で父親に手紙を書き、ヴェルギリウスの『アエネイス』を暗唱し、プルタルコス（四六―一一九頃）の『対比列伝』やオヴィディウス（前四三―前一七）の『変身物語』などの勉強を続けた。父親は、容赦なく厳しく言葉の使い方などを指導した。彼女はエリート男性のように育てられたのだ。九歳の秋、ケンブリッジポートに開校したポート・スクール[2]に、その一年後、ドクター・パークス・ボストン女学院[3]に通った。どちらもアカデミックなカリキュラムを敷く学校で、フラーの成績は抜群に良かった。成績ではなく淑女としての礼儀作法に問題があると案じた両親は、その後、彼女をグロトンにある寮生活をするミス・プレスコット女学院に入学させる。

高い教育を受けた彼女が周囲の偏見や中傷を招いたとしても、フラーの前進を阻みはしなかった。十五歳の時、独立戦争の記念式典のため訪米したラファイエット侯爵のレセプションで、フラーは将来「必ず名声を得る」と言う決心を固め、熱心に勉学を続けた。ケンブリッジポートにあるフラーの屋敷、ダナ・マンションでは、週末多くのフラーの友人たちが集まった。女学校卒業後、フラーは、後に奴隷制廃止運動で活躍するユニテリアン牧師ジェイムズ・フリーマン・クラーク（一八一〇―一八八）とドイツ語の勉強を始めた。数ヵ月間で彼女はドイツ語をマスターし、アメリカで手に入る最新のロマン派文学を次々に読破していった。クラークが、女性のフラーにはこの勉強の成果を生かすところがないと案じたことは、記録に残っている。

この頃からフラーの苦労が始まった。一八二九年アンドリュー・ジャクソン（一七六七―一八四五）が民主党の第七代大統領となり、共和党の父親に議員再選と政界復帰の見込みがなくなると、一家はボストンを引き払い、父親はグロトンの農場経営に乗り出した。彼女はケンブリッジ界隈の友人たちから引き離され、病弱な母親を支えながら農場経営と家事を、さらに弟妹の家庭教師を任された。フラーは弟たち、長男ユージーン（一八一五―五九）、次男ウィリアム・ヘンリー（一八一七―七八）、妹で次女エレン・キルショウ（一八二〇―五五）、その下の弟たち三男アーサー（一八二三―六三）、四男リチャード（一八二四―六九）、五男ジェイムズ・ロイド（一八二六―九一）の勉強をみたのだ。末弟エドワードは、わずか四ヵ月で早世している。一八三五年、当時世界で流行していたアジア型コレラにより父親が亡くなると、二十五歳の長女であるフラーに母親をはじめとして家族全員の責任がかかってきた。弟たちはその後、長男ユージーンはニューオリンズで新聞社を創設し、三男アーサーはハーヴァード大学神学部に進学してユニテリアン牧師となり、四男リチャードも同じくハーヴァード大学から法曹界へと進んだ。このように、大学出身の男性に開かれている職業の道がフラーにはなかった。その教養と逼迫した経済的要請が、彼女のフェミニズムの出発点であることは明白である。

彼女は、父親からローマ・ギリシャの古典による共和主義思想を教授され、ボストン界隈の若者たちと共有する超絶主義的宗教観を持ち、個人主義的な民主主義を基礎とした、新しい国の未来を信じるアメリカ人の典型であった。父親ゆずりの苛烈な清教徒的な心情があったからこそ、彼女は「インディアン」を迫害するプロテスタント教会を糾弾し、女性の修養を望み女性の法的な平等を堂々と要求した。この信念は、以後様々な人生の局面で、決して揺らぐことはなかった。

しかも、フラーのジェンダー概念は、十九世紀当時、社会に流布されていた「炉端の天使」などを含む〈真の女性〉神話から逸れて、かなり柔軟性のあるものであった。フラーによれば、「男と女は、根源的な偉大なる二元性の二つの側面を表している。しかし実際には男性と女性の性質は絶えず相互に行き来している。液体は固体に変化し、固体が液体に変化するように、完璧に男性的な男も、純粋に女性的な女もいない［……］」(*W 19* 128)。彼女はギリシャの新プラトン主義派の哲学者、プロクロス（四一二頃―四八五）を引用し、「人間に備わる性格を表す各層が、時に一部強く現れることで、男性女性の性格が定まる」と言われており、多様な潜在能力を想定する、フラーのジェンダー観がうかがえるとともに、性的マイノリティＬＧＢＴ擁護の考えが既に予兆できる。

また、フラーは、先住民や庶民階級の女性に隔たりなく心を寄せているが、このようなフラーの態度がアメリカの女性の権利運動の強力な推進力になったことと言える。アメリカの女性参政権運動家エリザベス・ケイディ・スタントン（一八一五―一九〇二）とスーザン・アンソニー（一八二〇―一九〇六）にとって、発足当時の女性運動家たちは、主として中産階級、特にＷＡＳＰと言われる白人、アングロ・サクロン、プロテスタントの妻たちが多く、それがまたこの運動の困難さを示していた。ところが、二十世紀になりスタントンの娘ハリオット・ブラッチ（一八五六―一九四〇）の世代になると、彼女は仕事を持つ女性を標準モデルとして据え、女性労働組合連盟（WTUL）のローズ・シュナイダーマン（一八八二―一九四〇）等と共闘し、庶民階級とされる女性達を、カトリック系の白人だけでなく、ヒスパニックの女性、黒人女性をも広く運動に巻き込んで女性参政権を獲得したのである。長い女性参政権運動の道のりは、フラーが半世紀前主張していた庶民階級の女性を含めることで、ようやく成功の鍵を掴んだのである。

一八四四年から四六年までの『トリビューン』紙での仕事は、フラーのエマソンに対する知的、精神的依存

(3)『NY ディリー・トリビューン』紙主幹ホレス・グリーリー（スミソニアン協会国立肖像画美術館蔵）

の終わりを促した。ホレス・グリーリー（一八一一―七二）の下で働き、彼女は、以前にも増して熱心に社会問題に関わっていった。フラーは、文芸書評と社会批評を担当し、ゲーテ、ジョルジュ・サンド、ナサニエル・ホーソーン、エドガー・アラン・ポーなど国内外の文学作品の批評だけでなく、現場を調査し報道する社会批評も多く手掛けた。それらは、産業革命と移民の波に洗われるニューヨーク市民へのマナーの提言「金持ち、理想的な紳士」や福祉施設の改善を訴える「刑務所・精神病院の訪問」、「救貧院・売春婦更生所の女性」、「女性やアフリカ系アメリカ人の平等」、ニューヨーク行政府への報告書「第二七回年次報告、聾唖教育のためのニューヨーク学校の記録と報告」等々多岐にわたっている (Mitchell 55–203)。マーガレット・V・アレンは、社会悪を記事にすれば、フラーは自然にそれが解決すると思っているようだ。行動の必然性が感じられないと批判している (Margaret Vanderhaar Allen)。だが、フラーはコラムで「売春婦」の更生施設のための建設募金を呼びかけ、一八四四年、刑務所の改革を始めた市のオシニング村にあるシンシン刑務所を訪問、元売春婦の女刑囚たちに取材会見した。

フーリエ主義者を任じるグリーリーの創刊した『トリビューン』紙は、労働者階級や中西部の農民層のために、ホイッグ党寄りの見地からあらゆる社会問題を掲載し、啓蒙運動を積極的に進めた。それは、奴隷制廃止、労働組合運動、菜食主義、心霊主義から農地改革、女性参政権、禁酒、保護関税、骨相学にわたり、当時の購読者から「偉大な道徳機関」(Grand Moral Organ) と呼ばれるほどだった。また、スタッフには、ジョージ・カーティス[4]（一八二四―九二）、ジョージ・リプレイ[5]（一八〇二―八〇）、チャールズ・アンダーソン・ダナ[6]

（一八一九―九七）など優秀な人材を集めたので、一八四〇年代から七〇年代に『トリビューン』紙はアメリカで最も有力な新聞となり、一八七一年には雇用者が四百人から五百人、週間の生産高は二万ドルを超えて世界一となった (Mitchell 11)。

フラーが記者をしていた四〇年代に『トリビューン』紙は萌芽期だった。グリーリーの下、四人のコラムニストで、見開き四ページの新聞を作成し、購読者数は約三万と概算されていた。当時ニューヨークでは、『ニューヨーク・サン』紙、『ニューヨーク・ヘラルド』紙と『トリビューン』紙の三紙が購読者数を競っていたが、購読者数で『トリビューン』紙は他の二紙を抜けないでいた。グリーリーは、煽情主義で売り上げを伸ばす他紙と異なり、信頼できるニュースを供給する方針を貫くことで、都市部で労働者向けの主要なホイッグ党系の新聞として成功した。[7] 歴史家アラン・ネヴィンス（一八九〇―一九七一）[8] は、『アメリカ人の伝記事典』（一九三四―三六）の中で、「『トリビューン』紙は、ニュースの取材に、上品さ、道徳心、そして知的な特質を加味し、アメリカのジャーナリズムに新しい基準を打ち立てた。警察事件簿、スキャンダル、怪しげな薬の広告、奇妙な人物は紙面から消え、社説は力強いが通常は穏健で、政治のニュースは街で最も正確、書評や抄録は豊かで［……］実力派層や堅実な人間に評価された」と解説した。

フラーは一八四六年から五〇年まで、アメリカ女性初の『トリビューン』紙の外国特派員としてイギリス、フランス、イタリアに滞在した。当時、三十六歳のフラーは、超絶主義クラブの機関誌『ダイアル』の編集やフェミニズム宣言書『十九世紀の女性』によって、大陸でも知られていた。しかしヨーロッパの旅は、学問や芸術以上にフラーを強く政治や社会問題にひきつけた。実際フラーはイギリスやフランスにおいて、アメリカよりはるかに進んだ産業革命や、特権階級の腐敗に憤る階級闘争の議論を見聞し、残虐な戦闘を体験することになった。イギリスで新産業都市における労働者や女工の悲惨な生活を認識した彼女は、パリで台頭してきた萌芽期の社会主義や共産主義の洗礼を受け、民衆運動の台頭に期待をかけた。産業革命期における〈労働者階級〉の存在を深刻に受け止め、すこし遅れて始まるアメリカの産業革命後の〈労働者階級〉の社会を予言した。その結果、サン・シモン派[9]やフーリエ主義者[10]たちの提唱する社会改革の必要性を痛感したのであった。この時点で、フラーは革命家であった。ヨーロッパの現実を認識した共和主義者としてのフラーは、当時の進歩的な社会思想と融合し、革命家たちに賛同し、ジャーナリストとして開花したのであった。

『エデンの園の追放者——ルイザ・メイ・オルコットと父親』(二〇〇七)でピュリッツァー賞を得たジョン・マテソンは、フラーの生き方を評価し、「フラーは自分の社会的文学的な仲間の誰よりもはるかに、〈自己を復活させる〉才能が強かった。自らの行動力を強烈に認識し、人生を成長と変化の継続するチャンスにしたのだ。」「彼女の神髄は、〈可変性〉である」(Matteson xiii) と述べている。マテソンは、「フラーのように知的な輝きや職業的な野心を持つ女性は、当時の社会的障壁を乗り越えるため、自らを変化させる必要があった」と言いたいのだろう。

たしかに、十九世紀の女性としてソルボンヌ大学の講義を聴講することができず、男性の特権的な職業に就けなかったフラーであるが、フラーの変貌は、フラーの思想の変化ではないように思える。フラーの革命家への道程については、未だ決定的な研究がなされていないが、革命家マッチィーニとミツキェヴィチに加えて、一八四六年から四七年パリで出遭った多くの知識人もフラーの過激思想に影響を与えた。社会主義者ジョルジュ・サンドが最も強いインパクトを与えたと考えられるが、同様にフーリエの弟子クラリス・ヴィグルー、元司祭ラムネー、ヴィクトール・コンシデラン、ピエール・ルルー、ポーリヌ・ロランなど皆、社会主義者で、二月革命の際重要な役割を果たした。長年Associationism（フーリエ主義）の活動に期待を寄せたグリーリーは、フラーにフーリエ主義者の情報とフーリエの肖像画を送れと言ってきた。彼女は、「特派員報告第五号」で、社会悪と戦うフーリエ主義思想を擁護している。

しかしながら、フラーが「過激派」を自認したのは、ヨーロッパの知識人による新思想の影響というより、むしろ当時の社会に政治変革の決定的な必要性を感じたからであった。イギリスの街々、リヴァプールやグラスゴウを始めとし新興産業都市では、酒場で憂さ晴らしする女性労働者の姿に胸を痛め、また、ニューカッスルでは女性も子供も地下に潜る炭鉱を経験し、労働者と言う無産階級の存在が、フラーにとって大きな意義を持ってきたのであろう。イギリスに滞在中、既にフラーには、当時としては過激な社会主義、否、革命を受け入れる仄めかしがある。フラー曰く「現在、スコットランドとイングランドは何処もかしこも、阿鼻叫喚の巷と化し、その不幸を治癒する知見と慈愛を必要としている。このような支援がなければ、まもなく、言葉でない他の方法がとられるかもしれない」(*TSGD* 79)。多くの研究者の指摘するように、この時点で、フラーは自らの信念とする共和主義体制の社会は、ヨーロッパでは、君主制貴族社会を覆そうとする革命家の考えと同義語であると理解したのである。これは、フラーの思想が変化したと言うより、本来、自由平等を旨とする啓蒙思想を真髄としたフラーの共和主義が理想社会を希求する際、革命家の道を辿ったと考える方が自然である。彼女の信条が成長し、欧州社会で革命家という装い《よそお》を纏ったのだ。フラーは『トリビューン』紙の記事で、何回かフーリエ主義や他の社会主義的な新思想について、「『トリビューン』紙の記事ではなく詳細に語りたい」と述べているが、残念ながら、それを果たせず逝ってしまった。しかし「特派員報告第二十三号」（一八四八年三月二十九日）では、直前の、一八四八年二月に発表されたカール・マルクス（一八一八―八三）の『共産党宣言』

に促されたか、預言者のようにアメリカの読者に向かって「あなた方は兄弟愛、平等という言葉の真の意味を学ぶであろう。真の民主主義を、［……］唯一、真に崇高な貴族である、労働者階級を［……］」(*TSGD* 211) と書いている。フラーはリヨンで絹織物工の職場を案内してくれた娘の仲間を、彼女の「階級」と語っている。フラーの思考の鉱脈が、当時過激派と言われる社会主義の岩盤に接近していくと考えるのは、火を見るより明らかである。

パリでは、共産主義や社会主義思想が労働者階級になじみのあるものになり、社会の争乱に寄与してきた。一八四六年から四七年にフラーは、ヨーロッパで初めて社会主義革命に遭遇したが、既に、民衆の動向を「階級」と言う括りでとらえることに慣れていたはずである。ヨーロッパに出発する前の一八四五年夏、彼女はドイツ移民の新聞『ドイツ・シュネルポスト』に掲載されたパリ特派員の手紙を『トリビューン』紙上で翻訳していた。それはマルクスが論じられ、フリードリヒ・エンゲルス（一八二〇―九五）の『英国における労働者階級の状況』（一八四五）からの長い引用文が付いていた。フラー研究家シェヴィニーによれば、フラーのこの記事はアメリカにおけるマルクス・エンゲルスについての最も早い時期の紹介であると言っている (*TSGD* 212)。

フラーのヨーロッパにおける精神的軌跡が、ボストンの青春時代から出発したことは明白である。彼女は父親のボストン・ユニテリアン時代の気風を余すところなく譲り受けていた。それは、限りなく自由で、ヨーロッパ的なロマン主義に強い憧れを抱いているが、同時に建国の父祖たちの時代の、厳しいプロテスタントの倫理観に鋳造された魂であった。このことは、彼女の当時の宗教的示威運動であり対抗文化運動でもあった、超絶主義クラブからの出発がそれを物語っている。彼女のプロテスタント精神は、中西部のインディアン体験や、イタリアのカトリック社会を見聞するにつれて、むしろ磨きがかけられ先鋭化されていったのだ。

一八四七年、ローマで教皇ピウス九世（一七九二―一八七八）の自由主義的な融和策に期待を抱いたフラーは、民衆と教皇の関係を「父と子」のようだと言っている。だが、独立や統一問題に対するこの頃のイタリア人の意見は、立憲民主制を望む穏健派や、教皇を頂点とする連邦制の国家を主張する者、教皇を廃して共和制を望む者など、種々雑多に分断され、独立や統一を望む運動の声は弱く、彼女はイタリア問題の深刻さを感じ始めた。

一八四八年は、フランス二月革命に継いで、イタリア半島でも革命と争乱の連続であった。一八四八年三月、ミラノは煙草一揆後に「ミラノの五日間」で自治を一時確立し、三月二十二日にはヴェネツィア共和国樹立の宣言などで、イタリアのナショナリズムは高揚した。サルディニア国王カルロ・アルベルト（一七九八―一八四九）がオーストリアに宣戦布告すると、イタリア各地から多くの若者が、イタリア北西部ミラノ地方、ロンヴァルディアを目指し行進して行った。しかし、オーストリアからの独立を望むイタリア人の喜びは長く続かない。ピウス九世が教皇訓示で、オーストリアとの戦争を否認すると宣言したのだ。歴史的には、教皇庁の宗教的な指導者と、封建領主としての役割の矛盾を暴露した事件であったが、ピウス九世は明らかに民衆の信頼を失い、ブルボン朝下、南イタリアの両シチリア王国のガエータに逃亡した。イタリア近代化のための、胎動ではあったのだが、フラーは「ローマ市民は精神的な父親を失った」と悲しんだ。一八五〇年、マッツィーニ等により樹立されたローマ共和国は数ヵ月しかもたず、フランス軍に敗れた。フラーは「イタリアの民衆がものを考えるようになった」と述べているが、彼女の目標はあくまで一般庶民の安寧であった。ローマ共和国は、一八四八年革命で生まれた共和国の中でも、政治や宗教や農地改革は最も民主的であったと言われているが、それも共和国が短命のため、多くは実現を見ずに終わったと言われている。フラーは最後まで希望を棄てず、「次の革命は、ここでも他所でも、過激なものになるだろう。オーストリアだけでなく、すべての外国の専制君主が退陣しなければならず、特権階級の者たちすべては、排撃されなければならない。それは妥協を許さぬ革命になるだろう（*TSGD* 321）」と報道した。だが、「特派員報告」の末尾に、「できれば、血を流す闘争の代わりに、平穏だが過激な革命によってヨーロッパの恐ろしい社会悪の救済を求める」と加えている。

本書は、十九世紀の激動の時代に、ジャーナリストとしてフラーが辿った精神的な覚醒や発展に迫り、フラーは欧米の世が「近代」社会へと変わるヴィジョンを示す数々の扉を開いた女性のひとりであったと結論づけるものである。歴史家ポール・ジョンソンは、著書『近代の誕生』（一九九一）で、一八一五年から三〇年までを近代世界の母体が生まれた時期としてとらえているが、それは、まさに、フラーが生まれ駆け抜けていった十九世紀の中頃で、近代社会、グローバル社会が形成される時期と一致する。彼女のジャーナリストとしての出発点は旅行記『五大湖の夏　一八四三年』であったが、フラーはアメリカ中西部で、ヨーロッパとアメリカ大陸の交錯、異なる人種の歴史的な衝突を、ヨーロッパ移民の侵入とアメリカ先住民の拡散・消滅として目にしている。この頃は、アメリカでもヨーロッパ大陸でも大規模かつ急激な変化が起こり、アメリカは、旧植民地から恐るべき大国へと変身し、領土と人口が急激に増加し、民主主義政治を奉じるようになる。また、イギリス人だけでなく先進社会が世界の原野に侵入、定着し、先住民は抑圧され、場合によっては絶滅したのだ。フラーが辿った十九世紀の世界は、まぎれもなく、大量移民、ナポレオン戦争の影響、未曾有の経済発展とそれに続く金融破綻、不景気と労働者たちの悲惨、革命の頻発、すべての社会的な事象が渦を巻き、人びとを巻き込んでいったのだ。まさしくフラーは、渦中にあり、短い人生の行く先々で、旧体制のほころびや新しい問題を見過ごさず、世界の胎動を感じとり発信していった。カルヴィニズムの自己や他人に対する厳しい倫理性、警戒感などがフラーの感受性を研ぎ澄ませていった。その意味では、当時のニュー・イングランド人の持つ地方性と言われる道徳観や倫理性は、フラーの精神活動によって、世界を導く普遍的な性向となったのだ。フラーは常に時代の先端を走っていた。アメリカ社会のジェンダー力学を強く否定し、ヨーロッパでは鋭く産業移民の窮状や階級社会の悲惨を糾弾、イタリアではカトリック社会の後進性を突き、イタリアン・リソルジメントを支援することになった。

　これらを概観すると、マーガレット・フラーの世界は、地域的にはアメリカとヨーロッパに限られるが、グローバルな視点を持ち、ジェンダーや人種、階級を軸として、近代（モダン）を超越して多様性を主張するポストモダンの風貌さえ構えている。当時は未だ、王侯貴族が大手を振るい、独裁的な封建制度や教権勢力が人々を抑圧した世界であったが、フラーは勇敢にジェンダー、階級、人種に関わる「近代」への扉を開いた女性のひとりであったと言えるだろう。

# 第一章

## 『五大湖の夏　一八四三年』
## ――フロンティアの人々とほろびの民

### はじめに

一九七〇年代、八〇年代のアメリカ・フェミニズム運動の高まり (Gilbert & Gubar)（小柳）を経て、一九九一年、マーガレット・フラーの作品『五大湖の夏　一八四三年』（一八四四）が実に一五〇年ぶりに再販された。これは彼女の出世作とも言うべき五大湖地方の旅行記で、フィクション、ノンフィクションを問わずイリノイ州に関係のある書籍を収めたイリノイ大学出版のプレイリー・ステイト・ブックス (Prairie State Books) 叢書として刊行された。フラーはこれまでエマソンやソローなどの哲学文芸運動である、超絶主義グループの一員としてのみ取り扱われ、社会批評家として正当な評価を受けてこなかったように思われる。彼女の死後、エマソンらによる『マーガレット・フラー・オッソリ回想録』（一八五二）以来、一九六〇年代にペリー・ミラー編纂の『マーガレット・フラー　アメリカのロマン主義者――作品・書簡選集』（一九六三）、ジュリア・ワード・ハウ編『マーガレット・フラーのラヴレター』（一九七〇）出版の頃から、徐々に研究書や伝記、書簡集が揃い始めた。『マーガレット・フラー書簡集』六巻はロバート・ハッズペスにより一九八三年から九四年まで出版され、チャールズ・キャッパーの伝記『マーガレット・フラー　アメリカ・ロマン主義者の伝記　私人の時代』(一九九二)は、優れた外交および南北アメリカの歴史書に与えられるバンクロフト賞を獲得した。また、一九九二年、アメリカでは、研究者のベル・ゲイル・シェヴィニーとラリー・レイノルズの尽力によってマーガレット・フラー学会が創設され、数年後には米国現代語学文学協会(Modern Language Association of America)に包摂された。フラーは、第一波フェミニズム運動の指導者として注目され、文芸書評家、社会活動家として評価されるようになった。旅行記『五大湖の夏　一八四三年』は長年絶版になっていたので、一般読者は、ペリー・ミラーの選集の中で、部分的にしか読むことができなかったが、今回の再販によって、第二版のセアラ・クラークの挿絵とともに、旅行記全体を愉しむことが出来るようになった。ペンギン・ブックスのワールズ・クラシックス・シリーズの中の『十九世紀の女性』(一八四五)と共に、この作品もフラーの重要性を評価されたことの証である。

この旅行記は、紀行文の他にフラーの自伝的な逸話、社会批評、エッセイ、日記が折り込まれたロマン主義的な作品であるが、『ニュー・イングランドの文学文化』(一九八六)の著者ロレンス・ブエルによると、こうした形式は超絶主義者たちに典型的なもので、特にエマソンをはじめソロー以下、彼らは日記というものを大変重要視していたとのことである。フラーは、自らの女学校時代を髣髴とさせるような少女マリアナの厄介な学校生活、そして知的レベルの異なる夫との精神的なすれ違い、病的な妻マリアナの死について、これを告白せずには、次に進めないとでも言うようである。挿話では、才気煥発なマリアナが女友達の間で人気者であったにも拘わらず、エゴイスティックで気位の高い彼女は、寮生活の中で次第に孤立する。演劇に熱を上げる彼女をからかって、食堂で生徒全員が頬を赤く塗って彼女を待ち受ける中、彼女の神経症は悪化の一途に向か

(4) ジェイムズ・フリーマン・クラーク(1810–88) 奴隷制廃止運動家（ハーヴァード神学部神学部図書館蔵）

う。精神的な満足を得られず社交的な夫との結婚で魂をすり減らし命を落とす話は、著者の孤独の深さを滲みださせると同時にジョルジュ・サンドの境遇と小説との関係を予兆している。

　また、自らの孤独を克服するため、「孤独な老人と若い旅人」の会話などを入れた友人の手紙や、ジェイムズ・フリーマン・クラーク[1]の詩、デンマークの彫刻家ベルテル・トルヴァルセンの彫刻を想起して書いた詩「ガニュメードと鷲」や、シカゴやイリノイ準州で経験した辺境地の家族などについて自由に挿入している。フラーはそれまで、超絶主義クラブの機関誌『ダイヤル』の編集長であった。フラーは旅行記と言う形で、旅の経験を語るだけではなく、自らに課した成長についても意識的で、このことがフラーの成長をさらに前進させ、ジャーナリズムの世界へ誘ったことは間違いないであろう。

　この旅行記に続いて出版されたフラーのフェミニズム宣言書『十九世紀の女性』（一八四五）は、英国の女性解放運動家メアリー・ウルストンクラフトの『女性の権利の擁護』（一七九二）と、一八四八年アメリカのセネカ・フォールズで開催された女性の権利会議の宣言書の中間に位置しており、彼女のフェミニストとしての意識と深く関わっている。本書では、社会批評家としての出発点を辿ってみたいと考えているが、フラーのインディアン問題については、今日まで概略の紹介程度で、正面からそれを分析したものはなかった。特にペリー・ミラーの選集では、ナイアガラの描写と、彼女がインディアン部落の跡地を訪問した箇所しか紹介していないので、フラーのインディアン問題についての提案などは一般には知られてこなかった。フェミニズム運動が、マーガレット・フラーを浮上させてきたにしても、彼女の社会批評家としての真価を問うことは、フラーを単にフェミニズムの神話に埋もれさせることなく、グローバルな活躍をした人間として、歴史の中で評価することになるだろう。

マーガレット・フラーにとって、「アメリカ・インディアン」は、「ほろびの民」(This race is fated to perish)であった。共和国の一員として、白人のひとりとしてインディアンに対する罪悪感をどのように解決したのだろうか？　一八四三年、フラーは三十三歳、超絶主義クラブの重要な一員であった。一八三九年にヨハン・ペーター・エッカーマン（一七九二―一八五四）の著作『ゲーテとの対話』（一八三九／四八）を英訳し、ボストン界隈の知的な女性たちを集めて「対話」を開いていた。その頃、ユニテリアン牧師ジェイムズ・フリーマン・クラークとその妹セアラ・クラーク達と一緒に五大湖地方を訪れたが、これが初めてフラーのインディアン体験になった。彼らは一八四三年五月から九月半ばまで、エリー運河を通過し、ナイアガラ瀑布を起点に蒸気船で五大湖を巡り、シカゴからイリノイ州のスプリングフィールド、ウィスコンシン州のミルウォーキーの湖水巡りをし、大平原《プレイリー》の美しい夕日を鑑賞しながら旅をした。作品には正確な旅程は記されていないが、彼らは長い時間湖水の上で過ごした。陸地では未だ準州であったイリノイやウィスコンシンの街や村を精力的に見て歩いている。フラーにとってボストンの知的な生活から、そして超絶主義クラブの仲間から離れて、大平原に広がる日常生活を活気づける「真の精神」を発見することこそ、旅行の最も有意義な部分であった。西部の体験、その美しい景色や人々に対する強い関心はボストンに帰還した後、大いに考える余地を与え、フラーに一種の自己発見をもたらしたと言ってよい。

しかしこの旅行記は、かならずしも好評ではなかった。旅行の体験や記録だけでなく、種々雑多な内容の織り込まれたこの旅行記を、彼女の友人オレステス・ブラウンソン（一八〇三―七六）のように、単にまとまりがなく感傷的で「たわいない」(slipshod) と言って非難する者もいた。また、ひとつの問題に焦点を当てる旅行記からの逸脱と見なしている人も多かった。もちろん、旅行を共にしたジェイムズ・フリーマン・クラークやケイレブ・ステソン（一八〇一―一八五）は、「フラーは、この旅行で見た新鮮ですばらしい景色の中で、外部の描写というより彼女の内面世界の変化、つまり心のドラマを描写したのだ」(B. Smith xiv) と評価した。

結果、『五大湖の夏　一八四三年』は、東部のリベラルな知識人の西部開眼物語となり、特にインディアン問題についてはアメリカ国家に対する弾劾の書となった。彼女は旅行直前まで、『十九世紀の女性』の執筆にあたっていたが、この旅行記の執筆で得たインディアン女性の逸話や民話の知識も組み込まれた。本章では主に、フラーが中西部の街で遭遇した移民たちや、開拓者たちの豊かな生活、インディアンの窮乏、白人のインディアンに対する意識、フラーのインディアン問題に対する認識過程をたどる。

## 1　ナイアガラ観光と入植者たち

フラーたちの旅行は、ナイアガラ観光から始まった。ここでは、自然の偉大な奇蹟に接して多くの観光客が感じる戸惑いと内省が示され、徐々にフラーの心に浸透する感動が述べられる。六月の当地では曇天が続き、冷たい風が吹いていた。フラーは、滝の大音響と巨大な自然の構築物に圧倒された。彼女のナイアガラの紹介は、単なる滝の外観的な偉大さだけでなく、滝の荘厳さを通して超絶主義的な自然観を確認するところであった。

ここでは、何もかも永遠の創造主の影響力から逃れられない。万物すべての形態は訪れてまた去り、潮は満ちてまた退き、風は、極めて強い時も、突風や疾風にすぎない。しかし、ここには真実、間断なく倦むことを知らない躍動がある。寝ても覚めても、そこから逃げられず、これが私たちの周囲を、私たちの体を突き抜ける。このように私は、荘厳さを――たとえ、無限でないにしろ、なんとなく永遠と言うことを、感じとっていた。(SOL 3)

(5) ヘネピン神父のナイアガラ記述。*The Conquest of North America* (Doubleday and Co. Inc. Garden City, NY) 198.

フラーは自然美を表現することのむずかしさを述べたが、さらに、ナイアガラの滝の威容さが、「なんとも言えない恐怖を呼び覚ました」(SOL 4) と言っている。そしてその恐怖は、「今まで私が体験したことのないような種類のものだった。言わば、死が厳めしい装いで姿を現したような感覚、これが私に襲い掛かった。間断なく叩きつける爆音が私の感覚を支配し、その他の音はどんなに近く聞こえても、耳に届かず、背後に敵が迫っているのではないかと、ギョッとして振り返ることがしばしばであった」(SOL 4)。

この巨大な自然の奇蹟は、フラーの心の内で、永遠を示す創造主と結び合わさり、生死と結びついた。特に、フラーは、ここがインディアンの生地であったことを思い出し、その死の恐怖が「トマフォークをかまえるインディアンの姿」と結びついたのだ。この連想はフラーのインディアン問題を考えるきっかけであったと考えると、この旅行を予兆させる象徴的な感覚であった。しかし、彼女のナイアガラ見物は、滝の荘厳さ・崇高さの賛美に留まらない。十九世紀半ばのアメリカのナイアガラ観光には、既にフラーが嫌悪せざるを得ない俗物性から逃れられなかった。

ある日、私がそこに坐っていると、ひとりの男が初めて滝を見ようと近づいてきた。彼は、滝の真近まで歩いてきて、一瞬見た後、どうしたらこの滝が自分の役にたつのか、そんなことを考えていたようで、帰り際に唾を吐きかけて去っていった。(SOL 5)

このような功利主義的な態度は、役に立つかどうかで物事を判断しがちな人がいる時代によくあることで、ドイツの旅行記作家ピュックラームスカウ公[2](一七八五—一八七一)が言うには、世の中には土地を肥沃にするために自分の親の遺骸をその土地に埋める者もいるようだ、とフラーは続けた。また、フラーが訝しく思ったものに、鎖につながれた鷲がいたことである。

かつてホワイト山脈の峠で、はるかに山の頂を越え、空高く飛ぶヨブの鳥のように気高い姿をした鷲が目に飛び込んできた。生来の自由で、王者の風格を湛えながら飛ぶ鷲の姿を見ながら、私は息をのんだ。人に囚われ、屈辱を受けている鷲からは決して感じ取ることのできない、バイロン(一七八八—一八二四)の言葉を借りるなら、人様《ひとさま》なんか歯牙にもかけない、「無言の怒り」を若い私に示したのだった。[……]さて、今ふたたび、私は囚われの鷲を見ることになった。こんな時によくあるようにつまらぬ人間から、屈辱的なからかいの言葉を投げかけられていた。静かに、鷲はを垂れ、人びとの存在など気に留めてないようだった。言ってみれば、プロティノス（二〇五頃—七〇）やソフォクレス〔前四九七—四〇六〕が、現代の私たちの批判や感嘆の言葉などと、一切関わりのない世界に生きているのと同じかもしれない。おそらく、鷲の耳には、ただ滝の轟音だけが聞こえてきて、自らが空高く飛翔する力を感じ取り、その翼は折れていたにもかかわらず、慰められていたのだろうか。(SOL 6–7)

フラーたちはその後蒸気船でバッファローからクリーブランドを経て、デトロイトへと向かった。船上からは美しい草原やエリー湖の景色を堪能したが、セント・クレア川の岸辺で、生まれて初めてインディアンを見たと記している。美しい自然と対比するように、フラーは、道徳的な話、心ならずも社会的に場違いな女性と結婚し、その後忍従の生活を強いられたP船長についての逸話を挿入している。そして、シカゴに着いたフラーたちは、新しい土地で生活を始めた入植者たちから心温まる歓迎を受けたのであった。

それ以前、フラーたちが足を踏み入れた大平原《プレイリー》は、初め退屈な場所としか映っていなかった (SOL 49)。ひたすら単調な広い湖の上を渡り、同じく単調な風景の大地に辿り着き、周囲はただ、果てしない地平線が広がっている。しかし、徐々に大平原の花々、静かな日没の風景、大平原の木立の中を曲がりくねりながら家路に向かう牛の群れになじむにつれて、フラーはこの平原が実に愛しいものに感じられた。咲き乱れる多くの花々や樹木に惹かれるフラーであるが、特に炎のように燃える赤い花、インディアンの乙女が「ウィッカピー」(Wickapee) と呼ぶ薬草に言及している。また、周囲を三六〇度取り囲む広大な大平原《プレイリー》に慣れてくると、フラーは、湖と平らな陸地、大平原の夕陽の美しさに圧倒されていく。

ジュネヴァの土地（SOL 23）で、フラーはニュー・イングランドの村を思い出したが、事実、優秀な多くのニュー・イングランドの人々が入植していた。彼らはみな寛大で、知的で、思慮深く、この西部の生活から本当に価値の或るものを求めようとしていた。このような人々こそ、言動のいやしい人々が多い西部で、一筋の光明とも言うべき人々だとフラーは断言している。

この近く住むユニテリアン牧師コナン氏と会ったが、彼と彼の信徒として集まってくる人々も、心優しい愛情深い人々であった。彼の家の調度品は、すべて彼と父親の手作りであった。ここで二日程過ごしたが、男性たちは川でたくさん魚を捕ったようだ。翌日はイギリス紳士の屋敷で過ごした。彼は、この地方について書かれた本で満たされた書棚を見せてくれたが、何年もかけてそれらの本を収集したそうだ。屋敷は、フロンティアにしては大きく、均整も取れていた。家の周囲には、小屋や農地が広がっていて、牛や鶏もいた。全体としてみると、森に囲まれた絵画の世界のようで、とても素晴らしかった。洗練と荒削りが共存し、周囲には或る種、自由な空気が醸し出されていた。

男たちは自由とチャンスを求めて西部を目指したが、彼等についてきた女たちに問題がなかったわけではない。かのイギリス紳士の上品な妻や娘たちは、音楽をたしなみ、フランス語を話せるのだが、修道院で勉強したと言っている。だが、この地では牛乳の貯蔵庫の管理と、ガラガラヘビを追い出す技能が求められるのだ。彼らの家の窓から見えるのは、故郷の衣服のままで働くノルウェーの小作人である。

しかも、男たちには狩猟や魚釣りなどの娯楽があるのだが、女たちには東部の伝統である「社会の装飾品」でしかないので、自ら楽しむことができない。見聞するフラーには、フェミニズムへの道が語られる。

彼女たちはダンスを踊ることはできても、弓矢を弾くことはできない。フランス語を話すことはできても、野に咲く花々を理解するのは困難だ。［……］だが、この大自然に暮らす年若き娘たちの将来については、大いなる関心をもって見守っていきたい。［……］ただ残念なのは、都会育ちの母親が身に着けてきた考え方に対して、娘たちが子供の頃から戦い続けなければならないと言う現実がある。どこにいっても、ヨーロッパ・スタイルの模倣が社会に浸透していて、本来ならば独自の発展が新たな世界を創り出せるのに、模倣の精神がその可能性を疎外している［……］娘が逞しく成長し、決断力もあり自分の能力を十分発揮できるようになると、母親は娘が社交界で必要な優雅さを失ってしまったと嘆く。娘が、快活で積極的な生き方を選ぶようになると、母親は娘が学校に通えないからじゃじゃ馬になってしまったと不平をこぼすのだ。母親が子供にしてやりたいことと言えば、東部の学校に通わせたいと言うだけで、そんな所で教育を受ければ、このフロンティアの故郷でまったく無価値の人間になってしまう［……］私が強く望むのは、なるべく早くこの地に学校を作ってほしいと言うことで、［……］子供たちには、自分が置かれたこの大自然の恵みを生かすことを教えるものでなければならない。(SOL 39)

音楽について言えば、東部で人気のあったピアノは、単にヨーロッパの真似をしているだけのことなのだが、この楽器を使いこなすために必要な練習をこなしている人など、千人にひとりもいない。女性たちにとっての楽しみが非常に少ないこの西部では、事態はもっと皮肉な様相を呈している。練習するどころか、調律の技術もないし、調律師が訪問する機会もほとんどなく、ピアノは音程が狂ったまま、それを聞く耳もダメになってしまうと言う悪循環に陥ってしまう。ここ西部ではピアノよりギターの方が皆と歌を歌うのに合っているし、家族の団欒にとても良い時間をもたらしてくれる。(SOL 40)

窓の外では、可愛らしい子供たちもそこで遊んでいた。「彼等ももうしばらくすると、この洗練された土地を離れて、本当の荒野である西部へと旅立つことになっていた。バファロー王国の真ん中にある、宿場町に行くそうである。母親は、イギリスのウェールズ出身で、一番上の娘はグウィンスロンと言う名前だったが、おそらくウェールズの伝説の英雄マドックの末裔たちと親しくなるだろう。ともかく彼女は愛らしさと野性美を帯びた輝きも同時に兼ね備えていた。あの美しさは、都会の人混みの中で店や通り、そして町の俗悪な「パーティ」ばかりに心を奪われている人たちの顔からはいづれ消えていく輝きなのだ。

(SOL 24)

フラーたちは、少し前、インディアンたちが住んでいたロック川の近くに滞在したが、そこで辺境ならではの、つつましい七月四日のお祝いを体験した。彼女たちは、川向うに街を眺める丸太小屋に泊まり、家族の温かいもてなしを受けたが、独立記念日の日の午後は、太鼓と横笛の音が聞こえてきて、ボートに乗っていくと、「樹陰の影に〈自由と独立〉の申し子が集まっていた。「アメーリカ人」がくゆらす煙草の煙の中には、笑顔のアイルランド移民たちも沢山混じっていた。大声で演説していたのは、ニュー・イングランド人で強いボストンなまりであったが、大喝采で迎えられていた。広場では、〈君主たる人民〉(Sovereign People) が用意した大量の料理は、それを食する人々もまた〈万歳、アメリカの人民〉[Hail Columbia]［現在、第二国歌であり副大統領のために奏される］であった」(SOL 37)。フラーは、「このような田舎の片隅で、これほどまでに幸福なひとときを持つことができるとは、考えたこともなかった」(SOL 37) と述懐している。おそらく、フラーのこの旅行の前半のクライマックスは、大平原の美しさと調和するアメリカ国家の独立記念日だったかもしれない。

## 2　移民ラッシュと共和国の夢

フラーのインディアン問題の認識を正当に評価するためには、当時のアメリカの状況を視座に入れる必要があるだろう。第三代大統領ジェファーソンの死後、一八二六年から南北戦争の開始までの、いわゆる「アンテ・ベラム時代」と言われるこの時期は、アメリカが大発展したという点で、きわめて顕著な時代であった。人口は一八二六年に一、一〇〇万人だったものが、南北戦争後は三、三〇〇万人と三倍になり、国土も八州の他、ニュー・メキシコ、ユタ、ネブラスカを含めて二倍となった (Smith xv)。移民は一八二六年一万四、〇〇〇人から、一八五一年には四七万四、三九八人と増加、この時期全体では八〇〇万人に達したと言われる。東部では産業革命が進み、都市部に人口が集中する一方、東部、ニューオリンズ、イギリスを結ぶ三角貿易が確立された時代であった。ニューオリンズの綿花を積んだ船は、今度はリヴァプールからニューヨークに大量の製品と移民を運んできたのであった。また、ジャクソン大統領の就任後一八三〇年には、「インディアン強制移住法」が成立し、ミシシッピ河以東のインディアン――セミノール族、チョクトー族、クリーク族、チカソー族が中西部のオクラホマに移住させられることになった。アメリカ政府はインディアンを東部から追いやり、西部の土地と平和を保証し、新しい入植者たちには西部にすむよう奨励した。東部は、移民たちで溢れかえっていたからであった。この頃の中西部、例えば、ミズリー州スレイピング・グロウブの幌馬車隊募集に集まった人たちは、一八四〇年には千人だったが、一八四五年には五千人に達したと言われている。オレゴン・トレイルとサンタ・フェ・トレイルの出発基点であるインディペンデンスの町は、この頃毎年三月を過ぎると、幌馬車隊に参加する人々でにぎわったと言われている (Parkes 181–84)。

このような時期に中西部を訪れたフラーたちが目にしたものは、まさしく二種類の人間の移動、つまり欧州からの移民の行進と、インディアン部族の撤退、あるいは、その分散であった。特に、フラーは旅行前から、マッシュルームのように増大する西部を嫌悪していたが、そこで彼女が見たものは、「平和的な［移民の］行進は戦争での侵入と少しも異なることがない。無節操で、古い建造物は壊され、一シーズンの間に、征服者の無法さと日々の必要から、野営地の火が美しい林間地を黒く煤けさす以外、何も残らないのである」と、憤懣やるかたない光景であった (SOL 18)。

とはいえ、シカゴ同様、ミルウォーキーでも、世界のあらゆる地域から惹きつけられた陽気な人々が沢山いた。狂信家や投機家、博物学者、そして愛する家族のために一旗あげようとする多くの青年たちなど西部はあらゆる種類の人々にとって魅力があった。フラーは、十九世紀半ば中西部における移民の奔流を活写している。

まさに通過地点という場所は、シカゴとバッファローの町以外に世界に二つとないに違いない。二つの町は、常に開閉する二つの弁があるように、人々は東から西へ、西から東へ押し寄せている。人々を入れたり出したりする扉の役目を果たすことがこの地の人々の仕事なのだから、とりわけ高尚な人間がいることを期待するのは酷というものだ。農産物運搬のための食事を出すのが彼らの仕事なので、これに適した人たちなのである。活動的で、愛想がよく、創意工夫のある、ビジネスに携わる人間たちなのだ。学者や無精者のための余地はない。この地が与えるものを欲しければ、地元民と共に働くべきだし、単なる旅行者が、私のように、ぶらぶらするのは有益ではない。(SOL 19)

晴れた日には［東海岸で船から降りたままの］外国の民族衣装を身に着け、旅にやつれた貧しい移民たちが毎日のように辿りつく。夜になると、彼らは町の特別地区の粗末な小屋で過ごし、朝がくると郊外に向かって歩き出す。母親たちは赤子をおぶい、父親たちは小さな子供たちの手をひいて、自分たちの手間賃で生活する家を求めているのだ。(SOL 70)

青い空の下、白い帆をはった幌馬車 (Hoosier Wagon) の列がゆるゆる動いているのが、シカゴ側から見える最も絵画的な風景である。貧しい農民たちは、彼等自身、土から生まれた大量の生産物といえるのだが、彼らはゆっくり旅をし、夜は馬車でまどろみ、自分たちの携えてきた物だけを食べる。街に入ってもその習慣を守るので、宿や食事に贅沢なホテルを煩わすことはない。それ故、彼らは町に入ると、外国から来た農民のように見え、多くのドイツ人、オランダ人やアイルランド人と良い対照をなしている。しかしながら、田園地帯では、夜、彼らが野外でキャンプの準備をし、馬を鐙から外し、樹陰でぶらぶらさせ、夕食を楽しんでいる光景は大変美しい。(SOL 50)

インディアン問題の理解は、西部の理解から始まる。ニュー・イングランドの人々は、西部への移住を非難する傾向があった。西部が活動的な青年層を吸収すると、東部の工場の賃金が上がるとか、西部の政府公用地の収入が関税の引き下げの口実を南部に与えてしまうという、経済的懸念があったのである。また、気位の高い彼らにとって、西部移住は文化生活の低下、崇高厳粛な生活からの逸脱と考えられた。フラーも西部へ移住する人々の「一攫千金」を夢見る物質主義や拝金主義の風潮を苦々しく思っていた。

しかし彼女は旅先では活発に、街ではヨーロッパ人やニュー・イングランド人に会い、大平原ではイングランド人、アイルランド人、ウェールズ人の入植者たちを訪れた。人々は故国の習慣や自分の属した階級の特性まで、新大陸に持ち込んでいた。また、西部では広い土地、ゆたかな食糧があり、住環境が良いため家族が一緒に暮せること、また新しい国作りと新しい生活のため、様々な国の出身者で構成される独特の社会であることを認識し、フラーは西部に対して肯定的な態度をも示している。同時に開拓社会が、文化的物質的貧困のほかにも、精神的葛藤を抱えていたことを見逃さない。「東部の町育ちの女性は、過去の〈女らしさ〉という価値基準を棄てずには生きていけないし、辺境《フロンティア》の開拓移民の生活には、東部という〈お手本〉、さらにヨーロッパ文化への憧憬などの呪縛が解けないのであった」(SOL 39)。

## 3　ガラガラヘビと豚

インディアンはフラーにとって東部対西部という二項対立の概念の中で、西部を表す記号であった。ナイアガラの滝の水音の中で、彼女は「トマフォークをもった野蛮人がこっそり後からつけてくるような幻影に襲われ、何度も後ろを振り返った」(SOL 4) と書いている。フラーのインディアンに対する感覚は、当時一般の東部の人間と同じであったと言ってよいであろう。フラーにとって、インディアンは「裸」「トマフォーク」「野蛮人」を表す未知のものであり、そこから嫌悪や恐怖が生じる、いわゆる「外国人恐怖症《ゼノフォビア》」現象の中にいたのである。

しかしこんなフラーのインディアンに対するイメージは、大平原を巡るうちにすっかり変わってしまった。

素晴らしい自然の中に暮らすインディアンは何と幸せであったことだろうかと考える。イリノイ州ロック川付近は、十五年前ソーク族の酋長ブラック・ホークが、戦いに敗れる前に立ち寄った彼の故郷であった。ブラック・ホークの絶望的な最後の拠点は、フラーの滞在したオレゴンの街のほんのすぐ南であった。

一八三二年のブラック・ホーク戦争とは、合衆国に領土を奪われたソーク族が反旗を翻したものである。彼らの抵抗戦は同じ境遇にあったフォックス族およびキカプー族の共感を呼び、各地で戦いを巻き起こした。ブラック・ホーク酋長が部族の交渉の矢面として立ったため「ブラック・ホーク戦争」と呼ばれている。インディアン反抗勢力の弾圧に関わったアメリカ軍は、イリノイ州およびミシガン準州（今日のウィスコンシン州）の民兵であった。戦争とは名前ばかりで、二ヵ月半の間の戦闘の多くは小競り合いの繰り返しであり、最終的にはインディアン戦争のお定まりである、インディアンの民族浄化となった。

その背景として、合衆国の独立以前から英仏両国はミシシッピ川の西側へ、先住民の多くを追いだした。ソーク族とフォックス族も、武力で領土を追われたインディアン部族だった。十八世紀の終わり、フォックス戦争の後、五大湖やデトロイト周辺から追い出されたソーク族およびフォックス族はさらに西方にやむなく移動し、北はウィスコンシン川から南はイリノイ川、またミズーリ川の北に集落を作り領土とした。ソーク族の中心集落「ソークヌク」は十八世紀半ばにはすでに作られていた。ブラック・ホーク酋長は一七六七年にそこで生まれ、人生の大半を過ごしたのだった。

フラーが過ごしたオレゴンの土地のあらゆるところに、インディアンの矢じりや陶器が埋まっており、彼女の滞在した家の対岸の小島には、トウモロコシを入れたたくさんの木桶、つまり食物の貯蔵所があり、木の幹には生々しいトマフォークの跡があった。カヌーには、インディアン女性の死体もあったということを、近くに住む白人たちは聞いていた。インディアン部落の跡地では、彼等の屋敷や城は焼け落ち、塀も取り壊されていたが、花壇や庭園にはまだ花が咲き乱れていた。フラーは、インディアンが極めて立地条件の良い地形に住居を選び、園芸や造園技術に優れた民であったことを発見する (SOL 33)。たちまち、彼女のロマン主義的思考は、自然と人間の魂を結び付けて超絶主義的な傾向を帯びる。彼女の夢想するインディアンは果てしない自由を追い求めるのだが、それはまた、どこかで死とかかわりのあるドイツ・ロマン主義の夢と奇妙に似通っている。フラーにとって、小鳥や鹿、星空と清流のある大自然には「ギリシャの華やぎ、ギリシャの優しさ」があり、後から来た白人たちは、自然を味わう間もなく根こそぎ倒して進んでゆくが、かつての住人は「さらに崇高な幸福感」を解する人々であったと結論づける。フラーにとって、勇壮なインディアンの戦士はアポロの姿を取って現れ、自然の恵みに抱かれたインディアンの居城に比べれば、ローマもフィレンツェも郊外のように見えてしまうだろうと考える。この時、フラーはまだヨーロッパを見ていない。もちろん、ギリシャもローマも最高の価値を表現する隠喩である。

しかしながら、西部に長く滞在しインディアンの跡地を見聞するにつれ、フラーのインディアンの将来に対する悲劇的な感覚は強まっていく。最早、インディアンが失ったもの、インディアンの生活を支えていた文化を取り戻すことが出来ないという確信を覆すことができない。

> これは必定である。宿命である。我々は嘆くことはできない。良い結果を期待するだけである。しかしながら、この国を旅行し、私はあちこちで痕跡を残すインディアンの力に衝撃を受けずにいられない。豚が来るところは何処でも、ガラガラヘビが消えていく。豚は雑食性で、何処へでも侵入し、愚鈍であるが

故に強靭で安全であり、インディアンが神秘的な畏怖をもってみる特殊な虫でも、また最も危険な爬虫類でさえ、いともやすやす食べてしまう。(SOL 29)

これ以後のフラーの問題意識は、白人、つまりアメリカ政府やアメリカ人がインディアンに対して行っている事実に対してどのように甘受するかということであった。ウィスコンシン準州で、インディアン村の跡地近くに滞在した時、フラーはインディアンに対して典型的な態度を取る白人の開拓者に出会った。ある時、彼が土手で寝転んでいると、村の跡を食い入るように眺めている長身のインディアンの男に気がついた。彼は興味深くインディアンを見ていたが、体を動かしたはずみに物音を立ててしまった。インディアンの男は彼に気がつくと、怒りと苦痛の入り混じった叫び声をあげ、大股に立ち去ったそうである。フラーは、インディアンの男がどうして白人を撃たずに我慢できたのだろうかと述べている。

この紳士は、他の点では最も親切でリベラルな心情を持っているが［……］感慨深く言った。「昔の土地に戻ってきてぶらぶらされては困りますよ。少なくともそうあって欲しいですね。我々の獲物を追い駆ける許可を与えるべきでないですよ」「我々の獲物ですって、まったく！」(SOL 72)

イギリスの小説家D・H・ロレンス（一八八五―一九三〇）は、端的にいえば、アメリカ人はインディアンを封じ込めたという意識のために、また自分たちを、「新世界」における「無垢の人間」という聖書的なイメージで捉えたために、その複式帳簿的な道徳律、その道徳的な曖昧性に苦しみ、アメリカの地に「呪われた地」

の文学を創作したと述べて、フランクリンやクーパー、ホーソーンの作品を分析している（ロレンス 23–85）。また、現在の歴史家の中には、アメリカ憲法の成立時に、黒人とインディアンを正式な国民と認めなかったことから、白人とインディアンの物語は、民主主義と原罪の関係であると想定する者もいるが、この頃、ジャクソン大統領を支持した多くの西部の開拓者は、フラーの出遭ったこのような精神構造の持ち主だったと思われる。

## 4　負け犬と純血主義

アメリカ・インディアンの研究家W・E・ウォシュバーンは多角的な見地から、インディアンの歴史を三つに分けて考察する必要があると主張している。第一期は、原初からインディアンが白人と対等な立場にあった時期、第二期はその均衡が崩れ、保留地に移住させられた時期、そしてその後現在に至るまでの時期である。フラーは、第二期の終わりの頃に中西部を旅行した。フラーの出遭ったインディアンは戦争で指導者を失い、あるいは強制移住で無残な姿となった放浪者でしかなかった。アメリカの奴隷制度を強固に非難したイギリスの小説家チャールズ・ディケンズの目には、インディアンがヨーロッパのジプシーのように見えたのも不思議ではない。フラーの一行は、ミルウォーキーへ行く途中、ポタワトミ族の小屋で雨宿りをした。彼らは故郷に戻ってきたのだが、ひどく困窮して食料も衣服も寝具も満足になく、自分たちの髪飾りと食べ物を交換してくれと申し出た。ミルウォーキーで見たインディアンの一団は、髪飾りを付けて踊り金を無心していた。その近くに立っていた、古代ローマの勇士のようなインディアンの酋長は、みじめだという様子で頭を振って歩き去った。

トクヴィル（一八〇五―五九）[3]はかつてクリーク族やチェロキー族の強制移住について、次のように述べている。

窮乏がこれらの不幸なインディアンを文明社会へと追い立てたが、今や迫害が彼らを野蛮な生活に追い込んでいる。多くの者は、自分たちが開墾し始めた土地を棄てて、野蛮な生活の習慣に戻ってしまった。

（トクヴィル　290）

トクヴィルの記述に修正を加えるならば、現在までの研究によると、インディアンの農耕生活はどんなに使用する道具が粗末であっても、計画経済の上に成り立つものであったこと、また、白人とインディアンの戦いは国と国との戦争であり、敗戦国の民は難民となるから困窮するが、「野蛮な生活」には戻れないということである。二回にわたるセミノール戦争（第一次 1817–18、第二次 1835–42）の時も、チェロキー族の強制移住についても、東部から政府の残虐な政策に非難が沸き起こり、多くの請願書がワシントンに送られた。一八三五年、エマソンも抗議の手紙を、第八代大統領ビューレンに送っている (Allen Gay Wilson 315)。

一方、風光明媚で知られるヒューロン湖のマッキノー島では、アメリカ政府からの立ち退き契約料を受け取るために、二千人ものチペワ族とオタワ族のインディアンたちが、次々に家族ぐるみでカヌーを操り、湖畔に野営していた (SOL 105)。開拓移民の未来に共鳴するものの、彼女は次第にインディアン問題に関心を強めていった。フラーはマッキノー島で九日間過ごし、インディアンの家族が平和な生活をするのを観察するという貴重な体験をした。彼女は毎日彼らの起居する湖畔の砂地を訪れて、トウモロコシを叩くのを習ったり、ジェスチャーを交えて話したり、若者の笛に耳を傾け、彼等の伝統的な暮らし方を見学した。彼らの方も好奇心を隠さず、フラーの胸のペンダントやスカートの裾にさわったり、中には自分の赤ん坊のために日傘を貸してくれという若い母親まで現れた。フラーは情報交換に余念のない男たち、食事の用意をする女たち、水辺で遊ぶ子供、赤ん坊をおんぶする少女など、湖畔の平和なインディアンの暮らしを描写している (SOL 108)。

フラーは、インディアンの男性の気高い風貌に比べて、年老いた女性が一様に粗野で醜く、背中の曲がって不自由な歩き方をしているのに注目し、女性の社会的地位はそう高くないのではないかと推察する (SOL 111)。しかしフラーはここでの断定は避けて、カーヴァー旅行記[4]やスクールクラフト夫人[5]（一七九三―一八六四）の例を紹介する。彼女たちの経験によれば、インディアンの女性は家庭内ではとても影響力があり、ウィネバーゴ・インディアンの女系社会では、ヴィクトリア女王のような立場の者が二人存在していたと言われている。また、息子が戦争に行って国の勇者になると、その母親は尊敬されてあがめられ、国事の最高会議にも召集されるのだという。しかし特別の場合を除いては、フラーは、インディアンの女性は西欧の女性よりも地位が低く、幸せの分け前は少ないと考えている。

フラーは白人のインディアンに対する反感を説明して (SOL 72)、白人は負け犬を軽蔑するのだ。それは加害者が被害者に抱く嫌悪感であると述べている。彼女は、征服されたインディアンがかつての威厳ある風格を失い、あらゆる点で堕落している様子を嘆き、インディアンをガイドに雇って旅行した白人の話が紹介される。彼はインディアンに与えるつもりで、酒を持たした。だが、インディアンは興奮すると見境なく一度に酒をのみたがり、とうとう主人の手から酒瓶を奪ってしまった。主人は武器を持っていなかったが、インディアンは白人の凝視に耐えられないということを知っていたので、じっとインディアンの目を見つめると、インディアンはちょっとの間耐えたが、やがて眼を伏せてしまった。白人は彼から銃を取り上げ、遠くに投げて取りにやらせた。その後そのインディアンは卑屈なほど従順になったということである。インディアンの醜態を記した資料は他にも多いが、フラーも、時と場所を問わず「アルコール分を含んだ水」を手に入れたがる欲望と、一端それを手に入れると、すっかり酩酊し、しばしば前後不覚に陥る例をいくつか引用している。現在までのところ、インディアンの飲酒傾向については、彼らがアルコールに弱いとする遺伝説よりも、伝染病による人口減少や敗戦、生活の困窮などによる精神的な抑圧という、文化的説明が大半を占めている。しかしそうしたインディアンに対する憎しみは、白人男性はもとより、白人女性にいたっては、忌み嫌うという程度まで強められていることをフラーは記さずにはいられない。フラーの同行者は、フラーがどのようにして、インディアンの不潔さやその特有の臭い、彼らの小屋に滞在できるのか、驚きであると言った。一方のフラーは、白人の友人が、なぜ自分を見限らないのが不思議であったと述べている。「失せろ、インディアンの犬め！」というのが、言葉に出さなくとも、この不運なかつての土地所有者を苛《さいな》む無言のストレスであった (SOL 113)。彼らの要求や彼らの悲しみはすっかり忘れられ、そのボロボロの姿、褐色の肌、白人の教えた悪徳や不品行な態度が、白人に軽蔑や憎悪を抱かせる表象なのであった。

　また現在でもよく議論の対象になるのだが、ラテン系民族や、フランス・カトリックはカナダでもメキシコでも南米でも、異人種間混淆が進むのに、なぜアメリカではインディアンが消滅させられたのか、或いは強制移住させられたのかという問題がある。ナチのホロコーストとの類似性を言う意見に対して、もちろん多くのアメリカの歴史家は認めたがらない。反対に、インディアンの近くにいた白人ほど、インディアンの生活を向上させるために良心的に悩み、インディアン省の監督官トーマス・マッケニー(6)のようにインディアンの将来のために、やむを得ず強制移動を案出したのだという主張もある。それも部分的には信じられることである。フラーは、アメリカ政府や辺境の人々のみならず、インディアンの人々に対する教会の姿勢にも攻撃の手を緩めない。カルヴァン主義の教条性、傲慢《ごうまん》な姿勢を充分に認識し、少なくともカトリックのフランスはインディアンに危害も加えず堕落もさせず、インディアンを愛したのだと言っている。しかしながら、厳格なアメリカの長老派教会は、その教義や厳しい務めばかりを要求し、街の団体や大学は、インディアンに対してほとんど譲歩せず冷酷な眼差しを向けるばかりで、何の方策も講じてこなかったと非難する。

我々の国民も政府も、同じ土から生まれた最初の人間たち［インディアン］に対して罪を犯してきた。もし彼らが新時代のほろびの民だとしても、彼らは何も犯してこなかったのに——彼らは宿命に甘んじながらも、できるだけ罪を犯さぬよう神に訴えることもしてこなかったのだ。(SOL 114)

インディアンのキリスト教改宗についても、フラーは問題があるとする。教会が何より悪いのは、自分たちの罪深さを隠すためだけに神聖な力を持ち出すからである。「一週間の間、悪徳商人は赤唐辛子入りのラム酒で泥酔させ、疵物《きずもの》の煙草で麻痺させて、インディアンを堕落の道に追いやっているのに、日曜日の朝には「純潔」（清らかな性生活を守ること）の説教を聞かせるために共に祭壇に額づき、ロザリオを繰りながら祈りを唱え、苦しむ人々への愛のため十字架にある御姿を我が身に置き換え、「純潔」を口にしながら説教を聞いているのだ。年老いた太っちょの牧師が叫んだりする。「我らの野蛮な友人たちよ。あなた方に何より必要なのは、《純潔》を守ることだ！」こんな［不道徳きわまりない］インディアン商人も南部の奴隷監督者も、キリスト教徒と呼ばれているではないか！」(SOL 114)。

　また、少数の例外を除いて宣教師の質が悪いために、多くの不幸がばらまかれている。宣教師は大抵教養がなく、教義や宗派の徳目にこだわり、インディアンの特性や状況に身を置くことが出来ず、せっかく教えられることでさえ何も伝えない。結局こうした宣教師によって示されるキリストは、新しい強力な「インディアンの」霊でしかなく、それはインディアンにとって、新しい宗教かもしれないが、征服者のみを利する呪物になっている。このような宣教師からフラーは、「インディアンは、キリスト教に改宗しても、わがままで、うそつきで、怠け者である。インディアンは器官が退化しているので、キリスト教の改宗にも文明の強化にも障害があるに違いない」という結論を聞いている(SOL 120)。

　しかしながら、どうやらフラーはインディアンとの混淆は考えられないか、考えたくなかったようである。最も理想的な文明は、各民族の融合、混合から生まれるとフラーは抽象的には理解しているようであるが、混血からは少ない例外を除いて、優秀な子孫は生まれないと言っている(SOL 120)。今日、ドイツの精神医エルンスト・クレッチマー（一八八八―一九六四）は、血や異文化の衝突するところに優秀な人間が生まれると言っているし（クレッチマー 163）、またその後フラーがイタリア貴族と結婚していることを考えると、看破出来ない主張である。しかし、こういう感覚が実はフラー自身が非難し攻撃している当時の、そして今もなお消えぬ白人の精神構造や、東部の教会の姿勢と共通する部分であった。インディアンの人権を守ろうとする態度を拘束する危険性を孕《はら》んでいるのである。いずれにしても、インディアンとの混血は考えたくないというのが無意識にあり、subliminal なものであれば、異人種の血は交えないという白人の秘められた願望、人種によって住み分ける、るつぼでなくサラダボールの世界の肯定であって、現在まで脈々と続く同じ精神構造ではないだろうか。フラーの精神主義と攻撃性は、彼女が非難している白人の体制側と面白いように一致している。ただ、フラーがその拘束を踏み越えられたのは、実にロマンティックに人間の尊厳を信じる超絶主義と、広い西欧文化の教養に支えられたピューリタンの情熱的な責任感であったと思われる。

当時、フラーは、インディアンの堕落と消滅は阻止できないと思っている。フラーは、チペワ族が近年ミシガン州に市民として認めてもらうように請願書を出したことについて(SOL 121)、白人が兄弟のように振る舞うのでなければ、また、インディアンの心の問題が解決されない限り、この問題は解決されないであろうと言っている。文明社会が「力は正義なり」("Might makes right")と言って不正なやり方で侵略し、合法的な詭弁を弄する時、白人は「半分飼いならされた海賊」(a halftamed pirate)にすぎない。インディアン種族全体を統治する白人政府の設立を提唱するマッケニーの案に対しても、彼女はインディアンの自治こそ大切であると言っており正論である。しかし当時の白人政府や白人の姿勢から考えて、あくまで理想論であった。

## 5　アメリカ・インディアン文化の保存

結局、フラーはインディアンの文化や歴史の記録が少ないことに気がついて、インディアン文化の保存に努力すべきであると提唱している。それも白人の収集したものばかりでなく、インディアンによる歴史書も残すべきであり、現在残っているものも集めて国のレベルで遺産を保管すべきであると主張した。この旅行記で彼女は五大湖地方に関わるインディアンの本もできるだけ紹介しているが、その中で、ジェームズ・アデア[7]、ジョージ・カトリン(一七九六―一八七二)[8]、そしてトーマス・マッケニー(一七八五―一八五九)の書物は、現在も文化人類学の研究者や歴史家が多く依拠している重要な資料である。カトリンの北米インディアンの風俗や習慣、逸話や絵について、フラーは最高だとほめているが、現実では最早見られないインディアンの勇士を、フラーは、カトリンの絵に見出した。彼の描いたセネカ族長レッド・ジャケットには知性が見られると言い、美しいインディアン女性フライング・ピジョンの絵をキリスト教の聖母マリアと比較する。

ジョン・マリー（一七三七―九三）の旅行案内や、スクールクラフトの冒険記も、ジェミソン夫人(9)のインディアン捕囚物語も価値ある記録だとしている。マッケニーの五大湖旅行記には、未だ、デトロイトが一、二〇〇人の村であった頃カヌーで旅したこと、チペワ族の習慣や性格などが書かれているが、フラーは他の資料では見当たらない事実を記した正確なものだが、退屈だと述べている。

そのほかフラーは、インディアンの勇猛果敢な戦士の話、敵に捕らわれた時の拷問に強い話、白人とインディアンの篤い友情、人間の輪廻を信じ、蛇、ビーバーや犬に人の霊を見るインディアンのフェティシズム、熊のお嫁さんをもらった熊撃ちの民話など、様々な角度からインディアン文化を紹介している。

フラーがこの旅行記で示したインディアン問題に対する態度は、先に述べたように、多少アングロ・サクソンの東部インテリ層の限界を示す部分があるが、全般的にはインディアンと白人の関係において、単に政治上の制度だけでなく心理的な問題まで考慮に入れた人権擁護の考えや、インディアンの伝統的な宗教や民話、文化に対する幅広い興味とその紹介が見られ極めて高く評価できるものである。特にその姿勢は、フラーが西欧文化やイギリスの啓蒙主義についての造詣が深く、普通の女性であれば二の足をふむであろうインディアンの野営地を独りで散策し、多くのことを学んだその勇気ある行動に裏付けられている。しかし残念ながら、エマソンの助力で出版されたこの旅行記が、どの程度インディアン問題に貢献したかは明らかでない。出版直後の評価はまちまちであったようであるが、第一版で七百部売れて、第二版からセアラ・クラークの七枚のエッチングを挿入し、フラーの存命中、三版を数えたという。直接影響を受けたのは、ヘンリー・デイヴィッド・ソローで、彼はこの旅行記を読んで、『コンコード川とメリマック川の一週間』（一八四九）を書いたと言われる。また、彼の遺稿集となった『メインの森』（一八六四）で、ソローはインディアンをガイドにメイン州の原生林の中を旅行している。

インディアンに関する文芸作品に対して、フラーの評価は現実的なものになったと思う。旅行中シカゴに滞在した間、フラーはワシントン・アーヴィングの作品を検討している。彼女は、「大草原への旅」（一八三五）以外、アーヴィングの作品に登場するインディアンは生きている人間の香気や燃え立つような生彩に欠けて、「ステレオタイプで、間接的に聴いた話のように、インディアンたちは学術的な興味があるのみである」(SOL 21) と述べている。一八四六年出版の『文学芸術評論』の中でフラーは〈革脚絆物語〉シリーズを書いたジェイムズ・フェニモア・クーパー（一七八九—一八五一）を評価している。当初のクーパー熱は一段落したかもしれないが、彼女はクーパーの描いた原生林の景色や、狩人や開拓民の生活に漲る気高く崇高なロマンス、その独創性は忘れ得られないと記した。しかし、『モヒカン族の最後のもの』の主人公ウンカスは、「白人の見た野蛮人のヒーローであり、虚構《フィクション》の姿であっても、真実は秘めているが」(SOL 21) という語句からわかるように、彼の描いたインディアンは現実離れしていると考えている。最も興味深いのは、小説家チャールズ・ブロックデン・ブラウン（一七七一—一八一〇）[10]に対する高い評価である。ペリー・ミラーは、ブラウンがアメリカにゴシック・ロマンスを導入したことをあまり評価してないが、彼の小説が再販された時、フラーは『トリビューン』紙のアメリカ文学欄の中でブラウンを取り上げた (*Tribune* 1846 July 21)。この中で、フラーは、アメリカ

における ドイツ・ロマン主義の第一人者、超絶主義者の面目躍如として、正統的なゴシック小説論を展開している。「ブラウンはウィリアム・ゴドウィン(11)同様、ヘーゲル(12)主義者であり、良心の闇の中に、神を見つけたのである。そして恐ろしくも驚くべきことに、心は創造主との関係を否定することが出来ない。およそ考え得るもっとも高度な尊厳、力、美、という観念でもって、ブラウンの世界では人間の心が道を踏み迷い、しかし運命の道をたどりながらも、信仰を失っていない。彼らの闇の世界は、幽霊の世界ではなく、貴重な啓示なのである」(LWLW 84—The Michigan Historycal reprint Series, Part 1) と述べた。こういう世界では、インディアンはどんな性格でも許される。なぜなら、彼らの悪魔的性格は、知性の病的状態を示すひとつの駒にすぎないのである。

## むすび

改めてこの旅行記を読み直してみると、フラーがナイアガラの滝から大平原《プレーリー》を巡行し、当時の移民やインディアンに接した体験は、大変重要な歴史的な文献である。シカゴ州立大学のバベッテ・インゲルハート教授は、プレイリー・ステイト・ブックス叢書にこの作品を収めるに際して、「この作品は時にいきいきと、時にユーモラスに、発展していく辺境地特有の習慣や関係性、独特の人間や土地の精神をとらえ、〈新天地〉の本質的な魂に迫っている」(SOL backcover) と称賛している。また、ホレス・グリーリーは「僕は、未だ『五大湖の夏　一八四三』について、特に広大な大平原《プレイリー》の景観や、快活で陽気な開拓者の生活を描いて、これにたち勝る作品はないと思っている」(SOL backcover) と言っている。

しかし、この作品は単に、五大湖をめぐる旅行のスケッチ、詩、物語、逸話、対話や回想のポートフォリオではなく、フラーの自己探求の内的道程の記録でもあった。女性学の専門家として、彼女は頭に焼き付いた「西部の女性たち」の印象に引き寄せられていった。それはある意味で、よく知られたフェミニズム研究『十九世紀の女性』の前兆でもあったのだ。

ドイツやイギリスの啓蒙思想の影響を受け、ロマン主義的人間像を憧憬する超絶主義的世界を生きる人間として、フラーはインディアンの運命にいたく同情的ではあるが、東部の教養ある白人として、彼女の同情には限界があることも理解できた。後年フラーはジョルジュ・サンドの生き方から、社会の壁の克服も学んだようであったが、この時期フラーを取り巻く男性たちが、その理想や理念に比べて狭量で偏見に満ちていたのと同様、フラー自身も大いに多くの偏見にとらわれていたのであった。しかしながら、この本の圧倒的な魅力は、西部開拓者たちの持っていた夢と希望が、現実的な矛盾や葛藤を通りぬけて、フラーの心の大平原《プレイリー》で踊っていたからかもしれない。

# 第二章

# 女性解放論『十九世紀の女性』
## ——真理という太陽にかしづく娘

### はじめに

マーガレット・フラーは、アメリカン・ルネサンス期における自由主義運動の発展に貢献した女性のひとりであった。フラーは、当時の文化的な女性の領域を大きく踏み越えていたが、評論『十九世紀の女性』において結婚、教育、職業の男女平等を強く主張し、女性が自ら成長し独立した個人となるように修養するべきであると公言した。この著作は、当時アメリカの女性参政権運動の精神的支柱になったと言われた。一八四八年女性の権利会議が、ニューヨーク州セネカ・フォールズで開催され、この会議には全米から三百人以上が集まり、出席した男性の中には元奴隷で、奴隷制廃止運動家のフレデリック・ダグラスもいた。この当時、フラーほどアメリカの女性に積極的な影響を与えた女性はいなかった (Flexner 68) と、主催者のひとりエリザベス・ケイディ・スタントン（一八一五—一九〇二）(1) は述べている。

フェミニズム(2)の書という視点では、フラー以前にも、アメリカで女性の権利を謳った文学者がいなかったわけではない。詩人のマーシィ・オーティス・ウォーレン（一七二八—一八二四）や、劇作家のスザンナ・ローソン（一七六二―一八二四）が、フェミニズム的な作品を発表している。また、ジュディス・サージェント・マリー（一七五〇―一八二〇）は、一七九〇年『マサチューセッツ・マガジン』誌で評論「男女の平等について」を発表し、女性の公徳心の向上を主張した。この頃は、まだ独立した女性と家庭の調和は対立していなかった。しかし十九世紀の始め、〈女性の領域〉という反動的な文化が女性の社会活動を制限し、それに対抗する形で評論『十九世紀の女性』が出版され、女性運動につよい弾みをつけたのであった。

## 1 評論『十九世紀の女性』への道程

フラーは二十六歳で、初めてエマソンに会った。当時、彼女はフランスのロマン主義作家に傾倒し、ジョルジョ・サンド(3)の小説をしきりにエマソンに勧めている。また、シャンソン詞家ベランジェ、カトリック僧フェリシテ・ロベール・ラムネー(4)、バルザック(5)、アルフレッド・ヴィニー(6)などの作品を貪るように読み、フランスの文学はフランス革命の悲劇的な終結のために深い傷を被ったと考える。この頃のフラーは、いわゆるジェンダー・クライシスの最中にあった。フラーは社会における女性の不利な状況を認識していただけでなく、女性自身の弱点にも意識的であった。自分は何をすればよいのか？　何をしたいのか？　そんな時、ジョルジュ・サンドの小説から、生涯進むべき方向を見出した。日記には次のように記している。

わたしは、ジョルジュ・サンドの思想の世界に対する洞察力に驚嘆した。彼女は男性の知人からそれを学んだに違いない。女性はどんな状況にあろうと、［思想という］この広大で深淵な川に足を浸すぐらいのことしかできない。そしてその流れに抗う力はないのである。もし、冷たい水に尻込みしなければ、勇敢である。［……］しかし、神の存在や、宇宙や、魂について問いただすとか、とりわけ自分の心に浮かぶことを越えて生きようとすると、多くのヒバリのように、自分の巣の中にまっさかさまに舞い戻っていく。そしてそれが見つからないと、フランスのコリンヌ（スタール夫人の小説の主人公）のように怒り出すのだ。マダム・デドヴァン［ジョルジュ・サンド］は、あの哲学者を愛したのだ。

(Memoirs II 246)［括弧内筆者加筆］

これらの本にふれて初めて、私は人間の本性についてこのような形式で書けるかもしれないと思った。私は、女性が書くような愛や希望や落胆については、みな舞台裏に閉じ込めておきたかった。むしろ男性のように、知性や行動の世界を書きたいと思っていた。もし私が今の仕事をうまくこなし男性のように書けることが分かったら、もしまがい物の暮らしの中で、パンを求める心配種で私を苛む野蛮な小人たちを追い払うことが出来たら、今わたしは、本当に書きたいと言う誘惑に駆られている。(Chevigny 58)

興味深いことに、フラーは小説と評論という分野を、男性的・女性的な領域として分けている。フラーは女性が得意とするロマンスに手を染めたくなかった。フラーの自負であったのか？　とにかくサンドの小説からではなく、その小説技法からヒントを受けたフラーは、女性問題という女性の領域と、それを論ずる男性的な知的作業を結合させることに挑戦した。それが、評論『十九世紀の女性』であった。

## 2　ヴィクトリア朝時代の女性観

評論『十九世紀の女性』においてフラーは、創造的な女性の到来を希求したが、そのためには当時の〈女らしさ〉の信仰を解体しなければならなかった。現代の先進諸国の視点からすると、古めかしい印象を払拭できないかもしれないが、時代のイデオロギーが強く反映されているのもやむを得ないことである。これについてドナ・ディキンソンは、イタリアの哲学者アントニオ・グラムシ（一八九一―一九三七）[7]の言葉を引用し（WXIXXX）「文化的なディスコースの覇権」は女性作家の読者だけなく作家自身の意見にも影響すると述べている。これを援用すれば、エリザベス・バレット・ブラウニング、ジョージ・エリオット、ハリエット・マーティノーなどイギリスのヴィクトリア朝作家たちは、当時の父権制思想のイデオロギー的な奴隷でもないし、明確に父権制文化から分かれてもいない。（David 3–6）彼女たちは知的な女性としての存在を可能にする世界の中で、共謀者でもあり破壊者でもあった。この点については、男女ともに人間は時代の制約、人種や社会的地域的な制約を逃れられないという自然主義的な見地を踏襲してよいであろう。フラーも同様である。もちろん、女性問題については、上記の誰よりも、当時過激な思想家であったし、その人生航路も過激であった。

評論の冒頭でフラーは、女性に対する一般的な男性の弁を再現した。彼女は譲歩しながらも、皮肉で辛辣、インテリ風の調子を保っている。二十一世紀の今日でも、この会話が地球上の多くの地域で、未だ有効なことは、真に遺憾である。

奴隷制廃止運動家で女性運動を始めた者に向かって、奴隷市場の売人は言うだろう。「国家の団結を断つようなことをしたくせに、今度は家族のきずなを断ち切ろうとするのか。お前たちは、ゆりかごや台所の炉辺から家内を、投票所や説教台に引っ張りだそうというのか？　もちろん、そんなことをしたら、女房は世間に顔向けできなくなるさ、今のままで幸せなのだから。俺が承知しないよ」「奥さんがそう言ったのですか？」「聞いたわけではないが、俺には女房がそんなことを考えていないのは分かる。俺は家の頭《かしら》だよ」「あなたは奥さんの頭《あたま》ではないでしょう」「俺が頭《あたま》で、女房は心臓《こころ》だよ」「奥さんがあなたの手《召使い》でなくてよかったわ」（WXIX 14）

(6)1830年代のアメリカ・淑女のファッション
Fashion plate, 1860 V&A Museum no. E.267-1942 (Godey's Lady's Book).

評論『十九世紀の女性』は、一八四〇年代におけるキリスト教父権制文化の反動化と、女性の社会運動の活発化とのまさに交錯する時期に出版された。独立戦争以降アメリカ国家は、女性に家庭を護る役割を与えるため、市民を産み育てる「共和国の母」として女性を称揚した。アメリカの女性たちは、独立戦争当時、進んでイギリスから輸入した紅茶の不買運動に参加し、独立軍の制服の縫製のために布の生産に携わり、分宿する軍隊に荷物を運ぶため、女性たちは功績を残したのだった。特に、モンマスの戦いで独立軍に水を運んだ「モリー・ピッチャー」（メアリー・ルードヴィヒ・ヘイズ一七四四―一八三二）(8) や、新しい共和国の旗、星条旗を縫ったベッツィー・ロス（一七五二―一八三六）は、人気者であり、独立戦争中、愛国心と家庭生活の結合を象徴していた。身分制度の確立していたフランスの歴史家アレクシス・ド・トクヴィルの『アメリカのデモクラシー』(一八三五)にあるように、アメリカの女性は、「ほとんどあらゆるプロテスタント諸国にあって、若い女性はカトリック国に比べて限りなく行動の自由を有する」(Tocquevill 692)。「私がこの国民の際立った繁栄と増大しつつある力の原因を主として何に帰すべきだと考えているかを問われれば、それは女性の美質の故だと答えよう」(Tocqueville Vol. 11 Third Book Chaper XII 708)。

ところが、産業社会の発展と移民の流入によって中産階級の台頭した都市部で、女性は職場を追われるようになった。女性は家庭の聖女、炉辺の天使という役割を与えられ、いわゆる〈女性の領域〉に押し込められた。〈女らしさ〉とされる美徳は、敬虔、純潔、従順、家庭的という意味であった。つまり、信仰深く、性的には清純で、社会的には女性の地位を護り、家でも外でも男性には従順であり、家庭の仕事を熱心にすると言うことである。しかも従順でないことは利己的なことであり、利己的なことは女性にとって重大な罪であり、独立した行動とは、利己的なことであるとされた。一八三〇年代以降のアメリカは、独立革命の時代よりも女性に対して反動的な〈ゆりもどし〉の時期に入っていた。

また、女性の社会的地位は、イギリスのコモン・ローが慣習法として残っており、極めて低いものであった。結婚すると女性は、夫に同化すると言う〈法的な死〉(legal death)を被った。つまり、妻は財産を所有できず、夫の許可なく金銭を稼げず、商業取引の契約もできず、子供の養育権はおろか、逃げ出した妻は夫に連れ戻され乱打された。夫の意思で妻は子供の監督権を失った。社会的なタブーも多く、教育は不十分で、家政婦、裁縫婦、教師、女工のような限られた職業に就くことしか許されず、給料は一般に男性の三分の一以下であった。女性は医師、牧師、弁護士、上院議員にはなれず、選挙権もない。だが、未婚、既婚に関わらず財産税はあった。フラーは、「妻の稼ぎをあてにする怠惰で放埒な夫が多いこと、仮に子供を連れて夫の元を離れ、父親と母親の二重の義務を果たそうとする妻たちは、夫から逃げるために転々と居場所を変えねばならず、その借金のために隷従の身分に陥る場合が多いこと、また無責任な夫たちは子供の面倒を見る気もなく、悪い仲間のところに連れて行き危険な目に遭う恐れさえあるのに、子どもの誘拐はしばしば起こっており、出産の苦しみに耐え幼児をひとりで育てた妻たちに、夫と平等な権利も与えない」社会を告発している（WXIX 17）。

さらに、父権制的なキリスト教文化が女性の活動を制限し始めた。十八世紀後半から福音派教会の宗教覚醒運動などでは、女性がミサで演説し祈祷することが許されていたのに、一八二〇年代以降、長老派やニューヨーク州西部の福音派の教会でさえ、女性の教会活動を制限する反動化の波が押し寄せていた。奴隷制廃止運動のために、男女の聴衆の前で講演したグリムケ姉妹は、教会の指導者たちを憤怒させた。「婦人は、教会ではだまっていなさい」という「コリント人への手紙」（聖書 I 14–34）などにある聖書の教えに叛いたとされる。当地では、植民地時代からアン・ハッチンソン（一五九一—一六四三）[9]が罰せられたように、女性が男女の聴衆を前に演説することは禁じられていた。グリムケ姉妹は、サウスカロライナ州の大奴隷主の名家に生まれたが、フィラデルフィアに移住し、クエーカー教に改宗した。姉妹は奴隷制廃止運動で、講演活動を続けたが、一八三四年以降、各地の教会は、奴隷制廃止集会の場所を提供するのを拒否した。一八三五年にはボストンで、奴隷制廃止運動の新聞『リベレイター』の創刊者ウィリアム・ロイド・ガリソン（一八〇五—七九）[10]が暴徒に引き回され、一八三七年になると、ボストン市内で奴隷制反対協会が集会を開くことは殆ど不可能になった。当時アメリカで最大の宗派、マサチューセッツ州の会衆派公会議が公開状を出し、グリムケ姉妹を、女性としてもキリスト教徒としても道に叛いたと告発した。グリムケ姉妹は反撃を開始し、一八三七年七月から姉のセアラ（一七九二―一八七三）は、「男女の平等についての書簡」を新聞『スペクテイター』に掲載し、聖書の中に女性の劣等性を正当化するものはないと主張した。

フラーはグリムケ姉妹を『十九世紀の女性』の中で擁護し、聖書の言葉を盾に保守的な姿勢を誇示する教会を非難している。「土くれから解き放たれた粗野な男、アダムは自分の神の前で妻に罪を着せ、彼女の恥を書き残している。しかもアダムは、自分より下位の者、自分の体の小さな部分からできた者によって、天国から追放されたことを書いて恥と思わないのだ」(WXIX 19–33)。『聖書』の中の「創世記」第三章の記述では、蛇に誘われたイブが林檎の実をとって食べ、また共にいた夫にも与えたので、彼もたべた。そのことを神に知られたアダムは、答えた。「私と一緒にしてくださったあの女が、木から取ってくれたので、私はたべたのです」と。この部分に啓発されたか、エリザベス・ケイディ・スタンは、後に『女性の聖書』（一八九五）を編纂した。

一八四〇年代には、部分的ではあるものの女性の教育が、政治的社会的なタブーから免れた最後の砦と言われている。教育によって力を得た女性たちの活躍が徐々に社会に影響を及ぼし始めたのもこの頃であった。一八三五年、有色人種の学生に入学許可を出したオハイオ州のオーバリン大学は、一八三七年、女子学生の入学を許可した。また、アン・ダグラスの『アメリカ文化の女性化』（一九七七）が示すように、産業社会の到来とともに、カルヴィニズム文化が衰退し、教会牧師の言動は主要な教会活動の成員である女性に傾いていった。ナンシー・コットの『女性の絆』（一九七七）によると、ニュー・イングランド地方では中産階級の白人女性たちが連帯意識を持って社会運動に参加し始めた。この頃の社会改良運動、第二次宗教覚醒運動で興隆した女性の教会活動や慈善事業、教育運動がその後、多くの勇敢な女性を奴隷制廃止運動に参加させていった。ハートフォード女学院、そしてのちにはシンシナティのウェスタン女学院を創設したキャサリン・ビーチャー（一八〇〇―七八）は、生来の宣教師の役割は、聖なる炉端から文明教化を広める女性に、その適性があることを述べて女性の教育を正当化している。つまり女子教育の重要性を力説したのだ。フラーが最も強調したのも女性の自己修養・自己研鑽であった。

## 3　女性の自己修養――共和主義から超絶主義へ

フラーの女性解放論は〈女性の領域〉の拡大を目指したものであったが、その調子には明らかに、一八四〇年代の発展していくアメリカ国家の新鮮な息吹があった。すなわち国土は二十六州を数え、オレゴン・カントリーとメキシコ割譲によりカリフォルニアの天地が、人々の心に「明白な運命」[11]として移った時期であった。国土拡張熱に浮かされ西部への移住が恒常的になり、大量の移民が流入し始め、運河や鉄道の建設、器械工場の設立などで国全体は産業化社会へ変貌する一方、第二次宗教覚醒運動や社会改良運動が活発になり、その中でも奴隷制廃止運動と女性運動の組織が東部を中心に活動を開始した時期であった。フラーの女性論は四〇年代の〈騒々しい〉雰囲気の中で、超絶主義や共和主義精神、カルヴィニズムの倫理観という時代精神に彩られている。

第一にフラーの女性論は、超絶主義の思想を基盤としている。当時、超絶主義者たちはユニテリアン教会に反旗を翻し、個人の尊厳を拡大し、人間には真理を把握する能力が内在することを確信した。すなわち自然の中に神の光を見ると主張する人々であった。したがって彼らは極めて個人主義的で、カルヴィニズム的倫理観で共和国の公徳心を称揚し、自己修養を高らかに謳った。それ故彼らの宗教は、汎神論的な神秘主義と言われ、文学や哲学においては、人間に無限の可能性を信じるロマン主義を、政治的には自由思想を信奉したが、実践においては、各自過激で実験的な方向へ向かった。彼らは、十八世紀末以来大陸の啓蒙主義、つまりイギリスの経験論、[12] フランスの自然法[13]やドイツ観念論、そしてロマン主義文学等に啓発され折衷した世界観を抱いていた。

当時、東部の気風もこのような雰囲気があった。十九世紀初頭のハーヴァード大学では、欧州文化に明るいとされるドイツ留学からの帰国学生四人を教官に迎えているし、エマソン、ソロー、エイモス・ブロンソン・オルコット（一七九九―一八八八）などの超絶主義者にとって、最も重要な人物はゲーテであった。フラーは、女学校時代ルソーの『エミール』（一七六二）[14]、ゲーテの『イタリア紀行』（一八二九）に心酔し、後にエッカーマン著『ゲーテとの対話』（一八三九）を英訳している。もちろんフラーは、男女差を推進するルソーの女性教育論に異を唱え、女性同士の友情をゲーテの友情論の上位においている。エマソンが『自然論』（一八三六）[15]において大陸文化からの知的独立を宣言し、旧弊な教会に別離を告げた時、フラーは女性解放論『十九世紀の女性』において、女性が自由で創造的な人間性を身につけることを願った。その要点は女性が独立した一個の人間として、社会においても人生においても開花するには、社会の変革の必要性もさることながら、女性自身による自主的で積極的な、自己改造が不可欠であることを提示したものである。このように女性の自立を主張するフラーの理論は、自己修養の完成と社会の進展を楽天的に信じた超絶主義者たちと同じ地平線から出発している。

さらに、神話を取り込んだ汎神論的な女性論は、超絶主義の特徴が強く表れている。エマソンやソローが、ヒンズー教や東洋思想にも関心を寄せたことはよく知られているが、フラーも女性の能力を探求し、近世の歴史や同時代の著名な女性を紹介するだけでなく、ギリシャ・ローマの神話や悲劇、遥かアフリカやオリエント地方の神話や叙事詩の中の女性も紹介した。それによって、キリスト教的な父権制度、教会文化、ヘブライズム的な世界のみならず、世界には多彩な社会が存在し、中近東の文明のように様々な世界観や宇宙観があることを提示し、広範な文明論を展開する素地を読者に与えた。この結果フラーの女性問題は、共和国思想における権利と義務という政治的概念からだけでなく、ジェンダーや階級、民族の問題をも示唆する、存在論的な認識をも広めることとなった。

次にフラーの女性論は、アメリカの独立を賛美する、父親譲りの愛国的な共和主義を基礎とし、ジョン・ロック（一六三二―一七〇四）の啓蒙主義や建国の父祖たちの抱いたローマの共和国思想に依拠していた。フラー自身は十五歳以降大量に取り組んだ読書の中で、これらの共和思想を吸収したと考えられる。一八二五年、女学校時代の教師スーザン・プレスコットに宛てた手紙で、「現在、私はスタール夫人、ストア派哲学者エピクテトス（五〇―一三五頃）、ミルトン、ラシーヌ、その他カステラ地方のバラッドを大変楽しく勉強しています。特に、啓蒙思想家のロックやエルヴェシウス（一七一六―七一）[16]、博識家トーマス・ブラウン（一六〇五―八二）、その他、トーマス・ペインの『コモン・センス』[17]論のテキストなどを熱心に読んでいます」(Capper 89) と書き送った。フラーは十六歳の頃、後に奴隷制廃止運動家、小説家として活躍するリディア・マライア・チャイルド（一八〇二―八〇）[18]と共に、ロックやスタール夫人を読んでいる。

アメリカ建国者たちの共和国思想は、国民の公徳心に支えられるべきものであった。公徳心とは、公共の「善」のために奉仕する、無私の精神であった。しかし、彼らはまた個人の自由も重視し、それが権力によって侵される政治的な腐敗を最も恐れた。そのためには、権力の濫用を押さえる制度を考える一方、市民が政府を監視すると言うこともしきりに強調した。フラーは、十二歳で父親に提出したエッセイで、共和主義の公徳心を、「偉大で、賢明で、善良な性格の形勢を阻むのは、環境の力ではない……強力に団結した魂が、アメリカに自由をもたらした」(WXIX 90) と書いている。

哲学者ハンナ・アレント（一九〇六―七五）[19]は、その著書『人間の条件』（一九五八）の中で、「こうして公私に分けられた世界が男女差別の源泉となる。社会の中心に位置する重要な〈公的な〉ものに必要な公徳心に対して、〈私的な〉領域は社会を建設するためではなく、生存に必要不可欠な生活の維持となる。まさに、女性と奴隷は生活のために働くことになり〈私的〉領域に存在し、家族の長である男性は、政治に関して自由を持つことになる」と述べている。

しかしながら、フラーは、むしろ父祖たちの啓蒙主義的な共和国思想を愛国的に道徳的に解釈した。お互いを監視すると言う姿勢には強くカルヴィニズム的な精神が働いているが、フラーもまた血で贖われたフランス革命に比して、「ヨーロッパが、人類の文化を促進させ、この国は偉大な道徳律を実現させるだろう」と期待する。この論議はベンジャミン・フランクリン（一七〇六―九〇）以来、腐敗した階級制度に蹂躙されるヨーロッパ世界に対して精神主義で対抗しようとする、新生アメリカ型の愛国主義と長年結びついたものであった。アメリカ人がどのような経験を通して、アメリカ人気質を獲得していったかを、『アメリカ人の経験』に著した歴史学者ヘンリー・パークス（一九〇四―七二）によれば、「独立戦争のずっと前から、自由主義的なアメリカ人は、自分たちの生活様式はヨーロッパと異なるばかりか、はるかに優れているし、社会がコモンマンに授けるチャンスだけでなく、個人や政治上の公徳心が優れていると信じるようになった」。「イギリス社会についてわずかでも見聞したアメリカ人は、階級特権の利得や汚職行為に接してショックを受け、英国の官吏や陸海軍の駐屯地で彼らと接触して、これらのことを意識させられた」と述べている。フランクリンは、一七七四年ロンドンからの手紙で書いている。「私が、この腐敗した古い国のあらゆる身分の者たちに浸透する極度の汚職行為と、日の昇る我が国に支配的な栄光ある公徳心を考える時、両国の連合からは、利益よりも悪影響があると懸念せざるを得ない。」こう述べた時、それはアメリカ人の一般的な意見であった。彼の手紙は続く。「……ここでは無数の特別職や不要な地位、巨額な給金、年金、特権、賄賂、無意味な請求権、愚かな支出、偽の請求書や請求書なしの勘定、契約や仕事が、国の歳入を使い尽くし自然の恵みの中で絶えざる貧困を生み出している」(Parkes 91)。このような風潮は、後期の小説において、アメリカ産業社会の爛熟により変更を迫られることになるが、ヘンリー・ジェイムズの小説、〈国際状況〉の出発点でもあった。彼は、小説『アメリカ人』（一八七七）などで、清教徒の道徳心を貫き、紳士的だが生一本で、ヨーロッパの文化と貴族に憧れるアメリカ人と、特権貴族たちの閉鎖的なパリの上流社会の相克を描いている。

しかしながら、フラーは、「自由なアメリカ人は、ローマ人のように自由であると感じ、仲間〔黒人やアメリカ先住民〕の悲惨を無視して自らの欲望や怠惰を貪っている。が、それでもなお〈すべての人間は平等である〉と声を上げるのは無益ではない」(WXIX 12)と述べ、フラーはすべての人間のなかに、少数民族や女性をも含めたのである。そして、共和国を健全な方向へ導くには、子供の教育の源である両親、つまり夫婦の関係をも平等であるべきであると結論づけた。

また、フラーの女性論には、カルヴィニズム的倫理観の上に立つ、潔癖な性道徳が強く認められる。女性の高い道徳性が野卑な男性を高潔な人間へと導くジョルジュ・サンドの小説『モープラ』（一八三七）を高く評価し、『十九世紀の女性』では、ジョルジュ・サンドやメアリー・ウルストンクラフト[20]を、女性の権利運動に重要な人物であると紹介した。しかし、現実生活では次々に愛人を換えて浮名を流すサンドを許すことが出来なかったらしく、次のように記している。

社会運動家は、激しい欲望の衝動の中で声を上げるべきでないし、その生活は情欲の過ちに汚れてはならない。彼らは己に対して厳しい立法者でなければならない。もし、永遠の幸福という要求を、一夜の気まぐれと混同されたくないのであれば、人類に対して高潔な意思を維持し信仰篤い求道者でなければならない。(WXIX 48)

この頃、フラーはまだ、ナポレオン民法の下で、ジョルジュ・サンドが離婚できない状況を把握していなかった。後にフランスでサンドに会見し、サンドの生き方を認めることになる。それにしてもフラーに認められるこの潔癖な道徳感が、いかに保守的で地方性に満ちたものであると言われようと、この当時のアメリカ女性一般にあまねく行き渡っており、この強い道徳感が、男性の不道徳性を告発し、禁酒運動や道徳純化運動(売春防止運動)、奴隷制廃止運動を進めていく原動力になったことは否めない。

## 4　結婚のかたち

フラーが女性一般を社会的な地位という見地からとらえていたことは、旅行記『五大湖の夏　一八四三年』で明らかである。この点については、『ダイヤル』誌に掲載した「大訴訟——男対男たち、女対女たち」(一八四三）よりもはるかに『十九世紀の女性』では明確になった。一八四三年、五大湖地方へ旅行した彼女は、マッキノー島でアメリカ政府から立ち退き料を受け取るため訪れる先住民、チッペワ族やオタワ族の野営地を自由に歩いて彼らと交流した。フラーは、「姿勢もよく堂々としているインディアンの男性に比べて、女性の態度や姿勢を見ると、社会的な地位が低いことが分かる。女性たちは重労働で背中は曲がり、歩き方が変である」(SOL 196)。フラーが当時まだ準州であったイリノイ地方やスペリオル湖で見たものは、孤独な辺境地の女性、迫害され困窮する先住民と、その病弱な先住民の妻たちであった。この体験によって、『十九世紀の女性』には、女性が社会的に高い地位にあったイロクォイ族の社会も挿入された。

フラーは、白人男性が自分たちの支配を正当化する、〈女性や奴隷には、経済的な知識や政治的判断力が欠けている〉という論議に懐疑的であった。これは支配的な性や人種が、恣意的に権力を正当化するための、心理的な手法であることをフラーは見抜いた。女性に対する言葉には、奴隷に対するものと同じような侮蔑的な調子が込められている。〈女子供〉という表現は女性が半人前であることを示しているではないか。結婚は私的な男女関係のことではなく、一方的に権利を奪われた奴隷制度と同様、身分を示す契約の制度であると結論づけている。結婚の契約が女性を隷従の地位に貶めると考えたのは、フラーが初めてではない。アイルランドのアン・ウィーラー（一七八五―?）や、英国のウィリアム・トムソンの『人類の半数である女性の訴え』（一八二五）などはすでに、結婚の契約が奴隷法同様、利己主義と無知からなる不公平な法規であることを告発している。

しかしフラーは、夫婦関係の身分差を、女性の成長、家族関係や教育、健全な共和国の発展という見地からも重要視していた。「人間は互いに結束するためには、それぞれがひとつの独立した単位にならなければならない。」男女が異なる領域で暮らす不平等社会の欠点をフラーは、次のように述べている。

男性は社会で活躍してきた。しかし、彼らは優位な権力を誤解し、また、それを濫用してきた。そして女性の導き手というよりは、主人となって不平等な結合を存続させ、女性を娘というよりは召使として教育し、結局自分自身が、王妃のいない王のような存在であることに気がつくのだ。(WXIX 113)

男性優位の社会は、不平等なジェンダー関係の上に構築され、抑圧的な心理的不調和をもたらすこととなった。アメリカの〈女性の領域〉という文化が、女性の自己修養を家庭の内外において制限し、父権制の結婚観や抑圧的な規則、性的搾取の陰険な形態を導いたと述べる。

フラーは、平等な夫婦の関係も可能であることを示すため、古今東西の歴史的逸話の中から、精神的に結ばれた結婚を例証している。フラー曰く、「古代の家庭の暮らし方がどのようなものであったにしろ、女性に対する考え方は、神話や叙事詩に気高く示された。ラーマーヤナ伝説の純粋で優しいシータ、無敵で神聖な知恵を備えたエジプトの女神イシス、エジプトにはスフィンクスもいる」(伊藤 50–52)。

厳しくもあり穏やかである民族特有の気高さが、男女に共有される高貴な結婚の例をローマにさがせば、[……]シェイクスピアの『ジュリアス・シーザー』[21]のブルータスとポーシャを見ることができる。

「あの神聖な誓いにかけて

私たちをひとつに結びつけた誓いにかけて
あなた自身であり、あなたの半身であるわたしに、
あなたが何故そのようにふさいでいるのか、打ち明けてください。
　私はあなたの情けによって周辺にいればいいと言うのでしょうか。
もしも、もはやそうではないと言うのなら、
ポーシャはブルータスの妻ではなく、情婦に過ぎません。」（WXIX 19–30）

それにこたえるブルータスの悲しみに満ちた尊厳に注目しよう。その誠実な声に、生涯にわたる信頼を抱かない人がいるだろうか。

「真実、立派な妻よ
この悲しみにうちひしがれる心臓に流れる
赤い血に勝るとも劣らず愛しい」

臨終の言葉で、人生の金言を述べるのも、同じ声である。

「皆に言っておこう、
私の心は喜びで満ちている。私の命のあるあいだ

私は、私に対して誠実でない者に会うことはなかった」(WXIX 19–30)

フラーの考える平等な夫婦には四つの段階があり、それは第一に「家政のパートナー」そして第二は「互いに崇拝する」ことであった。フラーによれば、愛と結婚の理想は、厳粛で深い感情を持ち得るすべてのキリスト教国家の人間の心に高く掲げられた。名誉と結婚、或いは信仰と名誉の愛が多くの恋人たちを苦しめ、両者の愛は、魂を不滅にする。シェイクスピアも、炎のような真実の愛において、極限の情熱は極限の純粋さと同時に発生すると考える。オセロ[22]が苦悩している時に叫ぶのは、真の恋人としての声である。

「汝が裏切っているのならば、おお、それなら天が天を嘲笑っているのだ。」(WXIX 19–41)

第三は「知性的な関係」である。文学者や、芸術家や、公的生活に携わっている男性は、妻を仲間であるとみなし、感情においても思考においても親友であると思うことがしばしばある。フランス革命期、ジロンド党の指導者、政治家ジャン＝マリー・ロラン夫妻[23]がそれである。「知的な結びつき」については、さらに、女権運動家メアリー・ウルストンクラフトと夫であるイギリスの無政府主義者ウィリアム・ゴドウィン(一七五六—一八三六)、そしてイギリスの社会運動家ホウィッツ夫妻を紹介し、友情で結ばれた結婚の最上のものと提示した。第四の「宗教的な信頼」とは、夫婦共通の人生の目的が神殿への巡礼となるようなものを示している。フラーは慎重に白人社会だけからの引用を避けて、ドイツの大公妃夫妻、アメリカ先住民族長の第一夫人ラチエウェイン(「飛ぶ鳩」)、そしてペルシャの王妃などの例を感動的に物語っている。特に「飛ぶ鳩」の名を持つ女性は、「夫である酋長に、六人の妻が別にいたが、唯一真実の妻であった。……彼女は、息子が四歳の時に亡くなるが、息子の心に、キリスト教の騎士道に値する敬虔な感情を残したのである」(WXIX 53) と述べ、古代ギリシャの哲学者でソクラテスの弟子と言われる、『アナバシス』の作家クセノフォン（前四二七―三五五）の描いた王女パンシアをも詳細に綴っている。

## 5　神話〈女らしさ〉の破壊

フラーは性の二重基準を解体するため、〈女らしさ〉という神話の定義に含まれる〈弱さ〉に異議を唱えた。彼女は十九世紀の女性としては極めてリベラルで民主的であり、生粋のコスモポリタンであった。フラーは、白人・プロテスタント・中産階級の女性という、当時アメリカで一般的な女性の範疇を度外視し、人間性を無視されていた黒人奴隷の女性や、労働者階級の女性も視野に入れた。歴史的にも古代から近代の女性も考慮の対象とし、国内で簡単に人種の壁を越えたように、外国の女性の階級もたやすく超えていった。

本来女性は家庭にいるのが定めであると言うことを真実の理とするならば、文明社会は今なおその準備が整っていないと付け加えなければならない。女性が家庭にいるからといって、退屈であるとは限らないが、穏やかな生活をするようにはならないからである。……女性の脆弱な肉体的条件が国政にかかわる仕事に不適切であると考える人たちは、黒人女性が妊娠中でさえ野良仕事に狩り出され、お針子たちが骨折り仕事に長時間耐えていることを、決して不憫に思わないのである。(WXIX 18)

(7) 奴隷制廃止運動家アビー・ケリー・フォースター。1855. Dorothy Sterling: *Ahead of Her Time—Abby Kelley and the Politics of Antislavery* (Norton & Company, Inc. 1991).

こういうフラーのリベラリズムの斬新さを正当に評価するには、リベラルと言われる奴隷制廃止運動家でありながら女性の権利を無視する男性たちに向かって、「黒人にも魂があると言うのなら、女性にも魂がある」(WXIX 20) という彼女の言葉を、冗談としていなす当時の雰囲気を思い起こす必要がある。

一八三九年、奴隷制廃止運動家ウィリアム・ロイド・ガリソンは、マサチューセッツ反奴隷制教会の支部に数人の女性を実行委員として指名しアビー・ケリー（一八一一—一八七）を雇った。彼は協会の演説や、署名活動やバザー等優れた活動する女性たちを起用し、活躍の場を与えたのだ。しかし、男女混淆の聴衆に向かって女性が演説をすることが社会的に認められていなかった時代、この過激な行為は大いに非難された。ニューヨーク出身のアーサー・タッパン（一七八六—一八六五）、ルイス・タッパン兄弟等はそのため組織を脱退し、女性会員の参加を認めない「アメリカおよび海外反奴隷制度協会」を創設した。

フラーの女性観は、異民族を抱え込むアメリカの国内事情もあるが、他国のフェミニズムの書と比較すると、極めてグローバルな視点をもち、当時としては過激で新しいことが理解できる。これがフラーに男女の性向における相対主義を導き、〈女らしさ〉の神話を破壊する原動力になったのである。フラーより以前のフランスでは、オランプ・ド・グージュ（一七四八—九三）が一七八九年『女性および女性市民の権利宣言』を出版し、庶民階級の女性も含む女性の権利を主張したが、間もなく反逆罪でギロチンの露と消えた。イギリスでは、ウルストンクラフトが『女性の権利の擁護』（一七九二）で、男子と同等の女子教育の重要性を主張したが、彼女の対象とする女性は、「社会の寄生虫のような富裕階級の女性ではなく」、中産階級の女性であった。また後に、女性の投票権法案を初めてイギリスの議会に提出したジョン・スチュアート・ミル（一八〇六—七三）でさえ、『女性の隷従』（一八六九）あるいは、『女性の解放』の中で扱う女性は、中産階級の女性のことであり、彼は才能のある女性であれば職業に就いてもよいが、本来女性は家庭にいるべきであると考えていたと言われる。したがって、ウルストンクラフトやミルをブルジョワ・フェミニズムというカテゴリーに入れる人々もいる。

それに対してフラーは、ポーランドの革命時、軍隊を率いたエミリア・プラテル侯爵夫人（一八〇六—一八三一）[24]、スペイン無敵艦隊と戦ったイギリスのエリザベス女王、そして啓蒙専制君主とされるロシアの女王エカチュリーナ（一七二九—九六）[25]の功績を紹介し、このような女性は本来、男性にも負けない強靭な性格や体力とともに、女性的な性格も合わせ持っていることを強調した。特に、奴隷制反対運動でその雄弁さを称えられたアビー・ケリーを擁護し、「ヒロイズムの神髄は、穏健、沈着、優しさにある。生命そのものに存する情熱の発露なのだ。ヒロイズムが公正性とか志操堅固に結びついた時には、それが実践的な力を欠いていることを示す」(WXIX 72) と述べている。

男性的・女性的と言われる資質を吟味するフラーは、男女の別なく人間の性向は多様なものであると結論づける。フラーは『ニューヨーク道案内』誌の記事から〈女性性〉という言葉を引用し、女性性の中には〈調和〉の外に、他人を鼓舞し、鼓舞される性格がある。フラーによれば、女性は「感動的な振る舞いに優れ、直観力がつよく、信仰篤い性向を示す特徴がある。しかしながら、

男性的、女性的という特性は、根本的な二元論を示しているにすぎない。事実は、たえず一方から他方

へ移っていくものであり、液体が固体へと変化するように、固体が液化して流れるように、完全に男性的な男性も存在しないし、純粋に女性的な女性も存在しないのである。(WXIX 75)

さらに、フラーは、ギリシャ新古典主義者プロクラス(四一二—八五)を引いて、「人間に備わる性格を表す各層が、時に一部強く現れることで、男性女性の性格が定まると言われており、多様な潜在能力を想定する、フラーのジェンダー観がうかがわれる。二十世紀後半の性的マイノリティLGBTQ擁護の考えがここに、既に、予兆できる。それ故、ジュピターは自分のうちに十二の能力を持っている。そして男性は美の神アポロと、火と鍛冶の神ヴァルカンを、女性は詩神ミューズ、軍神ミネルヴァを身内に秘めている。フラーによれば、人間の性向は多様であり、その差異は液化する固体の各段階における相のようなものである。

女性の持つ偉大な能力を示したフラーは、男性に開かれている同じ道を女性たちにも歩むように鼓舞した。特に『十九世紀の女性』に付録を付けて感動的に示したのは、エジプトの女神イシスと、ギリシャ悲劇、エウリピデスの『アウルスのイピゲネイア』である。女神イシスは、社会的な役割を明確に持つこと、イピゲネイアは、女性が自分の意思で国政に貢献できることを示す意図があったと思われる。

女神イシス紹介の背景には、西欧社会におけるオリエント世界の受容をも考慮に入れるべきであろう。ボストン近郊のセイラム港は、中国やインド、アフリカ交易の基点として栄えた。当時貿易商人の館には、中国からの青磁の陶器や、インド産の象牙の透かし模様の細工物が飾ってあった。また、ナポレオンが一七九九年エジプトから持ち帰ったロゼッタ・ストーンの解読で、ヨーロッパのエジプト・ブームに拍車がかかり、オベリスクやピラミッド、エジプト風霊廟などの建築様式が多く導入された。一八三一年、アメリカで初めて開発されたマウント・オーバーン公園墓地では、エジプト様式のオベリスクがゴシック様式や古典主義様式とともに、中心的な記念碑であった。(26)

『十九世紀の女性』のなかで、フラーは特にエジプトの主神であり、至高の男性神オシリスに並列された世界全体を司る女神イシスを紹介している。聖なる知恵を持つイシスは、女性の神でトウモロコシを挽き、糸車をまわし、布を織り、男性にも病気の治療する魔力の持ち主である。エジプトでは、イシスは、オシリスの妻であり妹であった。イシスは夫のオシリスが弟セトに殺された後、バラバラにされた夫の遺体をナイル川付近に探しだし、(ただし男根は見つからず、魚に食べられたと言われる。)元のようにつなぎあわせ、高貴な油を全身に塗り浄めた。その後、イシスはオシリスに冥界の王として、永遠の生命を与えた。フラーは、イシスが魔術をもち、つまり医学の知識があること、現世で婚礼の神であることに、女性の力強い味方と見たのかもしれない。ナイル川の季節の訪れと人生の復活を表したこの神話は、明らかに永遠の生命を伝える神話であった。

次にフラーが感動的に記したのは、ギリシャ悲劇、エウリピデスの『アウルスのイピゲネイア』である。イピゲネイアは、トロイ戦争の勝利を祈願した父親アガメムノンのために生贄となる。ギリシャ諸国のために犠牲となる決意を示す悲劇的な一節が紹介される。国家の存亡に女性も関与できること、そしてギリシャ悲劇の女性は偉大で崇高さがあると記すフラーは、現実のギリシャ社会では女性の地位が低いと嘆いているが、ギリシャ悲劇の登場人物、カッサンドラ、アンティゴネ、マッカリアなどには壮大さと凛然さが示されていると述べている。

フラーは、アメリカの女性に対して自助と自己信頼を高め、社会的責任を果たすように繰り返し、呼びかける。

従来女性は、「男性に教えられ導かれ、［……］大きな子どものような存在であった。今、「インディアン」の娘のように太陽に、真理という太陽にかしずき［……］ひとりの人間を愛するためには、強い立派な人間になってほしい。」（WXIX 78）

フラーはボストンで「対話」に参加した女性たちが、作家や教師、社会運動家として活躍することに誇りを持ち、女性が社会で働くことに何の違和感も持たなかった。フラーは、人間には多様な特性があるというフーリエのユートピア社会主義思想に共感した。すなわち、三分の一の女性には、男性的な仕事、三分の一の男性には女性的な仕事を与えるファランクスという実験農場を紹介している。また、フラーは、

もし女性にどのような仕事ができるかと尋ねられたら、何にでも、と答えましょう。女性は船長にだってなれるのです！」（WXIX 115）

当時、この一節は、この評論でもっとも有名な箇所であった。後年、ローマ共和国の創設直前、フラーは『トリビューン紙』の「特派員報告」の中で、「アメリカが早くローマ共和国を承認するように」と促し、「もし私が外交官になれたら、多くの外交官のするように有能な書記官を雇って仕事をさせ、私は娯楽にいそしむでしょう」「しかし、未だ女性の世紀は来ていない」（*TSGD* 245）と吐露している。フラーの女性の能力に対する信頼は、果てしないものであった。それまでも、またその後も、例えば、アメリカ最初の女性医師エリザベス・ブラックウェル（一八二一—一九一〇）やフローレンス・ナイティンゲール（一八二〇—一九一〇）のように、多

くの優れた女性が女性自身の才能を限定的に主張しているのとは異なり（世界女性史大事典　二七二）、女性にだけではなく人類全体に対する無限の信頼と愛情、このことがフラーの強みであり、ロマン主義的と言われる所以でもあるだろう。

フラーはヨーロッパでもこの信念を棄てていない。ウルストンクラフトは控えめに女性も国会議員になる日が来るだろうと述べているが、フラーは女性の上院議員が必要であると明言している。『トリビューン』誌主幹ホレス・グリーリーは、この一節をフラーの宣伝に使用したが、当然保守派の強い顰蹙をかった。エドガー・アラン・ポーは、フラーの『ダイヤル』誌の編集長としての手腕や、『五大湖の夏　一八四三年』を充分評価をしているが、『十九世紀の女性』に対しては『ゴディズ　マガジン　レディズブック33』（一八四六年八月号）で、ハイブロウだが、皮肉たっぷりの評価を掲載した。

『十九世紀の女性』は、フラー嬢以外に、この国のほとんどの女性は書き得なかっただろうし、この国ではどんな女性も出版しなかった著書である。女性の独立心や、純然たる過激主義に貫かれた本書は、「アメリカ文学の珍品」であり、グリウォルド博士は彼の叢書にこれを加えるべきである。本書は繊細だが強力で、かといって思慮深く、示唆に富んでおり、頭が切れて、或る程度学術的だと言う必要はないだろう――フラー嬢が書いたものはすべてこの形容詞があてはまるが、しかし、そこで達成された結論は部分的には、私の考えとは違うと言わねばならない。それらはあまりに大胆で斬新、我々を驚愕させるのは、その結果が危険であるからではなく、それを達成するために、多くの前提が捻じ曲げられ、多くの想定される事象が全く見えないからだ。私は性差に関して、神意は、精神の外的な（さらに繊細な）部分を、一般的な広い分野に偶然、投げかけることによってのみ、明白に理解できる神意を言っているのだが、この神意が、充分に考察されていないと言いたい。フラー嬢は、また彼女自身の過度な目的を通して、判断を誤っている。彼女は、自分の心と知性によってのみ女性を判断しているが、この地球上には、一、二ダースのフラー嬢しか存在しないのである。

ポーのような天才的な人物でさえ、文学の分野でフラーの才能を認めることはできても、当時は女性の心理や活動などについての想像力は遠くおよばず、その理解はむずかしかったのだ。そこで、フラーは当時、誰もまともには取り合わなかったポーの作品を、『トリビューン』紙の書評で高く評価して、うわてを取ったのである (July 11, 1845)。とはいえ、果てしなく楽天的で力強いフラーのこの冊子は、どれほど多くの女性の力になっただろうか。

## むすび

『十九世紀の女性』における女性論を検証してみると、その思想的背景は、アメリカ建国以来の共和主義、そしてカルヴィニズムの強い倫理観、時代精神である超絶主義に強く彩られたものだと言うことが分かる。しかしながら、その根拠はフラー自身の幅広い教養と大胆な行動主義に支えられている。〈女らしさ〉という神話を破壊し、女性の創造的な能力を例示するために、フラーは古今東西にわたる神話や民話、文学作品や歴史をあまた引用した。当時としては、再生と復活の神、エジプト神話のイシスの紹介は、悠久の時を暗示し太母神の記憶を呼び覚ます、きわめて新しい感覚であったはずである。そのためにもっとも辛辣な書評が『ボストン・クオータリー・レヴュー』誌の主幹オレステス・ブラウンソンから出された。彼は、「フラー嬢は、女性に男性と同じ地位、職業、仕事、研究を解放するように要請し、ペティコート軍団がズボン集団を圧倒するまで失われたエデンの園は回復されないだろうと考えている節がある。彼女は古代の異教徒が我々よりこのことをよく理解していると確信している」(Chevigny 506) と書いた。実際、フラーの意図はその通りであった。

しかしながら、歴史的視点に立つと、『十九世紀の女性』におけるギリシャ神話・エジプト神話への傾倒は、当時、超絶主義者たちが教会の権威集団を攻撃し離反していった宗教的信念と同根である。彼女は元来、先住民の扱いについても激しくプロテスタント教会を非難していたし、エマソンは、「最後の晩餐」の典礼に同調できず第二ボストン教会を辞職した。子どもの聖書に対する自発的な意見を教育課程に入れてその異端性を攻撃されたエイモス・ブロンソン・オルコットなど、彼らの教会指導陣への形式主義批判は明らかであった。したがって、この書は女性の社会的な独立と解放を目指したにとどまらず、社会一般に対する啓蒙の書でもあった。

評論の形式を見ると、『十九世紀の女性』は論理的に課題が展開されていない。組織化されない構成、放埒なイメージャリー、ウィット、逆説、シンボリズム、そして宣言文のような語句が充満している。『ニュー・イングランドの文学風土』(一九八六) の著者ローレンス・ブエルは、「説教と対話を融合させて、強い形式を創作する試み」であると述べているが、朗読には向いているかもしれない。ここには、その後の女性解放運動で主張された様々な問題が、整理されないまま提出されている。しかしながら、女性の教育における機会均等、道徳的知的存在としての女性の自立、法の前の平等、既婚女性の所有権、婚姻の平等、あらゆる職業と経済的政治的権利の要求、服装改良、売春防止など多くの問題が、女性の自己実現、自己解放という方向に集約されている。この点でまさしく十九世紀の女性解放論なのである。しかも実践における困難について、フラーは楽観的であった。「私は、特に極端な例を引いて取り組もうとするわけではなく、〔……〕男性だけに不公平な矯正を求めるわけでもなく、社会全体の根本に立ち返ろうとしているのだ。基本原理が確立されれば、細則はおのずと調整されるだろうから」(WXIX 17)。その基本は、あくまで女性が自立した個人となることを目標としていた。

フラーの主張には現代的な、むしろポストモダンの性格と、保守的な部分が混交している。アメリカ国家の発展を誇るナショナリズムと結びついた彼女の共和主義はその後、ヨーロッパでは労働者階級の擁護と社会主義社会の方向に向かい、自由・平等の精神を持って独立を果たしたアメリカが、ヨーロッパ大陸に手本を示すべきであると考えていた。しかし、そのフェミニズムのもっとも有効なメッセージは、超絶主義の「自己信頼」であり、またそのコスモポリタン的な特徴である。フラーの主張は、女性の範疇や職業について、人種・階級、文化や宗教を超えて民主的に認める点について、二十世紀八〇年代に起こってきたポスト・モダニズムの世界に属している。もし建国時代以来の共和主義に依拠するフラーの男女平等論に古典的な特徴を見るとすれば、二十世紀初頭、社会進化論を援用して、男女平等を主張したシャーロット・ギルマン（一八六〇―一九三五）と比較すればわかりやすいであろう。フラーは人間の性格を限りなく拡大し、柔軟に解釈しているものの、男女の性別を二元論的にのみ理解している。

フラーは、男女差はあるものの人間はみな平等で自由であると考えていた。十八世紀後半の自由主義《リベラリズム》に依拠したフラーの女性論は、当時としては、過激的で空想的なフェミニズムであったが、現代では、男性は要らないとする過激なフェミニストを除いては、普遍的な民主主義の基本である。

十九世紀の女性解放運動に携わった多くの女性は、自由主義から出発したが、男女の違いを認めて女性の特性を生かして共和国の浄化をすべきであると考えていた。したがって当時の一般的な傾向は、二十世紀後半のラディカル・フェミニストたちから、リベラル・フェミニズムと呼ばれている。フラーは、自由主義に依拠する点で一致しているとしても、その主張は体制内改革には収まらなかった。むしろ、階級的な抑圧、人種的偏見に意識的なフラーは、社会の根本的な制度を換えることを声高に主張したのだった。フラーの女性論は、階級・ジェンダー・民族の問題をグローバルな観点から検討せざるを得ない現代社会において、科学や社会学の発展を考慮に入れた上でもなお、今日的なものが多々あると言う点で画期的である。

# 第三章

# イギリスの過去と現在
## ――壮麗なエディンバラ城と新産業都市のスラム化

### はじめに

一八四六年、エマソンの紹介でマーガレット・フラーは、ロンドン南西部テームズ川沿いのチェルシーに住むトーマス・カーライル（一七九五―一八八一）[1]を訪問した。そこで初めて、イタリアの革命運動家ジュゼッペ・マッツィーニ（一八〇五―七二）[2]に遭遇する。マッツィーニは、イタリアの独立と統一のために共和制国家における民主主義を提唱し、イタリア憲法の制定だけでなく汎ヨーロッパ主義にもその主張を拡げ、アメリカ大統領ウドロウ・ウィルソン大統領の十四か条の民族自決の思想にも重大な影響を与えたと言われている。当時、マッツィーニは、イタリア半島の独立を掲げ一八三一年二月の武力蜂起に失敗後、サルディニア王国から国外追放の刑に処せられた。その年三月にマルセイユで秘密結社「青年イタリア」を結成し、一八三四年にはピエモンテ蜂起を企てるも失敗し、ジェノアの自宅前で死刑宣告を受けた。スイスに逃亡後、彼はイギリスへ亡命しロンドンにいたのであった。フラーは、まだアメリカにいた一年前、一八四五年八月の『トリビューン』紙で、「マッツィーニ、著名なイタリアの愛国者」という題で彼を紹介している (Mehren 239)。革命に対して貴族的な保守主義を振りかざすカーライルに、落胆の色を浮かべるマッツィーニであったが、その優雅で禁欲的な物腰、命を賭けたゆるぎない信条に、フラーは深く心をうたれたのであった。

彼女は『トリビューン』紙の特派員として、その後、フランス、イタリアに滞在するが、一八四九年二月、マッツィーニのローマ共和国の創設と七月の崩壊を『トリビューン』紙で報道し、協力を惜しまなかった。特にフランス軍のローマ攻略の際には、アメリカとアメリカ人に対して、イタリアの独立支援を熱狂的に訴え続けた。この年ヨーロッパ各地で続発する革命に、アメリカのジャーナリズムは多くの人材をヨーロッパに派遣したが、イタリアに関する限りフラーの記事が国民的な注目を集めたことはよく伝えられている。(3) しかし発展期にあったアメリカのジャーナリズムは、その後移民問題や西部の併合、ゴールド・ラッシュに続く南北戦争のため、関心は国内に移り、人々の興味もヨーロッパから逸れていった。

しかし最近では、一八三〇年から一八四八年のヨーロッパの革命や社会変革の影響を、アメリカの奴隷制廃止運動や南北戦争の中に見出そうとする動きも見られる(Reynolds)。その中で、当時の先端をゆくイギリスやフランスの社会変革や社会思想家たちの活動を紹介したフラーの記事が、アメリカ社会や文化の発展に重層的な効果や、多角的な視点を与えたことは否定できないであろう。

フラーは、ヨーロッパで初めて、アメリカの奴隷制廃止運動の重要性を認識するが、本章では、イギリスの旅を辿る。フラーは、イギリスで湖水地方やスコットランドの美観に目を奪われると共に、詩人ロバート・バーンズ（一七五九—九六）(4) や小説家ウォルター・スコット（一七七一—一八三二）(5) に因む土地を訪れ、新時代の幕開けを認識した。さらに、蒸気機関車や炭鉱の見学により、新産業都市のスラム化と悲惨に心を痛め、社会改革者たちの活躍をも紹介し期待している。

## 1　フラー　奴隷制廃止運動家を評価

エマソンの紹介で、フラーはイギリスの文学者や批評家たち、マシュー・アーノルド（一八二二―八八）、ワーズワース、[6]ド・クィンシー（一七八五―一八五九）、トーマス・カーライルなどに会見する予定であったが、丁度夏の休暇中で、多くの名士たちはロンドンにはいなかった。だが、彼女は、ヨーロッパの旅行でスプリング夫妻という理想的な同行者に恵まれた。クエーカー教徒の夫妻のおかげで、自由思想家や社会活動家に会うことができたのである。彼女は夫妻と共に、マンチェスターやリバプールでは、ベンサム系グループの運営する職工学校や、街の公衆浴場を見学し、ニュー・カッスルでは、炭鉱の奥深く降りていき、パリでも保育所、聾唖者や身障者の学校などを見学した（*TSGD* 41）。

マーカスとレベッカのスプリング夫妻は、アメリカでブルック・ファームの株を購入し、その後北アメリカ・ファランクスにも相当な投資をし、この旅行からの帰国後、一八五二年にはニュージャージー州にユートピア共同体ラリタン・ベイ・ユニオン（一八五三―六〇）を創設した。彼らは私有財産の所有権を有していたが、社会主義に惹かれており奴隷制廃止運動に積極的に参加した。事実、夫妻は海外滞在中、フラーの奴隷制廃止運動家たちに対する突然の意見の変更に、深く関わっていたに違いない。スプリング夫妻の旅行目的のひとつは、ヨーロッパにおける最新の社会改革運動を学び、それを事業やユートピア共同体を軸にしてアメリカ社会に導入しようというものもあった。

マーカス・スプリング（一八一〇―七四）は、裕福な、博愛主義者の綿花商人で、妻のレベッカ（一八一一―一九一一）はニュー・イングランドの奴隷制廃止運動を積極的に支持し、庶民の教育運動を展開した。夫妻は、南北戦争の際、特に奴隷解放宣言後は、多くの逃亡奴隷や難民のためにスープキッチンを運営し、奴隷の子供のための学校も創設した。

レベッカの父親アーノルド・バッファム（一七八二—一八五九）は、何回かの英国滞在で奴隷制廃止運動家の議員ウィリアム・ウィルバーフォース（一七五九—一八三三）[7]やトーマス・クラークソン（一七六〇—一八四六）[8]の影響を受けた。ウィルバーフォースもクラークストンもイギリスで二十年以上も奴隷制廃止運動に関わり、奴隷制廃止を訴え続けた国会議員であった。一八〇六年初頭、海事弁護士ジェームズ・ステファン（一七五八—一八三二）の助言でウィルバーフォースは、英国国民によるフランス植民地の奴隷貿易の幇助を禁じる法案を提出した。多数の船は、その頃、アメリカ船籍で英人船員によりリバプールから出航し、フランス植民地に奴隷を供給していた。この外国奴隷貿易法はナポレオン統制下の反フランス感情を具現化するもので直ぐに議会を通過し、新法は結果的に、イギリスの奴隷貿易の三分の二をも禁じることになった。ふたりは奴隷貿易の膨大な証拠を要約した「奴隷貿易廃止に関する報告書」を一八〇七年一月に出版、グランヴィル・シャープ（一七三五—一八一三）[9]が貴族院で熱弁をふるい廃止法案を提出した。法案は貴族院を予想外の四一対二〇という大差で通過し、奴隷貿易法は一八〇七年三月に国王の裁可を受け成立した。レベッカの父アーノルドは一八三二年にニュー・イングランド奴隷制廃止協会を、一八三三年にはアメリカ奴隷制廃止協会の創設者のひとりとなり、マサチューセッツ州に二つの職業学校を創設した人物であった。

レベッカは、結婚前、フィラデルフィア黒人幼年学校で教えていた。一八三八年、フィラデルフィアのリバティ・ホールで奴隷制廃止女性協会の会議に出席中、奴隷制廃止協会の活動に反対する暴徒たちに、彼女の教えていた黒人学校が焼打ちに遭ったことがあった。それ以来、彼女は奴隷制廃止運動に鉄の意思で立ち向かったと言われている。しかし現実のレベッカは、大変穏やかで、もの静かな女性であった。

フラーは、アメリカにいる頃、奴隷制廃止運動家たちの教条的で、狭量な態度には好感を持っていなかった(Chevigny 340)。ボストン時代、フラーが奴隷制廃止運動家や超絶主義グループの妻たちを集めて、「対話」をしていた時、メンバーで一八三五年からアメリカ反奴隷制協会の執行委員も務めたマリア・ウェストン・チャップマン(一八〇六—八五)が、「奴隷制廃止運動」を議題にしたいと申し出たが、フラーは反対したことがあった。チャップマンは、奴隷制即時撤廃、奴隷の無条件即時解放を掲げるウィリアム・ロイド・ガリソン(一八〇六—七九)を支援する富裕層のひとりであった。請願運動に大活躍し、多額の利益を上げて奴隷制廃止運動支援のボストン・フェアを成功させたリディア・マライア・チャイルド(一八〇二—八〇)の後を継いで、実行委員で活躍した女性であった。奴隷制廃止運動家に好感を持っていなかったけれども、フラー自身は、『トリビューン』紙の記者となってから、七回奴隷制廃止運動についての記事を書いていた(Mitchell 211)。フラーはレベッカの熱意にうたれ、ヨーロッパ社会を知る過程で、次第にアメリカの奴隷制廃止運動の意義を理解するようになった。

イギリスの旅は、一八四六年八月六日ニューヨークからリバプールへの十日間の蒸気船カンブリア号から始まった。フラーが真にリベラルな態度を貫いたヨーロッパの旅で象徴的だったのが、カンブリア号の船長が、黒人奴隷に理解のあるイギリス人のチャールズ・ジャドキン(一八一一—七六)であった。一八四五年八月、元奴隷で、アメリカの奴隷制廃止運動や女性の権利運動で指導的な役割を果たしたフレデリック・ダグラス(一八一八—九五)(10)が、イギリス遊説旅行のためこの船に乗った時、奴隷所有者たちの反対で、彼は一等船室でなく三等船室に押し込められた。それに同情したジャドキンは、ダグラスに演説の機会を与えたのであった。ダグラスは、マサチューセッツ奴隷制廃止協会の支援で、イギリスへ講演旅行をしたのだった。彼は、イギリスで「熱狂的な観衆から温かい歓迎を受けた」と、一八四六年一月六日、二月二日の二回「小さな仕事」「大英帝国のアメリカン・ニグロ」という題名で『トリビューン』紙に記事を掲載した。当時まだ逃亡奴隷の身分であったダグラスは、このイギリスでの講演旅行による支援者の献金で、自由の身になったと言われている。

ニューヨーク・ヘラルド紙はジャドキン船長を「ニガー・キャプテン」と呼んだが、彼は、インディアン問題で活躍したマキニー大佐が「インディアンの友達」と呼ばれるのを喜んだと同じように、誇らしく見えたとフラーは書いた。少なくとも、フラーはジャドキン船長を「有能で、俊敏な指揮官」であると述べた（*TSGD* 40）。

レベッカ・スプリングは常に奴隷制の廃止を表明していたが、この旅行中保守頑迷なトーマス・カーライルに対しても、奴隷法が奴隷に読み書きを教えるのを禁止しているとか、黒人奴隷がどんなに危険を冒して逃亡するかを切々と訴えて、その非道徳性を示したのであった（Bordhardt 14）。

(8) 奴隷制度廃止運動家フレデリック・ダグラス（テキサス大学蔵）

(9) 思想家トーマス・カーライル　著書『英雄崇拝論』『フランス革命史』

マーガレットは、赤々と燃える暖炉の前に立っており、面白そうに見ていた。マッツィーニは、手を後ろに回して歩いており、イライラしているように見えた。他の者たちは一緒にいた。私はカーライルがこういうのが聞こえた。「もし奴らが奴隷の身分に甘んじているのなら、奴隷の価値しかないのさ。何の哀れも感じないね」私が彼の方へ近づいた時、マーガレットは微笑んで、「私はレベッカがどのくらい長いこと耐えられるかと思っていたのよ」と言った。私はカーライルに、奴隷に読み書きを教えてはいけないなど大変厳しい奴隷法があること、それにも拘わらず、奴隷たちは工夫をして何とか学ぶし、どんな知恵やトリックを使って逃亡するか、しばしば汽車が近づいてくるのを見るまで長いこと線路を走るのだ。そこを走れば自分の臭いが消えるので、猟犬から逃れられるのだ。私は彼に多くのことを話し、カーライルはしばしば「こういうことを聞いてよかった！ 本当によかった！」と言いながら耳を傾けた。この後カーライルは大変穏やかになり、皆は彼を囲んで椅子に座り、一晩中、彼の生き生きした話に耳を傾けた。

フラーはその後、ローマからの「特派員報告第十七号」で、一八四七年七月十七日オーストリア軍がフェラーラに侵入した時、アメリカ憲法の平等の権利に思いを馳せ明白に奴隷制反対の意見を述べ、次の報告第十八号では、奴隷制廃止運動家の理想を崇高なものとして説いた。

ここで私はアメリカの奴隷制廃止運動家のことを思ってどんなに喜ばしいことか！ 故国にいた時、私は彼らと一緒にいるのに我慢ならなかった。彼らの話は長々しく、しばしば狭量で、常に大声で、その内容が極端であった。しかし、結局、彼らは高潔な動機をもち、彼らの要求や人生の中には普遍の真理があった。しかし、もしそれが考え得る価値のある唯一のものでないとしても、それはこのような凄惨な汚点から、このような不吉な悪疫から偉大な国家を解放するために、命を賭けるに値する真に重要なことである。神様、どうか奴隷制廃止運動家たちを強くし、目的達成のために賢明な策をお与えください。

(*TSGD* 166)

## 2　穀物法廃止と詩人ワーズワース

リバプールに着いたフラーとスプリング夫妻を迎えたのは、エマソンの友人で、『マンチェスター・イグザミナー』紙の共同出資者であるアレキサンダー・アイルランドであった。彼はさっそく三人をリバプールとマンチェスターの職工学校に案内した。そこでは、庶民の子弟がつつましい学費で、基礎科目のほか、フランス語・ドイツ語、美術や音楽の授業も受けることができ、図書館もあった。この図書館には、娯楽の為だけでなく古典の蔵書もあるとよいだろうというのが、フラーの意見であった。リバプールでは、立派な邸が女学校として使用され、女生徒たちはアメリカと同じように裁縫を習っていた。フラーは、「特派員報告第一号」に、労働者のための学校を設立する努力がなされていること報じているが、何よりも関心のあったのは、この年廃止された穀物法のことであった。

一八一五年成立した穀物法は、ナポレオン失脚後、イギリスで平和回復期の急激な物価下落の中、欧州各地からの安価な食糧の輸入を阻止することを意図したものであった。地主階級が政治権力の特権を独占する状態に憤慨し、産業資本家と労働者が史上初めて提携する機会を持つことになったもので、議会は無策と弾圧で乗り切ろうとした。しかし一八三七年秋、マンチェスターで食糧暴動が起き、その翌年一八三八年、自由貿易論者はロンドンに集まり、反穀物法同盟を結成した。中産階級出身の綿紡績業者で後に労働者の選挙権の拡大に奔走するジョン・ブライト議員[11]やリチャード・コブデンら[12]連盟の指導者たちは、六年間の奮闘の末、穀物法の廃止を見ることになる。一八四五年トーリー党ピール（一七八八―一八六五）首相は廃止案を上程して失敗したが、翌年この案は可決された。

チェスター訪問後、評論家ハリエット・マーティノー（一八〇二―七六）の世話で、フラーたちは湖水地方にしばらく滞在し、避暑地で過ごす様々な人種や階級の人たちと交流した。ハリエット・マーティノーは、保守主義的な社会思想家で、アダム・スミスの思想を解説した『政治経済学図解』（一八三四）で世間の注目を浴び、その後道徳・政治・社会のジャンルで様々な評論を書いたが、『アメリカの社会』（一八三七）『ディアブルック』（一八三九）『時間と人間』（一八三九）などの代表作がある。

湖水地方には、社会改革や反穀物法や死刑廃止運動のために活動している企業家や、ギリシャに資産をもち、しばしば本国と往復している地主や裕福な企業家、イギリスに留学しているインド貴族の子弟などに会った。その中のひとりに、反穀物法連盟のリチャード・コブデンの知人がいた。「コブデンは独学で、大人になってから多くを学んだので、同じ階級の人との交流が少ないのだが、コブデンほど鋭い洞察力を持つ人間は他にいない。〔……〕ジョン・ブライトの演説の方がはるかに雄弁なのだが、コブデンの言葉は感動的なのだ。というのも、リチャード・コブデンは、率直で、ありのままを単刀直入に言うからだ」(*TSGD* 52) と彼は述べている。

フラーたちは桂冠詩人ウィリアム・ワーズワースを訪問した。ワーズワースは、幼少時にロンズデールの第一伯爵の法務官を務めた父親から古典、ミルトン、シェイクスピア、スペンサーなどの読書を勧められ、父親の図書室の使用も許された。しかし彼は、八歳で母親に死に別れ、十六歳で父親に先立たれ、彼の五人の兄弟や妹たちは、親戚に預けられ離れ離れに育てられた。この少年時代の辛い体験は、彼の性格に影を落とし、そのせいで後年しばしば鬱状態に陥ったと言われている。ケンブリッジ大学に在学中、ワーズワースは大陸旅行に出る。フランス革命の熱狂の中で共和派の思想に共鳴した彼は、大学卒業後再びフランスを訪ね、フランス人アネット・ヴァロンと恋に落ちた。その後彼女は娘を出産するが、ワーズワースは経済的な理由と英仏間の緊張関係から単身イギリスに帰国し、その後何年も会えなかった。そのうちフランスでは恐怖政治が幅を利かすようになり、ワーズワースの革命熱は冷えたと言われている。

一七九五年、ワーズワースは詩人サミュエル・テイラー・コールリッジ（一七七二―一八三四）[13]と出逢い、一七九八年『抒情民謡集』を共同で著した。そこにワーズワースの詩「ティンタン僧院にて読める」とコールリッジの詩「老水夫の歌」が収められたが、第二版の序では、「一八世紀までの詩語を廃して現実の言葉を使用する詩」の創作をすすめ、「それは人間の心情の自然な発露を詩にするべきである」というイギリス・ロマン派の指標が掲げられていた。

(10) イギリスの桂冠詩人ウィリアム・ワーズワース。

二十代のフラーは、「水仙」「ひばりに」「虹」など大量にワーズワースの詩を暗記するほど心酔していた。一八三六年の『アメリカン・マンスリィ・マガジン』でフラーは、「イギリスの現代詩人」という評論で、ワーズワース、サウジー、コールリッジの三人を湖水地方の詩人として紹介し、その普遍性を評価していた。

『トリビューン』紙に送った記事によると、ライダル・マウントに住むワーズワース訪問はとても友好的な雰囲気であった。彼は客人を山中の住居に案内したが、そこはあまりに美しく、激しくも冷徹で、革命を煽動するロマン主義者の大詩人の住処というより、立派な郷紳の隠居所のように思われたと、フラーは書いている。ワーズワースは、スプリング夫妻の息子にも小さな昆虫を見せて、フラーたちを屋敷内に案内し、妹ドロシーの肖像画や、アメリカの画家ヘンリー・インマン（一八〇一―四〇）による本人の肖像画などを見せた。ワーズワースは、フラーの青春を躍動させた詩神《ミューズ》を最早秘めてはいなかったが、フラーはワーズワースに穀物法に対する意見を求めている。

……「［穀物法成立の］基本方針は確かに正しかったんだよ、当時は正しかったが、現在の利益が入念に考慮されたかどうかは、私は判断する覚悟はできていない」などと、彼が穏やかに言うのを聴いて、彼の隣人は喜んだ。彼がこのような課題について心を開く兆候だと歓迎したのだ。ワーズワースはこの地に住んでいるのに、隠遁生活の故に、英国や世界の真の貧困問題に無知であることに彼らは嘆いている。［……］彼はイギリスの他の地域からも声高に上げる呻きに耳を傾けない。(*TSGD* 57)

イギリスでは一八三三年に奴隷制廃止法が通過したが、その一方、国内の工業都市に広がるスラムの惨状は、社会改革が急務であると言う結論をフラーに促した。フラーは中世の街チェスターを訪れて、「旧世界の中心」にいる心地がすると言っているが、エディンバラからリバプール、マンチェスター、ロンドンに近づくにつれて、過去から現在へ、それも街の労働者に関心が向かっていった。彼女の心に痛ましく焼き付いた庶民生活の映像は、根本的な打開策を必要とするものであった。そこからフラーはアメリカで喧伝されていたフーリエの社会協同体運動 (Associationists-Fourierism) の趣旨を悟ったのだ。

リバプールや、グラスゴー、そしてとりわけロンドンのような場所の、街路の恐怖や悲嘆には、人は無感覚になるか、毎日死ななければならない。[……]この人間と、人間の運命の恐ろしいばかりの不平等を忘れることはできない。あるいは、ここで起きているようなことを神が微笑みをもって見ていると信じることが出来ない。これらのものを見た者は、あえてわが国での悲惨や悪徳防止のために試みる社会協同体活動家を非難できるのだろうか？

私は、グラスゴーに大変優秀な知的社会があることを理解しているが、数時間しか滞在せず、そのような人物にひとりも会わなかった。もちろんここは、一般的な人々の観点から、また道端から観られるものから判断するに、私たちが訪れた他の地域よりもむしろ地獄と言った方が当たっている。人々は狭いところに押し込められ、むさくるしく、無感動の悲惨と堕落が明白に見て取れ、凄惨そのものである。

グラスゴーの人々は、とりわけ女たちがうす汚い恰好で、着ないよりもひどく、ボロを身に着けており、彼女らの顔の物憂げで絶望的な苦悩の表情は、ダンテの地獄の門にかかれた碑文(14)よりも悲劇的である。

(*TSGD* 79)(15)

一八四八年、ヨーロッパ各地の革命運動は、フラーが「地獄のようだ」と言った現実から、沸き起こったものであった。特に、産業革命は、新興都市に人口集中をおこし、煙害や煤、貧困などとともに、あらゆる悪弊をもたらした。また、一八四五年のアイルランドのジャガイモ飢饉や、小麦の凶作は、パン価格の高騰と製造業の停滞をもたらし、さらに庶民の生活を脅かしたのであった。この後五年間の内に、アイルランドでは、百万人以上の餓死者を出し、毎年十万人が移民となって、故国を離れたと言われている。当時、リバプールやマ

(11) ランカシャー地方の綿織物工場、1840 年頃。厳しい労働条件の下、女工や子供はアメリカの奴隷労働と比較された。

ンチェスターは、イギリスの工業都市でも最大の「ニュー・タウン」であったが、その有様はフラーでさえひるむような惨状を呈していたらしい。一八四〇年代に入ると、イギリスは世界で初めて都市人口が地方の人口を凌ぐ工業国になっていた。ジョージ三世・四世時代の約半世紀間に第二次囲い込み運動によって、農民たちがこれらの新しい織物工業生産地に殺到した。そして、一八四五年から四七年の間には、リバプールの人口の四分の一はアイルランド飢饉の難民で、三〇万人に膨れ上がった。マンチェスターの人口は一八三〇年に一四万人だったものが、一八四四年には四四万人に増加した。もちろん、ロンドンは一八二〇年代から一〇〇万人をはるかに超えていた（村岡健次　三一―三二）。

マンチェスターでは、北の丘のふもとから巨大な街並みが広がり、貿易商館や倉庫が連なり、川筋や横堀に沿って六、七階建ての工場が立ち並んで、五十本以上の煙突が空にそびえていた。労働者の賃金はみじめなほど低く、また満足な仕事もなかった。労働者は窓のない地下室に、また悪名高い「背中合わせの」安普請のアパートに、しばしば家族が一部屋に押し込められ、しかもその一区画の建物全体に、一つの奥外便所と一つの水道の栓しかないのであった。塵の山から立ち上る臭気が道に充満し、家庭排水や汚水が舗装してない道路の真ん中を流れ、煤煙のため時々黒い雨さえ降った。[15] フラーが、イギリスで見聞したこのような状況は、マンチェスターの貧民救済に尽くした牧師の妻エリザベス・ギャスケルの小説『メアリー・バートン――マンチェスター物語』（一八四八）『北部と南部』（一八五五）に鮮やかに描かれている。[16]

## 3　新時代の幕開け――ロバート・バーンズとスコットランド王女メアリー

フラーは、ローマ帝国の占領地であった町チェスターで英国の古い歴史に思いを馳せ、「特派員報告第一号」でその印象を報じている。チェスターの町はイングランドでも最古の町のひとつ、西暦七九年頃ローマ軍占領時代の駐屯地であり、当時はチェルトリアと言われ、「二一歩兵隊」の逗留地であった。ジュピターの頭のついた銘など草地にまだ認められるが、旧市街にはその後のウェールズ民族の侵入や内紛などの痕跡が残っている。十字架や、外壁や塔、アーチ形の城門、胸壁などが蔦に覆われ、聖書の銘の彫られた古い館や大聖堂などが、古木の陰から立ち現れている。

第二号で、フラーは、チェスターの旧市街の城壁は、街の周囲を二マイル取り囲んでいると書いた。チェスターの城壁は初め一マイルであったが、中世になって幾つかの塔や城壁が加わった。チャールズ王の塔は、ローマの要塞の北東の隅にある。フラーは、一六四五年「かわいそうに、気が弱く、不幸せだったチャールズ一世は、隣接する戦場ラウトン・ヒースで、自身の王の軍隊が議会軍に負けるのを見た」とつけ加えている。その先にある美しい塔は、当時博物館に利用されていて、チェスターの町やウェストミンスター公爵などからの寄贈品が展示されていた。

リバプールからランカスターまで鉄道を使ったフラーたちは、そこから運河を往来する船でケンダルまで行き、湖水地方のグラスミアやウィンダミアでは船旅を楽しんだと言っている。フラーは、湖水地方が世界中からの様々な観光客を惹きつけていると書いているが、この頃の旅行は、上流階級のものだったということが分かる。

多くの史跡や名所を訪問したフラーの心は、ウォルター・スコットのロマンスやワーズワースの詩と共に踊っている。彼女はワーズワースの詩『ひばりに寄せて』を引用し、長詩『逍遥』の舞台となったランズデイルでは、無蓋の馬車に四人が乗り、四、五時間田園地帯を巡行している。ワーズワースの詩『二人の羊飼いの少年、ダンジオン・ジル・フォースの滝』でこの有名な滝を訪れ、深い谷底からずっと上に薄青い空が少し見えたと言っている。フラーは「私の人生で熱に浮かされたような時代に、ワーズワースのこの場所を詠った詩は、むしろ、透明な流れ、さわやかな風、そして冷たい青い空が、粗暴で火山の爆発で荒廃したような時代に平穏さを与える永遠性というものをもたらした」と述べている。

湖水地方の交通の要所ケジックから、大聖堂や城のあるカンブリア郡の州都カーライルの町に行く馬車で、フラーはロバート・バーンズの同郷の紳士に会った。彼はウォルター・スコットとロバート・バーンズを比較して次のように話した。「スコットは、その才能、知識、活動の素晴らしさにもかかわらず、彼は過去の詩人で、心の奥深く封建制の貴族社会の慣習と融合している。それに反して、ロバート・バーンズは、現在と未来の詩人であり、民衆の人であり純粋な男である」と。けれども、フラー自身はそれに付け加えて、スコットとバーンズを冷たい一息で貶めるような比較をするつもりもないし、双方の世界は社会に必要であると述べている。どちらも素晴らしく徹底かつ完璧に自分の運命として課された重要な役割を演じた。スコットは、古代スコットランドの英雄主義と韻文形式に、新風を吹き込んだ。彼は、古い三世紀頃のゲール伝説にでてくる英雄オシアンの住む殿堂に私たちを誘い、まさに我々から永遠に消え去ろうとしている世界を掴ませる、橋掛かりになっている。

それに比べて、バーンズは、崇高で、純粋な民主主義の心に満ちており、それは君主を破壊することではな

(12) スコットランドの詩人ロバート・バーンズ。The Burns Museum, Alloway UK.

く、その性質や行動の中に、彼がそうであるように、すべての人間を君主にすることなのだ。彼らは同じ世界に属しており、彼等は同じ教会の柱なのだ。もちろん、ふたりは反対側から星降る屋根を支えてはいるが。バーンズは、むしろ（人類にとって）貴重な人間であった。それは彼が、巨大な民衆の心を持っていたからに他ならない。彼のユーモア、情熱、甘美さはすべて彼特有のものである。それらは、人を安心させる絵画的な、あるいはロマン主義的な飾りではない。どこから見ても、それは本物なのだ。アダムの時代から、ロバート・バーンズほど、神の御前で素裸で堂々とした人間はいないと思う。もちろん、彼は私生児を五人も作るほど、心に蛇を飼ってはいるが。

またフラーは、乗り合い馬車で乗り合わせた紳士のエピソードとして、バーンズの詩を紹介している (*TSGD* 63)。バーンズはスコットランド南西部サウス・エアシャイアの貧しい小作農の家に七人兄弟の長男として生まれた。長老会の信徒で教育熱心な父親は、息子たちに読み書きを学ばせ、ロバートは弟と共に農場で働きながら詩を作り始める。一七八三年からスコットランド語のエアシャイア方言を使った詩を創作し、一七八六年には初の詩集『スコットランド方言の詩』が出版される。この成功を受けて、翌一七八七年にはエディンバラでも彼の詩集が出版された。名声が上がり始めた頃、近隣の郷紳の館に招かれたロバート・バーンズは、行ってみると食事は召使いの部屋に用意されていた！　食後、彼は客人たちの集う食堂に呼ばれたが、彼の椅子は食卓の最下位のところにあった！　一杯のワインが出され、彼は客たちの慰みに自作の歌を歌うように所望された。彼はワインを飲み干すと、その雄大な歌「清貧はあるのか。なんといっても人は人」(For a' that and a' that）を轟くような声で謳ったという。

「この詩を挿入するが、わが国の読者の記憶を刷新するのに、何の害もないであろう。我が共和国アメリカでも、同様に叱責の必要な者が、スコットランド人の客同様、いるであろうからというのがフラーの弁である。

何といっても人は人
正直な暮らしで貧乏しているのに、
首うなだれたりする奴はいるか。
そんな臆病者の奴隷など――我々は目もくれない。
何と言われても我々は貧乏を通すつもりだ
何と言われようともだ。
われわれの仕事が賤しくてもかまわない、
階級なんてギニー金貨の刻印みたいなもの、
何と言ったたって人間が本当の金なのだから。

われわれが貧しい食事をしていようと、
粗末な灰色の服を着ていようと、それがどうだというのだ。
愚か者には絹の衣装、悪人どもにはワインをくれてやれ、
何といわれようと人は人だ。

何と言われようともだ、
奴らには安ピカの装身具など見せてやれ、
正直者は、どれほど貧しかろうと、
何といっても人間の王様だ。

向こうに殿様と呼ばれ威勢のいい奴が見えるだろう、
気取って歩いたり、目を向いたりしている人だ。
何百人という人が、彼の墓場に敬意を表しているが、
彼はやっぱりのろまのバカ者だ。
何と言われようともだ、
彼の勲章のリボンやスター勲章などを、
独立心を持った男ならば、
見るだけで吹き出すことだろう。

君主は金の帯を着けた騎士や、
侯爵、公爵などをつくることができる。
だが正直者となると彼の力は及ばない、
彼は決して正直者をつくるわけにはいかない。

何と言われようともだ、
正直者に備わった威厳とか、
判断力や、自尊心などは
そのすべてよりも高い階級なのだ。

さて我々は祈ろうではないか、
（なんといわれようとその日がくるのだが）、
この地上で良識と真の価値が
勝利を収める日が来ることを。
何と言われようとも、
世界中どこでも、人と人とが
何といっても兄弟となる日が
何といっても近づきつつあるのだから。（訳　佐藤猛郎『ロバート・バーンズ詩集』国文社、二〇〇九）

この詩は、その後歌として世界中にひろまり、各地で翻訳もされて謳われている。因みにドイツでは、一八四八年の革命直後、フェルディナンド・フライリヒラート（一八一〇―七六）により、この詩は翻訳された。彼はマルクスやエンゲルスと共に『新ライン新聞』の編集者であった。最近では、ドイツのフォーク歌手ハネス・ヴァーデルが歌い、一九九九年のスコットランド議会の開会式ではこの歌が歌われた。また、「蛍の光」

は毎年大晦日に歌われ、「陽気な乞食」はスコットランドの酒場でよく歌われると言う。ロバート・バーンズの人気は衰えないようである。

また、フラーは、観光地エディンバラにおける鉄道の開通に時の流れを感じている。

エディンバラの街の壮麗な風情は、あまりに知れ渡っているので、私はそれを繰り返すことしかできない。私は、旧市街の眺望をカールトンヒルや、アーサー王の玉座から堪能した。プリンス・ストリートにある私たちのホテルから宮殿がよく見えたが、この館は特に月光の下で、また霧がかかった時には、まさに、ミルトンの『失楽園』（一八二四）[17]に描かれた、ジョン・マーティン（一七八九―一八五四）の挿画、霧の中から現れた宮殿を、現実のものとして見ることができた。

また、旧市街のホテルには新しいウォルター・スコットの像が立っていた。そこからは教会が見え、古い刑務所のあったところで、ドーテウスが死刑になったことで有名である。スコットの作品『ミドロジアンの心臓』（一八一八）で劇的に描かれている場所である。旧市街と広場の間に鉄道のターミナルが立てられることになるが、建物は樹陰に隠れて景観を損《そこな》うことはない。しかし、スコットならば、このような「新」が「旧」にとって代わるのを残念に思うに違いない。スコット像は記念堂の中に埋もれているが、それでもこの地に光彩と名誉を与えるものである。この政策に沿って、フリードリヒ・フォン・シラー、ゲーテ、ベートーベン、スコットの像が建立されているが、エディンバラ宮殿のすぐ足下に鉄道が来るより良いと思う。（*TSAGD* 62–63）

エディンバラからパースへ向かう道、乗合馬車に乗ったが、フラーには快適だったらしい。どこでも馬車の一番上の席に座り、雨にぬれてびしょ濡れになった一日でさえ、大いに楽しんだ。田園風景を自由に見渡せ、駅を知らせる警笛の威勢の良い響きと共に、滑らかな道を着実に進む馬車で行くのは爽快である。それに比べて、汽車の旅は、フラーの意見としては、地上で最も愚かな進歩である。汽車の騒音で、読書も談笑も、そして睡眠さえも妨げられるので、さわやかさのない睡眠から目覚めるようある。とはいえ、イギリスでは芸術家たちが、以前は都会の近郊のわずかな緑陰を求めてスケッチの場所にしていたが、今では一日の娯楽のために、かなりの遠出ができるようになった。

フラーたちは、キンロスシャイアを通り、十六世紀スコットランド王女メアリー・スチュアート（一五四二―八七）が悲しみの歳月を過ごしたロッホレーヴェン湖のほとりにある城跡を訪ねた。その後、ホーリールード宮殿内で、秘密とされる血染めの階段や、ウォルター・スコットの館、アボッツフォードで、女王の肖像画を見る機会もあり、その感慨は大きなものであった。特に、スコットッランドのメアリー王女とイングランドのエリザベス一世の時代は、ふたりの女王とふたつの国がヨーロッパ全体の抗争に巻き込まれる時期であった。だが、メアリー王女が個人的に長い不遇の日々を送らざるを得なかった原因はなんだったのか。

メアリー王女は、スコットランド王ジェイムズ五世の死によってわずか生後六日で王位を継承した。摂政を立てたが、母親がフランスの貴族ギース公家の出身だったので、アンリ二世の元に逃れ以後フランス宮廷で育てられた。一五五八年十六歳のメアリーは、アンリ二世の王太子で当時十四歳のフランソワと結婚式を挙げた。しかし、同年エリザベス一世がイングランド女王に即位すると、フランス王アンリ二世はメアリーのイングランド王位継承権を主張した。一五五八年アンリ二世の死後、王太子はフランソワ二世として即位、メアリーはフランス王妃となった。この年からスコットランドではプロテスタントの反乱が起こり、イングランドが介入しフランス海軍は大打撃を受けた。一五六〇年フランス王フランソワ二世が十六歳で病死、子供のないメアリーは、翌一五六一年にスコットランドに帰国。当時のスコットランドは宗教改革が進み、宗教対立が絶えなかった。一五六五年、メアリーはダーンリー卿と再婚したが、彼の傲慢な性格により結婚生活は冷めていった。まもなくメアリーはイタリアの音楽家で、秘書のダヴィッド・リッチオを寵愛し重用するようになったが、一五六六年、ホーリールード宮殿での食事中、リッチオがメアリーの目前で殺害されるという事件が起きた。メアリーは流産の危機を迎えたが、六月十九日無事に息子ジェイムズ（後のイングランド王兼アイルランド王ジェイムズ一世、スコットランド王六世）を出産した。だが、ダーンリー卿との仲は冷え切ったままで、彼女の心はボスウェル伯に傾いた。一五六七年、エディンバラのカーク・オ・フィールド教会でダーンリー卿の死体が発見されると、早速ボスウェル伯はメアリーに結婚を申し込み、その数日後、五月十五日に二人は結婚式を挙げた。当時、ダーンリー卿殺害の首謀者はボスウェル伯、共謀者はメアリーであるとの噂で、カトリック・プロテスタント双方がこの結婚に反対した。間もなく、反ボスウェル派が軍を起こし、六月十五日にメアリーは反乱軍に投降し、ロッホリーヴェン城に移され七月二十六日に廃位された。しかし翌年一五六八年五月、ロッホリーヴェン城を脱走したメアリーは軍を招集するが、マリ伯の軍に敗れ、イングランドのエリザベス一世の元に逃れた。しかし、たびたびイングランド王位継承権者であることを主張し、またエリザベス女王廃位の陰謀に幾度も関係したと言われ、十八年の幽閉生活は決して穏やかなものではなかったと思われる。

　フラーによれば、この不幸な美しい王妃メアリーは、歴史上でひとつのタイプを象徴しており、この王妃の死は、クレオパトラのように、その魅力的な力を減じておらず、未だ賛美者が続いていると言う。最近は、ロシアのラバノフ公が十四年間の研究でメアリー王女の短い治世の謎について論文を仕上げたが、雑誌『チャンバーズ・ジャーナル』によれば、その結論は今までの見解と大きく異なることはないようである。つまり、彼女はメジチ家と旧教徒ギーズ伯爵に教育され、ローマ・カトリック教会になびく策謀にのせられたが、ダーンリー殺害に対して少なくとも黙秘を通したことなどは想定通りであった。気の毒に、美しく若いこの女性は、人生を楽しむことに憧れたが、その地位や利益や情熱に対するへつらいに道を誤り、その末路は当然の成り行きをもたらしたのだった。

フラーが倫理的な過ちについてとても寛容であることは興味深い。だが、メアリー王女に対しては、女王としての必要な才覚と度量が欠けており、女性としても人間としてもやや性格に難点があったと手きびしい。フラーは王女メアリーを以下のように結論づけている。

確かに、王女メアリーの人生の過酷な帳簿に、これほど厳しい代価が貴重な分与として強要されたものはないであろう。彼女の地位と治世は、その善意を勧めるには力及ばず、彼女を危険の淵に導いた。彼女の才覚は、敵を苛立たせ、味方を落胆させるのみであった。しかもこの極めて魅力的な女性は愛人たちの破壊者となった。三度の結婚で、メアリーは妻として一度も幸福ではなく、自ら選んだ人間関係についても、自分の選んだ男の愛を、たとえ一週間たりとも、所有することも維持することもできなかった。だから、ダーンレイは、その怒りをリッチオにぶつけるため、彼女と生まれてくる赤ん坊の命を危険にさらした。しかもダーンレイ死後、ボズウェルと結婚した数週間後には、メアリーは「自殺するから刃物を持ってきて」と叫んだと言われている。息子と娘、二人の子供を産んだが、子等は孤独と悲しみの中で育ち、幼少の折に親から引き離され、息子は母親を憎むように育てられ、娘は直ぐに修道院に入れられた。十八年間の幽閉の期間に加えて、この愚かしい放蕩者の世界で、その優雅さと美しさが人びとを魅了したのに、その空想力を活発にするものが自分しかいず、せめて人生のまったき晴れやかな期間中、刺繍をし続けたメアリーの目を閉じさせせよ。(*TSGD* 71)

## 4　社会改革者たち―ジョージ・ドーソン

フラーは、リバプールで「乞食たちに取り囲まれ、酒場で憂さ晴らしをする女労働者」を見ているが、一八四六年、四七年にフラーが遭遇したイギリスは、これらの諸問題を解決するために必要な立法措置に手間取る政府があるのみであった。一八二九年のアイルランドの旧教救済法、一八三三年工場法、一八四二年婦人・子供の鉱山労働廃止、など徐々に労働者の生活に関する法律は整う方向ではあり、一八四七年には十時間労働法も立法化されるのであるが、それはまさに労働者や農民のおかれた状況が如何に過酷なものであったかの証明でもある。労働組合やロバート・オーエン系の社会運動家などの社会変革の要求が、チャーティスト運動の支えでもあった。当時のヨーロッパを旅行する者にとって一八四八年・四九年の暴動の勃発は、何の不思議もなかったのかもしれない。イギリスに到着して間もなくフラーは書いている。

現在、スコットランドとイングランドは何処もかしこも、阿鼻叫喚の巷と化し、その不幸を治癒する知見と慈愛を必要としている。このような支援がなければ、まもなく、言葉でない他の方法がとられるかも

しれない。(*TSGD 79*)

フラーはここで遠まわしに革命を仄めかしている。しかし本来は、社会改革は平穏に、イギリスの社会改革の指導者によってもたらされることを期待していたと考えられる。彼女は、このような社会に立ち向かう社会改良家たちを紹介している。バーミンガムでは、市民福音(Civic Gospel)という哲学で都市の活性化を成し遂げた牧師ジョージ・ドーソン(一八二一―七六)[18]、ユニテリアン牧師で教育者ジェイムズ・マーティノー(一八〇五―一九〇〇)[19]、チャーチスト運動に活躍したウィリアム・フォックス(一七八六―一八六四)[20]、ロンドンのサウス・プレイス・チャペル・サークルの指導者ウィリアム・J・ロヴェット(一八〇〇―七七)である。労働者出身のロヴェットは、チャーチスト運動に参加し、教育運動を展開し、労働組合の設立を推進し、フェミニストたちや進歩主義者を含むチャペル・サークルを指導したのだ。

説教師ジョージ・ドーソンは、一八四三年にバプティスト教会の聖職者に任じられたが、歴史や文学などの講演で、バーミンガムやマンチェスターで評判となった。一八四七年に、彼はバーミンガムでユニテリアン派の救世主教会を創設し、信者たちを導いた。非国教徒であるドーソンの主張は、斬新であった。彼は「牧師も信者も信仰の誓いは必要なく、信仰の形式は信者の選択に任せられ、形式の違いは、キリスト教徒同志の協力を妨げない。」「信仰の掟はただひとつ。汝は主を汝の神として愛し、また汝の隣人を汝のごとく愛せ」と叫んだ。救世主教会で、ドーソンは市民福音(Civic Gospel)の概念を発展させ、「街の環境と生活の質を向上させる」運動に参加するよう呼びかけた。彼の説教は当時としては特異なものであり、ドーソンは「死人が死人に説教するような古いタイプの説教ではなく、生きている人間が、生きるのに困難であると感じる人間に説教するのだ」と言っている。

フラーは、バーミンガムでジョージ・ドーソンの講演を聴いている。この時、フラーは三十六歳で、ドーソンは二十五歳であった。

バーミンガムで日の出の勢いをもつ、ジョージ・ドーソンの二つの講演を聞いた。以前から、大層評判の若者である。彼は、社会的な便宜や支援でなく、友愛という意味で人民の友であり、文学には普遍的なものを、宗教上は反分離派で、大志や愛に信義を求める。彼は大変雄弁で、講演中、必要に応じて情熱や威厳を示し、イギリスの礼儀作法を度外視した物言いや振る舞いをし、しばしば素朴な感情で聴衆に向かう。だが、彼が指導する階級にはその方が訴えるのである。ドーソンには人並み以上に優れた自由な才覚があり、その目標は有徳的なので、［……］庶民の教育者として重要な仕事を完成し、成功するだろう。その欠点は若者にありがちで決して驚くことではない。彼はそれまで多くを成功させ、そのため自信家で他人の権威を軽視しがちである。［……］最善を望もう、何故なら、彼はイングランドの改革運動に関わってきた人々に重要な人物だから。(*TSGD* 85)

実際、ドーソンの演説にバーミンガムの人々は電撃に打たれたようになり、彼は教会の信者たちを奮い立たせた。影響を受けたのは、バーミンガム市長から後に商工副長官を務めたジョセフ・チェンバレン（一八三六―一九一四）、同様にバーミンガム市長になり、無料の公教育運動や、零細農業労働者向けの対策、「三エーカーの土地と一匹の牝牛」を授与する土地改革に邁進したジェシー・コリングス（一八三一―一九二〇）、同じくビジネスで活動し市長を務めたジョージ・ディクソン（一八二〇—九八）、眼科医で後に一八四六年治安判事から市長になったロバート・マーティノー（一七九八—一八七〇）、ジョン・アルフレッド・ラングフォード（一八二〇—一九〇三）等であった。彼らは皆、街の生活改善のために活躍した。一八四七年から一八六七年の間に、彼の教会員たちから十七人の町会議員が選出され、六人が町長を務めたと言われる。

一方、ジェイムズ・マーティノー[19]の家系は、代々リバプールのユニテリアン派の聖職者であった。彼は、一八四〇年に母校である神学校、マンチェスター・ニュー・カレッジで、精神および道徳哲学と政治経済学の教授に任命され、ヨークからマンチェスターに移り住んだ。彼は一八六九年から一八八五年まで校長を務め、一八五三年にこの大学がロンドンに移ると、四年後には彼もロンドンに移り住んだ。一八五八年に彼は、ロンドンのリトル・ポートランド・ストリート・チャペルで説教師を務めながら、教授の仕事も継続した。フラーによれば、「彼は知性が勝っており、［……］大変保守的であり、時に進歩的なのだが、それは折衷主義という意味ではなく、彼の意見に根本的な調和が見られないからである。保守的な面では、彼は学者肌で、鋭い。その一方、彼は感傷的で、［……］思いやりがある。彼は預言者でも賢人でもないが、細やかな愛情と思考に満ちた人間であり、常に示唆に富んで皆を満足させる。彼は既成階級の要求に上手く適合している。それは現在の多数派である彼らが、新しい酒は好きなのだが、古い瓶を棄てるほどはゆとりがないと感じている」からだ。

また、ウィリアム・ジョンソン・フォックス（一七八六—一八六四）[20]は説教師、政治家、文学者であるが、マーティノーと正反対である。彼は中流階級の出身で、それを自らの行動と一致させる。彼は偉大な説得力を持ち、それは真実の追求のために、温かい心から説得するからである。彼は時々、（神のもつ）黄金の爪で動かすように、偉大な力で信念を実行するが、思考をも働かす。ユニテリアン派の牧師として、一八一七年にはロンドンのパーリアメント・コート・チャペルで務め、一八二四年にはサウス・プレイス・チャペルで務めた。フォックスの周囲には進歩的な思想家たちが、チャーチスト運動のウィリアム・ロベット（一八〇〇―七七）を通じて、フェミニストたちも集まった。その中には、フォックスの説教を印刷したソフィア・ドブソン・コレット（一八二二―九四）、小説家で女性の権利について書いたメアリー・レーマン・ギリーズ（一七九六―一八六九）、女性参政権運動家でイタリア革命の支援者キャロライン・アシュハースト・スタンフェルト（一八一六―八九）などがいた。フォックスは離婚でその地位を危うくしたが、チャーチスト運動の主導者トーマス・ギブソンの父親がチャペルの委員会にいて辞任を認め、彼は五十家族を伴いベイズウォーター地域で宗教活動を継続した。彼はユニテリアン主導組織である、『マンスリー・デポジトリー』の共同編集者となるが、一八三一年には版権を獲得し、文学評論や政治経済問題を取り上げる雑誌にし、政治運動家としてもコブデンの先導する反穀物法同盟で活動した。熱烈な演説家と知られ、一八四七年から一八六二年まで自由党の国会議員を務めている。

フラーは、彼らの活躍について、アメリカのW・H・チャニングやセオドール・パーカーに似ているが、これらイギリスの運動家たちの方が、その思想を普遍的な必要性に適応する実践力にたけていると結論づけている。

また、フラーはウィリアムとメアリー・ホウィット夫妻などの社会改良運動家と大変親しくなった。夫妻は、労働者階級の啓蒙のために出版した『ピープルズ・ジャーナル』の共同編集者であったが、この頃は、『ピープルズ・ジャーナル』の編集方針を巡ってジョージ・サンダースと対立していた。彼は、雇用関係の改革、労働組合の創設、職人組合への中産階級層の管理の廃止などについての記事を書いていたが、これらは社会主義の新しい考え方であって、ホウィット夫妻のような中産階級の博愛主義者にとっては、不穏な存在であった。イギリスでは、産業革命が進み、階級間の政治的社会的分裂がアメリカよりはるかに激しかった。したがって、国家は失業者に対して責任があるとか、労働者は自分の利益のために組合を設立するべきであると言うような、当時としては急進的な考え方が形成されていったのである。

一方、フラーの友人スプリング夫妻のアメリカ的な社会主義は、博愛主義的で、慈善要素の強い、大抵の場合、父親のような温情主義による行為を指した。一八四〇年代に頂点に達したアメリカのユートピア運動は、三十以上のフーリエ系のファランクス協同社会を建設したと言われている。しかしながら、アメリカの企業家で、自分の支援するユートピア共同体に暮す者は殆どいなかった。彼らは、キリスト教的精神の問題として、奴隷制廃止、無償教育、人道的な刑務所、身障者や知的障害者のための学校を創設、女性の権利の拡張運動に好意を示した。もし階級闘争という幽霊が、彼らに脅威を与えるとしたら、彼らの改革がその緊張を和らげてくれることを希望していたのかもしれない。フラーはスプリング夫妻と同じように、アメリカとイギリス社会のずれを感じるようになった。

## 5　評論家カーライルとイタリア革命家マッツィーニ

ロンドンに戻ったフラーは、カーライルに会った。その夜、フラー一行はエジプトへ行くハリエット・マーティノーのレセプションに招待されていたが、フラーはその直前に、カーライルに紹介状を送っていたのだ。彼は直ぐに姿を現した。カーライルは、牧師を志しエディンバラ大学に入学したが、宗教的な懐疑に陥り、卒業後は教師となった。ドイツ・ロマン派の文学や哲学の影響を受けながら、独自の思想を形成し、『シラー伝』

（一八二五）やゲーテの『ヴィルヘルム・マイスターの修業時代』（一八二七）を英訳しドイツ思潮の紹介に努めた。十年前にエマソンと懇意になった彼は、最初の大作『衣装哲学』（*Sartor Resartus* 一八三六）をエマソンの序文をつけてボストンから出版した。この作品は、一見ドイツ哲学者の奇妙なマスクの下に、イギリス社会の功利主義や商業主義を攻撃し、腐敗した近代生活の打開を試みたものだ。エマソンは、カーライルに、次のようなフラーの紹介状を書いた。

フラー嬢は極めて崇高な心の持ち主で、その精神、性格に生まれながらの寛大さが溢れている。私にとって、彼女はニュー・イングランドでむしろ異国情緒あふれ、暖かく開放的な土地から来た外国人のように見える。彼女は恐らくこの国で皆がゲーテのことを何も知らないうちに、ゲーテの愛読者でありファンであった。また、フランスや特にイタリアの天才たちの傑作を大いに評価しているので、旅行者として最善の資格がある。つまり、彼女は最高の資格をもつ我々の世界市民である。(RWE to TC. July 31, 1846)

ロンドンを去る時、フラーはこの恩人のことを『トリビューン』紙に書いている。以下はフラーのカーライル像である。

私は、イングランドやスコットランドで、この国の偽善や因習の高い壁をわずかばかり経験した上で、敬意をもってカーライルに近づいた。彼は、誰よりも、あるいは何千の人間の、実際、ただ一人でその偽装や壁を打ち壊し始めたのだ。新思想や寛大な希望があるところはどこでも、カーライルの思想が力を持ってきた。彼は、忌まわしい現実のヴェールを引き裂き、愚かな幻想を燃や尽くした。人間であることは何か、私たちが真に生きるとは何かということ、そしてただ、他人に私たちが生きるというふりをすべきでないのだと、何千もの人々を目覚めさせてきた。彼が貴重な巌に触れたので、人々は音楽のようにそれに答えたのだ。都市の建設を始めるには、もう少し時間が必要だが。(*TSGD* 100)

カーライルの態度は、もちろん、尊大で支配的である。しかし彼の尊大さには、ケチな利己主義は微塵もない。それは昔のスカンジナビア半島の征服者たちの持つ英雄的な尊大さであるーその性格と野生的な本能で彼は竜を退治したのだ。おそらく一般には、彼のことが気に入らず尊敬もしない輩は多いだろう。もしそうだとしても、彼は失笑するだけだ。ただ、彼を心底愛して逞しい鍛冶屋、ジークフリートとして遇するなら、彼は自らの竈《かまど》で古い鉄のすべてを溶かし、それが茜色になるまで赤く燃やし尽すだろう。ただ人は無分別に彼に近づけば、火傷の恐れがある。しかし、彼は、砂漠にいるように寂しそうで、孤独に見える。〔……〕彼はまさに自分自身以外のものでなく、それ故、純粋な気持ちと善意がなければ、彼に会うことはできない。なぜなら、彼は何千もの失策をしでかすほど、独創的で豊かで強靭な才能の持ち主だからである。(*TSGD* 101)

フラーがロンドンを去る前に、『トリビューン』紙で報告すべきもうひとりの人間は、イタリアの革命運動家ジュゼッペ・マッツィーニであった。特に、マッツィーニは自国の言語での出版を阻まれ、フランス語や英語のできる彼は、翻訳や文学批評などで生計を立てているが、『ピープルズ・ジャーナル』に掲載されたイタリア殉教者のスケッチは、大変優れていると評されている。しかし、彼の活動はそれにとどまらない。一八四〇年、イタリア人労働者向けの新聞『アポストラート・ポポラーレ』を発刊し、一八四一年、ロンドンでイタリアン・フリー・スクールを友人たちと開校した。学費は無料で、時に名士たちも授業を受け持った。マッツィーニの自伝によれば、半未開状態にある数百人の少年たちに道徳的知的な教えを授ける貴重な機会であった。フラーは、「ロンドンの町で奴隷のようにこき使われ、はなはだしい無知から救われる少年たちがいるのだ。これからは、偉大な思考、大いなる計画や迅速な進歩を可能にする人間が必要なのであり、彼らと同等な理解力のある人間はいるけれども、彼等からはそれ以上の報いがもたらされるであろう。ユダヤの漁夫や貧しい人々の中から、これらの人々が拾われたように、彼等は現代ヨーロッパのすべての民衆を膨らませるパン種になるのだ。これらの貧しいイタリアの少年たちは、伝道者の宣教師よりもずっと効果的に、この時代故国の人間に対してオルフェウスのような詩人となり、有能な人材となるかもしれない。これらの少年たちは端正な顔立ちをしており、イタリアを照らす炎で目が輝いている」(*TSGD* 99) と書いた。

もう一つは、リフォーム・クラブの見学である。これは、イギリスの一八三二年の選挙法改正で選挙権の与えられた実業家などの中産階級が結束し、ロンドンのポール・モールに建てられた。チャールズ・バリー公（一七九五—一八六〇）が設計し、英国で最も豪華なヴィクトリア朝の建造物とされており、一八四一年の完成以来、今日まで大きな改築はされていない。バリー公は、若い頃ローマで研究したイタリアン・ルネサンス様式を使用、特にミケランジェロが創建したパラッツォ・ファルネーゼに似ていると言われている。後に、一八六九年、アメリカの小説家ヘンリー・ジェイムズがロンドンに住むことになった時、彼はヘンリー・アダムスやチャールズ・J・ギャスケル（一八四二—一九一九）からイギリスの社交界を紹介され、紳士のクラブ、リフォーム・クラブに入会している。

フラーたちは、裁縫室や台所・食堂、新聞室や寝室などの大変優れた施設を見学した。フラーの感想は、「男性独身者が一緒になったこの宮殿で、女性だけが醸しだす優雅な配合や快活な雰囲気がない中で腹立たしいほど快適に見えた。台所で彼らに遭ったが、そこは建物の最も楽しいところであるのに、そこでさえ、彼等は召使いの召使いであった。そこでは、「料理本」を出版した最高の天才が支配していたのだ。生徒たちがいたが、彼等は初心者として相当な年会費を払っているはずだ。私は、しかしながら、男性たちが調理場を占領しているのを見るのに、不快ではなかった。私はそれを見たかったし、そもそも彼らは「強い性」なのだから、物事の進展のなかで皿洗いは彼らの手にゆだねるべきである。この台所の施設は、清潔さと便利さを、そして優雅さをも加味した素晴らしいものである。フーリエ自身も、喜ぶであろう」と。

## むすび

フラーはこの頃エマソンに宛てた手紙の中でも『もし十年早く来ていたら……』と嘆いているが、彼女は見事に成長した。一八四六年から一八五〇年のヨーロッパの動向が、イギリスを振り出しに、徐々に革命や変革へと収斂されていく様子が、フラーの『トリビューン』紙の「特派員報告」に綴られている。イギリスでは、フラーの態度はまだ傍観的で、多くの名所旧跡を見聞しているが、多くの重要なものや社会の新しい動きを読者に紹介する姿勢が見られる。フラーはアメリカ東部の価値観でイギリスを見聞していた。しかし、次第にイギリスの現実問題を認識していく過程で、アメリカにおける協同社会《アソシアシオン》の建設や奴隷制廃止運動の本質を理解するようになった。イギリス到着直後、フラーは改革の必要性を感じてはいるが、どの問題についても未だ抽象的な解説にとどまっている。フラーが女性労働者の悲惨な状況に心打たれたのは、ニューヨーク時代に親しくなったが、その後ドイツに帰国し本国の女性と結婚したドイツの企業家ジェイムズ・ネイサンとの別れが原因だという論説もある。しかし、そのショックから立ち直り『トリビューン』紙にイギリスの現状を正しく伝えられたのは、フラーの高い見識と歴史的な洞察力の故であっただろう。

# 第四章　二月革命前夜のフランス

## はじめに

一八四六年、マーガレット・フラーは、『トリビューン』紙の特派員として、ロンドン、パリを経てローマに向かった。四九年にはイタリアの独立と統一運動を熱烈に支援し、フランス軍に攻略されたローマの砲撃戦を『トリビューン』紙に掲載し、アメリカを驚嘆させた。フラーがイタリアの独立運動に関わるきっかけは、直接的には、ロンドンのカーライルの家で革命家ジュゼッペ・マッツィーニに出会ったことであった (LF IV 248-49)。フラーは、マッツーニの真摯で情熱的な態度に打たれ、彼等の運営するイタリア出身の働く少年たちのための、幼年学校にも行ったのであった。

しかしながら、ヨーロッパの状況を理解し、当時の社会主義者たちなどから大きな影響を受けていなかったら、フラーのマッツィーニへの貢献はかなり違ったものになっていたであろう。当時のヨーロッパは、特にパリは、まさに知的生活の中心地であった。旧体制の矛盾と産業革命などあらゆる問題を抱えた社会の状況が一方にあり、それに対応して社会思想を形成していく目覚ましい頭脳が、離合集散していく場所であった。フラーは、友人メアリー・ロッチへの手紙に「ここでは、あらゆる問題が徹底的に論じられ、優しく解説され、わかりやすい言葉で伝えられている」(LF IV 273) と書いた。フラーの「特派員報告」は、華やかなパリの文化を紹介しながら、急速に政治問題に収斂していった。アメリカでは現実から隔たった理想主義的な政治理論や実験農場などの社会改良運動は、フランスでは民衆の生活に根差した社会の大変革を要求する緊急課題であった。

フラーは、一八四六年十一月から一八四七年二月までパリに滞在した。ほんの数ヵ月であったが、フラーがヨーロッパ型の自由主義の洗礼をまともに受けたのがパリであった。フランスの歴史学者ジャン・カスー（一八九七―一九八六）[1]の言葉によれば、「共和主義的な理想主義と、それにまつわる滑稽なすべてのものが、この時代に始まった―進歩への信仰、世界共和国への期待、反教権主義、そして民主主義者たちが万能薬のように、素朴な希望をかけたとされる普通選挙、［……］宗教色のない義務教育などなど［……］」（カスー 1-3）が一八四八年の革命の所産であったとする。カスーは、これらの多くが、飛躍の最中に不意を襲われたような革命の血の中から生まれたのだと説明している。ただ、その言葉に一抹の皮肉が込められているとすれば、カスーが反ファシスト運動の旗手であって、民主主義における多数決や普通選挙の欺瞞や虚無に、重大な危惧や疑問を抱かざるを得なかったからであろう。

しかし、今日の我々からすれば、二十世紀の終わり、一九八九年のベルリンの壁の崩壊に象徴される独裁的な共産主義国家の瓦解によって、その手法は弾劾されなければならないものの、共産主義国家の目指してきた本来の理想的な目標は、実際、あまりに理想とかけ離れた社会的政治的現実にバラバラに破壊されてしまったが――私有財産の公正な分配、最低の文化的生活の保障、家事労働への配慮なども共に破綻をきたしたことは再考されなければならない。そして、これらの多くは、十九世紀半ば、特にパリにおいて大いに議論され実験されてきたが、今日なお公正な民主主義をめざす資本主義社会が積み残してきた課題の中に多く残されている。フリードリヒ・エンゲルス（一八二〇―九五）[2]が、ロバート・オーエン（一七七一―一八五八）について語った言葉にそれが明瞭に表れている。「何よりも社会改革への道を閉ざしているように彼に思われたのは、三つの大きな障害物であった。すなわち、私有財産制と宗教、それに現在の婚姻形態である」。[3]この後、次のように続く。「彼がそれらを攻撃すれば、彼の前に立ちはだかるものが何であるかを、彼はよく知っていた。すなわち、公的社会からの全面的な追放、自身の社会的地位全体の喪失である。しかし彼は、それらを容赦なく攻撃することを辞めようとしなかった。そして、その結果は彼の予想した通りになった。〔……〕アメリカのニューハーモニー、インディアナ州ニューハーモニーで失敗して貧乏になった彼は、直接に労働者階級に呼びかけ、共産主義的実験、彼らの間でなお三十年も活動し続けた。」

多くの歴史家の言うように、この時代は社会におけるあらゆる根本原理が問い直された。人間が人類《ユマニテ》として考えられ、貧困の存在が認識され、労働者と女性が浮上し、子供も注目されるようになった。人間に対する信頼があったので、おおいなる人材の輩出が目覚ましく、あらゆる夢が語られ、さまざまな実験が試みられた。そのような時代の息吹の中で、ニュー・イングランド育ちのフラーが、パリの革命をかいくぐり、血に染まったフェミニズムや、アメリカ人にとっては過激な共和主義的協同組合の理念《アソシエーショニズム》に圧倒されたとしても不思議ではない。フラーはフーリエの社会主義理論には、主としてフェミニスト的な観点から共感を示していた。しかし、フランスでは、明確に階級の対立、労働者を意識した社会主義運動の一環としてフーリエ主義を意識するようになった。おそらくある時点で、彼女はアメリカの共和主義やフェミニズム的な理想は、ヨーロッパでは革命家たちの明確な目標であり、現実的な社会改革を意味することを認識したのだと考えられる。フラーは、ジョルジュ・サンド、ヴィクトール・コンシデラン（一八〇八―九三）[4]、ポーリヌ・ロラン（一八〇五―五二）[5]、ピエール・ルルー（一七九七―一八七一）(6) など多くの社会主義者たちと親交を結び、シャンソン詩人ベランジェ、社会活動家ラムネーに会見し、ポーランドの詩人で革命運動家アダム・ミツキェヴィチからは、女性としての使命を強く示唆されたのであった。パリはフラーにとって、精神主義脱却の冷水であった。彼らは崖を下るように翌年、一八四八年二月革命へと時代を進めた人々ばかりであった。ここではフラーの、パリでの自由主義者や社会主義者との交流を扱い、社会主義や革命活動に対する認識を辿る。

## 1　ラシーヌの古典劇『フェードル』演じる女優ラシェル

フラーが、パリから送る『トリビューン』紙の記事は、初め華やかなパリの街角から文化や芸術、絵画、講演、博物館見学などが散りばめられていた。まず、目を奪われたのは、シャンゼリゼ通りを通る小粋なパリジャンたちであった。

この晴れた一日がパリジャンの世界を最も陽気な色に染めあげた。私は、この日のシャンゼリゼ通りのように活気があり美しい行列《パレード》を見たことがない。華やかな装飾を付けた馬車に乗った人々は、騎士たちやアマゾンたちと共に、端正で敏捷な馬で道の真ん中を飛ぶように走っていく！　プロムナードでは、まずまずのきれいな貴婦人たちが、春の訪れである薄緑色や桃の花、桜草に彩られた美しいボンネットを付けて、愛らしい子供たちと一緒に通り過ぎた――フランスの子供はとても愛らしい。私は、腕組みして闊歩する男たちの縦列には同様に賞賛できない。パリでは殆ど素敵な男たちを見かけないからだ。彼らは、軍人風でダンディを決め込み、うぬぼれが強く物知り顔をして特に気を引かない。生気のないガラスのような目をしてたばこの煙をくゆらし、心が春の西風の息吹とつぼみが膨らみ花の咲く季節を期待している時には、一番会いたいとは思わないものである。

しかし、フランスの群衆は、皮肉や冗談が上手く、常に陽気であり、最も不機嫌な時が最も面白く、それがフランスのお国柄を表している。私たちは、お正月の祭りと、謝肉祭の直後で、二つの良い時期に来合わせたのであった。そして私が間違えてなければ、［新聞小説『パリの秘密』で大人気の］ウージェーヌ・シュー（一八〇四―五七）[7]の描いた「太った牡牛」の行列を見た。この年は、特に多くの群衆がどっと繰り出したが、多数の旗頭にほとんど人や飾り物は続かなかった。もちろん、この冬、貧しい人々が飢えで苦しんでいるのを知っているので、人々は、ちゃちな物に心を奪われるわけはないだろう。しかし、そのような兆候はすべて、パリの街から隠されている。「飢饉の声」と叫ぶパンフレットは、事実を述べているものの、不幸にも過激派に共通なひどく俗悪で誇張された演説風の文字が躍っているので、出版されるやすぐに発売禁止になる。が、中央の誇らしげな繁栄にも拘らず、地方の人間がその過酷に耐えている現実は、覆い隠せない。(*TSGD* 118–19)

フラーのパリ観光は、劇場から始まった。彼女は、イギリスでは二つの劇場しか行かなかったと言っている。ひとつはオールド・ドゥルリー座、かつては名優ディヴィッド・ギャリック（一七一七―七九）がシェイクスピアの『リチャードⅢ世』や、ベン・ジョンソンの『錬金術師』を演じた栄光の場所であったが、「今や劣悪な音楽とさらに劣悪な演劇の地となった」と、フラーは怒りを顕わにした。もうひとつは、サドラーズ・

ウェルズ座で、こちらはフラーの意にかなっていた。出し物はジョン・マーストン（一八一九―九〇）の『貴族の娘』である。役者は「明確な仕種で自由に動き、会話は自然で気品があり流暢である。登場人物は少ないが分かりやすい。会話が、高まる感情や激怒で盛り上がると、聴衆は気前よく喝采し、それが私には心地良かった。なぜなら、この芝居の世界観は、イギリスの新時代を謳歌しているのだ。［……］イギリスでは崇高なコモンマンが、唯一高潔を保つことができる時代の先駆けなのである。」

しかし、フランスで見つけたものは何と違っていただろうか！　ここでは劇場が生きている！　ここでは本物を見ることができるし、それが徹底して素晴らしい。イギリスの俳優が、舞台で架空の現実を生み出すために不可欠だと信じている、から威張りや大言壮語などここでは許されない。私は生まれて初めて、一流のスタイルで表現されたものを見た。パリに着いた時、私はマドモアゼル・ラシェル(8)を見ようと思っていた。彼女にこそ真の才能、正真正銘のダイアモンドを見ることができると確信し、それが証明された。［……］私は、七・八回ラシェルの演劇を見に行った。いつも、魂の偉大な力を必要とし、考えるだけでも美的感覚の純粋さを要求する役柄であった。［……］いつも変わらず、私は彼女に真の芸術家、立派なギリシャ人［フラーの最高の誉め言葉］を見出し、そして多くの瞬間、彼女の演技は大理石に永遠に刻まれるべきだと感じた。

けれども高等悲劇においてさえ、ラシェルの演技の範囲は限られている。彼女は暗い情念、しかも最も惨めな状況における悲嘆のみ表現できる。神は、彼女に、そのペーソスに最高の優しさを添える、たおやかで華やかな特性を与えてはいない。その甘美な永遠を示す運命の神の攻撃を要する悲劇的な場面を前にして、彼女は涙にくれることもなく心を平静に保つことも高揚させることもない。その高潔さは、時に彼女が苛酷な真実を表現する時に現れ、真摯に厳格に複雑な状況の中で立ち上がる。闇の世界に立つ者として、彼女は憎悪と復讐の表現に大変優れている。私は、私の見た芝居の中で、わけても彼女の『フェードル』(9)を称賛する。ひとりの女神の憎悪に唆されたやましい愛が、見る者を息苦しくさせ、その怖ろしい状況がすべての仕種に表現される。彼女が毒をあおった後、消耗する体と痙攣の様子は悲しく、冷たく、静かに運命の神に屈することだが、それ以上に荘重であった。(*TSGD* 104–05)

フラーは、見る者をくぎ付けにするラシェルの眼光についてはあまり賞賛していない。むしろフラーが彼女を評価するのは、全体的な悲劇の真実であり「各々の役柄における荘重さ、真実とその深淵さであり、彼女が表現する湛えられた純粋さにある。」と言っている。

女優ラシェルは、本名をエリザベス・フェリックス（一八二一―五八）といい、一八二一年に、スイスのアールガウ州で貧しいユダヤ人行商人の家に生まれた。彼女には、四人の姉妹と弟ラファエロがいる。子どもの頃から街頭で歌い金を稼いでいたが、一八三〇年、パリの街角で歌っているところを、オペラ座の総支配人アレクサンダー・エティエンヌ・ショロン（一七七一―一八三四）に認められ、発声法、歌唱法を習い、演劇を目指した。パリのコンセルヴァトワールに学び、十七歳でコメディ・フランセーズに入る。一八三八年コルネイユ作『オラース』のカミーユ役でデビューし、人気を博す。その後ラシーヌ作『フェードル』『アンドロマック』など主として古典悲劇を演じ、下火だった古典悲劇を復活させ、一世を風靡《ふうび》した。彼女の演技は、明瞭な発声と無駄を省いた仕種に特徴があり、古典悲劇を舞台に挙げる強い要求を呼び覚ました。当時の社会は、ロマン主義的で、高度に感情的写実的、衝動的な演技のスタイルに向かっていたのだが、その誇張した流儀を大きく変更することとなった。ラシェルは、十九世紀、フランスの潮流となったロマン主義的な演劇を完全に拒絶したのだ。彼女自身は、細面、華奢《きゃしゃ》な体形であったが、その存在感、太い声、豊かで調和のとれた感情表現などで名女優とうたわれ、ロシア、イギリス、アメリカに巡演し、世界で初めて国際女優として遇された。運命に挑戦する悲劇の女王が、この社会を魅了していたとすれば、ゴシック様式の潮流はすぐには立ち去らない。サド侯爵の言ったとされる如く、人びとはフランス革命の「凄惨な現実が、たやすく虚構《フィクション》を超越してしまった」ことを実感していたのだ。

(13)『フェードル』を演じる女優ラシェル。906
*McClure's Magazine*, August, 1906, p. 367.

　フラーはまた、時代の先端を行く学者や政治家の講演など精力的に聴講している。しかし、女性であるため、ソルボンヌ大学の講堂に入ることが出来ず、海王星の存在を預言した天文学者ルヴェリェ博士（一八一一—七七）の講演を、聞きそこなったという逸話を『トリビューン紙』で報じた。フランス近代歴史学の礎を築いた歴史家で『フランス史』を著し、「国民の歴史」を樹立したジュール・ミシュレ（一七九八—一八七四）の講義も、ポーランドの国民的詩人および革命家アダム・ミツキェヴィチ（一七九八—一八五五）の講義も、コレージュ・ド・フランスで行われる予定であったから、一般人と共にフラーも参加できるのであったが、二人とも病気のため休講であった。平民出身だったミシュレは、『フランス革命史』で、ルイ十六世とリアンクール公の会話を載せて、大衆を感激させた。

目がすっかりさめていない（そして結局死ぬまで覚めないであろう）ルイ十六世は言う。

「なんだって、それじゃ反乱なのか」

「陛下、革命でございます」（ミシュレ、第二巻第一章）

フラーはボストンに住んでいた頃、チャニング家の集まりで、ミシュレの『ルター伝』を読んでいる。また、フラーはフランス下院で、議員たちの演説を楽しみ、その雄弁術や聴衆の厳しい対応を紹介している。特に、パリ観測所長の天文学者、フランソワ・アラゴ(10)の演説を「満足するすばらしいもの」と称賛している。彼女にとって一番の収穫は、下院の付属図書館にあった黄ばんだジャン・ジャック・ルソーの原稿を見ることができたことであった。アメリカン・ルネサンスの文学者たちは、ルソーの『告白録』に親しんでいたのだ。

## 2　オペラ歌手ルイ・デュプレとグリジ、歌劇『ドン・ジョヴァンニ』の従者

フラーは、パリで演劇やオペラを楽しみにしていたようであるが、なかなか良いチャンスに恵まれず、当地では一流とされるイタリアのオペラ歌手に対しても辛口の評価を連発している。

私はまだ、最上の音楽に出会う幸運を得ていない。世界一と言われるコンセルヴァトアールのコンサートは二、三回あったが、チケットを取るのが困難であった。他のオペラ座では、オーケストラは常に優れているが、［……］イタリア・オペラを除いて、発声法が、私の理想や期待にそうものではなかった。［……］オペラ座でマイヤベイヤー作『悪魔のロベール』（一八三一）とロッシーニ作『ウィリアム・テル』（初演一八二九）を聞いたが、退屈であった。舞台装置や衣装は豪勢で、楽器の奏法も素晴らしいが、これらの品格を満たす歌手はひとりもいなかった。ギルバート・ルイ・デュプレ（一八〇六―九六）[11]は、素晴らしいと評判であったが、恐らく以前は良い声であっただろう。しかし、彼は下品で芸術家としての価値はないであろう。私は彼が嫌いだ。彼は声を絞り出し、ひどく粗野でこれ見よがしのジェスチャーで歌い、役の調和を乱し自分だけの効果を狙っている。太って野卑なのに、彼はまだ恋人や若い騎士の役を担っている。悲しいことに、レイヴンズウッド座で彼が、ウォールター・スコットの『ラマーミュアの花嫁』に出演しているのを見たが、すっかり失望した。

イタリアのオペラは、思うに現在世界で一級の水準を保っていると思う。［……］ルイジ・ラブラーシュ（一七九四―一八五八）はその声、抑揚、歌や演技の様式において優れている。ジョルジュ・ランコーニ（一八一〇―九〇）は、ドニゼッティ作『愛の妙薬』（一八三二）の医者役でよい演技をしていた。彼らの相手役である、ソプラノ歌手ジュリア・グリジ（一八一一―六九）[12]は、いくつかの役では太りすぎており、詩的な優雅さや威厳を欠いているが、確かに端正な美しさと生来の見事な声を保っている。だが、彼女の解釈は粗野で浅く感じられる。グリジ自身は、サルデーニァ王国の公爵、首長ジョヴァンニ・マッテォ・

マリオの奥方で、公爵夫人であるのだが、彼女は「百姓の妻君のように愛を歌い、漁師のカミさんのような怒りを表現する——もちろん、真にイタリアの絵画的な豊かさと輝きを発しながら、」……歯痛に苦しむか、あるいは空くじを引いて絶望するような歌い方である。私は歌劇『ノルマ』で初めて彼女を見た時、グリジの外見の美しさが、初めて愛の感情を思い出す時、本当に魅力的で、彼女の歌唱力と迫力が耳に溢れ心を奪われたので、その大きな欠点に気がつかなかった。しかし、毎回彼女の演技を見るうちに、徐々に彼女が好きでなくなり、今やまったく嫌いになった。

ペルジアーニは、女優としても声の節回しにしても、当地で気に入られているが、彼女の表現は俗っぽく、歌は独創性にとぼしくアメリカ人のロジーナ・ピコにはかなわない。もし、ピコが同様の文化的な環境や利点を与えられていたら、ボルゲーゼもペルジアーニも、決してピコにはかなわないだろう。私は、ロッシーニ作『セミラーミデ』（一八二三）を聞いて初めて、ニューヨークで演じられた歌手の歌唱力の水準を理解することができた。」(*TSGD* 115–16)

フラーは、『トリビューン紙』で文芸欄も担当していたので、ニューヨーク時代、コンサートやオペラには足しげく通っていたようだ。特に、アメリカのソプラノ歌手のロジーナ・ピコの『セミラーミデ』[13]はすばらしく、三回も見に行ったと、友人のアンナ・ロアリングに手紙（一八四五年二月）を書いている。一八四〇年代、五〇年代のニューヨークは、世界的に著名なピアニスト、アンリ・ヘルツ、オーストリア出身のレオポルド・メイヤー（一八一六—八〇）、ジギスモンド・タールベルグ[14]が訪れて活況を呈し、オペラ座ではドニゼッティの『ランメルモールのルチア』（一八三五）、ベッリーニの『ノルマ』（一八三一）[15]や『清教徒』（一八三五）などが次々に演じられた。ニューヨークでは、ヨーロッパのオペラ座とほぼ同じものが鑑賞できたと考えてよいだろう。アメリカで最初の音楽批評家と言われるジョン・サリヴァン・ドワイト（一八一三―九三）によれば、アメリカでクラシック音楽の殿堂ともいえるボストンでは、プロムナード・コンサートが軍楽隊により演奏され、シリーズで開催されていたという。しかも、そこで演奏された曲は、シート・ミュージックのお蔭で瞬く間にアメリカ全土に普及していったということである。

ロッシーニはこの当時健康がすぐれず、新作品であるオペラ『ロベール・ブリュス』は以前の作品の組み合わせだと報じられる。唯一、フラーが称賛したのは、ロッシーニの『セビリアの理髪師』（一七七五）[16]とモーツアルトの『ドン・ジョヴァンニ』（一七七五）であった。どちらのオペラも、フランス革命直前に初演となり、封建社会の矛盾や不道徳な貴族をさんざん揶揄し攻撃したオペラ・ブッファ（明朗喜劇）である。序曲の流れるようなメロディが有名で、初演から二十一世紀の今日に至るまで高い人気を誇っている。

モーツアルトの『ドン・ジョヴァンニ』は、一八七八年にプラハで初演された。台本は『フィガロの結婚』同様ロレンツォ・ダ・ポンテが書いたが、彼はオペラ化するにあたり、ベルターティの先行作『ドン・ジョヴァンニまたは石の客』（一七八七）やモリエールの劇『ドン・ジュアン』（一六六五）を参考にしたと言われている。元になった伝説は簡単なもので、スペインのプレイボーイ、貴族ドン・ファンが、貴族の娘を誘惑し、その父親（ドン・フェルナンド）を殺した。その後、墓場でドン・フェルナンドの石像の側を通りかかったとき、戯れに彼が、その石像を宴会に招待したところ、宴会場に石像の姿をした幽霊が現れ、大混乱になったところで、ドン・ファンが石像によって地獄に引き込まれる。

伝説のドン・ジュアンは、イタリアで情熱的な快楽主義者《エピキュリアン》となり、モリエールによって無神論者・偽善者となり、複雑で近代的な性格を与えられ、普遍的な人間の象徴となった。軽薄かつ邪悪な男だが、見知らぬ男を助けに行く義侠心もあれば、騎士の像を平然として晩餐に招く豪胆さも持ち合わせている。そう言って悪ければ、彼はねじの外れた社会に真実の光を当てることもある。逆説的ではあるが、彼は天界の掟と人間社会の掟の、双方の世界に、抗った人間の象徴である。フランスの十七世紀はフロンドの乱（一六四八―五三）の収束により、絶対王政の基礎が固まりつつあり、貴族勢力が政治権力をほぼ喪失した時代であった。莫大な富を擁し数々の特権を享受していたが、無為徒食の有閑階級と化し、貴族の御曹司からはそれまでのスペインやイタリアで描かれていた「ドン・ジュアン」的な人物が数多く輩出された。

十八世紀、モーツアルトの『ドン・ジョヴァンニ』は、柔らかな正義感に包まれてはいるが、モリエールの基本的な姿勢は保っている。主人公は最早、ドン・ジョヴァンニだけではない。彼の従者レポレッロにも脚光があたる。彼は、第一幕から声高に言う。「俺は奴隷だ。なりたいものだ、貴族様に。もう人仕えなんてまっぴらだ。何と素晴らしい貴族様、あなたは美人と一緒で、あっしはただの見張り役……」そうは言っても、レポレッロは、ドン・ジョヴァンニに負けず劣らず、女好き。嘘もうまくて、御馳走のつまみ食いもする。決して清廉潔白の従者ではない。ご主人様が地獄に落ちて消えてしまうと、「わしの給料、わしの給料……」と慌てるのだが、ドラマは全方位的に石の像が人々を裁く。「悔い改めよ」「不誠実な者の死は、その生と似つかわしいものとなる」。

これらのオペラの主人公が、もはや彼らの仕える王侯貴族だけではなく、理髪師やジョヴァンニに仕える従者であることが、時代精神を物語っている。王侯貴族や聖職者の悪徳や偽善が、非難や揶揄の対象であり、オペラでは歌手の力量とともに、劇場全体が、その台詞のやり取りを楽しむ時代であったのだ。劇のテーマが王侯貴族主体であった、シェイクスピア演劇と比較すれば、ブルジョワジーの時代は直ぐそこにきており、オペラは一作ごとに、革命を経た人民であることを、聴衆に再認識させる装置の役割を果していたのだ。

一方歯痛で苦しんだフラーは、ヨーロッパ型の治療でエーテルを使用し、「ドン・ジョヴァンニ」を見に行ったら、痛みが取れていたと報告した。マグローヒル社編纂の医学史百科事典（一九八五）によると、抜歯の麻酔剤としてエーテルを使用したのは、アメリカでは一八四六年とされている。歯科医のW・T・モートン（一八一九―六八）は、化学者で地質学者のC・G・ジャクソンから抜歯の際にエーテルが使用できるかもしれないと提案され、一八四六年に硫酸エーテル (Letheon) の特許を取り、一八四六年一二月にフランス科学アカデミーに自分の発見として報告した。その後、ジャクソン博士とモートン博士は、どちらが実際の発見者かについて論争を続けた。フラーのこの記事は、一八四七年三月にトリビューン紙に掲載されたが、彼女が抜歯の際にエーテルを使用した最も早い患者のひとりであることは明瞭である。

しかし、フラーのパリからの記事は、一八四七年二月の謝肉祭の様子を伝える頃から、次第に重苦しい政治問題と民衆の暮らしに変化していく。全国に広がる凶作と経済状況の悪化を感じ取り、閣僚のスキャンダルや王族の政略結婚などに憤りを隠さない。

フーリエ思想は大変な進歩を遂げている。無言の古臭い儀式の代わりに、彼らがキリストの戒律を実践するところは何処でも、そのことが間違いなく感じられる。私は、現在、ヨーロッパの国家を蝕むひどい災害を見れば見るほど、それに挑戦する希望に刺激されて、これらの課題に挑むべきだと思うのだが、それに反対する我が国の愚かで利己的な者たちに激しい憤りを感じずにはいられない。(*TSGD* 119)

## 3　社会主義者ラムネーとシャンソン作詞家ベランジェ

パリでフラーが出会った多くの社会活動家たちは、いずれもその自由主義的な姿勢から、政府の弾圧を覚悟せねばならない者ばかりであった。文学史家ジュール・ベルトによれば、出版に対する官憲の締め付けは市民の王と呼ばれたルイ・フィリップの治世下も、前代のブルボン王政期と同じくらい厳しかった。最初の四年間だけでも五百件の裁判があり、有罪とされた者百八十二人、禁固の年数を足すと百六年、罰金は四万四千フランに達したと言われている（林 307）。

マッツィーニの紹介で、フラーはすぐに雑誌『独立評論』の編集者フランソワ・フェルディナンドに面会した。『独立評論』は、一八四一年ピエール・ルルーやジョルジュ・サンドらの創設した社会主義者の機関誌であった。ルルーは、初めサン・シモン派であったが、一八三三年十月号『百科全書的評論』で、社会主義の概念を個人主義との対比で明確化し、社会主義の用語を一般化する功績があったとされている。ルルーは、共産主義には反対で、問題解決を友愛といったキリスト教的な個人の自由に帰し、『独立評論』では女性解放運動を推進した。フラー自身の記すところによれば、彼女の原稿『アメリカの文学：現在の状況と未来の展望』はすぐに受け入れられ、ポーリヌ・ロランの翻訳は同誌の十一月号、十二月号に掲載されたが、あまり急いだため、著者名はエリザベス・フラーと印刷されたとある（LF IV 253）。また、このシリーズはフラーがアメリカに帰国後も定期的に掲載される予定であったようである。

また、フラーが「民主主義の使徒」と呼んだフェリシテ・ロベール・ラムネー（一七八二―一八五四）や、「フランスの偉大な国民的抒情詩人」と呼んだシャンソン作詞家のピエール・ジャン・ド・ベランジェ（一七

(14) フランスの元カトリック司祭・社会主義者フェリックス・R・ラムネー（1827 ルーブル美術館蔵）。

八〇―一八五七）についても言及する必要があるであろう。フラーは、パリにいる間ラムネーを訪れているが、その際図らずもシャンソン詩人のベランジェに会えたことを、印象深く伝えている（*TSGD* 111）。

ラムネーは、熱心なカトリック教の司祭で、一八一七年評論『宗教に対する無関心について』を出版し一躍有名になった。この著書は、無神論者はもとより、理神論・プロテスタント・自由主義・議会制度・大学教育・フランス革命などを攻撃するものだったため、フランスの聖職者や政府の疑念を招き、ローマ教皇レオ九世の承認を得て一時的な仲裁がなったほどであった。しかし、一八三〇年の七月革命後は、自由主義に傾斜し、〈神と自由〉を標語に掲げる新聞『未来』を創刊し、教育と出版の自由、政教分離、僧禄の国庫支弁の廃止、教皇とフランス政府の和親条約の廃止などを訴えた。さらにこれらを実現するために普通選挙の施行と、広範囲にわたる地方分権を主張した。その年の十一月に『未来』は司教制度を論じた文により、重罪裁判所の審議にかけられたがこれは無罪と決した。ラムネーは〈宗教的自由擁護のための全国委員会〉を設立し、一八三一年に文部省の許可なしに小学校を開設しようとした。これは、官憲により閉鎖されるという事件に発展したが、各地で抗争を展開した。聖職者上層部の非難があいついだため、一八三一年十一月十五日に『未来』を一時刊行を停止し、ローマ教会に裁断を仰いだところ、翌年八月十五日の教皇の回状により、『未来』の理論は正式に否認されてしまった。その後、故郷ラ・シェーネへ戻り、一八三四年『信者の言葉』を完成させるが、この著書も教皇グレゴリウス十六世に否認され、同時に彼は破門された。

この結果は、当然のことだった。ラムネーは、社会の指導的立場にある教会の高僧、王侯貴族を公然と非難して「この世のサタン（悪魔）は、諸国民を虐げる者の王であり、抑圧者たる王侯・貴族・聖職者たちに地獄の奸計を教唆した者なのだ」と叫んだのだから。また、社会的強者である王侯貴族・高僧たちに対して「被抑圧者のために、名誉と忠誠と称する二つの偶像と、受動的服従と称するひとつの法律を作ってやろう。そうすれば、彼等はこの偶像を崇め、この法律に対して盲目的に従うだろう。私が彼らの精神を誘惑するからだ。お前たちにはもう怖いものはないだろう。」というような皮肉を連発したのだから（『信者のことば』第三五章）（カスー 48）。

以後のラムネーは、教皇を至上とする思想から解放され、サン・シモンの流れをくむ独特の社会主義者として活動する。一八四八年の二月革命後に新聞『立憲民衆党』を創刊し、パリ地区から国民議会の代議士に選ばれ、憲法制定議会に所属した。七月十日の選挙法改正・供託金制度の復活に怒り、新聞の刊行を停止した。

フラーによれば一八三五年の初め、ジョルジュ・サンドはラムネーの強い影響をうけ、ラムネーの弟子であった（FL IV 256）。しかし彼が女性の知的能力に対し批判的なパンフレットを出版した一八四一年、二人の仲は破綻したと言われている。ラムネーは一八四一年、ルイ・フィリップの政策を批判した評論『国家と政府』を執筆し、一年の禁固刑でサント・ペラジー監獄に入る。

ベランジェの伝記作家、林遼右によれば、この頃から聖職者を攻撃するシャンソンの作詞家ベランジェと元司祭ラムネーの親交があり、二十年以上にわたり両者の老年期の大きな慰めとなったと言われている。したがって、フラーがラムネーの書斎でベランジェに会っても不思議ではなかった。フラーはラムネーについては、「市民「病んでいて顔色が悪かったが、その眼には未来への光が宿っていた」と書き、ベランジェについては、「市民の服装をした、陽気な老人」と説明した。フラーは、一八四七年五月に『トリビューン』紙に掲載された記事で、再びラムネーを取り上げた。ポーランド分割、クラカウ共和国のオーストリアによる併合に対してラムネーは抗議文を新聞『リフォルム』に掲載した。発売になるや、人々がそれを読もうと、販売所に殺到したということである (*TSGD* 121)。

シャンソン作詞家のベランジェは、二十世紀になってから余り評価されていない。しかし、七月革命から二月革命にかけて風向きの代わる政治風土に、風見鶏のように動き回る為政者たちを次々に替え歌に乗せ、民衆の声を高める役目を果たしたシャンソニエとして、ベランジュは記憶すべきである。ベランジェはパリで誕生し、十三歳で兄レネの印刷工場に入るが、その後は父の銀行業を手伝ったり貸本屋を開いたりする。シャンソニエとして一八〇四年、リュシアン・ボナパルト（ナポレオンの弟）に手紙を書き、その後年金を貰う。シャンソン『イボトの王』『仕立て屋と妖精』『自由』『屋根裏部屋』などが、民衆の愛唱歌として親しまれた。友人のクーリエによれば、ベランジェのシャンソン集は、一万部出版され、一週間で売れてしまった。

パリには、文学結社で美酒美食の後に歌や詩を歌う習慣があり、ベランジェも革命が終わり総裁政府が樹立した一八一三年十一月、結社〈カヴォ・モデルヌ〉の会員になった。彼は長年、将来の道として詩人とシャンソン作家との間を揺れ動いていたが、〈カヴォ・モデルヌ〉に入る前に、彼のシャンソンは、既に人々の手から手へと書き写されて、一般に知られていた。

『イヴォトの王』を少し紹介しよう。

昔々、あまり知られていませんが、イヴォトに王様がおりました。

…………………………
四回の食事は、
藁屋根の宮殿の下で取り、
ロバに乗って、一歩一歩
王国をめぐって歩きました。
陽気で、気取らず、善を信じて、
お供するのは、
一匹の犬だけ。
おお、おお、おお、
なんと善良なかわいい王だったのでしょう。
……………………

国土を拡げようとしなかったから、
隣邦にとっては良い友人
王の鏡として、
掟としたのは
たのしむこと。
国民が泣いたのは

王がなくなって、埋葬されたときだけ。
おお。おお。おお。
なんと善良なかわいい王だったのでしょう。（訳詩　林田遼右）

豪華な宮殿に住み、国土を拡げることばかり考えていたナポレオンを風刺したことは明らかだが、全体がおっとりした調子で書かれているので、風刺の刃はそれほど鋭くない。一八一五年のシャンソン詩集『カヴァ・モデルヌ』には、「イヴォトの王」は他の七編と共に収録されている。ベランジェがこの歌を、〈カヴァ・モデルヌ〉の集会で歌った時、もうナポレオンは退位してエルバ島に流されていたので、何の危険もなかった。

だが警視総監アグレスは、文部省の大学局長とでもいうべき地位にあるキュヴェエに、ベランジェについて何かの措置を取るべきではないかという問い合わせをした。知性というより感性に訴えるシャンソンの持つ重要性には、計り知れないものがあり、そのことを警察は熟知していたのだ。フランスにあれほどの血を流させた栄光の時代を想起させるために、政府の敵である過激派の連中が用いる策のひとつは、居酒屋や公共の場でボナパルドを思い起こさせるような歌を歌わせることである。ベランジェがシャンソンを酒場やサロンで歌い、それを聞いた人々が労働者の働いている町中へと広げていった。

(15) シャンソン作詞家ピエール・ベランジェ。

翌年、ベランジェは、『第二シャンソン集』を一万五百部も予約出版した。彼は直ちに告訴され、本は差し押さえられるが、警察が踏み込んだ時に残っていたのは四冊だった。出版の翌日、彼は大学職員を首になる。十一月二十日に彼は告訴された。訴因は、良俗に反する歌、公共倫理・宗教倫理に反する歌、王を侮辱する歌、法律により許可されない集合標識の着用を煽動した歌を作詞したなど四つであった。一八二一年十二月八日、セーヌ県重罪院は傍聴人で、朝からあふれかえっていた。検事マルシャンジーは、当時三十九歳、皮肉なことに、彼はベランジェを称賛する結果になった。

その後、彼は職を追われたが、気にしていない。銀行とか商社とか、特別な公職とか、どこかに就職できるだろう。彼が散文では表現できないことを謳ったのは確かだ。ベランジェは一八二一年と一八二八年に、『シャンソン集』の発行でそれぞれ禁固三ヵ月、九ヵ月を受け、サント・ペラジー監獄で刑期を終えている。彼の人気は高まるばかりで、この後二月革命では国会議員に担ぎ出され、ラマルチーヌに次いで、セーヌ県から二〇万四、四七一票という大量得票で当選した。しかしシャンソニエを自認する彼はすぐ辞表を出した。フラーがベランジェに遭った時彼は六十七歳であったが、フラーは彼を「真実の王」と呼んだ。

しかし、彼が私に自分のことを、フランスの偉大な国民的抒情詩家、比類なきベランジェであると明らかにしたとき、どれほどの喜びが私をおそっただろうか？　私にとって、ベランジェの存在は、大変なものだった。そのウィット、ペーソス、際立った抒情的な優雅さが、人々の心の琴線に触れたのだった。わたしには、国民にとって彼の占める世界が感じられ、また見ることが出来たのだった。(*TSGD* 111)

## 4　サン・シモン派と弾圧されるフェミニストたち

フラーは雑誌『独立評論』の翻訳者ポーリヌ・ロラン（一八〇五―五二）と親交を結んだ。ロランは、サン・シモン派に同調し、フェミニスト運動を展開し、革命の波に呑まれていった女性たちの運命を悲劇的に象徴する人物である。

アンリ・ド・サンシモンは、著書『産業論』（一八一七）『産業者の教理問答』（一八二三）などによって新しい産業社会像を提唱した。「人および市民の権利宣言」という言葉がしめすように、フランス革命は新しい社会の担い手を抽象的に「市民」としてとらえた。サン・シモンによると、フランス革命の思想は旧体制の批判にはなったが、新社会を建設する原動力を見出せなかった。彼が社会発展の原動力として見出したのが産業者であり、新社会のためには、産業を振興し産業者が社会の主役になることが、重要であると考えた。

したがって産業階級は貴族と僧侶よりも重要な要素であり、国の行政は市民の才能に任されねばならない。財産権は政治憲法よりも、社会の基礎を形作る上で重要な法である。彼は「産業者の方が、王侯貴族や聖職者よりも国にとって重要である」との言葉を公にし、一八一九年に告訴された。しかしサン＝シモンの場合、資本家と労働者は等しく産業階級であり、その対立は問題とされない。「資本の所有者はその精神的優越によって、無産者に対して権力を獲得した」との見解を持ち続けた。労働者は自ら自由を獲得すべき存在ではなく、使用者によって保護されるべきとした。一八一九年以降、彼はキリスト教の道徳を産業社会に適用する方策を夢想した。すなわち、新しいキリスト教は礼拝や形式から脱却し、人間は互いに兄弟として行動し、富者は貧者を救済すべきである、とする人道主義へと傾いた。

サン・シモンの死後、弟子たちは機関誌『組織者』や『地球《グローブ》』を出し続け、「平和的な普遍的協同社会の実践」を目指した『サン・シモン学説解義』の講演集を出して、〈サン・シモン旋風〉を巻き起こした。サン・シモンの産業主義は、資本主義経済の生産力の発展を重視する産業社会論と、資本主義に代わる新しい社会と経済を追求する社会主義の理論との両方の出発点になったと言われる。その実践方法に対する関心は、ヨーロッパ諸国だけではなくアフリカ、南北アメリカにも及んだと言われている。当初サン・シモン派は、女性解放をその運動計画の中心にしたため、多くの労働者階級の女性たちをサン・シモン派の社会運動に惹きつけた。しかし一八二八年にこの運動は、一種の宗教運動に転換され、一八三二年にはパリ郊外のメニルモンタンに本部を移した。技師で経済学者プロスペール・アンファンタン（一七九六―一八六四）が「至高の父」という位階制度を導入し、青いチュニックと赤いズボン、白いシャツと言った装束を決めた。また、独特のセックス革命論を展開したため、有力なメンバーであるサン＝アマン・バザール（一七九一―一八三二）、ユダヤ人銀行家オランド・ロドリーグ（一七九五―一八五一）、統計学者アベル・トランソン（一八〇五―七六）、社会政治学者ピエール・ルルー（一七九七―一八七一）などは脱退した。彼らの多くはジュール・ルシェヴァリエ（一八〇六―六二）のようにフーリエ運動に吸収されていった。

サン・シモン教団に共鳴した女性たちも、分裂し脱退者が出た。元裁縫婦であった二十代の若いデジレ・ヴェレ（一八一〇―九〇）やマリー・レーヌ・ガンドール（一八一二―三七）は、フランスで初めて女性だけの編集するフェミニスト新聞『女性新聞』を一八三二年に創刊し、活躍を続けた。しかしこの仕事は無給だったために、二人とも仕事をスザンナ・ヴォアルカン（一八〇一―七七）に譲らなければならなくなった。ヴォアルカンは、サン・シモン派の女性新聞『新しい女性』をやはり同年創刊したデジル・ゲー（一八一〇―九一）[17]、ジヤンヌ・ドロワン（一八〇五―九四）などの仲間で、皆労働者階級の出身で、自分の書く記事には、男性支配の社会抗議の意味で、苗字を書かず自分の名前だけを署名した（世界女性史大事典246）。サン・シモン派の女性たちは、母性を基調として世界の女性連帯を達成できると考えていた。一八三三年「女メシア」を求めて、オディロン・バロー（一七九一―一八七三）を団長とする東方に旅立つサン・シモン派の中にヴォアルカンもいた。彼らのマルセイユからの出発は二万人の大群衆に見送られた。その時、船の一等航海士は若き日のガリバルディであった。アンファンタンは、その後スエズ運河その他の事業計画などの経済活動に専念したが、資金難や弟子の減少などで挫折し、一八三五年運動としてのサン・シモン派はほぼ消滅した。

カスーが「一八四八年の狂気」と呼んだ、恋愛の解放を宣言したのは、コンシデランの小冊子『フーリエ学説の非道徳性』（一八四二）であった。とはいえ、「ヴィクトール・コンシデランの分配論：『社会的運命』（一八三四―三八）を中心に」を書いた大塚省三氏によれば、コンシデランはかならずしもフーリエの自由恋愛論を否定していない。それはむしろ、数学者フーリエらしく社会全体の経済力拡大のための方策であると理解しているようだ。コンシデランによれば、フーリエを不道徳として批判するモラリストやフィロゾーフは手段と目的を混同しているという。道徳の目的は「社会における善の最大限の産出」であって、その善の内容は、誠実、真実、秩序、自由であり、とくに自由と秩序が中心的なものとみなされる。フーリエの主張する道徳の目的と手段を峻別すれば、複婚はこの手段に相当するもので、フーリエとその批判者たちの目的は一致している。離婚をすべて悪と考えていたウルトラモンタン（右翼）の人たちからすれば、サン・シモンもフーリエも何やら得体のしれない共同体を認めているような印象があるが、国家生産力の増大という点からも、女性の恋愛の解放ということはフーリエ思想の近代性を物語り、同時にフーリエの度量の深さを物語るものである。

とはいえ、当時としては、恋愛の解放については、道徳性の欠如と理解され、社会主義者プルードンやルルー、共産主義者エティエンヌ・カベ（一七八八―一八五六）でさえも眉をひそめ、ことあるごとに自らは家族の擁護者であると公言した。ここで、家族の擁護者という言い方は適切のように思われるが、当時のフランスは、基本的に離婚が禁止されたカトリック社会であったことが指摘されなければならない。しかも、恋愛の解放というのは女性に対してであって、男性に対してはもともと緩やかな社会であった。とは言え、離婚や再婚に眉をしかめる人々が、女性も含めて多数派であった社会風潮を考慮すべきである。旧弊なカトリック社会を維持していたフランスは、一九二〇年前後女性の参政権を認めたイギリスやアメリカに比較して、第二次大戦前後、日本と同様ようやく女性参政権を認めた国であったのだ。もちろん、イギリスやアメリカがやすやすと女性参政権を獲得したわけではなく、男性の普通選挙も含めて長い女性参政権運動の結果ではあったが、そういう意味で、男女の仕事や恋愛について寛大な立場をとったのが、サン・シモン派とフーリエ主義者だった。したがってサン・シモン派の解散後、自由な男女の結婚を主張したサン・シモン派の女性たちは、この当時の厳しい社会制裁を耐えなければならなかった。クレール・ダマールやレーヌ・ガンドールの自殺は、サン・シモン運動解体後の余波のひとつであった。

ポーリヌ・ロラン（一八〇五―五二）は、サン・シモン派の協同社会メニルモンタンに数年暮したフェミニストであった。ロランは初めサン・シモン派の性解放の理論を拒絶していたが、とうとう子供をもつ決心をした。背の高い、赤褐色の髪をしたロランは、公然と当時の結婚制度に反対した。その結果、二人の愛人の子供を三人持ち、フロラ・トリスタンの娘（後に画家ゴーギャンの母）も一緒に養育したと言われる。彼女は文芸評論家サント・ブーブ（一八〇四―六九）やシャトーブリアン（一七六八―一八四八）の作品を翻訳をしながら、フランス女性の社会的な地位や、鉱山で働く子供労働者について『女性新聞』に定期的に記事を書いた。彼女の夫で作家のジャン・フランソワ・アイカールとは、最早一緒に暮していなかった。一八四七年の冬、ロランはピエール・ルルーのフーリエ主義社会協同体ブサックで暮していたが、そこはジョルジュ・サンドの領土にある邸ノアンから数マイルしか離れていなかった。もちろん、彼女はジョルジュ・サンドや詩人ベランジェの友人であった。彼女は社会主義の方針に基づいた学校を運営した。それはブロンソン・オルコットのテンプル・スクールに手法やイデオロギーがよく似ていたと言われている。

一八四七年パリに戻ったロランはジャンヌ・ドロワンやデジレ・ゲイなどと共に社会主義活動や『新しい女性』新聞の出版に関わった。一八四八年、彼女は共和主義者の女性クラブで指導的な立場となり、ドロワンやグスタフ・ルフランソワ（一八二六―一九〇一）と、一八四九年に社会主義教師協同体《アソシアシオン》を創設した。協同体《アソシアシオン》が共和国を生かす唯一の道だと信じたロランは、一八五〇年一月から一八五一年一月まで、『レピュブリック』紙に数回にわたり、皮革製品製造、料理人、靴工、帽子などの労働者協同体《アソシアシオン》探訪記事を載せている。一八四九年、ロランは百種以上の職種からなる労働者協同体《アソシアシオン》連合の代表者から中央委員に選出される。これは前年度の協力運動を再生させようとする試みであったが、この組織は秘密結社事件として告発され、ロランは五十名以上の同志たち、ドロワンなどとともに、サン・ラザール獄に入れられる。

また、一八五〇年、ロランは女性の参政権運動のためのグループを組織しようとするが、「政府転覆罪」で逮捕される。一八五一年十二月、ロランはその過激思想のために再逮捕され、アルジェリアへ十年の流刑となった。ジョルジュ・サンドとベランジェの介入により、彼女は刑期を短縮され子供たちに会うために帰国途中、拘留の厳しい状況下で体調を崩し亡くなった。

この頃、ロランの仲間のフェミニストたちも、「女性クラブ」に参加したスザンヌ・ヴォアルカン、機関誌『女性の声』を編集したジャンヌ・ドロワンさえも逮捕され、六ヵ月の禁固刑に服し、女性の権利を叫んだデジレ・ゲイは、二月革命後「国立作業所」評議会に加わっていたが、第三帝政の後、ベルギーへ亡命した。ジャージー島に亡命中のヴィクトル・ユゴーはロランを称えて一遍の詩を書き、象徴派詩人ポール・ヴェルレーヌ（一八四四―九六）はロランをジャンヌ・ダルクに擬えた。フラーは、母親への手紙 (LF IV 253) で、ロランを'interesting'と言っているが、アメリカの保守的な母親に多くは語れなかったに違いない。

## 5　アメリカに渡ったフーリエ主義

フラーがフーリエ主義に共感したのは、フーリエが女性の能力を評価したからである。フーリエの社会思想は主に、文明諸国民から忘却ないしは軽視されてきた二つの部門、「農業組合」と「情念引力」に関する研究を最重要視している。フーリエは、「産業主義の批判」と「理想的協同体の提案」、「自然的欲望の肯定」について詳細に研究した。当時のヨーロッパは産業革命勃興期であり、国家・政府が産業主義を推奨し、その庇護を受けた産業者（資本家）が賃金労働者をとことんまで搾取するという光景が至るところに存在した。また、そのような「国家」の暴力に対して「革命」の暴力もまた悲惨な光景を生み出していた。革命と称する破壊と暴力によって何か益を生み出すかといえば、フーリエ自身が体験したように、彼は一七九三年リヨン包囲の混乱に巻き込まれ、投獄されたあげくに相続財産の多くを失う。革命に対する王党派の反乱が鎮圧され、三ヵ月にわたる虐殺で、二千人近くのリヨンの人々が処刑された。財を失った多数の貧民や浮浪者、破壊され尽くした街を生み出しつつあり、これでは本来の「革命」の目的からすると悪循環であった。そこでフーリエが提案したのは「アソシアシオン」（協同体）の創造《ファランジュ》であった。その協同体は国家の支配を受けず、土地や生産手段は共有とした上で、千八百人程度を単位として数百家族がひとつの協同体で共同生活をする。基本的に生活に必要なものは自給自足とする。また、労働活動を集約することで労働時間を短縮する。といった提案であった。

ヴィクトール・コンシデラン（一八〇八—九三）は、一八三四年から一八四四年まで著書『社会的運命』において、フーリエ主義を解説し、その普及に務めた。第一巻はフーリエの社会批判、歴史分析、そしてあるべき社会の概観つまり組合ファランジュの全般的な説明である。第二巻ではファランジュの生産活動つまり労働の組織論と生産物の分配のあり方が詳説される。第三巻ではファランジュにおける教育論が展開されている。ちなみにこの第一巻はその後のフーリエ派のバイブルとされ、これによってコンシデランはフーリエ派の第一人者と見なされるにいたったのである。さて『社会的運命』はフーリエ思想の説明を目的とするものの、実はかならずしもその忠実な要約とは言えない。コンシデランはフーリエの著作『四運動の理論』（一八〇八）と『農業組合概論』（一八二二）の奇怪で、妄想的な部分、たとえば宇宙論の荒唐無稽な箇所、不道徳な表現、一夫一婦制批判、自由恋愛論、奇癖論といった部分を適宜削除していたのであった。これらの削除については夙に指摘されており、それはフーリエ思想を普及させるうえで有益であったという評価もある。

しかし、フーリエの財産分配論が、労働の比例によるなど明快だったものが、コンシデランにおいては削除されていた。フーリエにおいては分配を最終的に決定するのは収入の贈与移転や財産の分散相続すなわち主観的要因にもとづく再分配であった。その分散相続は、文明が産業封建制へ向かう過程で集中した資本をどう再分配するかという問題にたいするフーリエなりの答えでもあったのだが、コンシデランは、文明時代の後半に資本の集中が進み、この集中を前提として理想社会を構想するフーリエの考えをそのまま踏襲している。けれども分散相続はおろか相続一般への言及もコンシデランには、この集中した資本の諸個人への再分配の問題について答えがないのである。

そこまでは後の社会主義・共産主義思想に類型が認められるが、フーリエ独自の観点としてさらに「自然的欲望の肯定」が認められる。このことが、後に同系のサン・シモン派の自由な男女交際の主張同様、フランスでは多くの社会主義者や聖職者たちから非難された。

フラーのフーリエ社会主義運動の認識は大きく変わった。アメリカのフーリエ主義は社会改良運動のひとつとして、ブルック・ファームのようなユートピア的な協同農場として理解されていた。フーリエ主義は主として、初めアルバート・ブリスベン（一八〇九—九〇）[18]によってアメリカに紹介され、ホレス・グリーリーの『トリビューン』紙などによって普及された。しかし、アメリカのフーリエ主義共同体「ファランクス」は、その目標、その運営、その生活態度など著しくアメリカ的な性格に変更され、つまりアメリカ型のファランクスになったと言われている。例えば、フランスでは、仕事の種類は男女に分けられていないところが斬新な部分であったのだが、アメリカのブルック・ファームでは、従来通り男子は野外の労働、女子は家事を任されたと言われている。

初め、フーリエ主義がニュー・イングランド地方の人々をもっとも当惑させたのは、フーリエの引力情念論であった。さっそく概要の中から、「『欲望』が絶え間なく満たされるユートピア」とか、その他ニュー・イングランドの人々に好ましくない箇所は、翻訳から取り除かれた。一八四四年『ダイアル』四月号では、以前大変共感を示していた洞察力の深いエリザベス・ピーボディ（一八〇四—九四）[19]は、エマソン流に「フーリエは突然立ち止まる。そうしてそれ自身、命ではなく、魂でなく、肉体のみを救うのである。」と批判した。同じ精神構造はフラーにもみられる。

フーリエの思想は、いろいろの面から私の性分には合わない。粗悪な物質主義の時代に教育を受けて、フーリエはその欠乏に染まっている。社会を再編成する試みのなかで、彼は、肉体を魂の衣とする代わり、魂を健康な肉体の結果に作り上げようとする過ちを犯している。しかし彼の心は、キリストの言う博愛主義者で、人類を純粋に愛する人のそれである。(*TSGD* 119–20)

それにしても、フーリエのユートピア的な協同社会建設運動が、本国よりアメリカで盛んになったのは皮肉である。実際フーリエは、コンシデランが自分の理論を実践に移す際に、フランス中北部のコンデ＝シェル＝ヴェグルのコロニー建設を憂慮したと伝えられる。しかし、晩年はむしろアメリカの黒人奴隷やインディアンの土地対策にコロニー建設の提言をしているというのだから、興味深い。いずれにしても、フランスでもアメリカでも強力な指導者と裕福な出資者のいるファランジェ以外は、どこも数年を経ずして消滅している。

フラーはもともと社会運動の参加には積極的ではなかったし、ブルック・ファームの活動にも熱心というわけではなかった。父親の退職後、家族で営んだグロトン農場の経験から、農場が激しい肉体労働を要求するものだと理解していたせいかもしれない。しかし、ブルック・ファームには時折訪問するほか、自分の個室を持ち、父親の死後財産処分の手立て、或いは弟たちの参加などブルック・ファームとは無縁ではなかった。したがってそこに集まる社会活動家とも交流をもったのであった。一八三八年ボストンで『対話』講座を開いた時も、集まった女性たちには社会運動に積極的な者が多かった。なかには、後に、南北戦争で、黒人部隊の第五四マサチューセッツ歩兵連隊を指揮した大佐ロバート・グールド・スタージス（一八三七―六三）の従姉妹やジョージ・ラッセルなどフーリエ主義の社会運動家の関係者も多く交じっていた。一八四三年五大湖地方の旅行帰りの船の中で、フラーは船客たちがフーリエ主義を論議している光景を目にしている。この頃のフラーは、フーリエ主義を社会悪や不平等に対する社会改良運動であると解釈していた。

## むすび

トリビューン紙の主幹グリーリーや旅行に同伴したスプリング夫妻の関係で、フラーは多くのフーリエ主義者に逢った。フラーは、彼らの目標を評価したが、ウィリアム・チャニングに宛てた手紙では「彼らの宣伝はますます強い影響力をもってきました。けれども、ああ、収穫までになんと遠い道のりでしょう！」（*LF* IV 271）と書いた。パリの庶民階級にとって、この凶作の冬は絶望的であった。失業率とパンの価格は値上がるばかりであった。そして読み書きのできる住民に対して、プロレタリアートの新聞は一七九八年大革命の思い出を煽っていた。

ルイ・フィリップ王が生きている限り、彼の強い掌握力によって抑えられたガスは爆発しないかもしれない。しかし即効性で過激な社会改革政策の必要性がフランスでは、他のどこよりも強く感じられる。そして、否が応でも直ちに実行しなければならない時期が、遠からずやってくる。（*TSGD* 119）

フラーは時間とルイ・フィリップの掌握力を判断し損ねただけである。実際、フランスは翌年二月革命を起こし、ルイ・フィリップはイギリスへ亡命した。フラーがパリで遭った多くの活動家たちの運命は大きく変わった。その一方、フラーはパリを離れる少し前に、ロンドンの出版社、メアリー・ホウイットから、ジョルジュ・サンド、ベランジェやラムネーについて、伝記的な記事を書かないかと依頼されている。フラーは、ヨーロッパで活動するジャーナリストとして、認められ始めたのである。

# 第五章
# ジョルジュ・サンドとショパン
## ――革命運動家アダム・ミツキェヴィチ

### はじめに

フラーがパリ滞在中、最も影響を受けた人物はジョルジュ・サンド（一八〇四―七六）であった。フラーは、パリでサンドに会見し、現実主義的なコスモポリタンに変貌した。おそらくアメリカで誰よりも早く、ジョルジュ・サンドの小説に傾倒し、その小説を熱心に薦めたのはフラーではないだろうか。フラーはサンドのロマン主義小説に流れるフェミニズムに深い共感を示し、彼女の生き方を強く擁護した。もちろん、当時のアメリカ人同様、作家の生活態度には厳しい批判を加えているが、それも社会の因習を超越したものとして容認し、サンドの作品から創作上のテクニックさえ習得したようである。サンドはフラーにとって作品構成上の先輩であり、パリでの会見後は人生の師となった。また、ポーランドの国民詩人で革命家アダム・ミツキェヴィチ(1)に会い人生の指標を与えられたことと、同じポーランド出身のピアニスト、フレデリック・ショパンのコンサートに招待されたことも、フラーにとってヨーロッパの不穏な情勢を、歴史的にも社会的にも肌で感じる経験になったにちがいない。

## 1　ジョルジュ・サンドと『十九世紀の女性』

フラーが初めてエマソンに会った時、二人はたちまち意気投合し、お互い愛読書を紹介しあったが、フラーはエマソンにゲーテやフランス作家、とりわけサンドの作品を推薦した。当時サンドは第一作『アンディアナ』（一八三二）[2]を出版し、評判になって四年後のことである。エマソンは、サンドの小説『アンドレ』（一八三五）、『レオネ・レオーニ』（一八三四）、『アンディアナ』を読んだ。エマソンは、フラーへの手紙によると、「時折、本物の啓示が作品中の女性や男性の心をよぎるのが好ましい」(RWE 235) としながらも、サンドのにおわせるフランス的な知識人癖はいただけないというのが、エマソンの意見であった。フラーは、返信で、『アンディアナ』はサンドの作品で最良のもののひとつだが、他の二つの作品はサンドの作品でも出来が悪いと言っている。

フラーは、アメリカ人に不道徳な作家と見なされていたゲーテの真価を見抜き、エッカーマン著『ゲーテとの対話』（一八三九）を翻訳した。当時アメリカでは、『ファウスト』（一八〇八、一八三二）はあまり読まれず、もっぱら『若きヴェルテルの悩み』（一七七四）が論議の対象となっていた。フラー研究家チャールズ・キャッパーによると、フラーは二十八歳（一八三八）の頃、フランスのロマン作家の本を貪欲に書店から購入し始めた。それ以前のフラーは、フランス作家には道徳観念が欠如しているという偏見を持っていたが、この頃から、フランス文学に傾倒していった。

フランスでは、革命後の統領政府からナポレオンの帝政、王政復古と七月王政を経て、その精神的解放に続く倦怠と成熟、革命とクーデターによる社会不安、国民国家の成熟と高度産業社会への歩み、階級闘争の激化とが、人々を社会の動乱に否応なしに巻き込んでいった。それにも拘わらずこの激動の時代、十九世紀はフランス文学で最も実り多い時期だと言われている。作家たちは、感性と想像力の解放から創造性の自由な飛翔を試みたロマン主義、社会の実相を披歴した写実主義、自然科学を導入し人間性の解剖に挑む自然主義、言葉の力で超越への道を模索する象徴主義的世界の華を咲かせた。ヴィクトル・ユゴー原作、ヴェルディのオペラ『エルナニ』(一八三〇)とともに、ロマン主義の最盛期が訪れたと言われるが、メランコリー、狂気と幻想、異国趣味、人道主義、神秘主義などを特徴とするロマン主義は、四大詩人ラマルチーヌ、ユゴー、ヴィニー、ミュッセらにより唱導され、詩・戯曲・小説の分野で多くの傑作を生んだ。フラーの敬愛したジョルジュ・サンドもその理想的な人間愛の形を抒情的に描いたロマン派として位置づけられるだろう。

ジョルジュ・サンドは、うら若い頃の結婚の失敗により、その自由奔放な生活から常にゴシップ欄をにぎわした。サンドは、一八二二年、十八歳で結婚、十九歳で男児モーリスを、二十四歳で女児ソランジュを出産した。一八三〇年から、ピレネへの旅行記や短編小説など文学的な習作に手を染め、翌年十一月には夫との不和からパリで半年、ノアンの領地で半年暮すという取り決めをする。『フィガロ』紙に寄稿を始めたが、ジュール・サンドー(一八一一―八三)と知り合い、彼の支援で文学界に進出する。二十八歳で『アンディアナ』を、一八三三年『ヴァランテーヌ』『メルキオル』『侯爵夫人』を発表する。小説『レリア』の出版では(ブシャルドー91)、友人ギュスターヴ・ブランシェが、サンドを批判したアレクサンドル・デュマ(一八〇二―七〇)と論争を起こし、文芸評論家カポ・ド・フィイードと決闘するところまでいった。とはいえ、その後、サンドはパリのサロンにバルザック、作曲家リスト、その愛人で歴史評論家マリー・ダグー、評論家サント＝ブーヴ(一八〇四―六九)、カトリック司祭ラムネー、自然科学者ジェフロワ・サン＝ティエール、ドイツ詩人ハインリッヒ・ハイネなど多くの名士たちを招待した。一八三四年、ロマン派詩人アルフレッド・ミュッセ(一八一〇―五七）と出会い、十二月になると一緒にヴェネツィアに行く。この恋愛は、二年で終わりを告げたが、二人の恋愛について、ミュッセは長篇小説『世紀児の告白』（一八三六）、サンドは『彼と彼女』（一八五九）を発表し、社交界を騒然とさせた。

次々に代わる愛人のため、また小説『アンディアナ』のような初期のロマンスにおいて、女性の情念を活写し封建的な結婚制度を痛烈に攻撃したため、本国フランスでさえサンドは毀誉褒貶の対象であった。しかし、ゲーテの場合と同じくフラーにとってそのようなことは問題ではなかった。フラーは、サンドの抑制の効いた、「ジャン・ジャック［ルソー］のように、緊迫感を称えた〈鬱積したような〉文体」を称賛した。そのテーマについても「これが私の理想だ！」と興奮気味に書いている。「最も繊細で、しかも最も強い感情を秘めているが、世の中をありのままに見ることが出来る人間、［……］特別の運命を求めて、独りよがりの楽観主義にも陥らず、愚かな希望も持たず、ルソーの言葉通り、人生を受け入れる。これこそ、痛みに対して無感覚ではなく、それに打ち勝つ禁欲主義である。フラーはサンドの才能を単に「英雄的な」女性を描くだけではなく、それを女性の意識から描いたことを評価した。

この頃フラーが感銘を受けたサンドの作品は、フェミニスト的なロマンスではなく一八三九年に出版された『スピリディオン』と、『両世界評論』誌（一八四〇年一月）に掲載された「リラの七弦」である。『スピリディオン』は、ピエール・ルルーの汎神論的神学概念を中心に展開する話で、ジョルジュ・サンドは彼にこの小説を捧げている。テーマは異端の殉教者たちの輪廻転生で、これらの論理から彼女は、哲学的な恐怖小説を創作した。サンドの異端宗派に対する傾倒は、一八三一年カルヴァンに捧げたエッセイ『ジャン・コーヴァン（*Jehan Cauvin*）』をはじめ、一八三三年、ラムネとの出会いを通じて強まったが、ピエール・ルルーはさらに彼女の世界観を広めた。ルルーは人間の進歩を人類の前進あるいは発達の表現と考え、意識的な前進の結果であると考え、彼独特の転生説と結びつけた。彼は、偉大な哲学者や宗教家は［……］、人間の限界や環境に制限され、真理の一面しか考慮に入れなかったが、人間は〈人類〉を通じて神のごとき完全へ近づくと主張した。ルルー同様、サンドも異端の宗派に理想を見出しながら、天才の聖人が出現するのを期待していた。

サンドは、『スピリディオン』によってカトリック教会の異端審問に厳しい批判の矢を放ち、当時流行っていたピラネージ牢獄を表したゴシック建築の版画を想起させる恐ろしい幻想世界を描き出した。

作品の主人公である神父アレクシは、スピリディオンの書き残した書を見ようと、地下埋葬所に通じる階段を下りて行く。

不吉な光がその建築の内部を照らすと、彼は内陣の中に大勢の司祭の行列と、彼らの遂行する恐怖の場面を見た。それは生きながらの埋葬であった。柩の中に一人の男が横たわっていた。その男はまだ生きていた。彼は何の抵抗もしなかったが、その胸からはすすり泣きが漏れていた。彼の側には釘と金鎚を持った何人もの司祭たちがいて彼の心臓が止まるのを待っていた。しかしその心臓に血塗られた腕を突っ込み、はらわたをねじっても無駄であった。誰もこの心臓を引きちぎることはできなかった。死刑執行人は怒りの叫び声をあげたが、［……］受刑者たちは絶えず変身するように思えた。イエスの次にアベラール、ついでヤン・フスとなり、それからルターとなった。墓の中にスピリディオンが横たわっているのが見えた。だがそれはもはやスピリディオンではなく、年老いたフルジェンチェで、［……］彼は自分自身の姿が師の代わりに柩の中にあるのを見た。胸を半ば開かれ、爪《つめ》とヤットコで心臓を引きちぎられた状態だった。とはいえ、もうひとりの彼は欄干の後ろに隠れながら、断末魔の苦悶の中にいるもうひとりの彼を見つめているのだった。（スピリディオン 198–204）

この場面がクライマックスの恐怖となり得ているのは、自我の二重性によってである。幻想の中、「柩の中で心臓を引きちぎられている彼、それは彼の存在の最も美しい半分である。そして死の苦しみを陰に隠れて見ている、もう一人の彼は、エゴイストで卑怯な他の半分である」(204)。存在の美しい部分は、死をも厭わず、死のかなたに新しい真理を探す殉教者である。彼には恐怖はない。恐怖はそれを見ている肉体を持った存在の醜い部分にある。すなわち自我の二重性は精神と肉体の分裂から来る。結局自我の二重性は、ヨーロッパの伝統的な思想に従った、精神と肉体の二元論の問題に帰する。精神を善とし、肉体を悪とする伝統が、自我の二元分裂を生んだのである。後にドストエフスキーがこの小説を絶賛し、彼は『カラマーゾフの兄弟』の中で神父ゾシマとアリョーシャの対話を、ロシア的思想状況の中に描き出した（スピリディオン 321）。しかも、この小説『スピリディオン』のラストシーンは、レーニンから毛沢東に続く「力の論理」も想起させる、ナポレオンの軍隊の修道院破壊であり、近代の到来による教会制度の衰退をも象徴している。

(16) ジョルジュ・サンド。
Huguette Bouchardeau: *George Sand and Paris.*

『スピリディオン』は、反教権思想をも目論んだ神秘的なスリラーである。だが最近では、フリーメイスンなどの神秘主義や社会主義を表した小説として重要視されている。フラーは、フランスの雑誌『両世界評論』を購入し、フランス語で読んだとされている。フラーがこれらの小説を評価したのは、小説としてではなく、むしろ『スピリディオン』の登場人物を政治概念の手段に使用するという、知的なディレッタンティズムのためであった。もちろん、作家の政治理念、サンドやサン・シモン社会主義者による主観的審美的な博愛主義に興味を覚えたのだが、むしろサンドの思想の世界に対する洞察力に驚嘆した。「サンドはある男性からこのことを学んだにちがいない」と暗い考察を続け、女性の創造力の欠如を嘆いている。彼女は、サンドの友人で社会主義思想家ピエール・ルルーの存在を仄めかし、サンドが他人を模倣し、女性の脆弱さを滲ませている場面に衝撃を受けた。しかし、新たに文学の領域で、情緒的で、個人的な「女性的」なものと、知的で公的な、「男性的な」ものを結合できるのではないかという暗示を受けたようである。サンドの小説からではなく、小説技法からヒントを受けたフラーは、女性問題という女性的な領域と、それを論ずる男性的な知的作業を結合させて評論『十九世紀の女性』（一八四五）を創作した。

## 2　小説『コンシュエロ』のフェミニズム

女性であるために、フラーはエリート男性のようには社会的に高い職業に就くことが出来なかった。父親の死後、二十五歳からブロンソン・オルコットのテンプルスクールで教師の助手をし、二十七歳からはプロヴィンスのグリーン・ストリート・スクールで教師をして家族を養った。その著書『十九世紀の女性』のなかで、ジョルジュ・サンドとメアリー・ウルストンクラフトの問題を、社会の倫理的道徳的な事柄として提示している。つまり、サンドを社会の反逆者として提示し、作品の内容としては、想像力があり、独創的で強靭な魂を持つ女性を描く作家として紹介した。

メアリー・ウルストンクラフトは、マダム・デドゥヴァン（ジョルジュ・サンドとして一般に知られているが）同様、彼女が書いたものよりも、その女性としての存在が、女性の権利という新しい解釈の必要性をよく証明するものである。彼女らのような人間は、天賦の才に恵まれ、最も優しい情感を抱き、公徳心と、抑制された融和心をもつことが出来るので、生来、自分たちの居場所がそんなにも狭い所と知らず、束縛を壊してしまい、反逆者になるのだ。(WXIX 46)

フラーは、サンドの小説『モープラ』（一八三七）を取り上げ、女性の愛情と道徳心が、ひとりの人間を感化することを積極的に描いたとして、評価している。劣悪な社会環境のゆえに、人間が堕落するのだと主張する自然主義作家と異なり、フラーはサンドの精神主義を重視する態度を賛美した。これは、フラーもサンドも共にルソーの大きな心酔者であったからである (Sand 533)。

しかしフラーは、この時点で、ジョジュル・サンドを抑圧したヨーロッパ貴族の政略結婚の罠にも、離婚を認めないカトリック教徒的な、ナポレオン法典に対しても現実的な理解を示していない。(3) だがフラーは、「小説『モープラ』の作者が、ほとんどの作品のなかで痛ましいほどの軽蔑の心を男性に投げかけているのを見ると、よほど男性からひどい目にあったに違いない」と言っている。作品『モープラ』は、愛情という不思議な力によって粗野で獣のような性の淵から、道徳的で知的な人生へと導かれた男の話である。純粋な愛の対象、気高い女性の愛だけが、イタリア人の歌のように、天国への架け橋になるのである。」と解説している。おそらくフラーの推測通り、これらの小説群は、サンド自身が不幸な結婚を懺悔することから生まれたのは明らかである。サンドは作品のなかで、気高く優れた女性が、無知で粗暴な男性を分別のある落ち着いた人間に変貌させるというモチーフを繰り返し扱う。このテーマは、第一作の『アンディアナ』から始まり、後期の作品『魔の沼』(一八四六)まで続き、『愛の妖精』(一八四九)[4]では、逆に野育ちの娘が、男性の誠実な愛によって麗しい女性に変貌するプロットとなっている。

イギリスの小説家チャールズ・ディケンズ(一八一二―七〇)[5]は十歳で父親が破産し靴墨工場で働いた。父親は借財不払いのため投獄され、当時の生活は彼にとって生涯忘れられない屈辱的な経験であり、その幼年時代が作品のモチーフとなったと言われている。同様に、サンドにとっては、知的に不釣り合いな結婚と離婚を浄化すると言う課題が、おそらく人生の出発点であり祈りであった。ポーランド国王アウグスト二世と繋がりのある貴族出身でナポレオン配下の父親と、パリの小鳥屋という庶民階級の母親の血筋が、サンドを反逆的な作家にしたと言われている(坂本 125)。しかし、その反逆精神の裏には、人間の可能性に対する限りない理想と希望が込められている。幼い頃サンドは父親を亡くし、母親と別れて祖母フランクイユ伯爵夫人と暮したが、二年間、修道院で教育を受けている。その後、祖母を看病しながら、ノアンの領地の管理をしたが、祖母の死後十八歳で二十七歳の凡庸な男、ディドヴァン男爵と結婚した。祖母が生前ジャン・ジャック・ルソーを自分の館にもてなした話を誇りにするようなサンドと、狩猟にしか興味を示さぬ夫との結婚生活は、たちまち破綻した。しかし封建的な結婚制度の下で、夫が無一文のため、自分の邸や資産からようやく年金三千フランを譲り受けて、別居が認められたのであった。

一方、一八四二年に出版されるやいなや大好評であったサンドの小説『コンシュエロ』は、一八四六年に英語に翻訳され、フラーがトリビューン紙に書評を書いている（WXIX 215）。『コンシュエロ』は、十八世紀に活躍したオペラ歌手ポーリーヌ＝ガルシアの波乱の人生を描いたものである。主人公は美人ではない。「真っ黒な髪、厚い瞼、大きな口。舞台に彼女が登場すると、美女を期待していた観客は大抵失望してしまう。だが、ポーリーヌが歌いだすと、その完璧なテクニックと豊かな声が人々を圧倒し、虜にしてしまうのであった」。フラーは、書評の中で、職業を貫いた新しいタイプの女性を描いた作品として『コンシュエロ』を称賛した。

一つの観点から言うと、この本は、精神的な純潔と名誉心が女性を金銭上の困難や危険から身を守り、さらに完全な独立心を獲得するのに、成功している。だが、未だ無思慮で偏見に満ちた男たちは、自立をめざす娘はみな、自然で女性特有の愛らしさが失われると考えている。（WXIX 215）

フラーは、知的な職業を志す女性は、生来の愛らしさを失うという偏見や思慮がまかり通っていることを悲しみ、「ブリューマー嬢やフランスの作家デュマ、北欧作家アンデルセンは、そのような女性が家庭の義務を怠けるので、傲慢の罪に泣くという小説を書いている。しかし、時代はこうした女性がますます活躍する状況であって、多くの女性がこうした道に進むのは明らかである。〔……〕この作品こそ、多くの女性にとって真実のConsuelo（慰め）であって、どんな偏見をもつ読者も、彼女の豊かな天分に魅了されるであろう」と結んだ。筆者は一世紀半を経て、フラーの期待が未だ有効であるのに、驚きと嘆きをもって読む者である。

ある程度までフラーがジョルジュ・サンドの境遇を理解していたことは間違いがない。フラーは観念的にはサンドの自由な気風を認めていたが、現実生活の上では浮名を流すサンドを許すことが出来なかった。評論

『十九世紀の女性』には、社会の指導者の清廉潔白な態度が求められている。

社会運動家は、激しい欲望の衝動の中で声を上げるべきでないし、その生活は情欲の過ちに汚れてはならない。彼らは己に対して厳しい立法者でなければならない。もし永遠の幸福という要求を、一夜の気まぐれと混同されたくないのであれば、人類に対して高潔な意思を維持し信仰篤い求道者でなければならない。(WXIX 48)

この箇所は、同じように厳格なカルヴィン主義者ナサニエル・ホーソーン(6)の小説『緋文字』(一八五〇)に影響が感じられる。次の文章は、『緋文字』の中の最終章で、一度アメリカの土地を離れた主人公ヘスターがニュー・イングランドに戻ってきて、胸に緋文字を着け同じように不幸な女たちの相談相手になり、社会の導き手として生きていく際、心によぎった事柄である。

年若いころ、ヘスターは自分のことを予言者として宿命づけられた女ではないかとむなしく想像したこともあったが、しかし、もうずっと以前から、神聖で神秘的な真理を伝える使命が罪に汚れ、恥にうなだれ、一生の悲しみを背負った女に託されるはずがないことを知っていた。なるほど、来るべき啓示をもたらす天使や使徒は女性であるに違いない。しかし、そういう女性は気高く、清く、美しく、しかもそのうえ、暗い悲しみによってではなく、天上的な歓びを媒介として懸明になり、かつ神聖な愛が我々をどんなに幸福にするかを、そのような目的にかなった人生の真の試練を経て示すことができる女性でなければ

ならない！（八木敏雄訳『完訳　緋文字』二四章）

罪を犯した者は社会の指導者になれない、という考えは現在でも可能であろうか？　犯罪ではなく、道徳的な罪（sin）についても大変厳格な姿勢を取るのが、アメリカの植民地時代からの伝統であった。

しかし『十九世紀の女性』でフラーが堂々とジョルジュ・サンドを擁護することは、当時のニュー・イングランドではきわめて革新的で勇気のいることであった。アメリカでジョルジュ・サンドをもっとも高く評価したのは、肉体の神聖を、肉感的に謳ったニューヨークの詩人ウォルト・ホイットマン（一八一九―九二）である。マサチューセッツ州奥地アマーストに住む詩人エミリー・ディキンソン（一八三〇―八六）[7]は、ホイットマンの詩はショッキングであると言われているので、読むのを拒んだという逸話が残っているほどである。アマーストは、当時ディキンソンの祖父の創設したアマースト・カレッジや帽子工場の或る街であったが、ディキンソンは海を見たことがないと言う詩を書いている。要するに、ニュー・イングランドは、植民地時代からのカルヴィニズムの伝統で、性的規制の強い文化が残存していた。

このことは、アメリカ東部の社会がまだまだ地方性を強く帯びていた時期であることを理解する必要がある。『コンコードの人々』（一九九〇）の著者ポール・ブルックス（Brooks 381）によれば、図書館ではようやくこの頃、ヨーロッパ文学に、それも大抵はイギリス文学に代わって、アメリカ文学がよく読まれるようになった。アメリカ西部を舞台とした〈革脚絆物語〉シリーズを出版したジェイムズ・フェニモア・クーパー（一七八九―一八五一）[8]や「リップ・ヴァン・ウィンクル」や「スリーピィ・ホロー物語」など短編小説を生み出したワシントン・アーヴィング（一七八三―一八五九）[9]、『ホープ・レスリー』などの家庭物語を綴った小説家キャサリン・セジウィック（一七八九―一八六七）、エマソンの近刊書に人気があった。ジョージ・バンクロフト（一八〇〇―九一）[10]やウィリアム・プレスコット（一七二六―九五）[11]などの歴史書も相変わらずの人気を保っていた。

しかし、ピューリタンの伝統に育った世代は、小説を読むことを堕落と怠惰の源泉と考えていたので、イギリスのピカレスク（悪漢）小説をのぞいて代表作『ロデリック・ランダムの遠征』（一七四八）『ハンフリー・クリンカーの遠征』（一七七一）を書いたトビアス・ジョージ・スモレット（一七二一―七一）や『トム・ジョーンズ』や『ジョゼフ・アンドリュース』で人気の出たヘンリー・フィールディング（一七〇七―五四）[12]は個人の邸の書棚にしか見当たらなかった。マサチューセッツ州法曹界の重鎮と言われるサムエル・ホア（一七七八―一八五六）[13]は、家族に小説を読むのを禁じていたが、偶然、宿屋で雪に閉じ込められ、ウォルター・スコットの『ウェイヴァリー』（一八一四）を読んで開眼し、さっそく居間にスコットの全集を飾ったと伝えられる）。

一八四〇年代のアメリカでは、毎年新しい雑誌が刊行され、一八四六年だけでも十四の雑誌が刊行された。社会全体に「自己改革」の言葉がいきわたり、法律、医学、音楽、演劇、教育、科学、農業、工業、政治、骨相学、ファッションなど、あらゆるジャンルの雑誌が一般庶民のものとなった。最もよく売れたのは、女性雑誌で、有名な『ゴディズ・レイディズ・ブック』は三万部の講読数を誇った。この雑誌は、小説や詩の他に、教育や栄養問題を掲載したが、経済社会問題は女性には不適当であるとして扱っていない。もちろん奴隷制廃止問題はタブーであって、婦人の前で政治問題を話す場合、紳士たるものその非礼を断らなければならないという当時の「お上品な伝統」に従っていた。

## 3　ジョルジュ・サンドとショパン

フラーは、ロンドンのカーライル家で会ったイタリアの革命家、ジュゼッペ・マッツィーニから、ジョルジュ・サンドへの紹介状を受け取っている。マッツィーニはロンドン亡命中、サンドの作品『ある旅人の手紙』（一八三七）の英訳版に序文を載せ、友情と賛美の気持ちを表していた。フラーがパリに着いた時、サンドはパリに居なかった。凶作で困っているノアンの農民たちに資金を援助していることがフラーに知らされる。パリを離れる直前、紹介状の返事をもらえぬままに、フラーはサンドの邸を訪れた。召使の女がフラーの名前を間違って発音したため、女主人の理解がえられず、フラーは帰ろうとした。しかしそのことに気がついて、サンドは部屋に入ってきた。

彼女は濃いすみれ色の絹のドレスを身にまとい、肩から黒いマントを掛けていた。彼女の美しい髪はとても見事なスタイルに結い上げられ、その容貌や雰囲気は、貴婦人のもつ威厳があり、ジョルジュ・サンドの下品な戯画と滑稽なほどの対照をなしていた。［……］私の注意を引いたのは、全身から醸し出される善意と気品、そして権威が立ち現れたことであった。その眼に宿る真に人間的な心と姿勢であった。私たちの目が合うと、「あなたでしたか」と言って彼女は手を差し伸べた。私が手をとると、彼女は私と一緒に小さな書斎に入った。(Chevigny 363)

フラーはサンドとの会見をトリビューン紙には載せていない。しかし友人エリザベス・ホアに送った手紙には、「ジョルジュ・サンンドは弁護の必要がない。ただそのままを受け入れるべきなのだ。サンドは生まれ持った純粋さから、勇敢に行動してきた。それもいつも良かれと思って」と書いている。この言葉は、数年後にフラーがイタリアで結婚し子供を儲けた時、自分の行動を釈明する言葉となった。その後、フラーはもう一度サンドに会っているが、今度は、二人だけではなく、サンドの家族や友人たちがいて二人の関係はそれ以上進まなかったようである。ただし、フラーはサンドが娘ソランジュの結婚で悩む様子を観察し、サンドの生活全体に理解を深めたようである。

ジョルジュ・サンドは、多くの男性と激しい恋愛関係をもったが、一八三七年十月、友人のフランツ・リスト（一八一一―八六）を通じて出会ったのが、フレデリック・ショパンであった。『ショパンの手紙』（一九六二）を編じたアーサー・ヘドレイによると、ショパンは初め「なんて虫の好かない女《ひと》だろう。本当に女性がどうかうたがわしい」と言っているのに、同じ頃「彼の日記には、三度あの人に会った。ピアノを弾いている間、目の奥まで見つめるのだった。ダニューヴ河の伝説による物悲《ものがな》しい音楽だった。私の心はあの人と一緒にその国で踊った。私の眼の中に、あの人の目が、暗くふしぎな目が何をささやくのか。それから二度会った。私の心は奪われてしまった」と書いている（モロア214）。ヘドレイによれば、「一八三七年の終わりには、ショパンとマリア・ヴォドジンスカの婚約はもう破談になっており、ショパンはぐっとジョルジュ・サンドの方に傾いてきていたのだったが、彼のはにかみとためらいが一歩前に出ることを引き留めていた。サンドは、この壁を突き破ろうと、ショパンがパリで最も親しい、また彼が最も信頼するヴォイチェフ・グシマウァ（一七九三―一八七二）に告白に近い長い手紙を書いている。これには、ショパンと婚約者だったマリア・ヴォジンスカの問題から自分自身の愛人や家族のことにも触れ、男女の愛と性についても述べている。この手紙に書かれたサンドのショパンに対する繊細な心情、また自分の精神や愛欲と言われるものの正鵠を得た分析には、パリジャンも納得せざるを得ないであろう、とヘドレイは述べている。おそらくこの精緻で真摯な態度が人々を惹きつけ、精神と肉体の融合を説く多くの作品を書かせたのであろう。

あなたに何もかも申し上げますが、彼のある一つのことが気に入らないのです。［……］彼は慎むということについて間違った考えを心ひそかに持っていたからです。［……］彼は宗教的な誇りをもった態度で、人間の下品な側面を軽蔑し、彼が誘惑されたのに赤くなって、これ以上夢中になって私たちの愛を汚すのを恐れるような様子でした。「肉体的な愛」という言葉は、天国でだけ通用するような、ある理念を連想させる言葉ですが、これをきくと、たちまち自分が瀆心的《とくしんてき》な間違った理念の持ち主のような、不愉快な衝撃を受けた気持ちになります。高貴な人に、肉体だけの愛というのがあり得るでしょうか。また、真実を求める人に、ただ純粋な知的な愛だけ、というものはあるでしょうか。接吻ひとつない愛というものはあるでしょうか。性的な喜びのない愛というものもあるでしょうか。肉を蔑むということは、肉そのものである人間にとって、これを賢明にまた有用に活用して初めて可能なことです。人間生活の中で、あらゆる生あるもののなかで、もっとも神聖な、もっとも尊敬すべき、神聖な神秘を称えた、最も崇高にして、真摯な行為です。（神から与えられた神聖な感覚を）またこの神秘が彼の肉体と魂の両方の中に、何かみじめな必要性となって位置を占めるように思い、それを軽蔑した、皮肉な、恥ずかしい言葉で語るのです。これは奇妙な現実です。この精神と肉体の分裂の結果、修道院と売春宿が必要となるのです。

（ヘドレイ 225–26）

このサンドの手紙をフラーが読んだとは考えられないが、「よく生きよ」と言ったミツキェヴィチの忠告や彼女のイタリアの経験が、サンドの小説を通じて理解を深めただろうことは、推察できる。

この手紙が書かれてから破局を迎えるまでの九年間、ショパンは夏の間、サンドの領地ノアンの館で過ごし、秋になるとパリで弟子たちに教え、二人にとって最も充実した期間であった。ショパンは、ここで、バラードやノクターン、ピアノ・ソナタ第二番「葬送」や第三番など数々の傑作をうみだしたとされる。一方、サンドは、一八三九年以降ノアンに身を落ち着け、『魔の沼』（一八四六）やショパンとの関係を書いたと言われる小説『ルクレツィア・フロリア』（一八四七）『孤児フランソワ』（一八四七）『愛の妖精』（一八四九）など〈田園小説もの〉と言われる作品を多く書いた。ノアンのサンド邸には、ドラクロワやフロベール、バルザックといった著名人が訪れた。ドラクロアはショパンとサンドの肖像画を描いている。

ショパンの音楽を「いのちの終わりを知っているあの明るさであり、死期を知った虫のように秋にふさわしい」と言ったのは、若桑みどりであるが、彼の音楽会を評したリスト(14)の文章も概ね同様の印象を確信づける。彼は一八四一年にショパンが三十一歳の時、プレイエル・ホールのコンサートの批評を『ルヴュ・エ・ガゼット・ミュージカル・ド・パリ』に掲載した。

ショパンは、古典的な形式とはむしろかけはなれた自分の作品を曲目として選んだ。［……］大衆向けというより、社交界に向けて、哀しく、深淵な、つつましい、夢見るような詩人としてのあるがままの自分を確実に表現した。輝かしい喝采よりも、静かな共感を望んだのだ。（遠山 157）

フラーは、一八四七年二月十四日、パリを離れる最後の日にショパンに会って天才の演奏を聴いた。スコットランドの貴族出身で、一八四三年からショパンの弟子となったジェーン・ウィリヘルミナ・スターリング（一八〇四―五九）に招待されたのだ。彼女は、パリに住む姉のところに起居していた。一八四八年、ショパンの病状は決して良くはなかっただろうが、スターリングは彼のイギリス・スコットランドの演奏旅行を準備し、晩年のショパンを経済的に援助したと言われている。

アメリカにおけるショパンの受容がどれほどのものかは、確認できない。しかし、ショパンはロンドンでヴィクトリア女王の御前演奏もしたとされた一八四八年五月、ロンドンにいたエマソンもショパンの演奏を聴いたと、フラーに便りがあった。つまり、ショパンの演奏は、当時のアメリカの名士と言わる人たちが、ドーヴァー海峡を挟んで情報を分けあうほどの事件であったわけである。コンサートでは、「ショパンは病状がひどく悪化しており、スノードロップ（待雪草）のようにはかない雰囲気であった。」(Chevigny 363) とフラーは手紙に記した。

ショパンとサンドの関係は既に終わっており、ただしショパンの具合の悪い時には、サンドは介抱すると思われていた。また、フラーはエリザベス・ホアへの手紙で、サンドの結婚生活についてふれ、サンドが若い頃結婚した夫カジミールとは性格が合わず、ナポレオン法典の封建的な法律では離婚はできず、別居していることを理解している。しかし、サンドは社会で男性の名士と同様の地位を確立しており、多くの女性がサンドを訪問しそれを名誉と思っていると、伝えている。

## 4　ポーランドの愛国主義者――ミツキェヴィチとショパン

パリ滞在の後半、フラーとスプリング夫妻は、ポーランド出身の詩人で革命家アダム・ベルナルト・ミツキェヴィチ（一七九八―五五）に会っている。彼は、旧ポーランド東部（現ベラルーシュ）に生まれ「すべての人民、人種、女性に平等の権利」を謳うポーランドの国民的詩人、文学者、革命家であった。十七歳でドミニコ会の修道院で学び、ステファン・バトリ大学中に政治結社を設立し逮捕され、ロシアに拘留された。一八二八年、叙事詩『コンラード・フォン・ヴァレンロット』を発表する。

一八三二年には七月王政期のパリに移り、一八三四年六月に『パン・タデウシュ』の初版を出し、ポーランド民族蜂起に思想的な影響を与えた。その頃から、彼はジョルジュ・サンドのサロンに顔を出していた。同年七月には高名なポーランド人女性ピアニスト・作曲家であったマリア・シマノフスカ（一七八九―一八三一）[15]の娘のセリナと結婚した。しかし、産褥熱によりセリナは精神的に病み、一八三八年にはミツキェヴィチ自身が投身自殺未遂を起こしている。一八四〇年にはコレージュ・ド・フランスに新設されたスラヴ語・スラヴ文学主任を務めていたが、一八四四年に辞任し、以後は神秘主義に傾倒していった。

ところで、シマノフスカのピアノ演奏は、繊細な音色や超絶技巧と抒情的な感覚で知られるが、彼女は十九世紀ヨーロッパで最初の偉大な職業的作曲家兼ピアニストのひとりであった。その音楽様式はショパンに強い影響を与え、その作品には、初期ロマン派のブリヤン様式やポーランド的な感傷性が典型的に刻印されていると評されている。同国人である後輩のショパンは、二十歳の頃から、ミツキェヴィチや師であるワルシャワ音楽院学長ユゼフ・エルスナー（一七六九―一八五四）から「民族のために、民族的に、国民的に書き給え」（ヘドレイ142）と作曲を促されたと、ショパンの伝記作家イワシュキェフィッチは書いている。

ショパンは、一八三〇年十一月暴動の直前にワルシャワを立ったが、長年の間、不運の鞭が降りかかる祖国に、強い愛情と焦燥感を抱いていた。ウィーンでは、前年とはすっかり異なる扱いを受け、ポーランド人であることが何を意味するのか初めて理解した。「神様はひとつだけしくじった。ホーランド人を作ったことだ」というような悪意のある冗談が、長年ポーランド人を苛んだ。

一八三一年九月にはシュトゥットガルトで、ショパンはワルシャワ陥落の知らせを受けた。今や故郷への絆は立たれてしまった。その怒り、憎しみに煽り立てられたショパンの激昂が荒れ狂う彼の心の内面を作品に曝け出した。エチュードハ短調『革命』（一八三一）の由来は、ショパンが、ワルシャワ蜂起の敗北を聞いて、その絶望のあまり作曲したと言われている。後年、この話は伝記作家モーリッツ・カラソフスキーの盛り込んだエピソードと言われ、今日ではこの説が有力になっているが、青年ショパンの心に去来した感情の爆発が、当時聴衆の心を揺り動かしたと考えるのは自然である。エチュードは突然、爆発したような音型から始まり、左手で休みなく続くパッセージは、激しく苦しい感情のうねりのようにも聞こえる。最後のユニゾンによる急激な下降からfff和音での終結は、倒れていった民衆の姿を醸し出すという解釈も上ってくる。作品〈スケルツォ、ロ短調〉でも、序奏はロ短調のG-Cis-E-Gとロ短調につながるH-E-Hとを同時にぶつけ、悲鳴に近い訴求的な効果を出している。この序奏は最後の和音の直前にも登場するが、終奏部においては、低音域での重音八度が響く上で、不

(17) ユージーン・ドラクロア作『フレデリック・ショパン』像。1839（ルーブル美術館 RF1717）。

協和音を激しく数回鳴らし、激烈な効果を出している。青年ショパンの苦悩が、〈プレリュード、ニ短調〉に表現されると、冬の荒涼たる嵐が吹き荒れ、心の炎を噴き上げる溶岩層の砕けるのが垣間見える。これらの曲の悲劇的なという観点では、ミツキェヴィチの詩『葬式』と同様の絶望的なポーランド哀歌が響きわたる。『葬式』は次のように続いている。

仕返しせよ！
出ないとお前（神）の天性に背いて
荒れ狂うぞ！
私は神の天性を木っ端みじんに
することはできないけれど
お前の御国をみなゆりうごかしやる
なぜならば人間の仲間を通じて
私は叫び声を投げかけるからだ
この叫びは世界中の国の
子々孫々に適用するのだ
いつまでも永久に叫ぶのだ
お前は世の父親ではない——と
お前は『悪魔の叫び』だ

ロシア皇帝だ！

（ミツキェヴィチ『葬式』第三部第一場第二幕、ジークフリート・リピナーの改作）
（イワシュキェヴィッチ 210）

ショパンはミツキェヴィチを尊敬し、二十六歳の頃（一八三六）、叙事詩『コンラード・フォン・ヴァレンロッド』に感銘を受けてバラード第一番ト短調を、作曲した。これは、十四世紀リトアニアとプロイセンとの十字軍騎士団の闘いを扱ったものである。ショパンはさらに、一八四〇年、詩「シヴィテジの湖」に着想を受けてバラード二番を、長詩『シヴィテジアンカ」（水の精）』関連が伝えられるバラード三番を作曲した。ショパンは、バラード第二番をロベルト・シューマン（一八一〇—五六）に捧げたが、シューマンは第一番の方を高く評価したという逸話が残っている。シューマンは、ショパンのバラード第一番を聴き、一八三二年ショパンを紹介する論文で「諸君、脱帽したまえ、天才が現れた」と、ライプチヒの『一般音楽新聞』に寄稿したと言われている。それほど、ショパンの音楽は、今までの古典形式にとらわれない自由さと、ピアノという楽器からでる響きを、瑞々しく表現していた。

ミツキェヴィチは、端正な面立ちをし、カリスマ的で、政治的な亡命者としてオーストリアやプロシアやロシアからポーランドの開放を叫び、パリでフランス語の新聞『護民官』（一八四九—　）を発刊している。また、女性やユダヤ人など政治的弱者の権利の熱心な擁護者で

(18) ポーランドの革命家アダム・ミツキェヴィチ
*Adam Mickiewicz według dagerotypu 1842.* (Courtesy of the societe Historique et Literaire Polonaise, and Paris) Carles Capper: *Margaret Fuller*

もあり、フラーに対しては将来に果たす役割を告げた。初めての出会いの後、ミツキェヴィチは、彼女に手紙を寄越している。

あなたの精神は、ポーランドやフランスの歴史に結びついているが、アメリカの歴史とも結ばれ始めている。

今日の世界の重大なことに触れ、未来の世界を予兆できる唯一の女性、

まことに旧弊な世界へ侵入した唯一の女性、

あなたの使命は、ポーランドやフランス、アメリカの女性解放に貢献することである。

あなたは、知る権利を獲得し、権利や義務、処女性の希望や緊急性を維持してきた。

あなたにとって、あなた自身の解放や、性の解放の第一歩は、処女性を保持していることに、あなたが許せることか知ることである。(FL V 176)

フラーのイタリアでの政治的な活動や「特派員報告」における予言的な文章は、ミツキェヴィチからの励ましであったかもしれない。彼女が愛人を持ち処女性を失うようにと言うことも、彼女の行動を自由にさせたかもしれない。「それを〈かもしれない〉とだけ言うというのは、フラーは、(子供の時、父親からも)多くの人間からも示唆を受ける習慣があったが、常にその段階で独立心を保っていたからである」と記すのは、「特派員報告」を編纂したひとり、ベラスコ・スミスである。

ともかくフラーはミツキェヴィチに大きな魅力を感じた。彼女はエマソンに手紙を書いている。「私は彼の中

に自分が長い間会いたいと思っていた人間を見出した。彼には充分健康的な人間にふさわしい知性と情熱がある」。旅行の同行者であるレベッカ・スプリングは、フラーがミツキェヴィチに傾倒するのを心配していた。フラーは、彼女に書いている。「あなたは私がMを愛しているかとたずねたわね。彼は私にとって音楽のような、あるいは豊かな風景のようなものだわ。私の心は、彼が突然私に美しさを感じる時に私は歓びに包まれるの。私は彼と一緒の時幸せだった。そんなにも惹かれたので、パリからの道のりずっと、私は自分の命を置き去りにしたように感じたの。そして私はこの瞬間、イタリアを見ないで戻りたいという心に従えばどうなることかしらと考えたわ」(FL IV 263)。

結局、フラーはパリに戻らなかったし、この時期『トリビューン紙』でミツキェヴィチを取り上げもしなかった。だが、その後彼がローマでポーランド連隊を編成する時までずっと、彼と手紙でやり取りし、息子が誕生した時には、洗礼名を授けてほしいと願っていた。

## 5　リヨンの絹織物工

フラーたちは、乗合馬車でパリを離れて一日がかりでシャロンに行き、そこから船でリヨンの街まで行った。絹織物の名産地であるリヨンで、絹職工たちの生活を見学している。

リヨンは、元来ローマ帝国の植民地だったが、十四世紀フランス王国に併合された。ソーヌ川とローン河に挟まれたこの街は、物資を運ぶ交易の街として発展を続けた。十五世紀半ば、ルイ十一世は絹織物の輸入を減らすため、王立製造工場を設立、リヨンは「絹輸入品の集散地」に指定された。十六世紀には、絹織物産業に従事する一万二千人の羅紗職人組合も生まれ、織機は三千台にのぼった。十八世紀、織機の台数は四倍になり、雇用人数は二倍以上になった。一方、ルネッサンス時代以降、ゴブラン織とサヴォヌリー絨毯の花模様の影響を受けたスタイルが開発され、リヨン・デザイン学校が創立された。

リヨンはヨーロッパ随一の絹織物の生産高を誇り発展し続けたが、これらの繁栄の陰で、カニュ (Canuts) と呼ばれる絹織工は、低賃金で過酷な労働を強いられ、不満の爆発と反乱がしばしば起った。一七八九年フランス革命の時期に絹織物産業は停滞する。革命後は、製造業者が散り多くの工房が閉鎖され産業は停滞する。一七八七年に一万八千機あった織機は、一七九三年には、二千機に減ってしまう。フランス革命期、リヨンは革命公安委員会により、革命軍の叫ぶ「自由」に抗う王党派の町として、一七九三年包囲され二千人もの市民が虐殺された。革命軍による街の破壊や財産没収など、この時の悲惨な状況が、フーリエに革命の意義を、人民の幸福を模索させたと言われている。

十九世紀初頭、ヨセフ・マリー・ジャカールによって、パンチ・カードのプログラムを用いた新しい織機が開発された事で、生産性の記録が更新されて行く。同時に、機械の大型化に対応する必要性から、生産の中心は、後に「働く丘」と呼ばれるようになるクロワ・ルース地区へ移動し、一世紀にわたるリヨンの絹織物産業の黄金時代を築いたのであった。

フラーたちは、フランス国内の繊維業の中心で一八三五年、織維工たちの暴動の起こった土地なので、リヨンに興味があった。一八四六年から一八四七年の冬は、需要の弱体化と技術の刷新のため、国内で給料が低下し広範な失業が広がった。その半分以上が女性の織維工であった。当時は二〇万の労働者の六割が失業したと言われたが、一八四八年三月フラーたちの訪問の翌年、リヨンでは四百人の女性織維工が規律正しいデモを展開し、給料値上げを求めてリヨン市長舎まで行進したと言われている(Strumhingher)。

フラーたちは、野山に素晴らしい月光を見ながら馬車で進み、シャロンから船に乗り、その午後ほどなくリヨンに着いた。すぐに元気を回復したフラーたちは、さっそうと職工たちの屋根裏を訪問するために出かけた。

案内人を探していると、それを聞きつけた綺麗な少女が案内役をかってくれた。彼女は、我々を古びた曲がりくねった石畳の坂道に誘ったが、彼女の木靴の方が、我々のパリ製の靴よりずっと歩きやすそうであった。小高い丘の上に立ち、我々は初めてディッケンスの言う「蒼く矢のような急流ローヌ河」を見ろした。この丘の上には屹立する高い建物が並び、どの部屋も職工の家族――妻、夫、息子たち、娘たち、みな九歳以上であったが手伝っていた――の借家であって、部屋の片側には織機があり、戸口の傍には調理器具があり、反対側のベッドは天井近くまでの棚であり、階段で上るようになっていた。その綺麗な少女は、実は、六、七年結婚していることが分かった。病気がちな顔をした子供の母であり、妻である。彼女は、絶えず「私の夫」と呼び、彼女に優しい仕草を示している男から判断すると、彼女は過酷な運命の最中でも大きな慰めをもらっているのかと思った。彼女は実際、「恩寵の天使がゆりかごに笑いかけた」ひとりの女性であるように思われた。その生来の愛くるしさが、悪霊がまだその害毒で麦を枯れさせているというのに、世間を渡るにた易くしている。私は、彼女がこういう暗い小さな部屋に私たちを案内する、その優美な振る舞いに感嘆したが、彼女は知り合いの誰からも愛情をもって受け入れられていた。しかし、彼女が繰り返し叫んだことは、「私たちは今とっても不幸なのです。」「あなたたちは一緒に歌を歌ったり、夜学へ行きますか?」「私たちは、そんなゆとりはないのです。[……]少しでも仕事がある時は、それが終わるまで休みません。それから、他の仕事を探すため奔走するのです。でも、何週間も仕事がないので、いたずらに過ごすしかないのです。状況は徐々に悪くなり、みな良くはならないと言っています。だから、私たちは、将来部屋代さえも払えないのではないかと、そればかり心配しています。」

この気の毒な美しい娘は、ボストンやニューヨークの貿易商の娘であれば、社交界にデビューする年齢なのであるが、既に家事の切り盛りに必要なあらゆる食べ物や衣服の値段を、一セントに至るまで知っていた。彼女の昼の思いは、夜の夢は、これらの乏しい配給を獲得できるかどうか、自分と自分の愛する者を幸せにできるかどうかにかかっている。それでも、彼女はリヨンの他の女性に比べて運が良かったと思っている。

彼女の知人の男性が私に言った。「もし仕事がないなら、身売りするしか手がないのだ。パンを稼ぐのに二つの道しかない――娼婦になるか職工になるか」そして、このような状況を充分良いと思っている紳士たちがいるのだ――その光景に苦しみ、エネルギーや情熱をもってそれを改善しようと呼びかける輩を、夢想家とか狂信家と呼ぶのである！　禍いなるかな、傷ついた人間の苦悶や慟哭を、見れども見ず、聴けども聞かない者たちよ！

彼女は、ふたりの子供を自分で世話をしていると言った。もちろん、彼女の「階級」のほとんどの母親は、子供を預かってもらわなければならないのだけれども――、「子供たちはとても小さく、惨めな様子で帰ってくるのですもの。だから、できれば、自分で子供の面倒は見ると決心したの」。翌日蒸気船で、私はリヨンの医者が書いた冊子を読んだ。彼は保育所の設立を推奨しているのだが、それはパリのように、昼間子供を預かるだけでなく、乳児のために乳母を用意するものであった。そうすれば、赤子は、より健康な人間から栄養を与えられ、かつ、管理者の監督のもとに、上手く躾ができるだろうと、述べている。彼は、このような座業労働者たちの状況が悪化するのを防ぎ、母親たちを、子供たちとの絆を壊さずに、あまりに強い心配や労働の重荷から解放させ、こんな環境の下でも、しばしば子供をたずねて世話ができるようにしたい――彼らは、織機の使い方しか知らずに育てられて、子供の世話もできないのだから。ここで、再び、フーリエの観察と計画が思い出されなければならない。最近のマンチェスターの発展にはさらに、やむを得ず、（大人しくさせるために）子供にアヘンを与える習慣があるという。(*TSGD* 127)

翌日、フラーたちは、リヨンからアルヴィニオンへと向かった。ローヌ河はまだ雪に覆われていて、ペトラルカ[16]の愛人ローラの墓にも、雪が降りかかっていた。誰もが、南フランスでは鳥がさえずり花が咲き乱れると言うけれども、未だアルルでは、寒風が切りつけるようであった。けれども、ローマ帝国時代の円形闘技場の階段には小さなユキノシタが花をつけ、墓石の間にも果樹の花が真っ盛りであった。ここで初めて、フラーはローマ人の偉大な筆跡を石碑に見出し満足した。それは、期待通り、雄大で堅固であった。その文字が当時の生活の中で堅持され、使用することが誇り高く立派なことだと理解されていたのだ。そこでは日差しが温かく、廃墟の上に、陽光が穏やかにあたっていた。かつて二万五千人の観衆が、人とライオンの恐ろしい戦いを興奮の渦の中で眺めたところに、ひとりの老婆が坐り、編み物をしていた。フラーたちは、アルルの女性たちと行き交い、街中どこにいても楽しく過ごした。彼女らの美貌は評判通りであった。長身で気品があり、威厳のある高貴な顔立ち、直視する情熱的な瞳、まるで、神の使徒、鷲がまだ町の上に翼を広げているようである。年を重ねた老婆でさえ、顔の輪郭にこの威厳が漂っていた。男たちはこの特長を共有していない。ある女司祭が、むかし神々に愛されて、この街の女性に特別な祝福が降りてくるようにお願いしたに違いない。

## むすび

フラーのジョルジュ・サンド擁護は、彼女自身のフェミニズムと固く結びついている。フラーによれば、第一に、サンドの反社会的な行動は、崇高な目標を達成するためにやむを得ない所業であること。第二に、サンドの作品に登場する女性は、伝統的な優しく弱い女性ではなく、精神的な強さや信念の持ち主で、歌手や芸術家のような職業を持つ知的な女性を肯定している、ということであった。出自も性格も異なるサンドとフラーであったが、ふたりは時代に先んじてロマン主義的で自由な精神を共有していた。また、二人は当時の男性に負けない極めて高い教養を身につけていたこと、家族のために生計を立てる必要があったこと、それにフェミニズム精神を仕事上、明確に意識していたことが共通点としてあげられる。

フラーは幼少の頃から弁護士で国会議員を務めた父親の厳しい教育を受け当時誰よりもヨーロッパ文学に明るかった。一方サンドの祖母フランクイユ夫人はヴォルテールを論じ、モーツアルトやイタリアの作曲家ジョヴァンニ・ヴッティスタ・ペルゴレージ（一七一〇―三六）の歌曲を愛唱した。ユゲット・プシャルドーによれば、ノアンの館の居間にはライプニッツの『単子論』、シャトーブリアンの『キリスト教精髄』、ルソーの全集が並んでいた。また、書斎には、解剖学で使用する骸骨がぶら下がっていた。フラーには、父親からユニテリアン的な共和主義の気質が流れており、サンドは特権階級の優越性を祖母から受け継いでいたのだ（プシャルドー 42）。

時代は確実に自由主義の方向に向かっていたにも拘わらず、十九世紀の前半は、フランスもアメリカもむしろ女性にとって保守反動期であった。アメリカの独立革命期には、女性も男性と共に戦う強い女性像が賞賛されたが、十九世紀に入ると女性は「真の女性」「炉端の天使」として家庭に閉じ込められる傾向にあった。フランスでも、女性蔑視の根強いナポレオン法典が温存され続けた。そんな状況で、夫婦の対等な結婚を提唱するフラーの評論『十九世紀の女性』が無意味な女性の繰り言と揶揄される一方、ひとりの子供が愛情と教育によって立派な人間に変貌していくサンドの小説は、当時の政治的な名声とうらはらに、長い間、理想主義的すぎるロマン的な児童物語として扱われてきたのである。

# 第六章

# アメリカの彫刻家誕生
## ——ヨーロッパのネオクラシシズム彫刻

### はじめに

マーガレット・フラーは、イギリスやフランス、イタリアの芸術家の動向を本国に紹介し、ローマで修業するアメリカの彫刻家の活躍を報道した。本章では、フラーのヨーロッパ芸術の修得とその芸術観を辿り、アメリカの彫刻家たちへの支援を探る。フラーはアメリカにおける〈崇高〉や〈神秘〉という芸術観を携えながら出航したが、欧州では、音楽、絵画、彫刻などを貪欲に見てまわった。彫刻界におけるネオクラシシズムの隆盛を報道すると共に、また、イギリスの風景画家ジョセフ・マロード・ウィリアム・ターナー（一七七五—一八五一）の後期作品における〈新風〉をたちまち吸収し、その論争の重要性を本国に伝えている。

当時、英国やフランス、イタリアをはじめとするヨーロッパでは、ルネサンス期を経て人間性の可能性を希求するロマン主義が花開き、科学技術の進歩や産業革命、政治革命という社会的な大変革の中で多様な芸術様式が生まれ、文化の新風を告げる作品が多く生み出された。フランスの絵画は、革命の激動期からナポレオン時代に名を馳せたジャック・ルイ・ダヴィッド（一七四八—一八二五）[1]で新古典派の栄華は頂点を極めたが、テオドール・ジェリコー（一七九一―一八二四）[2]が実際の事件を扱った『メデューズ号の筏』（一八一九）を発表すると、これがロマン主義絵画の幕開けとなり[3]、ウジェーヌ・ドラクロア（一七九八―一八六三）[4]に強い影響を与えたと言われている。ドラクロアは、『ダンテの小舟』で認められ、『民衆を導く自由の女神』（一八三〇）『アルジェの女たち』（一八三四）など異国情緒を加味して、ロマン主義の雄と称えられた。その後絵画は、ロマン主義から写実主義的方向へ向かったが、ブルジョワ階級の台頭により、バルビゾン派等の風景画が称揚されるようになった。彫刻はバロック・ロココ様式を脱して、新古典主義《ネオクラシシズム》[5]の絶頂期にあった。一方、アメリカでは、ワシントンD・Cの議事堂など国家建造物の建設期に入っていたが、彫刻はヨーロッパからの輸入がまだ全体を占めており、ネオクラシシズムが主流であった。文芸や絵画・彫刻界は、南北戦争後にようやく写実主義の世界へと向かうのだが、それよりもはるかに早い時期にフラーは、ターナーが表現した芸術における写実主義から抽象への予兆を理解している。

　フラーは、スプリング夫妻と共に、一九四七年三月マルセイユからジェノアへ、そしてナポリ、カプリ、もちろんヴェスヴィオス山に登り、ローマ入りした。フラーは、ナポリでようやく「私のイタリアを見つけた」と叫んだ (*TSGD* 132)。「もちろん、イタリアを知るのは、まったくの論外である。[……] 豊かで香しいものについて[……]、その精神について何かを伝えるためには、長くここに住まずに、[……] アメリカ人には無理である。アメリカ人には、未だあまりにイギリス人の血が通っている。しかもイギリスの旅行家は、種族としてあらゆる人間の中で一番ものが分かっていないようだ。もちろん、例外はある。例えば、ロバート・ブラウニングの知覚と美観の叙述は繊細で、遠くからと同様、まるでその場にいる感覚を覚えさせる」。

途中、ジェノアでフラーたちは、ロンドン滞在中の革命家マッツィーニの手紙を母親に届けている (*FP*

1991: 130)。マッツィーニの母親は、フラーに好印象をもったらしい。母親は「フラーがロンドンへ帰ってマッツィーニの世話をしてくれればよいのに」と息子に手紙を書いた。

一方、フラーはイタリア人の青年と出会った。ジョヴァンニ・アンジェロ・オッソリ侯爵である。フラーは、ローマ滞在の六日目、偶然セント・ピーター寺院で彼に出遭った。フラーとスプリング夫妻は、復活祭前の聖週に行われる教皇の儀式を見学に行き、さらに付属礼拝堂での晩祷に参加するため、フラーは時間を決めて再度スプリング夫妻と会うことを約束した。しかし、彼女は二人と遭うことができなかった。大きな群衆が教会から出ていくのを見ながら、彼女は心配そうにあたりを見渡し、振り返ると、若い紳士がいた。「誰かを探しているのか、一緒に探してみよう」と言われた。とにかく、二人は残っている人たちを探したが見当たらず、馬車もなくヴァチカンからコルソ通りまで歩いて帰った。

フラーは、スプリング夫妻に彼女の冒険を話したと言われている。フラーによれば、翌日、オッソリがアパートの前を行ったり来たりして、明らかに会いたいのだが、玄関に入り呼び鈴を押す勇気がないように思われた。［……］まもなく、フラーが翌月の終わり北イタリーへの旅行に行く前に、オッソリは求婚してきた。フラーは、「そんなこと、受けるなんて考えられなかったわ」「私は彼を愛していたし、別れることはとてもつらかったけれど、結婚なんて考えられなかったから、一瞬のためらいもなかったわ」しかし、彼の起こした感情を抑圧することは、明らかに簡単なことではなかった。レベッカもマーカスも、フラーの動揺を覚えていた。フラーは彼の大胆な求婚を拒絶したけれども、彼に対する愛情が［……］発展していったのだ (Capper 331)。

フラーは、パリにいるミツキェヴィチから、その春と夏に挑発的な手紙を受け取った。一番目の手紙は、彼女がオッソリと遭った数日後に届いた。彼は今やフラーができるだけ長くローマに留まるように言ったのだ。

鬱病の妻と子供たちを抱え、不幸な結婚生活で彼は——レベッカが言うように、真剣に離婚を考え、そうすれば、フラーと結婚できると——明らかに彼女に心を奪われていて、もちろん思想上だけではなかったが——彼はフラーに書いてきた。「もう一度会えると考えただけでも、僕の心は幸せで一杯になるのだ」「君の中に真実の人間に遭えたのだ。僕は他の誉め言葉を探すことができない。このような人生の旅立ちの中での出会いは、我々を慰め強くもしてくれる。」もちろん、フラーはこの手紙をもらって、すぐにパリに戻ると言ったが、四月十九日、スプリング夫妻との夜の長い議論の翌朝、パリに行く代わりに、夫妻の息子エディとボルゲーゼ宮殿に出かけた。そしてフラーは、ボルゲーゼ宮殿の泉に飛び込みそうになった。エディが落ちた噴水の中から、杖を捕えようとして水面に浮かび上がった時、フラーは彼を外に引っ張りだした。彼女は、エディの家庭教師をする約束で、夫妻から旅費の一部を授かっていた。

一八四七年の夏、フラーたちはローマを離れて北部の観光地を巡った。六月には、アッシジの丘に登り、聖フランチェスカの絵を見て、パーシィ・ビッシュ・シェリー（一七九二―一八二二）[6]やジョージ・ゴードン・バイロン（一七八八―一八二四）[7]に思いを馳せた。シェリーの詩「西風に寄せて」は、一八一九年フィエレンチェで作詩されたのだ。彼らは、ペルージャの町に着く前にエトルリアの墓地を訪れている。フィレンツェへの旅では、ボストンの多くの友人たち、ジョージ・カーティスや弟のブリルと交流し、アメリカ人の彫刻家たち——ジョセフ・モジエ（一八一二―七〇）[8]やハイラム・パワーズ（一八〇五―七三）[9]、ホレイショ・グリノー（一八〇五―五二）[10]などのスタジオ見学にいそしんだ。また、イタリアのルネサンス期の芸術家で『芸術史』を著した、ミケランジェロの弟子ジョルジオ・ヴァッサーリ（一五一一―七四）やサン・フランチェスコ教会のフレスコ画で有名なピエロ・デル・フランチェスカ（一四一二―九二）[11]の絵も見学した。その後は、女性の能力を評価した中世の大学町ボローニャ、ラヴェンンネ、パドュアにも足を延ばした。

ヴェネツィアでは、スプリング氏の計らいでゴンドラに乗り、二人のゴンドリエの歌と案内で、ヴェネツィアの美しい街を満喫した。彼女はここで初めてイタリア建築について開眼したようだ。かつての大富豪の館に、当時のヨーロッパの名士たちが、たとえばフランスのベリー侯爵やボルドー伯爵が別邸として、大運河に瀟洒な宮殿を構えているとか、イタリアのバレリーナ兼振付師のマリー・タリオーニ(一八〇四―八四)[12]が有名な「黄金の館」を購入したことが伝えられた。タリオーニは、ロマンティック・バレーを代表するスエーデン出身のイタリアのバレエダンサーで、一八三二年パリ・オペラ座の『ラ・シルフィード(空気の精)』公演で大成功を収めた。彼女は史上初めてチュチュを身に着け、ポワント(つま先立ち)の技を披露し、ロマンティック・バレーの全盛時代を築いた人物であった。因みに、『ラ・シルフィード』のバレー音楽では、現在、ショパンのノクターン集に収められている十番変イ長調、作品三二の二番が、オーケストラ用に編曲され、行進曲として使用されている。ショパンはこのノクターンをドゥ・ビリング男爵夫人に捧げているが、バレー界、音楽界のスターたちの作品がより選れられて、バレー芸術に結晶化されている。その後、フラーたちはヴェロナ、マンチュア、ラゴ・ディ・ガルダ、ブレチアを経てミラノを訪れている。

## 1　崇高と神秘――ハドソン・リバー派

十九世紀初期のアメリカでは、芸術史家バーバラ・ノヴァックの指摘するように「神」と「自然」は、しばしば同義語であった(黒沢32)。エマソンが『自然論』(一八三六)の中で、「自然のもっとも高貴な役割は、神の姿をとって現れる。自然は、それを通じて普遍的な霊が、ひとりひとりに語りかける」と言った時、人々はすんなり受け入れたのであった。超絶主義者たちは神の遍在を認めてきたし、より正統的な宗派は神と自然の分離を主張してきたが、結局は屈服して神と自然の合一を受け入れた。ニューイングランドの文学研究家ペリー・ミラーの言葉（Miller 211）に従うなら「キリスト教化された自然主義」は神学的な境界を越えたので、人は「石に説教を、万物に善」を見ることができ、「自然はどういうわけか、［……］うまい具合に効果的に聖書に取って代わったのである。」この変化を容易にしたのは、日常に見られる平凡な人々や自然の恵みを詩に詠った詩人ワーズワースや自然状態から人間世界を捉えたルソー、それにドイツの観念哲学者シェリングが自然崇拝を普及させたからであったが、こうした国内外の風潮により当然のことながら、アメリカの宗教的な正統派の大部分がこれを受け入れ、いわばキリスト教化された汎神論を受け入れるようになった。

エマソンに最も近いところにいたのが、マーガレット・フラーであった。彼女は、エリー運河の敷設やオレゴン・トレイルの開通によって、中西部や西部に新しい町や村が出現し、産業革命の西漸する新天地に存在する、当時のアメリカ人の典型的な美意識を充分育んでいた。十九世紀も半ばになると、文明が「きこりの斧」となって原生林の多くを破壊していくが、荒野はまた、田園的な理想を通じて人々の心に「田園の楽土」アルカディア思想を、[13]もたらしたのであった。とはいえ、多くのアメリカ人は自然との闘いと征服によって、歴史と進歩が同盟を組んだ「文明の行進」の最前線にいた。そのような世界で芸術家の仕事は、破壊される運命の自然を記録することであるとも思われた。

ロデリック・ナッシュによれば、「荒野の評価は都市から始まった」。まさに荒野が死すべき運命にあることを認識した時、「十九世紀初期のナショナリストたちは、荒野というアメリカの自然こそ他の国にはない優れたものであることを理解した」(Nash 44, 69) のだと述べている。アメリカ最初の風景画家トーマス・コール（一八〇一―四八）[14]はハドソン・リバー派の創始者といわれ、原野の破壊に最初に気づいたひとりであった。ハドソン・リバー派という言葉は、フランスでバルビゾン派や印象派が流行しだした当時、作品が時代遅れであると軽蔑する意図で使われたものだったらしい。だが、ハドソン・リバー派の絵画には、十九世紀のアメリカの発見、探検、移住という三つのテーマが映し出されている。また、そこにはアメリカの風景が人と自然が平和的に共存する牧歌的な世界として描かれている。ハドソン・リバー派の絵画は、写実的で細微にわたっているが、しばしば理想化された自然の描写に特徴づけられる。画家たちの宗教上の信仰はそれぞれであったが、一般的にアメリカの風景という自然の中に神の偉大な顕れを観ていた。その一方、彼らは、ヨーロッパ文化を継承するフランスの風景画家クロード・ロラン（一六〇〇？―八二）、イギリスの写実主義画家ジョン・コンスタブル（一七七六―一八三七）や、風景画家ジョゼフ・M・W・ターナー[15]などの画家たちからインスピレーションを得ていた。ターナーはヴェルギリウスの『アエネイス』に基づいた『カルタゴの興隆』（一八一五）『カルタゴ帝国の衰退』（一八一五）を出品しており、ハドソン・リバー派のアルカディア思想に影響を与えたと考えられる。

ハドソン・リバー派の絵は、構成する個々の要素が非常にリアルに描かれる一方で、実際に描かれた風景はいくつものシーンや画家のイメージを合成した場合が多かった。トーマス・コールは、一八二五年秋ハドソン川を溯る蒸気船に乗り、その地域最初の風景画を描くために、ニューヨーク州のキャッツキル山地東部まで登った。英国生まれのコールはハドソン川周辺の秋の色の輝きに目を見はり、『初秋のキャッツキルの眺め』（一八三七）の絵の中に、初めて大きな切り株を描いた。これは同年十一月二二日の『ニューヨーク・イブニング・

ポスト』に掲載された。また、彼の絵画シリーズ〈帝国の進路〉（一八三四―三八）は、未開と牧歌的な段階を描いた『荒野』と『エデンの園』、そして、肉欲と快楽に酔いしれる帝国の最盛期『帝国の完成』から帝国の荒廃を描いた『破壊』へと続く。この絵画シリーズの評判はよく、フラーもニューヨークへ行った時、入場料を払ってこの絵を見たという記録がある。多分に教訓的な〈帝国の進路〉は異教徒の帝国建設と自然破壊をものがたり、異教徒の野心を描いた想像上の世界であった。アメリカにおいてキリスト教の神は、白人に土地を開拓する命令を下し、それを行使する技術を与えた。大陸の豊かさを利用する能力についても傲慢にも誇りを持っていたアメリカ人は、その道徳的な正当性をほとんど疑うことはなかった。

おそらくアメリカ人の自然を誇る気持ちは、ヨーロッパからの精神的独立を熱狂的に主張するナショナリズムから生まれたものにちがいない。エマソンが人間の独創性の大切さを述べ、模倣を諌めた時、聴衆は明らかにヨーロッパ文化の模倣を頭に描いていた。彼の人気は、人々のそのような願望を的確に言いあてたからであった。エドガー・アラン・ポーが賞賛したという、フラーの『五大湖の夏　一八四三年』におけるナイアガラ瀑布の描写も、驚くほどトーマス・コールやフレデリック・チャーチ（一八二六―一九〇〇）の風景画を創作する姿勢を述懐している。彼女は自然に〈崇高〉と〈神秘〉を感じ、自然の壮大さを他国のものと比較するヘネピン神父の言葉を引用している。

［……］平屋の橋を通り過ぎた。すると、すべてが変わっていた。霞の出現が日中纏《まと》っていた様々な色冠を取りさって、銀白色の弓となって山頂まで広がっていた。月明かりが遠くの水面を詩的にぼかし、その一方急流が月光にきらめき、滝下の川は、空の影が青鋼色の盾のような表情を映す以外、漆黒の夜のよう

であった。［……］すべてが自然の壮麗さに調和していた。私は立ち尽くした。そこでは可変性と不変性が一体となっていた。殺到した水が、激しい一突きで打ち崩すかのように、岩棚にぶつかった。それはまるで、傲慢な野望が、やりすぎて失敗し向こう側へ落ちて、泡となって広がりそれから卑屈にも水脈の底に深く潜りこむような光景であった。

その後私の心には、これらすべての造物主である「神」に対する純粋な賛美、敬虔の念が湧きあがった。幸せなるかな、ナイアガラの初めての発見者！これやあれやの景色を知らずに自分だけの感情に浸れる者は。ヘネピン神父は次のように豪語した。「この巨大な水量の落下」「宇宙に並ぶもののないほど驚嘆すべき、落下する壮麗で偉大なカデンツ」「これこそイタリアやスエーデンが誇るものだが、今記述する我がナイアガラと比べれば、それらは飛び散る水滴のようなものだろう」と。(SOL 8–9)

壮大な自然を誇る態度と神への賛美、そして国家の優越性。この結びつきは、既にマーガレット・フラーのイデオロギーを明確に規定している。彼女の精神は、政治と結びついてアメリカの民主主義を称揚し、イタリアではリソルジメント革命を支援する一方、芸術と結びついてアメリカの彫刻家を推薦し、アメリカ型の大規模な記念碑事業を推進させたからである。

## 2　ヨーロッパの彫刻界マクドナルド　ゴット　テネラニ　トルヴァルセン

フラーは、『トリビューン』紙においてヨーロッパ滞在中各地の絵画・彫刻を紹介し、当地で活躍するイギ

(19) ピエトロ・テネラニ『花の精』像。Flora by Pietro Tenerani (1789–1869), in The State Hermitage Museum, St. Petersburg, Russia.

(20) ベルテル・トルヴァルセン Bertel Thorvaldsen (1770–1844)。『鷲（ゼウス）にお酌するガニュメード』コペンハーゲン、トルヴァルセン美術館 1817。(Photo: 2010-07-21) (Photo: CarstenNorgaard)

リスやアメリカの芸術家を紹介した (*TSGD* 132)。イギリスの彫刻家については、ローレンス・マクドナルド（一七九九―一八七八）について述べ、イギリスの貴族たちはローマに来ると、マクドナルドのスタジオへ行き胸像を作ってもらうのが流行だと報じた。さらに、彼の手になる英国人の彫像の方が本物より崇高であると皮肉ってはいるが。マクドナルドは、芸術家育成のため、一八二三年ローマに英国人のための芸術アカデミーを創立している。その他、フラーとは親交の厚かった彫刻家ジョセフ・ゴット（一七八五―一八六〇）、また、当代一番の力量といわれたリヴァプール出身ジョン・ギブソン（一七九〇―一八六六）も紹介した。彼らはみなローマで修業し、ゴットの作品『ウサギに餌をやる田舎の少年』にしろ、ギブソンの『蝶をめでるエロス』にしろ、彼等の作品は当然、当時のローマのネオクラシシズムの洗礼を受けていた。

この時代、ヨーロッパの彫刻界を担う代表的な彫刻家は、ローマで活躍するイタリアのピエトロ・テネラニ（一七八九―一八六九）と、アントニオ・カノーヴァ[16]の弟子、デンマーク出身のベルテル・トルヴァルセン（一七七〇―一八四四）[17]であった。彼ら新古典派の作品は大変な評判で、フラーは、テネラニの作品で、ロシア皇帝の注文である月と狩の女神『ダイアナ』像を見ている。古代の作品と比べて「現代的で情緒的だが、大変美しく精巧な出来栄えである」(*TSGD* 133) と述べている。「現代的で情緒的」の意味は、おそらく優美であるが、古代彫刻にみられる厳粛・威容さに欠けていることを指しているのだろう。フラーは彼の作品『四季』の中の〈冬の天使〉を、上品で優美であると述べている。デンマーク黄金期を誇る彫刻家ベルテル・トルヴァルセンは、彫刻『〈鷲に変じた〉ゼウスにお酌をするガニュメデス』や、スイスのルチェルンにある『瀕死の獅子』(ルイ十六世を護衛し命を落とした七百名以上のスイス傭兵を追悼した記念碑)が有名であるが、彼はテネラニと共に、アメリカの彫刻家ストーリー夫妻の住む豪邸バルベリーニ宮殿の近くにスタジオを共有し、フラーはそのスタジオで作業する彫刻家の石工たちと顔見知りだったようである。ウィリアム・ウェットモア・ストーリー(一八一九―九五)は、ボストンの政治家だった父親の彫像を作るため、妻と共にイタリアに渡りそこで暮らした。彼等もイタリアに魅せられ生涯をローマですごした芸術家のひとりであった。フラーはストーリーの作品を「ゲーテの物語『漁夫』からの作品を見たが大変気に入った」と書いている。ヘンリー・ジェイムズが彼の伝記『ウィリアム・ウエットモア・ストーリーとその友人たち』を一九〇三年に書いている。

また、イタリアの画家については、アメリカ人によく知られたイタリアの風景画家ドミニチーノ(一五八一―一六四一)、ヴェネツィアの画家ティツィアーノ(一四八八、一四九〇頃―一五七六)、バロック画家グエルチーノ(一五七五―一六四二)、ミケランジェロ(一四七五―一五六四)などに言及しているが、当時評判のグイド・レーニ(一五七五―一六四二)の絵『ベアトリーチェ・チェンチ』(18)、またはダヴィンチなど、絵の主題と歴史的な解釈とは別物だという記述があり興味深い。

「これらの作品は、ある種の人びとに驚くほどの研究や思想を示しているが、それは芸術作品として評価すべきものではない。私はそれらの痕跡を作品の中に見るのを嫌う。私は、魂の簡素で率直な表現が好きだ。芸術作品にまつわる故事について鑑定家たちの一般的な蘊蓄は、イタリアではどこよりもうるさいものである。（*TSGD* 135）

フラーはまだイタリア絵画の故事来歴に少々飽いた感があり、アメリカ型の芸術的感性に執着する様子がありありと見える。しかし、ここには芸術作品の主題と形式の関係についての重要な議論が含まれている。作品のテーマと形式は別物だろうか。ダ・ヴィンチ（一四九五―一五一九）の『最後の晩餐』（一四九五）も、画家がタイトルの持つ重要性を、どのように解釈したかに人々が関心を持ち、評価しているように思われるからである。芸術としての完成度は、形式の技巧によるか、あるいは課題によるのであろうか。

バーバラ・ノヴァックの言葉は示唆的である。「イデオロギーと信念は、権力を生じさせる構造を持つものであり、ひとつの時代の風景画は集団幻想により可能になり［……］源泉に戻り力を与え集める現在の残留物とみなすことができる」（ノヴァック 12）。この時点でフラーはまだ、ギリシャ・ローマ、あるいはアドリア海の文化を継承するイタリアの大量の絵画・芸術を吸収しきっていない。ギリシャ・ローマの神話や逸話に因んだ作品に辟易している風が見える。あるいは、現代のアメリカ人のように簡素な美しさを好むと考えてよいのだろうか。

## 3　カノーヴァ作：トーガを纏った『ジョージ・ワシントン』像

アルカディアの理想は、イタリアでフラーの芸術感覚をナショナリズムへと導いた。『トリビューン』紙上フラーは、アメリカ彫刻界の希望の星として、イタリアで国際的な信望を培ってきたハイラム・パワーズ、ホレイショ・グリノー、そしてトーマス・クリフォードを紹介した。当時本国では、国家的記念碑や議事堂の建設時期にさしかかり、自国民の彫刻家の到来が期待されていた。

驚くべきことにアメリカでは彫刻家グループが、一八二〇年代の騒々しい辺境地《フロンティア》から出現したのだった。他の職業とは異なり、辺境地の純朴な農場の息子が彫刻家になるという大望は、他の条件なしには考えられないであろう。つまり、社会に彫刻家を望む要請があったのである。一八一六年には、ノース・キャロライナ州の州会議事堂に設置する『ジョージ・ワシントン』像を制作する彫刻家はアメリカにいないといわれた。だが二十年後には、これら三人の若者がイタリアで国際的な評判をとっていた。

一八一二年英米戦争後のナショナリズムの高揚は、アメリカ国民の一体感を称揚する国家的記念碑を必要とした。『ワシントン』像は、アメリカの自由と国民統合のシンボルであり、彼の威厳と公徳心があらゆる党派的な要求を静めるのに役立つと思われた。また建設中の議事堂が余り大きかったので、丸天井や廊下に彫像を置く必要があった。当時アメリカに、彫刻を依頼するため国家のドルが大量にイタリアやフランスに流れていくのは不名誉であった。

ノース・キャロライナ州は、『ワシントン』像をイタリア人アントニオ・カノーヴァ（一七五七―一八二二）に依頼した。当時のアメリカで、彼はすばらしい評判で、彫刻界におけるネオクラシシズムの第一人者と詠われていた。ネオクラシシズムは、古代ギリシャの理想に戻り、ローマの清廉、十六世紀ルネサンス期の古典への回帰を唄っているが、実際はヘレニズム彫刻の模倣をしたローマ彫刻に近く、ギリシャ彫刻や古代の彫刻には関心がなかった。カノーヴァは古代ローマ・ギリシャ彫刻の輝きを復活させ、知識人にはギリシャ人よりギリシャ的であると思われ、ローマでは誰もが彼を誉めそやした。パリに来てほしいというナポレオンの要請を断り、さらに評判が上がった。教皇ピウス七世は彼を侯爵に叙し、彼はボルゲーゼ妃の寵愛を受けた。

だが、ノース・カロライナ州の州議事堂に設置された『ワシントン』像は、カノーヴァの作品の中でも上出来ではない。一八一七年から一八二一年に製作されたその顔は将軍に似ていないし、巨大な英雄として立派なローマ武官の装いで座していた。膝元には、アメリカ国民へ贈る教書の刻まれた銘板を携えているが、それはラテン語であった。この『ワシントン』像は、イタリアからアメリカに数ヵ月かけて到着し、一八二一年十二月二十四日にノース・カロライナ州の州議事堂に据え置かれた。その後十年間、リリー市の人々はこのワシントン像を誇りに思い、この英雄の彫像を見物に各地からの観光客が殺到した。一八二五年には、ラファイエット侯爵が訪れて像の素晴らしさを認めたものの、「彫像がワシントンに似ていないことをカノーヴァは弁解できないだろう」と言った。けれども地元民は、このような傑作を所有することに満足したようだ。

しかし、この議事堂は一八三一年六月二十一日に焼失し、『ワシントン』像は皮肉にも屋根の耐火工事をしていた職人の不注意で火に包

(21) アントニア・カノーヴァ作『キューピッドとプシュケ』。(フランス ルーブル美術館蔵)

(22)「ラファイエット将軍、北カロライナ州リリーの旧州会議事堂でカノーヴァ作ワシントン像を見る」。＊Gardner, Albert TenEyck: *Yankee Stonecutters—The First American School of Sculpture 1800–1850*. Columbia University Press 1945

まれた。当時、ノース・カロライナ州の支出全体は、九万ドルであったが、カノーヴァの『ワシントン』像には、三万二千ドル払ったという噂であった。実際は一万一千ドルであったと伝えられている。

当時のアメリカ人にとって一般に公園墓地や蝋人形館以外に彫像を見る機会はなかった。ところが、一八四〇年代、公園墓地に墓を立てることがアメリカ人にとって大事業となった。ジェイコブ・ビゲロー（一七八七―一八七四）がボストンにマウント・オーバーン共同墓地の建設を開始したのだ。当時ニューヨークにはグリーンウッド共同墓地があり、中産階級にとって公園墓地の訪問が、魅力的な観光となった時代であった。墓石には、当時ヨーロッパのエジプトブームを反映してピラミッドやオベリスクが建てられ、柳、天使、鳩が彫られていた。また、富裕層の流行として裕福な企業家の妻たちは、客間に白い大理石の彫像をおくのが優雅であるとされた。ハイラム・パワーズは手紙に「貴婦人の私室には、女神プロセルピナの像、ローマ神話のジュピターとセレスの娘、冥界の女王を、置くのが理想でしょう」と書いた。また、彫刻家は、個人の胸像を製作し、友人に贈るのが流行した。しかし、その後ダゲレオタイプの写真が出て、これは下火となった。

## 4　ハイラム・パワーズ『ギリシャの奴隷』像の評判

フラーは、アメリカ彫刻家トーマス・クロフォード（一八一四―五七頃）、ハイラム・パワーズ（一八〇五―七三）、ホレイショ・グリノー（一八〇五―五二）の活躍を報道し、推奨している。一八四〇年代、五〇年代には、アメリカにもギリシャのパルティノン神殿を建造したフェイディアス（前四九〇―四三〇）ほどでないにしても、イタリアのカノーヴァやデンマークのトルバルセンのような栄光ある彫刻家がいてほしいというのが国民の待望であった。トーマス・クロフォードはそんな国民の気持ちを体現し、「新世界の黄金期」を予兆したのだ。批評家たちは、クロフォードの活躍にこぞってアメリカ芸術のヨーロッパからの独立を主張したがった。彼は、ニューヨークの銀行家ワード家の娘と結婚し、ローマでスタジオをたちあげた。彫刻『歓喜の天使』は現在メトロポリタン博物館所蔵であるが、フラーは彼の妻の胸像を見ている。「その像は大変美しく、清らかな優しさにみちている。花飾りや掛け布の襞飾りは大変魅力的で、ニューヨークに到着したら、大勢の人に見てもらいたい」(*TSGD* 133)。フラーは英国のギブソンの彫刻よりもクロフォードのデザインの方が好きであると述べた。

(23) トーマス・クロフォード『ローマへの巡礼者』。Theodore Stebbins, Jr.: *The Lure of Italy* Harry N. Abrams, Inc., NY

一方、ハイラム・パワーズはヴァーモント出身で、フィレンツェにスタジオを構え、顧客とニューヨーク訛りで話したといわれる。一八五一年、ロンドンのクリスタル・パレスの万博で『ギリシャの奴隷』像を出品し、世界的に有名になった。それは、成功間違いない宣伝価値を持つコンセプトの表現であった。つまり、一八二八年ギリシャの独立という政治的に時宜をえたもので、過度に女性を装飾する傾向を廃して簡素なヌードであったこと、有名なカラーラ産の大理石から製作したものだった。イギリスでは、文化果てるアメリカの彫刻家の作品ということで、ヴィクトリア女王はじめ夫君のアルバート大公が賞賛し、エリザベス・バレット・ブラウニングがソネットを献上したほどであった。彼は後に、アンドリュー・ジャクソン大統領の胸像を制作している。

けれども、フラーの『ギリシャの奴隷』論は辛口である。彼女は、〈ギリシャの奴隷〉像の賞賛者を冷ややかに評した。

フィレンツェの人間が、十三世紀、［ジオットの師で、ビザンチン様式に写実的な表現を加えた］チマブーエ（一二〇八―八五）の描いた『荘厳のマドンナ』に夢中になるように、ハイラム・パワーズの『ギリシャの奴隷』像に対してアメリカ人は熱狂的である。だが、この作品に天才のひらめきは見えるが、まだ十全な情熱を示すに至っていない。もしアメリカ人の熱狂が元気なフレンツェの人間と同様純粋のものであったら、私は反論しない。しかし私はその熱狂の多くが、ギャラリーにいる恍惚感と新聞記事の模倣であることを恐れる。その賞賛がどんなに粗野なものであっても、心から出たものであれば、純粋な情熱は常に人を高揚させ人を啓蒙するのだが、受けを狙って論評することは無能を示し品位を下げる。私は『ギリシャの奴隷』像の賛美者を非難しようと思わないが、彼らには、過去の彫像、泣いている大理石の記念碑と比較し、新来の作品への賞賛を抑制しない態度が見受けられる。

私は、『奴隷像』を簡素でさわやかな美しさをもつ作品であると思うが、それを超越する理想の表現であるとか想像力のあるものであると思わない。パワーズはどんな理想的な彫像よりもはるかに胸像の方が優れている。個性を把握する構想が明晰で的確である。その出来栄えは誰にも勝る。彼は胸像を長期間研究してきたが、他方、人間の身体についての研究は比較的限られており、その扱いには自由で熟達したところはない。私にとって、主題についてはすばらしいという程でもないし、彼を芸術的な思考が豊かな人間とも思っていない。(*TSGD* 268–69)［括弧内筆者加筆］

『ギリシャの奴隷』像は、『オックスフォード西洋美術事典』(一九七〇)によれば、十九世紀半ば最も評判をとった作品であるといわれているが、筆者もフラーの意見に賛成である。ただしフラーは、ハイラム・パワーズにもワシントンの騎馬像を製作させてもらうように推薦している。

しかも、フラーはワシントン像の建設に意欲的でさえあった。彼女はワシントンの功績をたたえ、「わが国の独立に健全なスタートを切った素晴らしい事件とその影響力、そして初戦の行動に踏み切った男たちの奇跡に近い功績を想う時、私は感謝せずにはいられない。長く困難な時期に最も粗末な駐屯地の一兵卒に尊厳を与えた清らかさと謙虚さの資質を併せ持つ人間は、未だワシントンひとりである。かつてどの国もこのような幸運に恵まれたことはない。どの国も現在同様、尊敬すべき汚点のない先人を持つのはさぞ幸福なことではないか。」(*TSGD* 269) と述べている。

ホレイショ・グリノーは、パトロンに小説家フェニモ

(24) ハイラム・パワーズ『ギリシャの奴隷』。Hiram Powers: The Greek Slave

(25) ホレイショ・グリノー『ワシントン』像、1832 年。*The Lure of Italy* 335

ア・クーパーやサウス・キャロライナ出身の風景画家で詩人ワシントン・アルストン（一七七九―一八四三）がいたので、ようやく彫刻家を志しローマに留学ができた。また、アメリカ人の裸身像（ヌード）に対する免疫がこの頃から、育っていった逸話がある。グリノーの初期の作品《歌う天使》像に対してボストン市民の田舎者らしい反応が伝えられている。一八三一年、ボストンのアテニウムで、クーパーに依頼された《歌う天使》像を見た観衆に恐怖の波が走った。なぜならば、これらの彫像が裸身だったからである。人びとは天使が歌いだすのではないかと待っていたが、みなの顰蹙をかった。彼らは、「みだらな」スペイン娘のダンサーたちのダンスには慣れているのだが、という皮肉な記事も見受けられる。パワーズの《ギリシャの奴隷》像も評判となってからは、この裸身像が芸術だからと言ってアメリカ人は家族で見物に来たと言われている。

後に、ホレイショ・グリノーは《ワシントン》像を製作し、それは国会議事堂の中に設置された。しかし、半裸体で、古代ローマの武将の衣服トーガを纏った巨大な《ワシントン》像は、あざけりの的となり議事堂の丸天井の下では重すぎで建物を壊すという理由で、一九〇八年にようやくスミソニアン博物館に設置されることとなった。

彫刻家たちは、多くの注文を受け莫大な利益を得たことが知られている。パワーズは、《ギリシャの奴隷》像を五体製作して売った。パワーズ作のボストンの《ウェブスター記念碑》は、一万九千ドル、ストーリー作《最高裁判事マーシャル》像は四万ドル、ランドルフ・ロジャーズは、五万ドルをロードアイランド南北戦争の記念碑のために受理した。ミシガン州は南北戦争の記念碑に、七万五千ドルを支払ったといわれている。

十九世紀のアメリカ彫刻界のもつ保守性を理解しようとすれば、次の三点が考察されるであろう。第一に、政治家というパトロンの要求があり彼らは弁護士だったので、芸術においても主流派を擁護し、十八世紀以来の新古典派の作品を評価した。第二に、アメリカの彫刻家自身も臆病で、モデルを新古典派の様式に合わせて彫像に制作したに過ぎない傾向がある。第三に、彫刻家に国民的英雄を製作させるのが国策になると、彼らは愛国的で法道徳にかなない報酬を得るという、芸術家の創造的、反逆的、反骨精神から最も遠い立場に立つことになる。とはいえ、ようやくアメリカという幼い国が彫刻界において独り歩きし始めた時期であり、フラーもそれに一役買ったということである。

## 5　フランス派の絵画とターナーの風景画

パリに到着した時、フラーはあちこちの美術館を見て回った。フランスが外国人に惜しげもなく美術館で公開する膨大な芸術作品について、軽々にものを言うのは差し控えるのが良いであろうと、フラーは初めに謙虚さを見せる。しかしフランス派の絵についていては、「活気があり勢いがあるものの、通俗的でまるで悪夢の廊下をぬけて新鮮で気持ちの良い朝を迎える程度にひどく誇張されている。魂の深さが感じられず、不道徳な時代の兆候がありありと感じられる」と述べた。それでも、彼女は三人のフランス人の歴史画家を紹介した。

『マレンゴの戦い』『アウステルリッツの朝』を描いて有名なオラース・ヴェルネ（一七五八―一八三五）は、日常の生活を忠実に描き、貴族や将軍を大変気高く描いた。イッポリト・ド・ラ・ローシュ（一七九七―一八五六）の絵は、フフーによれば、単純で自然の詩情に満ちている。彼はイギリスやフランスの歴史画で知られているが、彼の絵が歴史的に正確であったわけではなく、劇的な効果を狙った作品が多い。例えば『棺の蓋を開け、チャールズ一世の遺体を眺めるクロムウェル』は、言い伝えによる創作で史実ではない。『レディ・ジェーン・グレイの処刑』は地下牢で行われる処刑を描いているが、実際彼女はロンドン塔内のタワー・グリーンで処刑された。この絵は、匂やかな少女のようなレディ・グレイが描かれているが、周囲の女官たちの嘆く姿にも拘らず、処刑される本人の厳しい表情が伝わってこない。二〇一七年、『怖い絵』で注目を浴びた中野京子の取り上げた作品で、日本でも展示された。また、スペイン出身の画家レオポルド・ロベール（一七九四―一八三五）は、人間の青春時代の豊かで若々しく、エネルギッシュな人間を描いて素晴らしいとフラーは述べている。

だが、フラーは主張する。

文学における主な傾向もまた同様であるが、絵画におけるフランス派の労作は、最も雑な表現法によれば、見解をひっくり返しているように思われる。内的生活のある事実を適切で物質的なシンボルで表すことによってのみ、常に芸術は芸術である。しかしそれなら、芸術が表現を求めるのは表象であって、事実そのものではない。フランスの画家たちには、このことが念頭にないように思われる。彼らは自然の仕組みを研究していない。真の芸術家と共に、自然もそうなのだが、手法をつめればつめるほど、神秘の感覚はさらに深淵になり魅力的になる。我々はひとつの花を見つめる過程で、そこに生命の秘密を吟味できないにしても、見つめる過程で徐々にその生命を生み統御する魂に近づくように思われるではないか。しかしフランス派の絵画には、苦しみは流血により表現され――邪悪さは、身の毛もよだつ歪んだ顔で描かれる。(*TSGD* 113)

フラーは、イギリスでフランスとは正反対に向かう運動を見た。それはジョセフ・M・W・ターナーの後期の絵の中にある。ターナーは、長い間イギリス民衆のアイドルであったが、今や鑑識家の間で最も活発な意見の衝突を起こすようなスタイルで、絵を描いていると述べ、ターナーの絵を擁護する考え方は、彼女の真骨頂が伺えるところである (*TSGD* 113)。

ターナーは、少年時代、父親の理髪店のウィンドウにその絵が誇らしげに展示され、芸術家地区近くのセント・マーティンズ街に住む顧客たちから賛辞を受けた頃から、着々と画家としての道を進み、油彩画と水彩画の両方を描き続け、双方の素材の世界で同じだけの偉業を遂げたとされている。

フラーは、ロンドンで絵のコレクターでターナーの弟子のひとりにせがんでターナーの絵を見ている。少し、長いがフラーのターナーの絵の説明とターナー論を引用する。

初期の作品の、飾り気の無い簡素で分かりやすく優美な絵と異なり、最近の彼［ターナー］の絵は表現しにくく、超自然的な素晴らしいもの、つまり芸術家の魂が入っていると褒める人がいる一方、理解できないと不満を漏らす人々もいる。論戦が白熱状態になっているのを見ると、何か極めて重大なことが起こっていると思わざるを得ないし興味がわく。最近のターナーの絵は初期のものと異なり、神秘的な様相をしている――絵そのものというより、絵の象形文字である。長い間辛抱強く熱心に見ていると、時に赤い点の広がりは、家々の屋根のようにみえるし、光輝く筋は魅力的な小川になっていく。特に、それらの絵は、人の鑑賞眼や思考を惹きつけてやまない。未だ、これらの絵は、神秘的な文章が米国のある種の人々によい文章であると呼ばれる程度にしか、芸術的に優れた作品と評価されてないようである。

(*TSGD* 113–14)

ターナーは、田園風景や肖像画、あるいは詩歌や物語を題材にした絵画の修業から出発し、その微細な写実と大胆な色彩の故に、若い頃からその天才ぶりを評価され、イギリスの王立芸術院でも大御所的存在であった。後年、ヴェネツィアに行ってから特に日没を描いた水辺の風景が徐々に形を変え、むしろ抽象画のような趣を取り始めたことはよく知られている。とは言え、二十世紀の抽象画家のように彼の関心が社会から人間の内面へ向かったわけでなく、社会の動きを活写している。有名なものは、トラファルガー海戦でネルソン提督を勝利に導いた第二戦艦が夕暮れの光を受けて『解体させるため最後の停泊地に曳かれていく戦艦テメレール』(一八三九)、嵐の中で船荷を減らすため見込みのない奴隷たちを見捨てる奴隷船を奇奇怪怪とした魚の回遊する海から描いた『死者と死にゆく者を船外に投げ出す奴隷商人たち——迫りくる台風』(一八四〇)、産業革命の担い手蒸気機関車を描いた『雨、蒸気、速度——グレート・ウェスタン鉄道』(一八四四)がある。どれも国の繁栄と衰退の軌跡、科学技術の新しい時代などを象徴している。特に、霧の中から猛進してくる蒸気機関車の絵は、平安時代からの絵巻物の〈雲〉に慣れている日本人には、いかにも自然である。これについて、フライの見解は次の通り。

偉大な芸術作品は、偉大な思考、適切な表現をもつ美の思想を要求する。人生同様、芸術でも文学でも、平凡な思考は表面的に立派であるという理由で興味をもたれている。しかし芸術や文学において過渡期にある場合、まだ熟練の極みとして認識され扱われないので、より深い思考が不完全に表現されたと思われている。これがターナーの場合である。彼は、少なからぬ情緒や情趣あふれた趣味的な、英国紳士の抱く従来の自然観を超越してしまったのだ。ターナーは、自然の中に見られ、本質的で基本的なものを意識して描いた。たとえば、岸辺の水の動きに見られるように。彼は、原初的な形態を表現しようとしている。人々はジョヴァンニ・B・ピラネージの絵［荘厳なゴシック版画］の中に、あるいはレンブラントの絵の中に、このような偉大な言語がいっそう真実性を帯びて表現されているのを見る。人々を惹きつけるのは、絵ではなく、光と影、あるいは線や輪郭の原初的で主要な効果である。私は、ルーブル美術館でレンブラントの絵をみたが、その主題はわからずまたあえて尋ねようともしなかった。レンブラント派の特色を分析はできなかったが、それが表現している思想を理解し感じることはできたのだ。それはターナーが目指していることと似ている。その目標は、英国人魂が実践的で外交的な傾向をもつものとは正反対のものであり、実際、大多数の人々は幻惑されそのために憤慨しているのだが、その同じ理由で、いともたやすく人を巻き込む熱烈な感情を呼び起こし少数派の精神を深く満足させるために答えている。

(*TSGD* 114)［括弧内筆者加筆］

フラーの「偉大な思考が偉大な芸術を要求する」という主張は、芸術の概念と様式に関わる重要な論点であるが、すでにフラーの基本的な芸術観がここにうかがえる。また、絵画・彫刻・建築にこだわらずフラーの柔軟な、度量の広い吸収力は、政治・社会などあらゆる方面への鋭い感性となって成長したのだと推察できる。風景画の領域でいえば、ここから印象派を三十年も先取した先駆的な作品が生まれ、従来の写実主義を突き抜けた新しい抽象への予兆があり、かけ橋が刻まれていくのかと感慨深いものがある。

## むすび

幼少の頃からヨーロッパへの憧れを抱いていたマーガレット・フラーには、二十代に欧州旅行の誘いがあった。しかし父親の死や家庭の事情でそれは遂げられなかった。したがって、今回の渡欧がどれほどフラーの喜びであったかは充分想像できるし、フラーが多くのものを吸収しヨーロッパ芸術の理解を深めていったことは、彼女自身の成長だけでなく、「特派員報告」を通じ、アメリカ社会一般に対する影響も大きかったと考えられる。丁度アメリカの彫刻家が、国際的に認められる時期であり、フラーも熱心に彼らを支援した功績は大きい。もちろん、芸術様式の受容は地元ローマと本国アメリカでは異なることが判明したが、フラーもロココ様式やバロック的な絵画や彫刻などに飽き、当時もてはやされたネオクラシシズムの作品に好感を持つことが分かった。この簡素で優美なものに対する嗜好が、フラー自身のものか、アメリカ人一般の持つものかはここでは明らかにできず今後の課題と考えられるが、この時期イタリアに渡った芸術家志望の若者が、大いにアメリカ建国のあゆみに寄与したことが理解できる。アンテ・ベラム時代に、トーガを纏ったローマの英雄風のジョージ・ワシントン像が何体も制作されたことは、興味深い事実である。これは、歴史的な文化の流れを我々に認めさせると同時に、芸術についての模倣と独創性についての論議をもう一度復活させるであろう。人は、他の作品の様式を模倣して自らの様式を創造するのである。しかし、それが文化の一要素なのだ。また、私たちは地域社会と時代に制約された活動から成長する。熱心にワシントン像の制作を支援したフラーも、結果的に、帝国への道を歩むアメリカ合衆国を支援したひとりであった。

# 第七章

# イタリアの近代化
## ――カトリック社会と一八四八年春の革命

### はじめに

マーガレット・フラーは、一八四七年三月から五〇年七月までイタリアに滞在した。当時小国分立していたイタリアでは、ウィーン体制後オーストリアやフランス占領下の地域や封建専制小国家において、秘密結社「カルボナリ」をはじめとして、ジョゼッペ・マッツィーニ創設の「青年イタリア」などの独立や統一を求める革命運動が台頭していた。着任当初、自由主義的な教皇として歓迎されていたピウス九世（在位一八四六―七八）は、一八四八年一月ウィーン蜂起によるメッテルニヒの辞職、パレルモの反乱、一八四八年三月十八日「ミラノの五日間」、一八四八年三月二十三日ヴェネツィア共和国樹立など内憂外患の処理に失敗し、一八四八年十一月ナポリ王国の庇護でガエータへ逃亡を図った。フラーは、イタリア滞在中、教皇やイタリアのカトリック教社会に対して批判を強めていったが、それはプロテスタント精神に基づいたフラーの自由主義思想が、イタリアの近代化を求めたからであった。ここでは、一八四六年以降イタリア半島の騒擾《そうじょう》と、フラーのピウス九世に対する期待と挫折、カトリック社会批判の道程をたどる。

一八四八年は、フラーの私生活も大変革を迫られた。オッソリ侯爵と結婚し、息子を出産したからである。二人は、わずかな親しい友人を除いて、公的には結婚を秘密にしていたので、実は、フラーがオッソリ侯爵と結婚した時期や場所は、未だに謎である。多くの研究者は一八四八年四月初めに、二人は結婚したと主張している。四月の根拠は、その頃から二人の交わした手紙の宛名やサインが、「オッソリ侯爵夫人」と書かれていて、この日がお互い特別な日だと記しているからである。

一八四〇年四月の終わり、フラーは、妊娠を隠して、体調の不調と苦痛のために転地すると友人たちに知らせた。フラーの病状を心配したエマソンは、イギリス旅行の際フラーに手紙をよこした。「アメリカに一緒に帰らないか？　コンコードには私の家の前に、ブラウン夫人の小さな家があるのでそこに住めると思う。」「君はマルセイユ行きの最初の蒸気船に上手く乗って、パリに来て私と一緒に帰国しよう」(Emerson 61) と言ってきた。フラーは、「私にはまだヨーロッパで見たりすることが沢山あるの」と返答した。

妊娠したフラーは、病気を理由に『トリビューン』紙の記事を、一八四八年六月から十二月 (*TSGD* 230-31) まで、半年間休んだ。フラーは、七月にラクイラ (L'Aquila) に転地した。そこは、ローマから六十二マイル北東にあり、のんびりした田園地帯が広がっていた。ところが、ラクイラは両シチリア王国領であり、フェルディナンド二世がロンバルディから部隊を引き上げてきて、兵士たちが彼女の宿屋にも侵入してきた。七月の中頃までに、ラデツキー将軍は南方にオーストリア軍の反撃を強め、ナポリ軍はラクイラに駐屯し始めた。七月二十九日、彼女は教皇領のリエーティに逃れ、妊娠最後のつらい時期をここで過ごした。息子アンジェロ・ユージニオ・フィリッポ・オッソリは、一八四八年九月五日に生まれた。その後彼女は、十一月初め赤子を乳母に預けてローマに戻った。

しかし、フラーは金銭面の苦労にも耐えなければならなかった。弟リチャードからの送金が着かなかったし、グリーリーからの送金も滞っていた。その夏、グリーリーからの手紙はなく、彼女はローマにいる友人たちからの融資を殆ど使い果たした。ようやく、九月半ばに彼女は、グリーリーの送金した場所を突き止めることができた。彼女の嘆きを友人や家族から聞かされたグリーリーは、深刻に思ったが、フラーが原稿を送るのを中止したことに激昂し「今、ヨーロッパは、革命の悲劇の中にいるのに、原稿が来ないとはね。」「私が君への送金を工面するため奮闘している時に、それは不親切というものだ。」と手紙で言ってきた。フラーは、その二週間後、七ヵ月中止していた原稿を送り始めた。

## 1　フラーと超絶主義クラブ

フラーの祖先は、イギリス出身の勇猛果敢なピューリタンであった。面白いように彼女のピューリタニズムの解釈はそのまま精神的な成長を示している。若いフラーは自由で楽天的で、合理主義的な性向があった。二十歳の時従兄のジョージ・デイヴィスにあてた手紙が残っている。彼が、フラーの宗教的信条について問いただしたのだ。彼女は宗教を避難所とか、庇護してくれるものとして考えていない。しかし、「永遠の前進」「神」「美」「完全性」を信じ、その信念で生活を律するべきであるとし、「啓示」を経験していないが、そんな情感を培う必要もないと考えていた (Capper 1 103)。

フラーはハーヴァード大学界隈ケンブリッジポートに住んでいる時、多くの男性女性の友人と交際していたが、男性との友情が男女間の愛情となって発展することはなかった。後にホイッグ党議員となるジョージ・デイヴィスや、その後ユニテリアン牧師で活躍するジェイムズ・フリーマン・クラークと知的に交遊を続けるが、彼女の恋はいずれも実を結ばない。デイヴィスとの別れは、フラーに精神的にも肉体的にも意義深い影響を与え、神の大きな存在を認めることになった。

それは、感謝祭の日であった。〔……〕突然太陽が、死にゆく恋人の微笑のように、優しく澄んだ光で輝いた〔……〕私は神の庭に新しく永遠の樹木を植えた。〔……〕どこにも私という自我はなかったし、今までの自己主張はすべて愚行であった。その結果私が苦しんだのは現実に生きる自我であると感じた。今までのすべてのことは利己的な悩みであった。私はただ全宇宙という概念の中に生きなければならなかった。そしてそのすべてもまた私自身のものだ。この真理を理解した時、私はそれをためらうことなく受け入れ、しばし神に自分をゆだねた。あの真理の光の中では、地上との関係の大部分は、単なる薄い膜でしかなく、外象に過ぎない。(LF 1 347)

フラーは、デイヴィスとの交際で負った傷口が癒えたのであろうか？　また、父親との完全な親子関係の絆からの脱却、あるいは独立であったのか？　少なくともこの時の宗教的認識は、フラーにとって重要であった。宗教的な教義を偏向させたわけではなかったが、この「覚醒」はフラーにある直観的な信仰心を認めさせたこと、哲学的に取り組む必要性を促したことである。それは、フラーの自己放棄ではなく、自己の超越であった。

フラーは一八三九年から超絶主義クラブと関わり、一八四〇年から四二年まで機関誌『ダイアル』の編集にあたった。本来、超絶主義は「宗教的示威運動」であり、超絶主義者によれば、ルソー以来のロマン主義のように、人間の精神と自然はお互い照射しあうのである。必然的に、その結論は、自然そのものが、尊厳を持つ聖なる対象であり、男も女も神に似た存在であると言う疑似的な信仰心であった。初めは個人的なユニテリアン牧師の集まりであった超絶主義クラブは、一八三八年七月のエマソンの「神学部講義」に対するハーヴァード大学教授アンドリュー・ノートン（一七八六—一八五三）やフランシス・ボーウェン（一八一一—九〇）など保守派の激しい非難によって、かえって有名になった。エマソンは、未だユニテリアン牧師の大半が信仰しているイエスの神性を含む「歴史的なキリスト教の残滓」を痛烈に攻撃し、彼らを「形式主義者、亡霊のような牧師たち」と非難し、「魂の法則による［……］直観」が信仰の核心であると説いた。

超絶主義者の活動は、体制側に対する対抗文化運動でもあった。独学で博識のユニテリアン牧師のオレステス・ブラウンソン（一八〇三—七六）は、『ボストン・クオータリー・レヴュー』誌を創刊し、「客観的」な超絶主義を提唱し、民主的政治哲学を披歴した。この秋に、ジョージ・リプレイ[1]（一八〇二—八〇）が、『世界文学全集』の初めの二巻を出版した。翌年、一八三九年の春には、この全集にフラーによるエッカーマン著『ゲーテとの対話』の翻訳が入った。ドイツのロマン主義やポスト・カント哲学を賛美する彼らは、アメリカ文学のコスモポリタニズムを謳歌することになった。ノートンとリプレイの論争は、イエスの奇跡についての解釈ではあったが、旧弊な「学者」たちや排他的な知識層に対する不満の表れであった。彼らの自由主義精神《リベラリズム》は、構成員の変化が物語っている。元来、クラブの創立者にはボストン・ブラーミン[2]でないものも含まれていたが、たいていはこれらの出身者たちであった。しかし、一八三〇年頃になると、新会員は、牧師で農場経営者の息子セオドア・パーカー、詩人で船長の息子ジョーンズ・ヴェリー、社会運動家で鉛筆製造業者の息子ヘンリー・デイヴィッド・ソロー[3]等ほとんどがブラーミンとは無縁の人間であった。

東部における精神風土の影響も強かった。保守的な禁酒運動や教育普及活動に加えて、福音主義的な信仰復興運動の高まりの中、奴隷制廃止運動、骨相学、食事の改善、無抵抗主義、共同実験農場などの各種の運動が展開された。超絶主義者がこれらの運動に共感を示したのは、驚くことではない。ジョージ・リプレイは、貧困層の知的能力を高めるために、良識のある人々に訴えるという古代ローマの貴族的な信念を持ち、エマソン、エイモス・ブロンソン・オルコット[4]（一七九九―一八八八）、ブラウンソンなどは、新しい哲学からプロト民主主義的な結論を引き出した。つまり、個人の保持する神性や魂を開放する必要性、そして思考と行動、知識人と一般人の有機的な生活の融和という概念は、みな既成社会に対する過激な超絶主義の傾向を示していた。もとより男性以上に厳格な教育を父親から受けたフラーが女性であるが為に、より過激な社会意識を持っていたとしても不思議でない。

超絶主義に関してフラーは、エマソンやオルコットに遭った時から、それほど考えが変わってはいないようである。系統的な哲学を確立する必要性は感じていなかったし、プラトンやコールリッジ、ドイツ観念論[5]に接してはいたとしても、フラーはドイツ・ロマン派[6]に啓発され、主観的審美主義の世界に遊んでいた。ルートヴィヒ・ティーク[7]（一七七三―一八五三）やノヴァーリス[8]（一七七一―一八〇一）のロマン主義を独習で理解し、深い憧憬を抱いていた。むしろフラーの宗教的な見解は、多くの超絶主義者たち同様、主として宗教体験を主観的な基準で受け入れるものであった。その最たる例は、ニューヨークのユニテリアン牧師オーヴィル・デュウイの説教についてウィリアム・エラリー・チャニング（一七八〇―一八四二）[9]に宛てた手紙に書かれている。

彼がイザヤ書の第九章を読み始めた時、［……］私は純粋な歓びを感じながらそれを考えていた［……］まもなく力強く荘厳なオルガンの調べが響き渡った。しかし直ちにその説教師は立ち上がると、彼が〈合理的な〉意思の行使であると考えるもののために、イエスの奇跡を否定し、復活を否定し、光来[10]を否定し、神による最高の賜物である洞察力を否定した。説教の間、私はずっと彼の言葉に反対せざるを得ず、自分自身の信仰に基づいて、聖書に書かれたユダヤの賢者たちの言葉を解釈せずにはいられなかった。

(FP Oct. 25, 1840)

フラーの主な宗教的な関心は厳密な意味では神学的ではない。一八三九年、一八四〇年のフラーが書いた記事は、チャニングの言葉通り〈ニューイングランドにおける超絶主義運動の夜明け〉であるが、フラーが超絶主義運動を、新しい神学や教会の誕生ととらえていたわけではなく、文化的な覚醒の気運として考えていたことを示している。

## 2　教皇ピウス九世の新自由主義改革

イタリアの到着直後、フラーのローマ教皇ピウス九世に対する印象は悪くなかった。彼女は一八四七年五月、その前年に選出されたピウス九世が、民主的な融和策のために民衆の期待を集めていることを報じた。教皇は一八四六年六月十六日、政治亡命者や政治犯約一千人に恩赦を与え、政治組織の改革に乗り出した。一八四七年三月、出版物に対する検閲制度を緩和し、四月には、各地の平信徒を含む国政審議会《コンスルタート・ディ・スタート》を創設し、六月には市民警備隊《グアルディーア・チーヴィカ》を組織し、十二月には内閣協議会を発足させた。フラーの記事によれば、国政審議会の創設を発表した夜、民衆はたいまつを手にポポロ広場からコルソ通りをとおり、クィリィナール宮殿に歓呼の声を響かせた。バルコニーから教皇は民衆にこたえて両手を広げ、民衆はひざまずいて彼の祝福を受けた。また、ローマ市創立記念日に教皇主催による午餐会が、初めての試みとしてタイタス浴場で開かれた。スプリング夫妻とフラーは、マッツィーニの友人から切符をもらい午餐会に出席した (Mehren 254) が、この催しは教皇の行く末を暗示するように、怪しげな雲行きで終わった。午餐会の席上、イタリアの革命家で文人アレッサンドロ・マンゾーニ（一七八五―一八七三）の婿であるアゼルジオ侯爵は、演説の中でオーストリア皇帝を非難するような詩句を使った。報道記事の原稿を見たオーストリア大使は慌ててそれを没収したが、この話はすでに聞いてしまった人から広まっていった。そのため、聖名祝日に予定した教皇主催の午餐会は取りやめとなった。

イタリアの不穏な政情が、まもなくフラーを苛むことになる。一八四七年七月、オーストリアのスパイ容疑者がフェラーラで暗殺された。メッテルニヒの差し金によりラデッキー将軍は、この機に乗じて教皇領のフェラーラに駐屯部隊を増強し、ウィーン条約で認められていた要塞の保持だけでなく、市全体を占領してしまった。フラーは、イタリア各地でオーストリア支配に対する怨嗟の声を耳にする。一八四七年八月九日の記事では「貴族たちは、侵入者に対してはよそよそしい態度で接している。中流階級の間では、最も改革の気運が高まっているのだが、現在の政治組織ではそれが見えてこない。しかし、気が熟せばロンバルディアの血は燃え上がるだろう。下層階級は無知ゆえに無自覚で、検閲が集会や言論の自由を奪っているため、中流階級の者たちは彼らを指導し教授することができない」と述べた。こんな状況をフラーは、イタリアの〈受け身の愛国主義〉と名付けた。しかし、オーストリアのフェラーラ占領に関して教皇ピウス九世は強く反発し、オーストリア皇帝の破門をにおわせながら、軍の撤退を要求した。教皇の態度はイタリア人の反オーストリア感情を強く燃え上がらせる結果となった。

ここで当時のイタリアの近代化に目を向けてみよう。イタリア半島は、一九世紀の初め、ウィーン体制の下で、先進的な北部イタリアと停滞的な南部イタリアとの大きな格差を伴いながらも、総じて経済は進展を見せた。もちろん西欧諸国にくらべれば、その進展ははるかに緩慢であった。それでも一八三〇年代から四〇年代にかけて、北イタリアのロンバルディアやピエモンテ、リグーリアなどに絹の製糸工業を代表的なものとして資本主義的な近代産業の成長が見られた。それとともに、産業ブルジョワジーの成長もあり、開明的な貴族を交えた彼らの主張が社会に聞かれ始めた。先進諸国にならって、近代的な政策を導入し、産業の振興を図ること、わけても鉄道や蒸気船の導入、金融事業の整備、道路・港湾の改修、農業の改良、あるいはイタリア半島を結ぶ国内市場の育成などが、進歩的貴族および上流市民の関心を次第に集め始めた。同時に科学知識の普及や教育の振興、方言の排除などを目的とし、機関誌『アントロジーア』誌や『コンチリアトーレ』誌が廃刊された後も、『科学・文学・美術の進歩』誌、〈農業研究者アカデミー〉の機関誌などが創刊され、一八三八年ピサでは、第一回イタリア科学者会議が開催されている。同年、鉄道がナポリとホールティチ間、翌年ミラノ－モンツァ間に開通されたのをはじめ、各地に敷設され始めたが、それは、まさに〈イタリア半島〉を縫い合わす役割を果たし、イタリア人の連帯感の育成に大きく貢献した。

また、ロマン主義文芸の興隆の中で、多くの詩人や作家の作品が民族の独立とイタリアの復興を期待させ、特にオペラでは、ヴィンチェンツォ・ベッリーニ（一八〇一―三五）、ジョアキーノ・ロッシーニ（一七九二―一八六八）、ガエターノ・ドニゼッティ（一七九七―一八四八）、ジュゼッペ・ヴェルディ（一八一三―一九〇一）が人々に社会意識の覚醒を促していた。一八四二年三月ミラノのスカラ座では、ヴェルディの『ナブッコ』（一八四二）の初演があった。歌手はジョゼッピーナ・ストレッポーニ、ジョルジュ・ロンコーニという最高の顔ぶれで、聴衆は力強いコーラスと情熱的なアリアに惹きこまれた。祖国を奪われたユダヤの民の嘆きと怒りがそのままイタリアの現状に重なり、『ナブッコ』こそ、イタリア人にわだかまる民族感情を一挙に燃え上がらせたのであった。第三部第二景の幕が上がると、そこはユウフラテス河畔。鎖につながれ強制労働を強いられるユダヤ人の群れが故国を偲んで、「行け、わが思いよ、黄金の翼にのって」と合唱を始めると、客席の興奮は最高潮に達した。聴衆は熱狂してヴェルディを称え、「行け、わが思いよ、黄金の翼にのって」は町中いたるところで歌われるようになった。ヴェネツィアのフェニーチェ劇場での公演では、このくだりに来ると桟敷席の観客が一斉に立ち上がり、オーストリア官憲居並ぶボックス席にこれ見よがしに三色旗を振り、足を踏み鳴らしたと記録がある（藤沢道郎 306–09）。

一八四七年十月頃までフラーは、教皇とイタリア民衆の関係を父と子のようだと表現しているものの（*TSGD* 155）徐々にイタリア問題の深刻さを報じ始める。この頃はまだ、独立や統一についてのイタリア人の意見もまちまちであった。第一に「穏健派」と言われる、北部イタリア、ロンバルディア、ヴェネチアなどに支持者たちを持つ、サルディニア王国の自由主義的な貴族やブルジョワジーたちがいた。『イタリアの希望』（一八四四）を著したセザール・バルボ（一七八九―一八五三）、『ロマーニャにおける諸事情』（一八四六）を著したマッシモ・ダゼーリォ（一七九八―一八六六）がイタリアの近代化を強く要望した。第二は、ミラノなど主要都市の商工業者、中産市民、職人階層で、彼らは政治的統一よりも経済的な統一を望み、イタリア諸邦君主の勢力に期待して、立憲君主制を主張した。第三に、国民主権と共和主義国家の建設を標榜するマッツィーニとその信奉者、『イタリア人の道徳的、文化的優越』（一八四三）において、教皇を頂いたままの連邦制を主張するヴィンチェンツォ・ジョベルティ（一八〇一―五二）などがいる。

フラーは、イタリアにおける共和制政府の樹立と教皇庁の廃止を期待しているが、現状ではかなり難題であると理解している。当時の教皇、サルディニア王、モディナ侯爵やナポリ王等の封建領主の反動政治は冷酷かつ旧弊であり、当地の民意も低かった。

教皇の始めた任務は克服できないむずかしさを呈していると思われる。古い革袋に新しい酒を入れるのは決してたやすいことではない。我々の時代には、すべてのものが直ちに革命へむかうだけでなく、過激な改革を伴う大きな危機に陥りやすい。その危機を救うのは封建君主でなく、人民でなければならない。［……］ローマは栄光を回復するために、聖職者の首都であることを辞さねばならない。［……］もちろん私は、（教皇への）人民の温かい愛情に共感するが、本来人民の権利であるものを断固として示す代わりに、すべてのものを取り上げ君主や教会からの賜りもの、施しものとする高名な識者たちのへつらいに嫌悪感を覚える。（*TSGD* 156）

フラーの記事に呼応して本国アメリカでも、イタリアの独立支援運動が展開された。一八四七年十一月二九日『トリビューン』紙の主幹ホレス・グリーリーが、教皇への声明文発起委員会の議長として、イタリア問題をアメリカの独立になぞらえ、演説した。

この献辞において、カトリック教徒が多数派ではなく少数派であるわれわれは、カトリック教徒としてではなく、共和制支持者として憲法における自由の擁護者として結束する。我が国の起源は新しく、わが愛する国とあなた方の日の照る地方を隔てる大洋は滔々と流れているが、われわれはイタリアが統一、自由、そして栄光を誇った日々――それ以来外国支配と国内紛争により疲弊したこともよく理解している――われわれは、高潔で恵み深い運命がイタリアを待ち受けていることを確信するが、その時イタリア人民は再び結束し、独立し、そして自由を手にするであろう。（*TSGD* 184）

アメリカの支援運動はともかく、フラーは一八四七年十二月十七日の「特派員報告」で、教皇の意思は「改革ではなく改善であって、セント・ピーター寺院が安全に施錠されることを望み、現状維持派といってよい」と伝え、教皇を拝する民衆の数が昨年より少なく、人気に翳りが出たことも報じた。

## 3　カトリック社会の典礼批判　パルマ公国王妃マリア・ルイーザ崩御

一八四七年の大みそか、ピウス九世や教皇庁に対するフラーの怒りは爆発した。彼女は、ローマや他の町のあらゆる場面でイタリア社会を抑圧する、ジェスイット派教会や王侯貴族の専制政治に不快感を表し、盲従する庶民に対してもいらだちを隠せない。フラーにとって、時に教皇の執り行う儀式は、人間性に対する侮辱であって、貴族の女性が一生独身生活を余儀なくされる修道院制度は、非人間的であると感じられた。

フラーは半ば異国情緒に憧れ、王侯貴族のきらびやかな儀式や衣装に目を奪われているが、その虚飾や偽善を決して見逃さない。高位聖職者の連なる儀式を、はじめは典雅なものと表現していたフラーは、次第に苦々しさを感じる。多くの外国人ならば、物珍しそうに見る儀式に、フラーはその形式と本質を結合させる。

今朝、私はクィリナール宮殿に行き教皇による官吏の就任式を見学した。教皇は白と金色の礼服をまとい、例によって、真紅と白、紫と白という縦縞の制服を付けた近衛兵に伴われていた。新官たちは幅広の白襟に黒のヴェルヴェットという職服に身を包んでいたが、就任の宣誓をした後、驚いたことに、実際に教皇の足元に接吻したのであった。卑しい服従を表す以外、このような行為は決してなされないだろうと思っていたので、私はその仕草をきわめて卑屈だと感じた。天なる父は自らの子らが足元に膝まづくことを、よしとしないであろう。せいぜい、肩のあたりに、胸と同じ高さでよいではないか。

(*TSGD* 184)

ここには、エマソンが一八三二年、ボストン第二教会を辞職した理由とまさに同様の精神が働いている。エマソンは、聖餐式の際牧師が信徒にパンとワインを授けるという行為に、違和感を捨てることができなかった。その儀式の重要性を確信し、丁重に儀式を執り行う牧師は大勢いたであろう。実際そのような聖職者たちからエマソンは、牧師職の責任を回避する者と誇られた。もちろん、その違和感の根拠について、エマソンは、教会の形式主義への攻撃、ユダヤ社会の過ぎ越しの祝宴という歴史主義の解釈、そして魂の束縛を促進する外的権威の拒否などを明白に述べている。しかし、そうした議論を抜きにしても、エマソンが牧師として信徒と向き合う儀式の際に感じたであろう、居心地の悪さを理解することはできる。

フラーもエマソンも、位階制度を役割としてしか、理解しなかった。位階制度は彼ら超絶主義者にとって、人間の尊厳の上下を意味するものではなかった。

ソローも同様に、評論「市民の反抗」(一八四八)において、政治機関や政府も、政府の常備軍も「便宜上」(expediency)のために、必要であると説いている(ソロー 191-92)。独立戦争後、半世紀たった東部の知識人たちは、堂々と、民主的平等主義を推し進めることになった。確かにアメリカには、小説家ヘンリー・ジェイムズの言うように、「壮麗たる寺院も国会議事堂もない。そしてそこに巣くう幽霊さえもいなかった」。しかし、再三フラーがアメリカの読者を喚起しているように、大英帝国から独立を勝ち取ったアメリカは、旧大陸で困難に直面しているイタリアの模範になれるのである。フラーには、アメリカ人の特徴的な愛国主義が見られる。

私は今日、我が国がイタリアに対して支持を表明することを心から願うものである。[……] このイタリアにおける独立運動は、他の何にもまして「われわれ自身のもの」である。我々は、その意思を示すべきであるが、現在そのような状況は全然見られないようである。戦争については、いったん火急あれば、合衆国はこの国に対して温情ある高潔さを見せることに躊躇うことはないであろう。アメリカ人の魂は政府の決断を待つ必要もなく、個人の尽力によってよくなされているからである。(*TSGD* 160)

フラーは、修道院制度にも批判の目を向ける。ある日曜日、フラーはフェルレッチ枢機卿の執り行う修道女の叙任式に参列した。尼僧になるその娘は、貴族の生まれで優雅な女性であったが、俗世間で彼女を受け入れるところがなかったのであろう。その娘は祭壇に進むと膝まずいて祈りをささげ、その間その聴罪司祭は、どの国のどの教会の説教師にも共通の、あのわざとらしい不自然に哀れっぽい調子で、娘の束縛された足取りを「栄光へ」と導くことを自賛した。その後、その娘は格子戸の陰で、髪の毛を切られ尼僧の服に着替えさせられたが、カラスの群れのような黒衣の修道女たちに取り囲まれ、不吉な祭礼を思わせた。その間、オルガンが初めは甘美で穏やかに、次に栄光への歓びを奏でた。しかし、この女性の将来を思うと、フラーの胸は張り裂けそうであった。貴族階級を維持するために、女性が独身のまま一生修道院で暮らすことを余儀なくされるという社会は、残酷なことに変わりはない。

フラーは、一八四八年元旦、ローマにおける新旧の祭式の意味を考え、謝肉祭の街中の騒ぎとヴェルディのオペラ『アッティラ』の人気について記した。オペラ『アッティラ』は、一八四六年三月十七日にヴェネツィアで初演されたが、ローマの騎士フォスカリの愛国的な歌詞が人々の心を誘っていることを記し、フラーはその歌詞をイタリア語と英語で紹介した。しかし、主役である歌手が、残念なことに、ニコラ・イヴァノフ（一八一〇—八〇）、ミトロヴィッチ、ニッスレンと外国人名であると記している。ニコラ・イヴァノフは、ロシア生まれで、後にイタリアに帰化した名テノール歌手であった。

そこに、パルマ公爵夫人マリア・ルイーザ（一七九一—一八四七）崩御のニュースが届く。マリア・ルイーザは、オーストリア皇帝フランツ二世の長女に生まれ、ナポレオンの二番目の皇后であった。ハプツブルグ家のオーストリア皇帝とナポリとシシリー王国のマリア・テレジアの娘であった彼女は、オーストリアと革命政府フランスの闘争の時期に成長した。ナポレオン・ボナパルドとの戦いによる軍事的な敗北の連続が、オーストリアに重い人的損失を与え、ひいては神聖ローマ帝国の解体を導いたのであった。その後ナポレオンは、フランスとオーストリアの同盟を強化する目的で、一八〇九年ジョセフ―ヌと離婚した後、マリア・ルイーザと結婚した。一般的には、ナポレオンは第二の皇后を愛したと言われ、この結婚で、息子がひとり生まれ、ライヒシュタット公爵となる。ナポレオン退位後、マリー・ルイーザは夫と接触せず、オーストリアに帰国。その後彼女は、侍従長アルバート・フォン・ナイペルク公爵（一七七五―一八二九）[11]との間に初めは二子秘密裏に、後に三番目の子を設けた。一八三〇年、マリア・ルイーザはパルマ公国を与えられ、今度はパルマ公国の首相シャルル・ルネ・ド・ボンベル（一七八四―一八五六）[12]と一八三四年二月十七日に結婚した。

フラーは、特権的身分とその義務を果たさぬ女性に対して厳しい評価を下す。「われわれは、マリア・ルイーザについて、彼女自身の選択による結婚でないとしても、はかり知れない高みからはかり知れない逆境へと落ちた夫、また、わが子の父親であるナポレオンは、どんな女性にも慕われるだろうと思われるのに、彼女の道義心に欠けた性格と夫への無関心に驚く」(*TSGD* 181) と述べた。フラーの非難は続く。

彼女の声は、ナポレオンの流罪を慰めず、ジョセフィーヌの不幸は雪辱を果たした。しかもひとり息子、気の毒なライヒシュタット公爵（一八一一―三二）は、とても興味深く、明らかに偉大さという資質を備えているのに、祖父フランツ二世の賤しく冷たい仕打ちのために亡くなった。彼女は息子のために何をしたのか？　生来、息子に霊感を与える才能をもち、保護する天使でありえたのに？　私は、昨年夏、パルマ公国の疲弊した土地を巡り、彼女に対してひどく悲しく深い軽蔑心を抱いた。小さな領土であるから、もし彼女がオーストリア支配の悪弊から救えなかったとしても、個人的に、女性的な善意で温情のある政策をとれたかもしれなかったのに、放置したため当地の弊害は増すばかりだった。ある雑誌は、彼女の死を「歴史上最も崇高な地位を占めたかもしれなかった、パルマ公爵夫人が身罷った」と述べ、意味深長にそこで文章を止めたと述べた。(*TSGD* 182)

パルマ公国は、さらに悪いことに、専制君主モディナ公爵の手に落ちたので、執政官と臣民が新しい統治者に対する要望書を提出した。フラーは、当時このような行動は賛美され、穏やかで自由主義《リベラリズム》の模範であるとして、次のように英訳し『トリビューン』紙に掲載した。

> 陛下：マリア・ルイーザ閣下の崩御により終焉した行政府は、初めは良識ある立法で、市民の自由を合法的に守り、穏健で温情的な権力を行使し臣民から喝采を受けました。しかし徐々に、司法や行政が、国の困難や窮乏に配慮せず、無能な人物の手中で腐敗し、遂に専制政治以外に無知な者の手に落ちました。軍事力と警察の介入に支えられ、パルマの地は、言わば、市民の不可避な忍耐力により耐え忍ばれましたが、それは、外国の侵入という自然の恐怖からでなく、少数の者は、公爵の自然な温かい人柄から、弊害の原因を示しその改善を期するという願いがあったからであります。陳情書は既にピアチェンツァとパルマの執政官に提出されています。我々は、国の危機に際し、国家に対し適切に助言し要請する所存であります。
>
> 我々は、マリア・ルイーザに敢えて申し上げることを、断固として陛下に奏上いたします。陛下は、片意地で、無分別で、騙されやすく、偏見をもち、あるいは悪賢く、暴力的で浅はかな臣官からではなく、陛

下自身が、国庫に金が無益に眠っているため、国が貧困に陥り、農業は重い税金で抑圧され、軍隊は市民の行動を暴動だと思い込み、次に暴動だと断言し法を犯し、市民を傷つけ謗るので、市民は怒り落胆しますが、この状況は公共の富を消耗するばかりか、（もちろん、恐らく少数の者ですが）国を守るためというより、我が国の恐怖や不名誉となることを理解するでしょう。陛下は、また、理性からではなく、恣意的な疑念や傲慢な気紛れにより、蛮行や出版の譴責、思想の統制により劣化した訓令が公布されるのを見るでしょう。警察は、人民の保護というより無実の市民の自由を侵害し、家庭の神聖さを腐敗させ堕落させ、スパイ行為により市民を分断し、恐怖と疑念を至る所に――街中にも、店舗にも、屋敷にも、宮殿や公国の周囲に拡散させていることがお分かりでしょう。

このような状況で、これらの公国が如何に大いなる希望を抱いて、陛下に期待を寄せているか――公国の訓令を修正し、警察に法を課し、出版の譴責を限定し、関税の水準を下げ、鉄道を敷設し、腐敗した商業を興し、官吏の選挙を臣民に託し、自治体をさらに自由で大規模に再調整し、陛下と臣民が信頼できる関係を築く組織に変え、社会の安定を希望しその必要性を主張する者により、人民を穏やかに護ることを納得させることであります。

このように我が国の状況は逼迫しておりますが、陛下が、この時代の文明を促す偉大な行政能力をもつ公国の子孫であるからこそ、希望を寄せるわけであります。しかし、あるいは陛下のご機嫌を損ねないとしたら、我々は断固としてこれらの改革を要望する所存です。［……］(*TSGD* 182–83)

フラーは、ジェスイット教会の輩が街角で、無知な庶民に対してまじないや奇跡や神のお告げと称して、教皇の改革路線を非難しているが、今や庶民も決してその策略には乗らなくなったとつけ加えている。一八四八年一月一日付の記事で、彼女は、『イル　リソルジメント』紙を創刊したセザール・バルボの両シチリア王への請願、ジョゼッペ・マッツィーニの教皇ピウス九世への書簡の英訳を掲載した。マッツィーニの書簡は一八四七年八月八日にロンドンで作成された後、十一月二十五日パリで印刷されたが、アメリカの『トリビューン』紙に掲載されたのが初めてであることに議論の余地はない。マッツィーニは、その書簡で「キリスト教を重んじる愛国者として、ヨーロッパの魂であるイタリア全土の統一を」と教皇に呼び掛けた。マッツィーニが真に教皇の歓心を引こうとしたのかに関しては、のちの検討課題とする。ここでは、教皇が「自分をナポレオンにしたがっている者がいる」と近習に漏らし、焦燥感を募らせた逸話を記しておく（ヒバート 337）。

## 4 「ミラノの五日間」、ヴェネツァア共和国樹立、ミラノ臨時政府捕虜交換要望書

十八世紀初頭のローマには一万人弱の聖職者、修道僧、修道女、それに役人、庶民、外国人が住んでいた。無数の人間がおびただしい数の教会や寺院や、劇場、病院などの公共の建物で、食事や寝台をあてがわれ、無為徒食の生活に甘んじていた。また、旅行者と巡礼者の数が、定住者の数を上回るのも、ローマ市の特色であった。この頃までに、多くのキリスト教の儀式は土着化して、ローマ社会の温存してきた神々の祭りと融合し、一日おきに神々をたたえる儀式が行われた（ヒバート 280–81）。フラーが滞在した十九世紀半ばのローマでもこの慣習は続いていた。ともかくナポレオン時代の修道院の解散と財産没収によって、何千人もの修道士や修道女が修道院から追い出され、徴兵を受けた貴族の若者たちは逃亡し山賊の仲間入りをした者も少なくな

い。それやこれやの理由で、ローマ市内で生活にことかく貧民の数は、一八一〇年の一万二千人から一八一二年には三万人に増大したと言われている。フランス軍が撤退した後、ローマ市の人口は、依然として約十三万五千人を超えるに過ぎなかった。とはいえ、一八四〇年代には、百万を超えるパリの人口を除いて、十万以上の都市はリヨンなど三つしかないフランスに比べて、前近代的な人口集積の型ではあったが、イタリアでは、ナポリが四〇万、ローマ、パレルモ、ミラノ、トリノが十五万、ヴェネツィア、ジェノア、メッシナ、フィレンツェ、ボローニアが十万の人口を抱えていた（ヒバート 330）。

フラーは、アラ・コリ教会におけるイエスの祭りなど数々の祭りを紹介しながら、レグホーンやジェノアの暴動とローマ市民の対応を細かに報道した。この祭りはクリスマスの日から一月六日まで続き、マリアに抱かれた子供のイエス像を掲げ、司祭、名士、善男善女が教会の周囲を二回巡行する行事である。教会は大変混雑し祈りをささげる貧しい人々もいるのだが、教会をたたえる讃美歌とフランス革命歌のメロディと同じ「目覚めよ、イタリアの息子！」が歌われ、フラーの心は複雑な思いにかられる。ここは、フラーの記事がニューヨーク・シティ・カトリック教会の司教ジョン・ヒューズ(13)の怒りをかったところである。

どのようにして人はカトリック教徒でいられるのだろうか［……］少しでもものを考えることを喚起され、子供時代の楽しみにより偏見をもたずにいられたら、という意味である。イタリアでカトリック教社会を見た後では、そう思わずにいられない。私は、この地が殉教者の血で染まったばかりであるその宗教に、かつて一つの魂があったかと思わずにいられない。しかもその魂は常に異教徒の習慣や慣習の残滓に妨げられる結果、魂は他所に霧散し、あの壮麗な霊及台の中では、白と赤の礼服を身に着け、噛みたばこを吸う、細い目の男たちに仰々しく守られて、仮に開けてみても、骨だけしか残っていないであろう。
(*TSGD* 205)

一八四八年二月二十四日付の『トリビューン』紙で、グリーリーはヨーロッパ特派員であるフラーが過激なプロテスタントであることは認めたが、もちろん、イエズス会がイタリア人民の自由を抑圧している責任があると付け加えた。

一八四八年三月十八日、ミラノではたばこ暴動が発展し、ラデッキー将軍配下のオーストリア軍を短期間、公国から追い出して「ミラノの五日間」を勝ち取り、三月二十二日にはダニエーレ・マニン（一八〇四―五七）とニッコロ・トンマゼーオ（一八〇二―七四）がヴェネツィア共和国樹立の宣言をしたというニュースが届く。また、シシリーでの反乱、ナポリの革命の気運も告げられる。ローマでは一週間続く謝肉祭の最後の夜、モコレッチ (moccoletti) と呼ばれる華燭の祭りが、コルソ通りに繰り広げられた。これは、手にしたろうそくをお互いに消しあう伝統的な祭りであった。肌寒い雨の日で、フラーは二階の窓からショールを羽織り、薄絹や花々で身を飾り仮面をつけた人々のパレードを眺めた。夜に入ると、行列のろうそくが小道に窓にベランダに動いて、コルソ通りに無数の大きな蛍が飛んでいるようであった。この年は、ジェスイット派の煽動を避けるために、民衆は穏やかに振る舞い、九時には家路についたとフラーは伝えた。しかし、ストーリー氏は、この年のモコレッチは「特別であった。イタリア軍の勝利の知らせが届くと、人々はろうそくを手にコルソ通りに繰り出し、イタリアの歌を歌い歓呼の声がこだましました」(FP 1991: 210) と記した。

謝肉祭直後二月二十三日、フランスでルイ・フィリイップ王の退陣をもたらした二月革命、そして三月十三

(26)1848年3月18日「ミラノの5日間」。ミラノ市民とオーストリア軍との激しい市街戦が繰り広げられ、市内には2000個以上のバリケードが築かれ、ラデツキー将軍下のオーストリア軍を追い払った。バルダッサレ・ベラッチ『五日間の出来事』(ミラノ リソルジメント美術館所蔵)。

(27) 1848年3月22日ヴェネツィア共和国樹立。サン・マルコ広場で臨時政府大統領ダニエーレ・マニンの三色旗掲揚。

日、ウィーンの三月革命でメッテルニヒ失脚の知らせが届く。フラーは改めて時代の進展を確信したようである。ミラノやヴェネツィアやモディナでオーストリア軍を追い散らし、三月二十二日国民軍を指揮したマニンが、サン・マルコ広場にヴェネツィア共和国の旗を掲げたニュースで、ローマは沸き立った。二、三日の間、ローマの町では愛国者たちが火を噴くような演説を人々に浴びせ、多くの若者たちはコロセウムで入隊手続きを取った。そして、家族に見送られた軍隊は、ロンバルディアを目指して次々に行進していった。人々は義援金を集め、義勇兵になる者も多かった。兵たちの家族は、ポンテ・マルレまで軍隊について行き、母親や妻たちは涙を浮かべて別れた。イギリス人たちはイタリア人の不慣れな軍隊行進の様子に、最初の三十マイルも行進できないだろうと嘲笑した。教皇領からの軍隊は、政府の援助も待てなかったので、一日目の夜はモンテ・ローズでの宿泊であったが、食物も寝る場所もなかった。しかし、その二日目にはまだ元気いっぱいで、夜更けてからも広場で踊り『教皇、万歳』を叫んでいた。

一八四八年四月二十九日付けで、フラーはミラノ臨時政府がドイツおよびドイツ系国民に公布した二つの文書を高潔で気品に溢れたものであるとして、英訳文を『トリビューン』紙に掲載した。彼女は、イタリアの運命に関して決定的な情報を伝えたいと言っていたが、これは決定的でないにしろ、イタリアには有利なものであると述べた。前年にフラーがロンバルディアを訪れた時、文書作成に携わったロンバルデイアとオーストリアの指導者たちに会い、顔見知りであり、彼らはみな二十八歳から三十歳であったこと、また、古臭い慣習に囚われたローマやナポリ、トスカナの穏健論者に比較すると、はるかに進歩的で、他の文明世界と共に、偉大な未来のための思想や知識、その活動準備をしていると述べている。

【ミラノ臨時政府からドイツ国家へ】

我々は、勇壮で学識があり高潔なドイツ人である君たちを、兄弟と呼びかける。この挨拶の言葉は、激しい闘争により自己認識と権利を行使した人民が深く君たちの心を動かすだろうと思うからである。

我々は、兄弟愛という偉大な言葉を発するにふさわしいと考えている。それは、国家間のあらゆる古い憎悪の伝統を取り消し、恐れや恥辱なしに我らの権利を主張するために、また、戦死した我らの仲間である市民たちへの新らしい墓標となるからだ。

我々は、人類全体の向上を信じ、そのための機会探究を希求するすべての国家を兄弟と呼ぶ。しかし、特に、我々は君たちを兄弟と呼ぶ。君たち、ドイツ人は、我々同様、高潔な感受性が漲り、高邁な芸術や学問を愛し、高潔な瞑想を尊ぶなど、我が国の市民と運命を共にするからである。

君たちにとって偉大な国ドイツの利益は、我々にとって、偉大な国イタリアの利益同様に、最重要課題である。我々は、三十一年間の悍ましい圧政という恥辱と悲嘆から自らを開放する必要性があるばかりか、イタリア半島の同胞を結び、ピウス九世の掲げられた〈イタリアの独立〉という偉大な旗の下に、彼らと協力し我々を国家の水準におくという堅い決意によって、オーストリア（オーストリアの人民ではなく政府に対してであるが）に対し武器を構える決心をした。

君たちは我々を咎めることができるか、独立したドイツ人よ？　我々を咎めるならば、君たちは歴史の下に、君たちの最も栄誉ある、最近の宣言の下に沈みゆくのだ。

我々は、この地からオーストリア人を追い払った。我々は、イタリア全域から彼らを追い払うまで休むつもりはない。この目的のために、この戦いのためにイタリア半島のすべての地域、サルディニア王に率いられた同志の軍隊に、イタリアの剣となる誇りを携え軍籍に入ることを誓った。

しかも、オーストリア人は、君たちと同様我々の敵ではない。

オーストリア人は――我々は政府のことを指しており、人民のことではないが――常に、言語や習慣、組織も異なる人種の集合の長として、すべてのドイツ人の国益を否定し非難してきた。時代の過ちや王家の政策を矯正する権利をもつ時、彼等は、偉大な道徳的利益のために、皆を掌握する高度な使命をもつ時、彼等は互いに武力闘争をさせ、あらゆる国々を堕落させる方を選んできた。

あらゆる崇高な才能を恐れ、あらゆる偉大な理想に反対し、非常識な教育により甘やかされた皇子たちや、良心を売り渡す聖職者や、金に媚び犠牲を厭わぬ相場師たちの、物質的な利益に奉仕する、寡頭政治の唯一の目的は、各地を分断することであった。ドイツ同様、イタリアのどこでも憎悪や恥辱の報いを刈り取るならば、何という奇跡がおこるだろう。そう、憎悪を刈り取ろう！　オーストリア人は、憎悪とその深い悲しみを知り、我々を非難してきた。しかし、我々は、長年我々に浴びせられた侮辱によって、我々を堕落させ、村々を破壊し、年寄りや、聖職者や、女たちや子供を、冷酷に殺害する飽くなき権力によって、神の御前で赦免されている。そして君たちこそ――我々を赦す第一人者なのだ。君たち、ドイツ人の中で高潔な者は、打算的で偽りを流す報道機関が、我々を君たちの偉大で高潔な国家の敵であると非難する時、確かに我々の怒りを共有し、深く傷つける非難の恥辱に答えることができず、余儀なく黙して呑みこまざるをえない。

我々は、君たち、ドイツ人を称え、君たちにこの栄光ある証拠を示すことを真に切望する。そして、友好関係に至る序幕として、我々は君たちの政府と同盟関係を作り、オーストリア軍で戦った、ドイツ連合に属する捕虜となった将校や兵士たちの苦痛を軽減することを求める。我々は捕虜たちを君たちの元に送り返し、この目的が実行される政策に専念するものである。我々は、君たちが、人種や言語の絆よりも、不幸や権利の聖なる資格を重要視すると信じるものである。

ぜひとも、我々の訴えに応えてほしい。勇壮で、賢明なる高潔なドイツ人よ。兄弟や友人として、我々が差しだす手を握ってほしい。急遽、キリスト教文明の政府のリストから、ガリツィア［現ウクライナ南西部およびポーランド南部］とロンバルディアの虐殺を抹消した政府との共謀関係の出現を否認してほしい。君たちが、史上初めて、この奇跡的な時代にふさわしい模範、強く寛大な人民の模範を示すことは美しいことである。そうなれば、従来の共感を棄て、従来の利害を棄て、正義、人類、文明化されたキリスト教の友愛精神に基づいた、革新的な人々の招きに応じ、その新しい経歴を辿り始めるからである。

【ミラノ臨時政府からオーストリア支配下にある国々へ】

君たちの国から三つの軍隊が来て、我々に戦争をもたらした。君たちの演説は我々に向かって大砲と剣を携えた敵の集団によってなされたのだ。けれども、我々は君たちのところに兄弟としてきた。

我々が戦っている戦争は、君たちの戦争ではない。君たちは我々の敵ではない。君たちは、我々の敵の中にいる手先なのだ。しかもこの敵は、兄弟よ、我々みんなと同じなのだ。

神の御前に、人民の前に、我々は断じて誓う。我ら唯一の敵は、オーストリアの政府なのだ。

しかもその政府は、長年支配下の人種からあらゆる国家の痕跡を抹消するために骨折り、彼等の要望や懇願を配慮せず、哀れな利益や悲惨な自尊心に奉仕するのみであり、常に、〈分割して支配せよ〉というかつての暴君の格言をもって、たえず反感を醸成してきた。この政府は、あらゆる寛容な思想の敵であり、あらゆる下劣な運動の味方や擁護者であり、すべての文明世界の中でガリツィアの死刑執行人の主計総監であると宣言したのだ。

この政府は、穏当な要求の法制化を破壊的に妨害し、滑稽な尊大さでヨーロッパの世論に反抗し、そして屈服した――そして、国の中心部にいながら学生達の暴動に屈服し、予定通り挙兵し、君たちを施しものとして、執拗な物乞いとして、この時代、文明国家の最重要な条件である、国家の創設を約束し、棄て去ったのだ。〔……〕

この間、我々の栄光ある革命のニュースが受けとめられた。それは困難から逃れる最上の方法をこの革命に見つけたからだ。第一に、政府はこのニュースを隠匿した。それから、このニュースに偏見と憎悪を加え、歪曲し少しづつ流した。我々は、ドイツ人に対する血に飢えた一握りの謀反人であり、ステリット戦[14]でドイツ人全体の滅亡を望んでいるのだと。しかし、我々に応えたのは、全イタリアの、全ヨーロッパの称賛であった。もちろん、我々がとり押さえた捕虜や囚人となった君たちの中にも、我々が戦いで英雄的な勇気を示し、勝利において英雄的な穏当さを示したことを異口同音に認めるだろう。

そうだ！　我々はひとりの人間として、再びひとつの国になるため、オーストリア政府に反抗してきた。イタリアの兄弟と共通の目的のために、偉大な目標のため我々はそれを成し遂げるまで、武器を手放さないと誓った。残虐な命令をする残虐な執行人の攻撃により、我々は正しい戦争を戦ってきた。裏切られ、頭上に税金を載せられ、急所を傷つけられ、合法的な防衛の領界を侵すこともなかった。邪悪な方法で唆された殺人、敵の軍隊の略奪は、我々の恐怖を煽ったが、報復はなかった。兵士たちは、一旦武器を下ろしたら、われらにとってただ不運な者だ。

［……］オーストリア政府が我々に対して強力な大部隊を送るとしたら、彼等は我々の胸にアルプス越えよりも険しい壁を見つけるだろう。我々にとってはあらゆるものが、武器になるのだ。すべての住居から、すべての畑から、すべての生垣からこの国の護り人が出るだろう。女も子供も男のように戦うのだ。男たちはその力を、その勇気を百倍にするだろう。しかももし我々がこの土地に外国支配を受け入れるとしたら、その前に我々は街の廃墟の中でみな死ぬ覚悟があるのだ。

しかし、このことは、起こさせない、兄弟よ。君たちの栄誉、君たちの利益が許さないからだ。君たちは、ひどく邪悪なものと感じる大儀のために戦うであろうか？　もし我がイタリアを征服したら、取得した武器を、君たちに向けるようなオーストリア政府に対して、君たちは傭兵のような役割に身を沈めるのか？　君たちは、ナポレオンとの闘争後、オーストリア政府がどのように動いたが、分かるか？　そして、君たちは、ヨーロッパの向上と独立に反対し、絶え間ない脅威の中に自分たちを置き、ロシアの独裁者を同盟者として甘んじるという考えに恐怖を抱くことはないだろうか？　ロレーヌ家[15]がその伝統を忘れることはあり得ないし、自由な環境の中で静かに生活するのをあきらめることはあり得ない。あなた方は、ドイツ系民族やスロヴァキアの国々の人々、そして長年その決断に協力し、二度と引き裂かれない決意をしたイタリアとともに、この平和を維持しなければならないのだ。

我々のことを考えてほしい、兄弟よ。これは君たちのためでもあり、我々のためでもある。それは生死を賭けた問題だ。恐らくヨーロッパの平和もこれにかかっている。

我々はすでに闘争の機会を熟考し、それらすべてをこの最終的な決意に従属させてきた。すなわち、我々はイタリアの同胞とともに、束縛を脱して独立するのだ。

我々は、この言葉が君たちに穏やかな協議をもたらすように願っている。もしそうでなければ、君たちは我々を寛大だが忠実な敵として戦場で見ることになる、今我々が君たちに寛大で忠実な兄弟として公言しているように。

署名：ガブリオ・カザーティ（大統領）ドゥリーニ　ストリゲルリ
ベレッタ　グラッピ他六名　(*TSGD* 217–21)

ポーランド人もまた、崇高な政見を発表してきた。ポーランドの革命家で偉大な詩人アダム・ミツキェヴィチが、イタリアのポーランド軍に登録し、彼等は国家を再建するために、その軍機に教皇の祝福を得たいと宣言した。彼等の宣言には次の基本三原則が見られる。㈠すべての国家の市民、すべての市民は、その権利において平等である。㈡我々の兄弟、イスラエル(ユダヤ人)の民にも、敬意と兄弟愛をもって、政治的な市民権を平等に分かち、永遠に地上の平和の道を支援する。㈢人生の伴侶である女性も、平等な政治的権利を有する(*TSGD* 222)。

ミツキェヴィチは、ローマから小隊を率いてきたが、フィレンツェでは熱狂的な大歓迎を受けた。政治クラブやジャーナリストの代表者が市庁舎に行き、彼をグラン・デュカ広場まで護衛した。彼は群衆の前で、「ポーランドのダンテ」と呼びかけられ、故国ポーランドの独立と復活のために演説した。次は、フラーが『トリビューン』紙のために英訳したものである。

トスカーナの人々、友人たち、兄弟たち! 我々は、ポーランドの名において、我々のためでなく、我が国のために、大なる共感を授かった。我が国は遠方にあるが、その長い殉教の時代より君たちからの支援を望んでいる。ポーランドの栄光は、その唯一の栄光は、真にキリスト教的であるが、あらゆる国以上に苦しんできた。他の国々では、君主の善意や寛大な行為が人民を保護している。君たちの国では、有能な大公の保護の下、今近づきたる時代の曙を享受している。〈レオポルド二世、万歳!〉しかし、征服されたポーランドは、敵であり死刑執行人である国家の奴隷であり犠牲者である。各々の行政府や諸国から見棄てられたポーランドは、ひとりゴルゴザの丘に苦しみ横たわっている。ポーランドは、殺害され死んで、埋葬されたと信じられている。「われわれはポーランドを殺害した」と専制君主は叫ぶ。〈否、否、ポーランドよ、永遠なれ〉死者は再び蘇らないと、外交官は答える。だから我々は、今や穏やかになったのだと。〈聴衆の中に一様に震えが走った〉すると、世界が神の恵みと正義を疑う瞬間があった。この地は永遠に神に見棄てられ、昔の神、悪魔の支配を受けると諸国が考えた瞬間があった。各国は、イエス・キリストが天から降りて地上に自由と平和をもたらしたことを忘れてきた。しかし、神は正義である。ピウス九世の声はイタリアを呼び起こした。〈ピウス九世、万歳〉。パリの人民は、国家のために偉大な裏切り者を追い出した。〈ブラボー、パリの人民よ、万歳〉まもなくポーランドの声も聞こえるだろう。ポーランドもまた立ち上がるだろう！〈そうだ、そうだ、ポーランドもまた立ち上がるだろう！〉ポーランドは、すべてのスラブ民族に呼びかける。クロアチア人、ダルマチア［現クロアチア共和国南部］人、ボヘミア人、モラヴィア［現チェコ共和国東部］人、アルバニア人。彼らは皆、北部地域の暴君の砦となるだろう。〈万来の拍手〉彼らは、自由や文明の破壊者である北部の野蛮人に対して、永遠に道を閉ざすであろう。ポーランドはそれ以上のことを要望されている。ポーランドは、十字架にかけられた国家として、妹たちの国家に奉仕するため、蘇り召集されている。神の御心は、キリスト教をポーランドの中で、またポーランドの外のどこでも、もはや死んだ掟ではなく、国家と文明という生きた掟にすることである。〈万来の拍手〉キリスト教は、行為によって、寛大さと公正無私を犠牲にしたことを明らかにしなければならない。こういうキリスト教は、決して君たちに新しいものではない。フィレンツェの人たちよ、君たちの昔の共和国の人間は知っていたし、そこから行動していたのだ。同じ精神が、より大きな宇宙を創造する時代なのだ。神の御心は、国々が、お互いに、隣人として、兄弟として、行動すべきだということだ。〈拍手喝采〉そして君たち、トスカーナ人は、今日、キリスト教の友愛行為を行った。このように、地上の最も強い国々に挑むためにいく、外国の見知らぬ巡礼たちに対して、あなた方は、精神的で永遠のもの——我々の信仰と愛国主義を認めたのだ。〈拍手喝采〉我々はあなた方

に感謝し、神に感謝するために教会に向かう。(*TSGD* 223-24)

この演説と応答は、文字通りこの日の新聞を翻訳したものだが、壮大な理想を、生来の雄弁さと繊細な感性で表現する人と交流することは、どんなに楽しいことかと、フラーは述べている。

## 5　ピウス九世の教皇訓示《アッロクツィオーネ》　ロッシの暗殺と教皇のガエータ逃亡

しかしオーストリアからの独立を望む、ローマ市民の歓びは長くは続かない。三月二十三日、サルディニア王カルロ・アルベルトは、イタリアの解放を求めてオーストリアに対戦を宣言し、初めナポリや教皇領も含む、イタリア全土から義勇軍がピエモント・サルデイニアに合流した。しかしながら、四月二十九日、ピウス九世は教皇訓示《アッロクツィオーネ》を出し、オーストリアとの戦争を認めないと宣言する。ナポリ王フェルディナンドは、この機会をとらえて即座に軍を退却させた。この戦争は、イタリアの統一・独立という高い理想を求めるには戦闘の無能振りを発揮した上に、共和主義的革命派と君主たちの間に利害の衝突があり、ピエモントがイタリア全土の解放をもたらすような責任感を持ち合わせていないことを暴露した。クストーザにおける戦闘の敗北が無残な退却と挫折感をもたらした。停戦がサラスコで署名され、ロンバルディアは再びオーストリアに屈した。フラーはサルディニア王カルロ・アルベルトの失態、教皇の訓示の結果生まれた一般庶民の期待と挫折、そして指導者の欠如を分析した。

しかしながら、ピウス九世の教皇訓示《アッロクツィオーネ》が人々に与えた心の痛手は十分すぎるほど残酷であった。ローマの義勇軍は教皇からの庇護や奨励を期待できないという驚くべきニュースを受け取った。もはやピウス九世の名の下に戦えないと分かって軍全体が仰天した。彼らにとって教会の首長を心から愛し敬愛することは、きわめて貴重で甘美なことであった。特に魂の志と一致する宗教を見出すことは、大変心躍ることであった。ローマ軍は頼りにしていた規律あるナポリ軍や大砲の支援を奪われることとなった。これらすべてが、不和の種や落胆の原因をもたらし抜け目ない策謀を生み出す原因になることは日を見るより明らかである。(*TSGD* 233)

教皇が中立を宣言したニュースが飛び込むや、ローマ市は騒然となった。共和主義者たちだけでなく、息子を義勇軍に出兵させた親たちは、教皇の旗のものに戦っていたと思われた息子たちが、オーストリア軍に暴徒として射殺されるのではないかと恐れて、続々とコルソ通りに集まってきた。通りは午前十時には人々で一杯になり、午後にはローマ市の門を市民警備隊が固めた。ローマ市は五月二日まで落ち着きを取り戻せなかった。

フラーは、ナポリ軍の撤退と人民感情を正確に伝えている。ナポリ軍の撤退を拒絶した将軍グリエルモ・ペペ（一七八三―一八五五）は自分とともに残るよう軍隊によびかけた (Berkeley II 270, 284)。軍は動揺したが、所詮王の名の元に人民を犠牲にし、厚遇を受け浪費生活をおくってきた規律のない軍隊であった。彼らは困窮した人民が蜂起し権利のために戦う時、その人民を抑圧するかもしれなかった。したがって彼らの軍隊には、他の軍隊に比較し愛国的な感情はほとんど見られなかった。今回兵士たちに求められたのは、慣習に反して行動するイタリア全土の独立への高貴な義務感であった。逡巡した後、多くの兵士たちは王の命令に従い撤退した。彼らに多くの愛情と名誉の手向けを送ったローマの所領では、彼らの退却に対して同じように強い嫌悪感と侮蔑を示すのに手ぬるくはなかった。多くの町では軍の退却に道を開けようとはしなかった。小さな村々でさえ、彼らに冷水を与えるのを嫌った。兵士たちは恥辱と憤怒に包まれた。一人の将校は耐えられず自殺した。兵士たちの無学の心の中に、他のイタリア諸州に対する憎悪が沸き上がった。特に、内乱の際に暴政の道具となる、自分たちの身分に、そしてそれはそのままローマ教皇に対する憎悪となった（*TSGD*-234）。

フラーは、サルディニア王カルロ・アルベルトのふがいなさを呪い、ミラノやヴェネツィアやシシリーの戦いを英雄的であると称揚した。とりわけフラーは教皇の無策と臆病を嘆いた。今回の教皇の訓示により、ローマ市民は父親を失った。教皇自身は、政治指導者としての短い人生を終わらせたとフラーは解説した。

歴史的な視点から、バークレイのように教皇の立場に同情的な見方をするものも多い。すなわち、教皇の自由主義的改革がオーストリアとの衝突をもたらした原因でもあるのだが、ミラノの革命とカルロ・アルベルトの対オーストリア戦は教皇をジレンマに立たせた。イタリアの君主として、ピウス九世はイタリア解放の戦争を支持しなければならない。その一方、ローマ・カトリック教会の長として、教皇は直接攻撃をされなければカトリック国家と戦争はできなかった。それにしても善意のローマ市民は、教皇が自由主義運動を最終的には放棄するだろうという見識を持ち合わせていなかった。その後ますます教皇は人民から離れていき、政治的判断を枢機卿会議に任せ、宮殿に引きこもるようになった。

一八四八年十二月二日の「特派員報告」は多くの政治的な大事件に満ちている。社会不安を理由に大勢の外国人、主にイギリス人、ドイツ人、フランス人、それにロシアの若い臣下たちはローマを去った。外国人相手に生計を営むローマ市民は困窮した。マミアーニ伯やファリップ伯などの自由主義者が政府首班を辞任した後、ペッレグリーノ・ロッシ伯（一七八七—一八四八）が首相となった。彼は、経済政策や開明的行政で、教皇俗権の維持を決意していたが、その高慢不遜で挑発的な性格から多くの敵があった。初めフランスのフィリップ王治世下ギゾーに仕え、フランス大使として一八四五年、ローマに任じられた。その後、教皇と親しくなり顧問を務め、一八四八年九月首相となった。彼は、戦争相ブッチをプロヴァンスに送り、ガリバルディの軍がボローニアに入るのを妨げた。また、フランスの南プロヴァンスから軍隊を招集し、下院の開会式に、ローマ市民警備隊の面前でプロヴァンス軍を閲兵した。新聞は検閲を受け、多くの人が突然逮捕され国外追放となった。人々の怒りは頂点に達し、コップの水は溢れたのであった。

フラーはこの頃、ローマのバルベリーニ広場に面した大きなアパートに住んでいた。この部屋の一方から、バルベリーニ宮殿や教皇の宮殿の庭が見晴らせた。ローマ市民は、外国人によって裏切られたローマを見ることに憤りを感じていた。そんな矢先、美しく晴れた十一月十五日、散歩から帰ったフラーにいつもの笑顔を少し曇らせて、女主人のパドローナが言った。「首相のロッシが殺されたのをご存知でしたか?」「殺されたですって?」「ええ、後ろから一突きで。まったく悪い男ですよ。しかしそれがキリスト教徒を懲らしめるやりかたでしょう?」「私は非業の死の知らせを聞いて喜ぶような人間では決してないが、ロッシの暗殺は〈畏怖すべき正義が行われた暗殺〉であると思われた」と、フラーは書いた。だが、それは一般市民の感情を代弁していたのだ（ヒバート 340）

翌日ローマは沸き返った。武装集団が市街地を行進してスローガンを叫び、暗殺者たちをたたえる歌を合唱した。兵士、警官、名士たちを含む大勢がクィリナール宮殿に押し寄せ、民主的な政綱を要求した。そして教皇に譲歩の意思がないとわかると、彼らは宮殿を襲撃し、窓から銃撃し、扉に火を放とうとしてラテン語秘書官を殺害した。教皇は脅迫されてやむを得ないと抗議しながら、急進派に屈服して彼らに好意的な内閣の組閣に同意した。一八四八年十一月二十四日、宮殿内で事実上、囚われの身である教皇は、大きなめがねをかけ顔を隠して一般聖職者に変装し、ローマを脱出し、ナポリ王国のガエータに逃亡した。そして狡猾な政治家である枢機卿アントネッリの助言によって反徒たちの降伏を要求した。

その後、帰国したマッツィーニは、名誉ローマ市民として迎えられた後、憲法制定議会の代議員選挙を行い、一八四九年二月九日ローマ共和国を樹立した。アウレリオ・サッフォ[16]、カルロ・アルメッリ[17]と共に、三頭執政官の主席となったマッツィーニは、イタリアの独立と統一を呼びかけるが、教皇を護るフランス軍の攻撃を受けることとなる。フラーはマッツィーニの演説「神と人民と」、そして攻囲されたローマからフランス軍ウディノー将軍、レセップス将軍とローマ共和国側の書簡のやり取りを報道し、イタリアの独立・統一運動を支持した。やがてローマ共和国が降伏し、フランス軍がローマに七月三日に入場してからも、フラーの筆の力は落ちなかった。最後まで、勇敢なガリバルディや若い学生、イタリア義勇兵の革命に対する純粋な情熱をたたえた。教皇ピウス九世は、九ヵ月後にフランス軍に護衛されローマにもどった。

## むすび

マーガレット・フラーは、教皇ピウス九世に対し、宗教上は人民の精神的な指導者として、封建領主としては近代的な自由主義的な政策を望んだ。その結果、ピューリタンとしてのフラーは、豪華で壮麗な儀式に虚飾を感じ、封建領主としては教皇の保守体制を批判せずにはいられなかった。フラーの根本的な思想原理である、超絶主義の依拠する自由主義的で合理主義的な共和主義が、教皇の近世的な身分そのものに反撥したのである。したがって、教皇が自由主義的な政策をとろうとも、フラーが教皇庁制度を否定する限り、ピウス九世は必然的に非難と攻撃の対象から免れ得なかった。

歴史的な観点からすれば、一八四八年の教皇ピウス九世のガエータ逃亡は、教皇庁の宗教的な指導者と封建領主としての役割矛盾を暴露した事件であり、イタリアが近世から近代に移る痛みを伴う胎動のひとつであった。つまり、イタリア「近代化」の萌芽期の始まりだった。人民は教皇の不安定な政治的立場を認識し始め、イタリアの統一については、大方の中産階級は政治的経済的自由を求めて開明的な君主国を、少数の人間が共和国樹立に求め始めた時期であった。一八四八年ヨーロッパを揺るがした各地の革命では、自由主義思想の理想が、未だ勢力を存続させる旧体制の前に崩れていったが、フラーはアメリカの読者たちにイタリア統一運動の目標、〈自由主義と民族主義〉を広めることになった。フラーの「特派員報告」を編集したひとりスーザン・ベラスコによれば、多数のイタリア系亡命者や移民の住むニューヨークのダウン・タウンでは、『トリビューン』紙の売り出しを待って、人々が販売所に群がったということである。

# 第八章

# 人民とは誰か

## ――マッツィーニとフラー

### はじめに

一八四八年、ヨーロッパに頻発した革命には、〈民衆の発見〉があった。ジュール・ミシュレをはじめ多くの歴史学者が、歴史の舞台に民衆を乗せたのだ。一七九八年、フランスの大革命直前、聖職者、貴族に次いだ第三身分は、平民とされていたが、『第三身分とは何か』（一七八九）を書いたシェイエス（一七四八―?）によれば、その他の平民は全国民を指すと言われた。とは言え、産業革命の結果としてブルジョワジーの台頭をみたが、この頃には都市生活者・地方の農業従事者にも政治的な照射がなされた。本章では、イタリアの統一・独立運動に貢献したジュゼッペ・マッツィーニの〈人民〉概念の理論と限界、それを批判したマーガレット・フラーの共和主義およびフェミニズムの視点を考察し、ローマ共和国の創設と崩壊を辿る。

フラーとマッツィーニの出会いは運命的であった。フラーは一八四七年、トーマス・カーライルを訪ねた時、マッツィーニに出会った。カーライルには自由放任の民主主義を嫌悪し、貴族社会を称賛する姿勢がしばしば見られた。ある晩彼は大層機嫌が悪く、話題が「進歩」とか「理想」にかかわった時、進歩主義者を「蕃薇の香水をふりまくロマン主義者の馬鹿者だ。」と罵ったことがあった。黒い僧服に身を包んだマッツィーニはいくらか反駁を試みたが、すっかり意気消沈し窓辺に佇むのであった。フラーがマッツィーニの悲願を本当に理解したのは、この後カーライルの妻ジェーンが、フラーに語りかけた言葉からであった。それはフラーがエマソンに宛てた手紙の中で次のように再現されている。

「こういう事柄はカーライルにとって単なる議論の一部にすぎないのだけれども、これらの目標を達成するために自分のすべてを投げうって、友人たちを処刑台に送ったマッツィーニにとって、生死を賭けた重要な問題なのよ。」(Chevigny 355)

ウィーン体制以降、イタリアは、オーストリア占領下のロンバルド・ヴェネト王国、パルマ公国、トスカーナ大公国、ブルボン家の統治する両シチリア王国、サルディニア王国やモーディナ王国、そして教皇領など小国が分立し、外国の支配にひさぎ専制的前近代的な統治に抑圧され、民族紛争はメッテルニヒの言葉通り単に「地域の問題」としてしか理解されなかった。事実上イタリアは、八つの異なる国に分かれていて、通貨も度量衡も行政も商業も警察も異なり、贅沢な宮廷を維持し貿易に高い関税をかけるため共通の市場もなかった。トスカーナ大公国を除いては、言論の自由、教育の普及、外国の書物や新聞の導入に敵意を抱いている専制君主に統治されていた(ウルフ　一〇、一二章)。それが十九世紀半ば、マッツィーニなどの民族統一・独立運動によって、イタリアは初めて国際問題として浮上したのであった。イタリアの独立運動に身をささげるマッツィーニに感銘を受けたフラーは、ロンドンでイタリア人学校を訪問するなど積極的に共感を示した。二年後イタリアに渡ったフラーは、一八五〇年マッツィーニの主導するローマ共和国の樹立やその崩壊の際、『トリビユーン』紙上でアメリカに対してローマ共和国の支援を訴えただけでなく、フランス軍のローマ攻略を報道し、戦時中病院で負傷兵の看護し、公私にわたってマッツィーニを支援し続けた。

フラーは、マッツィーニと同様にイタリアの共和制国家を望んだが、マッツィーニとは権利と義務の関係、そして革命における下層階級の参加についての意見が異なっていることを認識した。アメリカの独立を誇る共和主義者のフラーには個人主義的傾向が強くあり、個人としての権利が自然権として考えられていた。それに対してマッツィーニの義務論は、権利は成し遂げられた義務に対して与えられ、道徳的宗教的な色合いが強い。すなわち、個人の権利はあいまいで、フラーや多くの識者の指摘する通り、マッツィーニには、当時、下層階級が社会的役割を果たすようになってきたという認識が希薄であった。さらに道徳的な義務論から知識人の使命を強調するあまり、階級闘争という概念を避ける姿勢があった。マッツィーニの近代民族国家を目指した「青年イタリア」の創設は評価するとしても、リソルジメント期のイタリア革命には、下層階級の参加という視点では、後進性と限界が認められる。

フラーについては、特派員となってからヨーロッパの政治体制や社会組織に対する認識と理想が大きく飛躍したことが認められる。イギリスやフランスにおける産業革命の過程をつぶさに見聞し、貴族社会の特権制度、労働者階級の増大、およびカトリック社会の矛盾を痛感するとともに、新思想であるフーリエ主義や協同《アソシ》社会主義《エーショニズム》、共産主義の重要性をいち早く認識した。おそらくマッツィーニよりも民衆の窮状を理解し、民主主義の必要性を重要視していたに違いない。

アントニオ・グラムシ（一八九一―一九三七）は、著作『獄中記』（一九四九）において、一八四八年の市民革命、イタリアン・リソルジメント運動を、一七八九年のフランス大革命と比較し、イタリアでは何が実現され、何が実現されなかったかを問い、以後リソルジメント研究の隆盛を招いたと言われている。グラムシによれば、結局フランス革命と異なり、リソルジメント期のイタリアでは農業革命が遂行されなかったことを挙げている（D・フォーガチ 308–09）。一九五六年、ロザリオ・ロメオ（一九二四—九三）は、自由主義的歴史観からグラムシを痛烈に批判した (R. Romeo)。ロメオは実証主義的分析から、とりわけイタリアにおけるジャコバン主義の欠如、リソルジメント期の農業革命の不可能性を主張した。その後の歴史学者スチュアート・ウルフ（一九三六—　）[1]も経済構造論を唱えているが、いずれもグラムシの影響を免れていない。『イタリア史』において、リソルジメント期の革命でイタリアの農村が立ち遅れた理由としてウルフは、マッツィーニが革命の中で農民を無視しただけでなく、当時の農村社会の構造変化を理由として挙げた。つまり人口の増大と、王政復古期に高収益になった農産物価格の低落傾向が続いたこと。農産物価格は、リソルジメント期を通じて先進的な農業を展開する国家と競い合う過程で下落し、国内農業の状況を一層悪化させた。しかも、地主が農民を都市で展開する政治運動から隔離するという点で一定の役割を果たしたのである。

興味深いことに、フラーはグラムシ同様、マッツィーニは社会全体を見ていないと批判した。つまり当時の社会を構成する八割の人口の農業従事者の動態を見ていなかった。マッツィーニを直接批判したフラーのエッセイは残されていないが、それまでの言動を連結させると、フラーの「人民」およびデモクラシー概念を再構築することはできる。ここでは、フラーの共和主義的フェミニズムの視点から、マッツィーニの「人民」概念の特徴および限界を照射する。

## 1 マッツィーニ創設「青年イタリア」の近代性

マッツィーニは、フラーに会う以前一八三一年、イタリアの統一・独立を掲げた共和派の秘密結社「青年イタリア」を結成、スイスやマルセイユなどで亡命イタリア人仲間とイタリア各地の蜂起を画策した革命運動家であった。共和派の内部抗争や蜂起の失敗の後、ロンドンへ亡命していた。ここでは「青年イタリア」の民主主義的な性格を論じるとともに、革命の目標が単に王侯貴族や教皇庁の統治する封建制度の改革ではなく、オーストリアなどの外国勢力の排除へと偏向していく過程を述べる。

マッツィーニはナポレオン帝国下ジェノアの生まれで、父親はジェノア大学病理学の教授であった。はじめ法学を学んだが、彼は文学批評に向かった。初期のノートブックには、彼が哲学者ジャンバッティスタ・ヴィーコ（一六六八―一七四四）[2]、数学者・社会学者ニコラ・ド・コンドルセ（一七四三―九四）、ルソー、ヨハン・ゴットフリート・ヘルダー（一七四四―一八〇三）[3]に惹かれていたことが分かるが、少年時代には、ウォールター・スコット、ミルトン、アレクサンダー・ポープ（一六八八―一七四四）[4]、シェリーなど、特にイタリア人では初めてロバート・バーンズやワーズワースの新しい自由主義的なロマン主義に近づいたと考えられる。彼は文学を、基本的に国際的なものと考え、政治的枠組みを乗り越え、ヨーロッパの共通意識を高める重要な要素と見なした。特に、ダンテ、シェイクスピア、ゲーテを称賛し、ルソーをはじめ多くの文学者について論評を書いた。その文才は後に、英国滞在中、『自由論』の著者ジョン・スチュアート・ミル（一八〇六―一八七八）[5]、詩人ロバート・ブラウニング、小説家ディケンズ、ホイッグ党の首相ジョン・ラッセル卿（一七九二―一八七八）など多くの知識人を惹きつけて、亡命生活を支える柱になった。

ナポレオン失脚後、イタリアの多くの州はオーストリアに吸収され、特に一八二〇年代には、南部のシチリア島、ナポリでは軍人将校を中心として秘儀を重んじるカルボネリーアが隆盛し、各種の愛国主義運動が台頭した。一八三一年十二月、マッツィーニによりマルセイユで創設された「青年イタリア」は、イタリア史上初めて明確な政治綱領があり、近代政党の性格と持つものとして歴史的に評価されている。

### (1) 結社「青年イタリア」の理念

「青年イタリア」の政治宣言といわれる「一般教程」(一八三一)を概観すると、当然ながら近代的で民主的な目標と、秘密結社ならではの運営面の規定が見られる(黒須 250-64)。「青年イタリア」の目標は、それまでイタリア人亡命者に定着していた「団結」に対するアンチ・テーゼとして「自由・平等・人類・独立・統一」とし、特に「統一」はイタリアに連邦主義型の解決に道を拓いたものである。第一項では「青年イタリア」が「進歩と義務の法則」並びに「自由・平等」な人間による単一、独立の自主的国民を再生する偉大な計画を信じる、「イタリア人の同胞団」と規定される。第二項は「地理的、言語的、行政的、司法的なイタリア」の規定であり、従来の地域的分権主義を打破し、「イタリア人全体」を「国民」に統一しようとするマッツィーニ計画の基礎をなすものである。第三項では組織の「政治目標を共和主義・統一主義である」ことを明確にした。これは「青年イタリア」が民主的な組織であることを明言し、秘儀を尊ぶカルボネリーアに対する痛烈な批判であった。「国民変革の指導者の位置を占めるものは、個人であれ、結社であれ、その意図する変革の傾向を知っていなければならない。人民を招集して武器を取らせようとする者は、その理由を説明できなければならない。国家再興の事業を企てる者はだれでも、信念を持たねばならない。もしその信念を欠いていれば、彼は騒乱の煽動者以外の何者でもないし、アナキーの促進者であって、騒乱に対策をこうじ、それを終わらせる方法を持たない」と謳った。第四項は、革命蜂起の手段を記している。つまり、統一共和国樹立の手段は、「教育と蜂起」であり、これら二つの手段は同時に利用され、「蜂起」が将来イタリアの国民性の萌芽を目指す計画を示さねばならない。「人民の形成を目的としているので、蜂起は人民の名において起こし、これまで無視されていた人民に支持されるだろう。従来のような外国勢力の依存を排除し、もちろん外国の事件を利用しながらも、また一階級だけ（ブルジョワ階級）の力に依存した過去の革命に対し、全国民の力によらねばならない。さらに、彼は革命に対する段階規定で、〈蜂起の段階〉を〈革命の段階〉から区別する。〈革命の段階〉、すなわちその開始からイタリア全領土の開放に至るまでのすべての期間は、少数者に集中された臨時独裁権力によって統治され、領土が解放されたとき、全権力は国家権力の唯一の源泉である国民会議の前に消滅しなければならない。」

第五項から第七項までの運営規定は秘密結社の相貌をあらわにしている。すなわち結社の財政的基盤、同志はすべて「社会金庫」(Cassa Sociale) に毎月五〇チェンテージモ（一チェンテージモ＝一〇〇分の一リラ）の分担金を支払い、なお余裕のある者は、加入の際、定額以上の支払いを強制される。「青年イタリア」の旗、赤、白、緑の規定、加盟時の誓約書「神とイタリアの名において」、そして「中央指導部」の指揮と地方指導部間の連絡方法、刊行物の流布や一般的な行動計画の準備、地方同盟員と中央指導部との連絡、武器の調達、地域報告に関することなどが語られる。

従来の秘密結社を特徴づける神秘的な秘儀の規定はなく、裏切り者抹殺の義務もなく、カルボネリーアが人間の人間に対する誓約の結社だとすれば、「青年イタリア」は、人間の原理に対する誓約の結社であった。ところで、「青年イタリア」も革命を目指す非合法の結社であったから、当然一定の秘密は守られなければならなかった。中央や支部組織の所在、各同盟員の実名も隠され、「戦士名」を用いた。さらに、同盟員はできるだけ一丁のピストルと五十発の実弾を用意する義務を課された。こうした出費のための財政的な基礎は分担金の蓄積により、基金となった。

## (2) マッツィーニのフランス革命分析と「青年ヨーロッパ」

マッツィーニは、フランスの影響を排除する努力を見せながら、結局フランス革命の残虐性を避けることに腐心したあまり外国支配の排除に傾き、国内の封建遺制の改革から逸れてしまった。その原因は共和派内部の対抗勢力であるブォナッローティ（一七六一―一八三七）[6]派のけん制もあったが、マッツィーニは実際の蜂起に何回も失敗し「青年イタリア」は崩壊状態になる。しかし、ここで彼は次世代のヨーロッパ連合を期待させるような「青年ヨーロッパ」を結成する。

(28) イタリアの革命家 ジュゼッペ・マッツィーニ。

彼はフランスの七月革命で主流となったジャンバッティスタ・ヴィーコ、コンドルセ侯爵マリー・ジャン・アントワーヌ・ニコラ・ド・カリタ（一七四三―九四）、サン＝シモン伯爵クロード・アンリ・ド・ルヴロワ（一七六〇―一八二五）の影響を受け、十九世紀の時代を「原理の時代」とし、民衆という概念を導入した。マッツィーニによれば、過去の革命は

「平等」という言葉を人民に投げつけずに「人民」を恐れたのである。革命は、「人民のために人民によって行い」「人民の先頭に立つ純粋な犠牲を好んで求める青年」が必要である。しかし、大衆を革命という行動に駆り立てるには、物質的利益を公然と説明する必要がある。物質的な利益は「野蛮人に対する戦争」によって生み出される。「野蛮人とは、彼らが礼拝する光の上に、呼吸する空気の上に課税する収税吏である。交易や自由を妨害するスパイである。」ここにはイタリア人民がおかれている封建性に対する認識があるが、さらに重要なことは、人民の貧困理由が、いつしか「野蛮人〔オーストリア人〕は出て行け、オーストリアに対する戦争を」というスローガンに収斂されてしまうところにある。多くの研究者が指摘するように、ここにマッツィーニの「人民」概念の限界があった。すなわち、「最も多数で最も貧しい階級」というサン・シモン主義の概念にとどまり、決して都市や農村で封建遺制の抑圧にあえぐ現実の人民を視野に入れたものではなかった。

また、マッツィーニは、フランス大革命のジャコバン党恐怖政治のイメージを払拭し、人民に利益をもたらす革命の宣伝を務める。当時「革命」という語には、農地均分法、人権略奪、家族的所有の強奪、即座の簒奪、暴力という地獄を髣髴とさせた。現にフランスでは、一七九三年大革命の被追放者の生き残りや、リヨン、アラス、ナントの街々での反革命の暴動とそれに続く残虐な処刑の思い出が生々しくあり、すべてを無に帰すその残忍さは〈共和制〉という名称に人々の不信の念を抱かせた。マッツィーニは、「殺戮や簒奪と共和制は同義語である」という宣伝を「歴史的事実の捏造」であるとして、イタリアとフランスの違いを強調し、共和主義者ブォナッローティ派をけん制した。

しかしながら、「青年イタリア」は、一八三三年四月、一八三四年二月の第一次、第二次サヴォイア遠征計画の是非をめぐって、ブォナッローティ派と対立した。マッツィーニは、フランス在住のイタリア人亡命者のゲリラ部隊を組織し、サヴォイア攻撃からジェノア、ピエモンテの蜂起をもくろんだ。しかしブォナッローティは、革命運動が全般的に沈滞しているという判断から、亡命者に対して無謀な蜂起計画に加わらないよう警告した。こうして両派は完全に決裂した。それでもマッツィーニは、ドイツ人、ポーランド亡命者、フランス人の協力を得て、この遠征計画を実行しようとしたが、兵員徴募の失敗、指揮官の裏切り、「青年イタリア」内部での意見の不一致のため遠征計画は無残な結末を迎え、「青年イタリア」の組織も瓦解した。一八三三年のクーデターでは、カルロ・アルベルト王により十二人が絞首刑、百人以上が投獄され、何百人もがイタリア国外へ逃亡した。マッツィーニも官憲から逃れたが、ジェノアの家族の家の前で死刑の宣告を受けた。その後、彼はフランスから追放されたが、常に賛同者に囲まれ、一八三三年七月からジェノアに本部を置き活動した。

マッツィーニは、この時の教訓を構想に入れ、一八三四年亡命地スイスのベルンで「青年ヨーロッパ」を結成する。これは、被抑圧民族の連帯による人民のヨーロッパ再生を願うものであった。人類と個人の自由をもとめるために「国民性」が介入するマッツィーニ思想の根幹となる協同社会観 (La Associazione) がここで成立する。彼は「青年ヨーロッパ」を中核として、ヨーロッパ諸人民の国民的な合意を前提に、「未来のヨーロッパ連邦」を形成しようとする。組織化の思惑はギリシャからハンガリーまで限りなく広がっていったが、結果的に「青年ヨーロッパ」に加わったのは「青年ポーランド」「青年ドイツ」であり「青年スイス」と連動した。しかし、一八三〇年代にスイスから追放されたドイツ人ブライデンシュタイン兄弟はイギリスからアメリカへ亡命し、運動を続けた。一八四四年「青年アメリカ」と呼ばれる秘密共産主義者同盟が創設され、ヨーロッパの義人同盟などに財政援助を行っている（的場・高草 9)。ともあれ、国民国家の固有の利益を前提にした人民に基づくヨーロッパ共同体の構想は、抑圧された後進国諸民族の知識人による最初のインターナショナルの提唱であった。

## 2　フラーと二月革命　そして階級意識

一八四六年、イギリスに渡った当時、フラーは社会問題を深刻なものととらえていたが、革命という手段を考慮するまでには至らなかっただろう。しかし、クエーカー教徒でフーリエ主義者、奴隷制廃止運動など広範な活動を展開しているスプリング夫妻との旅行は、フラーに絶大な影響をもたらした。もちろん、取材のためニューヨークのスラム街ファイブ・ポイント地区にも行ったフラーであるが、マンチェスターやリヴァプールにおける新産業都市の悲惨、女性も子供も働く炭鉱の見学、それにフランスのパリ、リヨンなど新興工業都市の形成に目を見張ると同時に、過酷な労働者の状況に緊急な改革を求めずにはいられなかった。また、一八四六年、一八四七年のヨーロッパを襲った飢饉の災害により、農民たちは故郷を捨て大都市へ押し寄せた。イギリスでは、ほとんどすべての工業地帯で人口の最下層階級を形成しているアイルランド移民（エンゲルス 142）の惨状、多くの失業と倒産の悲劇を見ずにいられなかっただろう。また、政治と企業家の汚職が蔓延するパリで学び経験したフラーは、次第に民衆の運命を拓く道を模索していった。

パリの滞在は限られたものであったが、フラーは、二月革命の本質が民衆の希望の萌芽にあり、その行動を理解できるようになっていた。フラーが最も影響を受けたのは、社会主義者で小説家のジョルジュ・サンドであった。また、フラーは社会主義者でフーリエ主義者コンドルセ公爵、シャンソン作詞家ベランジェ、カトリック教の破戒僧ラムネー、過激なサン・シモン主義フェミニスト、ポーリヌ・ロランなどとパリで会っている。しかも、彼らすべてが、二月革命では国家的に重要な役割を果たした。したがって社会主義者ルイ・ブランのことも聞いていただろう。パリの二月革命は、その後ヨーロッパ全域を震撼させた一八四八年に起こった諸革命の事実上の発火点であった。すでに国民国家を形成していたフランスでは、統一国家や民族独立が問題の焦点となったドイツ、イタリアや東ヨーロッパの諸地域とは異なり、政治改革を超えた社会構造の変革をめぐって革命が進展していった。二月の臨時政府に、ルイ・ブラン（一八一一―八二）や労働者出身アルベール（アレキサンドル・マルタン、一八一五―九五）が入閣したことは、革命の性格を象徴的に物語っている。因みにフラーが「フランスの偉大な国民抒情詩人」と敬意を表しているシャンソン作詩家ベランジェも、また初めは敬愛していたトクヴィルやオディロン・バロー（一七九一―一八七三）も国会議員として選ばれている。

フランスの二月革命の目標は、労働者階級を含む国民統合の問題として提起されたのだ。初めは、選挙改革宴会に対する弾圧が直接的な契機となって起こった革命であったが、普通選挙を主張していた共和主義者たちでさえ、その選挙の実施延期を求めるほど、社会的基盤が整理されていなかった。しかし、社会主義者ルイ・ブランにとって、労働者の貧困や失業などの「社会問題の発生」に起因する革命は、歴史の必然であり、新しい社会科学の展望に革命の成否がかかっていた。もはや共和制自体は問題ではなく、民衆にとって政治改革は社会改革の目的に達する手段に過ぎなかった。

しかしながら、四月の普通選挙で社会主義派は敗北してしまった。とは言え臨時政府の中で多数派であるブルジョワ共和派にとって、共和国の到来が進歩の極限であるとすれば、共和制の方向をめぐる根本的な対立は不可避なものであった。結局、ルイ・ブランの約束した「労働権」(droit au travail) と国立作業所 (ateliers nationaux）は、本来の目標とは全く異なる失業対策となって、臨時政府の財政を圧迫し、四ヵ月後にはブルジョワ共和主義者との大激論の末、解散されてしまった。一八四八年六月二十一日、労働者、パリの下層市民が蜂起し、それに対してカヴェニャック将軍が率いる共和派政府軍が鎮圧した。この事件からマルクスは、「革命を階級闘争として再定義する」こととなり、「ブルジョワ共和制は、結局一階級［ブルジョワ］の他の諸階級［労働者階級・社会主義者等］に対する無制限の相対的専制を意味する」と解釈した（マルクス30）。フラーは、マルクスのように二月革命を階級闘争として理解しなかったが、イタリアではパリにおいてより、さらに基本的なことがらを学んだといえるかもしれない。

実際、イタリアの政治闘争を、アメリカの独立戦争と同様、パリの社会理論や階級闘争を評価する前に体験することになったのだ。一八四七年にフラーがイタリアに到着してから、一八四九年の中頃までにイタリア諸国では、リソルジメント運動、国家復興運動は加速化した。それまでは、穏健派、主に神父ヴィンチェンツォ・ジオベルティ（一八〇一―五二）のロマン主義的で理想化された教皇をいただいた国家連合という考えが一般的であった。しかし一八四八年の教皇による改革、暴動、そして民主主義的な改革を要求する人々の声は、穏健派の実行できる範囲を超えてしまった。統一国家を要求されてローマ教皇ピウス九世は、ガエータに逃亡、一八四九年サルディニア王カルロ・アルベルトは退位を余儀なくされた。一八四九年二月、マッツィーニを筆頭にした三頭執政官のローマ共和国の創設は、イタリア全土の若者たちに愛国心の炎を燃え上がらせた。

ヨーロッパの社会不安が危機感を煽ったのは確かであるが、フラーにとってアメリカで感じていた不公平感というものに、社会的身分として名前がつき、希望のない階級、あるいは階級分離が明確に映るようになった。おそらく当時のアメリカの中産階級の人間と同じく、フラーもそれまで〈階級〉という言葉で、この社会変革を構築できなかったに違いない。だが、マッツィーニの情熱やイタリアの革命体験は、フラーに近代社会の進むべき方向に具体的な名前を提供した。

改めてここで、フラーの階級理解を検討すると、フラーにはロマン派的共和主義の光と、同時にフェミニストとしての現実主義的な影が浮かび上がってくる。彼女のロマン派的共和主義は、当然のことながら父親による早期教育と青年期までの読書やボストン界隈の友人、超絶主義クラブとの交流によって構築されたと考えられる。因みに彼女の読書世界は、父親の教育下での、ギリシャ・ラテンの古典、ミセス・プレスコット・スクールでの中等教育、十五歳からフラー自身の精神的独立により開始された膨大な読書量がその源でもある。そのロマン主義的な人間観は、当然のごとく疾風怒濤運動を展開したゲーテ、シラー（一七五九―一八〇五）、観念論哲学者シェリング（一七七五―一八五四）、『青い花』の作者ノヴァリス（一七七二―一八〇一）などのドイツ系ロマン派のみならず、ルソーを筆頭とするフランスやイギリスの哲学・文学書、イタリアの十八世紀・九世紀の文学世界によって構築されたと考えられる。また、フラーが十九歳の頃、ハーヴァード大学の学生フレデリック・ヘンリー・ヘッジ（一八〇五―九〇）と超絶主義に至る宗教論をかわした手紙が残っている。ヘッジは、超絶主義クラブを主唱するのだが、十七世紀の合理主義者ジョン・ロックに挑んだカントの『純粋理性批判』は、当時多くの若者を引きつけていた。同様に、遠縁であるジェイムズ・F・クラークによれば、フラーの好みはイギリスではウォルター・スコットの小説はもちろん、王政復古時代の作品から、リチャードソン（一六八九―一七六一）[7]、ジェイン・オースティン（一七七五―一八一七）[8]、保守党の政治家兼小説家のベンジャミン・ディズレーリ（一八〇四―八一）[9]とブルワー・リットン（一八〇三―七三）、アメリカのチャールズ・ブロックデン・ブラウン、その師で社会主義者ウィリアム・ゴドウィン、イタリアは、ルドヴィーコ・アリオスト

（一四七四―一五三八）[10]、トルクァート・タッソー（一五四四―九五）[11]からヴィットーリオ・アルフィエーリ（一七四九―一八〇三）[12]、もちろん、ダンテ・アリギエーリ（一二六六―一三二一）[13]、プルタルコス（前四六―一二七）[14]の詩、イギリス詩は湖水地方の詩人たちを筆頭に、シェリー、バイロン、フランスではルソー、ド・スタール（一七六六―一八一七）夫人など、フラーの読書リストは終わらない。これらの読書によって、フラーは、父親譲りの共和主義的政治観とコスモポリタン的な宗教観・社会観を身に着けていたと言っても過言ではないだろう。彼女は、「宇宙全体は有機体であり、個人の宇宙観は非合理的な認識でしかない」(Capper1 91) と述べている。従って、ニューヨークでボストンとは異なる社会や人間に遭遇したとしても、彼女はすでにメタフィジカルな世界で多様な社会、多様な人間との遭遇を経験しているので、リアルな世界で多様な人間を理解するのは驚くに値しない。

フラーのフェミニズムには、特筆すべき長所が二つあった。第一に、彼女は女性として生活の困難を現実に知っていた。共和党議員であった父親は退職後、グロトンで家族農場を始めた。フラーは、精神的にも肉体的にも過酷な肉体労働の本質を、ここで体得したのであろう。弟が一時起居した、農耕と教育活動の融合を目的としたブルックファームに訪問したことはあっても、運営には参加していない。また、エリート男性以上の教育を授けられたフラーは、二十五歳で父親を失ったとき、母親と七人の弟妹がいた。女性の職業の道が狭められていた十九世紀のアメリカである。この時の経験がフラーをしてフェミニズムに目覚めさせたことは十分考えられる。第二に、フラーは異なる階級や人種の人間とも勇敢に接することができた。彼女はチャニング牧師とニューヨークでシンシン刑務所に行き、女刑囚と話をしているし、一八四三年、アメリカ中西部の大草原《プレーリー》のインディアン部落を勇敢に歩き回り先住民族の女性たちと交流している。また、刑期を務めた元女刑囚のために、記事に書いている。「女性達よ、あなた方は、周囲の社会の抑止力や自分自身の力により、最初の過ちを侵さないよう守られてきた。しかし、そのように守られてこなかった者たちのために心を寄せてほしい。このような過ちを、世間は女性の場合のみ取り返しのつかないものと考えてしまうのだ (Mitchell 94-95)。フラーの女性、ひいては弱者に対する接し方は、不思議なほど中立的である。これは彼女の広範な教養と深い洞察力から発しているのだ。

もちろん、立場の違う女性達との交流や懇談は、新聞記者としての対応に過ぎないと言えばそれまでであるが、異文化にある人間との交流は勇気や共感を要する所業である。しかし、これが、女性同士政治的目標を達成させる上でフラーが労働者階級の人々と同調できるかと言えば、筆者にも返答はむずかしい。そのむずかしい立場を二月革命で象徴的に実証したのが、ジョルジュ・サンドである。彼女は著名な小説家であり、社会主義者たちとの交流によって、フランスで二月革命のミューズになりえたのだが、実は大変微妙な立場にあった。

社会主義者を自認するジョルジュ・サンドは、一八四八年三月十二日に自分の領地ノアンで共和制を宣言。息子モーリスを、ノアン＝ヴィック村村長に就任させたが、パリでも地方でも小康状態は持続しない。ノアンでは代議士シャルル・ドラヴォ（一七九九—一八七六）の支持者たちが小集団を成してラ・シャトルから押しかけ、城館に向かってジョルジュ・サンドへの「罵詈雑言」を吐き、館を略奪すると脅迫した。サンドは、それでもめげず、四〇年代の始めには、労働者階級の革命的役割を説き、彼らの創作活動を励ましていた。

また、一八四八年の二月革命時、彼女は臨時政府執行委員ルドリュ・ロラン（一八〇七—七四）に協力し、労働者や農民層の啓蒙のために『共和国公報』を執筆した。執筆には、天文学者で、憲法制定議会の首相、海軍大臣・戦争大臣で知人の、フランソワ・アラゴの勧めもあり、協力が求められたのだ。『共和国公報』は、各地方の教会の壁に掲示することが要請され、サンドの名は、全国に広まった。三月五日、政府は憲法制定国民議会の招集のために、男子普通選挙実施を布告した。これで二十一歳以上の男性有権者が、七月王制下の二五万人から一挙に九百万人に増加する。しかし、投票日は、情報不足の地方での保守派の強い投票結果を恐れたブランキと「社会主義者たち」の要求により、四月九日から四月二十三日に延期された。サンドも、中央のパリ労働者と地方の農村労働者の政治的意識の格差を痛いほど理解していた。そこでサンドは、共和国公報第三号（三月十七日）『民衆への手紙』で、民衆とブルジョワ階級の協調を呼びかけた。第四号では（三月十九日）『富める者への手紙』、第七号では「租税問題」を、第八号では「労働者よ、立ち上がれ」、第十号では「公権」、第十二号では「女性の社会的権利」を執筆する。

当時のフランスには女性解放を求める女性たちのグループが沢山生まれていた。彼女たちにとってサンドは解放運動の先頭を進む女性であった。そこで、女性の参政権を要求するグループが、今回の普通選挙にサンドを候補者に立てようという提案をしたのである。もし、彼女の立候補が政府によって拒まれるなら、女性の立候補を拒否する法的な理由が明らかにされなければならないからだ。四月六日、『女性の声』誌を使って、ウージェニー・ニボワイエ（一七九六―一八八三）は、次のような提案を発表した。

「私たちはサンドを指名したい。憲法制定議会に送り込む最初の女性は、男性から受け入れられねばならない。サンドは彼らと同じではないが、彼女の天才は彼等を驚かし、おそらく、素晴らしい夢想家である彼らは、彼女の天才のことを男性と呼び栄誉を彼女に与えるだろう。彼女は、精神によって男性となったが、母性の面では女性にとどまっている。サンドは、強力だが、誰ひとりをも脅えさせない。すべての女性の望みにより、すべての人間の票によって、送り込まなければならないのはジョルジュ・サンドである。」（ミシェル・ペロー 292–93）

これに対して、ジョルジュ・サンドは冷たく答えている。

(1) 私はひとりの有権者も、投票用紙に私の名を書くというたわごとによって、その票を失うことのないように求めます。

(2) 私は、数々のクラブを作り、新聞を編集しているご婦人方のひとりとして存じ上げる栄に浴しておりません。

(3) こういった新聞類に私の名前やイニシャルで署名された記事は、私の手になるものではありません。私は、これらのご婦人たちやその他の方々が、お互い論じたいと思われる思想に対して、あらかじめ反対するというのではありません。

数日後、中央委員会は左派の名で候補者の公認を発表、ジョルジュ・サンドに公認を与えることを提案した。彼女は拒否の回答を用意した。女性には選挙権も被選挙資格もなかったのだから、おそらく立候補は不可能だったろう。しかし、彼女が反対したのは、女性の政治的立候補の原則そのものであった。女性は、家庭内で市民権の平等を奪取しない限りは、社会的に未成年者と同じであり、ナポレオン法典が女性を縛り付けている夫の『保護』を脱出した時、初めて女性は政治的な権限を行使できるのである（ブシャルドー 157–58）。

このサンドの意見は正論ではあるが、女性クラブの人間に対する冷たい態度は未だに驚きと衝撃を与えるであろう。多くの点で、勇敢で合理的精神の持ち主であるジョルジュ・サンドの行為に、と不信感を持たれる向きもあるだろうが、そこはサンドもまた、十九世紀の女性の限界を充分認識していたと理解するべきである。筆者は、彼女がこの時期、『共和国公報』を執筆し、社会主義的共和主義者として身の危険を感じていたのではないかと推測する。しかもサンドは文筆家として、女性として、つまり妻として母として、フランス社会のあらゆる制度的困難を知り尽くしていたのだ。

四月二十三日の国政選挙の結果、穏健共和派と保守派が多数を占め、ブランキをはじめ社会主義者は八〇議席に留まり、ルルーやカベなど落選した。結果的に、ラマルティーヌ率いる穏健共和派が主導権を握り、その後は、社会主義者や革命派の率いるルイ・ブラン（一八一一―八二）[15]、ルイ・オーギュスト・ブランキ（一八〇五―八一）[16]の国立作業場の閉鎖までのデモや流血事件はすべて、革命派を政府から一掃する結果になった。サンド執筆の『共和国公報』十六号は、後に上級官吏の序文執筆者から「暴動への直接的呼びかけ」であると決めつけられたが、五月十五日、初めはポーランド支援の請願書提出を口実に、群衆がブルボン宮殿の議会になだれ込み、国民議会解散を宣言した。このクーデタの真似事は失敗し、一連の逮捕者が出たが、その中に臨時政府のバルベス（一八〇九―七〇）、ブランキ、フランソワ・ヴァンサン・ラスパイユ（一七九四―一八七八）等がいた。

サンド自身もこのデモに参加しており、逮捕の恐怖に晒されていたと思われる。彼女は二、三日パリに留まった後、五月十八日故郷ノアンに辿り付く。巻では、サンドが議事堂のデモの最中、ブルゴーニュ街で群衆を激励していたとの噂が立つ（ブシャルドー 155）。その後、サンドは領地ノアンに滞在し、執筆に没頭したとされている。政治活動から離れたその後の彼女の行動を、領地ノアンでの〈国内亡命〉とする評論家もいる。サンドが女性クラブの面々を激しく叱責した件について、フラーは後に（十二月二日付の）「特派員報告」でこう述べている。

彼女たちはパリで女性クラブを立ち上げていた。しかし、ジョルジュ・サンドでさえも、彼女らと同様に行動しないことはわかる。彼女らは、ジョルジュ・サンドは自分たちのことを卑しく、あてにならないと言っている。もちろん、サンドはそのため、彼女らを見捨てるべきでない。［彼らの振る舞いは］彼らの性格ではなく、不運な生まれのせいなのだ。(*TSBG* 245)

六月蜂起は、六月二十三日から四日間パリの労働者による暴動で、失業者対策であった国立作業場の閉鎖後に起きた。カヴェニャック将軍（一八〇二―五七）が指揮を執り、千五百人が殺害され一万五千人の政治犯がアルジェリアに追放された。このことは「民主主義的共和制」への望みの終焉と、急進的共和主義者に対する自由主義者の勝利を意味した。

フラーのフェミニズムは、そのロマン主義的な共和主義から、「民衆」を革命の主人公に据えたジュール・ミシュレやダニエル・ステルン＝マリー・ダグー（一八〇五―七六）と同様、「社会の進歩」とそれを担う「民衆」という考えに根本的に合致していた。そのような意味で、フラーはトクヴィルのいう、コモンマンを信じたアメリカ人であった。従って、マンチェスターで酒場の女性労働者を垣間見、リヨンで女工と話す機会があった時、フラーの脳裏には、〈女性〉という無産階級が透けて見えていたのではないだろうか。

## 3　マッツィーニ「神と人民と」

マッツィーニのロマン主義的な共同体のヴィジョン「神と人民と」というモットーは、政治的には曖昧なものであった。彼は、後にイタリアの労働者にあてて書いた『人間の義務について』（一八六〇）の中で、「私たちが知っている最も神聖なものについて――神・人類・祖国・家族について述べる」と言い、その後で、神については次のように書いている。

この世は神のものだから。神は私たちがそこを通って神のもとにいくために、この世をおつくりになったのだから。この世は、罪滅ぼしの地でもなければ誘惑の地でもありません。私たちが向上のために働き、より上等な人間になるために進歩する場所なのです。（マッツィーニ 45）

マッツィーニは、一八三六年三月「知識人の連合」(Associazione degl'intelletto) を推奨し、「若干の社会学説について――フーリエ学派」(Di alcume dottrine sociali, Scuola Fourierista) において、フーリエ主義を批判している。彼はサン・シモンやフーリエ同様、進歩史観を持ち、十九世紀においては生産を増大し、消費との間に、当時は存在しなかった一般的均衡関係を確立するため、最良の策であるフーリエ主義を評価するが、義務の法則が、信仰の力を持たない限り、要するに、サン・シモンいうところの産業者において道徳的変革が行われない限り、人民の貧困に対して、産業者階級は冷淡に無言で通り過ぎるであろうと考えた。つまり、マッツィーニは、フーリエ主義における産業至上主義が、自由競争を賛美する自由主義経済学と同様、その根底においてベンサムの功利主義的基礎を共有していることを厳しく批判したのであった（黒須 303）。

また、マッツィーニにとって、批判の対象となるキリスト教とは、常に個人主義的なプロテスタンティズムであり、その一方でグレゴリウス七世とルターにも、教皇制と自由で独立した人間精神を和解させようとするカトリシズムにも、好意的であった。一八四八年から六〇年にわたる一連の「人間義務論」には、彼のイデオロギーの核心がある。すなわち、「自然権を説く哲学体系全体が暗黙の裡に否定された代わりに、彼の宗教的、倫理的色彩の濃い神の概念がおかれている」。そこでは「継続的に無限の進歩を遂げるウマニタ［人類の連帯］を媒介として、神は自らの提示をおこなう」のである（ウルフ 542）。ここで示される個人は明確な輪郭を持たず、むしろ全体の中に溶け込んでいる。この関係は、フラーが初めてローマで教皇ピウス九世が信徒に祝福を与えている光景を目にして、あたかも「父と子のようだ」と言った時、おそらくマッツィーニの思い描く人民もそのようなものであっただろう。黒須純一郎氏も、「知識人の義務という観念はマッツィーニの人民に対する〈不信、焦燥〉を表し、彼自身はすでにヨーロッパ後進地域においても発生しつつあった労働者階級の自律的役割に対する理解が不十分であった」ことを示す（黒須 302）と述べている。道徳的な義務の理論から、「権利は義務を遂行した結果としてはじめて、存在する」（マッツィーニ 31）という彼の理論はむしろ、宗教的な意味合いが濃い。「個人主義を非難するマッツィーニにとって、人々を大衆として考慮することは進歩的なことであった。しかしながら、階級を分析する場合、それは反動的な考えであった。マッツィーニにとって、階級闘争は、人民という理念において非道徳であり不正義であった。つまり、彼の共和主義的愛国主義は、階級の差異を縮小化し、国家の性格を基本的にはブルジョワ社会と規定することだった。彼は人民という言葉を、国のすべての階級を示すために使用したが、大抵は、中流階級、中流下層階級と小売商を意味し、彼らの下部に来る労働者階級は排除した」(Chevigny 369–70)。さらにイタリアの大多数を占める農業人口は不問に付された。

## 4　フラーとマッツィーニ　共和主義の形成

マッツィーニの〈人民概念〉は、フラーを以前にもましてローマの庶民に注目させた。実際フラーは、イタリアの下層階級、農民等における政治意識の欠如や、長年、彼らを抑圧してきた権力者に対する恐怖を語っている。しかし、マッツィーニの長い亡命と革命の展望が、国民の社会闘争や漸次的移行を過小評価させたのに対し、フラーの超絶主義的な個人の修養という理想が集団に向けられた時、おそらくマッツィーニより過激な社会改革、社会革命を要求する姿勢を与えたのではないか?

イタリアにおけるマッツィーニや共和派への信奉は強かったフラーであるが、一八四八年の春、批判的な態度を明らかにした。トリビューン紙で、フラーはパリの二月革命における「労働者階級」の「高潔さ」、政治革命と社会的革命の合体を耳障りまでに称揚している。パリにおける階級闘争を是認し、フラーはユートピア社会主義やマッツィーニによって否定された方向を公然と主張した。イタリア共和主義者の精神を見習い、アメリカ人に革命を実践しようと薦めたのであった。パリの革命、階級闘争は、アメリカ人にとって大規模な社会変革を要求する不吉なモデルなのだ。彼女は祖国の人々に、「どのように民主主義を構築するか、先験的智慧として獲得する時である」と促した。

これらの途方もない問題は、どんなに代価がかかっても、解決されなければならない。[……] アメリカの人々よ。［……］あなた方はおそらく〈友愛〉〈平等〉という言葉の真の意味を真の〈民主主義〉の必要性を学ぶであろう［……］国家の中で真の貴族である、唯一誠に高潔な〈労働者階級〉を敬愛し護ることを学ぶであろう。(*TSGD* 211)

次の「特派員報告」でフラーは、マッツィーニを直接批判している。「彼は、壮大な政治開放を目指しているが、すべてを見ていない。［……］私は今、共産主義の要求、フーリエ学説、などは単なる先駆けに過ぎないということにとどめておく」。フラーが二ヵ月前にロンドンで公表された「共産党宣言」を読んでいる確証はないが、ミラノでのマッツィーニのニュースに反発したと考えられる。一八四八年四月十九日、マッツィーニは「ミラノの五日間」の後にミラノへ帰還した。しかしその際、「仕立て業の代表者たちが労働条件の改善を要求してマッツィーニに接触した時、彼はイタリアのさらに大きな闘争のために彼らの困難を今しばらく辛抱するように主張した」と言われている (Chevigny 382)。

亡命者が帰還しその長い悲しみのはかない果実をもぎ取るとは栄光ある時代である。マッツィーニもまた、十七年という亡命時代から戻ることができたが、彼は夜も昼も、一日たりとも彼の心からイタリアへの思いは消え去ることなく、自国民の解放を、人類の進歩とともに、成し遂げようとする努力を欠かさなかった。彼は、ワーズワースの歌う「自ら予見したものを見る」偉人のように、帰ってきた。彼は自分の予言が長い時間の後、完成するのを見るだろう。なぜならマッツィーニは、一般の人々より時代の先を見通し、その天分は、大変尊敬され理解されている。［……］しかしながらマッツィーニは、すべてを見ていない。彼は政治的な開放を目指しているが、すべてを見ていない。おそらく否定するであろうが、事件背後の人々の関係が、現在でさえ徐々に動いているのを。このことについてはいつか別の折に、今日ではなく、トリビューン紙の小さな記事ではなく、書きたいと思っている。ただ、共産主義の叫び、フーリエ主義の構想、それらは時代の先駆者に過ぎないと言うだけで十分である。(*TSGD* 224–25)

## 5　ローマ共和国の樹立と崩壊　ヴィスコンティ侯爵夫人　ベルジョヨーゾ公爵夫人

フラーは、ローマ共和国の樹立と崩壊の証人となった。ローマ共和国の危機において、マッツィーニもフラーもあくまで愛国精神に貫かれた共和主義を主張した。マッツィーニは、かつてのローマ帝国が全世界の中心的な役割を果たした歴史的事実を喚起し、イタリアの優越性を主張することで人々を誘導しようと試み、フラーはアメリカ人に対し、アメリカの独立戦争がイタリアのモデルになるために支援を要請した。教皇ピウス九世が去ってから、フラーはローマ市民が徐々に市民として政治に目覚め、自主的な行動に移っていくのを見逃さず、その意味ではロマン的な民衆観を保持し続けた。

大事件の責任は今やすっかり人民にあり、彼らの間に浸透し始めた「思想」の波にある。君主や政治家たちは自ら流されていくところへ行くだろう。おそらく、その影響は、絶え間なく手から手へと渡り、政府は、事実上、人民の代表が担うことになるだろう。(*TSGD* 229)

一八四九年二月八日、ローマ共和国樹立の宣言が報道され、さらにローマ憲法議会の基本条例が初めて英語で翻訳されトリビューン紙を飾った。「多くの人々がカンセルリーア広場に詰めかけた。夜の一時に共和国発布の宣言が決議されると一斉に人々が走り去って、まもなく町中の鐘が鳴り始めた」とフラーは報道した。ローマ憲法議会は、宗教的な独立を教皇権に認めながら政治的な権利は否定し、純粋な民主主義をいただくローマ共和国を宣言した。フラーは、「アメリカと同じ体験が繰り広げられている時、自分の祖国も気高い共感を示してほしい」と記事に書き、ローマ共和国の困窮、特に財政と外交問題、そして貨幣の流出を嘆いた。

フラーは、イタリア在住中、マッツィーニのほか、イタリア独立運動を支援する過激派の、二人の著名な貴族の夫人と友好関係を結んだ。二人とも、イタリアの独立運動に加担したため、オーストリア当局から敵視され、領地や財産没収の憂き目にあっているが、その美貌と聡明さで十九世紀前半パリのサロンを盛り立てた女性たちであった。ひとりは、コンスタンツァ・アルコナティ・ヴィスコンティ（一八〇〇―七一）侯爵夫人、彼女は初め穏健派ジオベルティに賛同し支援していたが、マッチィーニがローマ共和国を樹立した後、マッチィーニを支援し始めた。

初めてミラノで彼女に会った時、フラーは彼女の紹介で、多くの急進派の若者たちに遭ったが、既にイタリアの古典となった小説『いいなずけ』（一八二七）の作者アレッサンドロ・マンゾーニに遭っている。『いいなずけ』は、十七世紀イタリア北部の歴史を背景に、村の若者とむすめの、暴君の圧政に対する抵抗と反逆の物語であるが、その精神は少し古いボーマルシュの脚本でモーツアルト作曲の『フィガロの結婚』（一七八六）のイタリア版と言ってもよい。マンゾーニの作品には、凶作や伝染病、飢饉にあえぐ民衆も書き込まれ、作家が外国に隷属する自国の封建制と後進性を訴えた作品でもある。イタリアではダンテの『神曲』とならぶ国民文学とされており、マンゾーニはこの小説の執筆を通して近代イタリア語を完成させたと評価されている。また、それによって、イタリア統一運動（リソルジメント）を文化的側面から支える役割も担ったと考えられている。

二〇二〇年二月の終わりに、イタリアでは新型コロナウイルスの感染者が急激に増加して、各種の学校は休校になった。ミラノのヴォルタ（理系普通科）高校のドメニコ・スキラーチェ校長が生徒たちに出したネット掲示板は評判となり、現地メディアが全文を伝え世界に拡散した。彼は、マンゾーニのこの作品を紹介しつつ、生徒たちに平静な生活を保ち良質の読書を薦めた。その中で彼は、『いいなずけ』の三十一章冒頭、一六三〇年にミラノを襲ったペストの流行について書かれた一説を引用している。「保険局が恐れていたことが現実になった。ドイツのアラマン人たちがミラノにペストを持ち込んだのだ。感染はイタリア中に拡大している。」彼の言葉は続く。「この本の中には、外国人を危険視し、当局間の激しい利権争いや最初の感染者探し、専門家の軽視、デマに翻弄され噂話や偽の治療に踊らされ、必需品を買い占め、医療危機を招く様子が描かれ、いずれにせよ、マンゾーニの小説を読んでいるというより、今日の新聞を読んでいるような気にさせられます。」

「親愛なる生徒の皆さん。冷静さを保ち、集団のパニックに巻き込まれないこと。そして予防策を講じつつ、いつもの生活を続けて下さい。〔……〕世界のあちこちにあっという間に広がっているこの感染の速度は、われわれの時代の必然的な結果です。ウイルスを食い止める壁の不存在は、今も昔も同じ。ただその速度が以前は少し遅かっただけなのです。この手の危機に打ち勝つ際の最大のリスクについては、マンゾーニやボッカッチョが教えてくれています。それは社会生活や人間関係の荒廃、市民生活における蛮行です。見えない敵に脅かされた時、人はその敵が周囲に潜んでいて、自分と同じ隣人も潜在的な敵だと思い込んでしまう、それこそが危険なのです。［……］」

この物語は、聖職者が社会で偉大な役割を果たした時代で、カプチン会導士たちがペスト患者を収容する避《ラ》病院《ザレット》の聴罪司祭となり、管理や監督だけでなく、看護師、料理人、下着置き場の始末から洗濯、下《しも》の世話まであらゆることに組織的に挑戦した、ペストとの死闘も語られる。実在したフェリーチェ・カザーティ神父の信仰や諭《さとし》が語られ、庶民は心の平安を祈る。作品の描かれた一八二七年には、これが理想であったかもしれないが、フラーに言わせると、最早古臭いと言うことになる。

フラーは、エマソンに手紙で伝えた。「マンゾーニには、その著書には霊的な雰囲気があり、［……］彼の目は、未だ繊細な優しさに満ちており［……］彼の振る舞は極めて魅力的で、気さくで、包容力がある。彼の言葉は、どれも思想の向上が習慣となっている」と。しかし、『トリビューン』紙には、次のように書いた。「若いイタリアは、マンゾーニを、不遜な態度ではないけれども、拒否している。彼らはその作品を評価しているが、〈祈って待つ〉という受動的な教義は今のイタリアには不適当である――イタリア人には、はるかに燃えるような希望が、はるかに活動的な信仰が必要なのだ。現在のイタリア人は正しい」（*TSGD* 147）。

フラーは、後に、「リパブリック讃歌」（一八六二）を作詞したジュリア・ワード・ハウ（一八一九―一九一〇）や、後年、フランスの高名な東洋学者ユーリウス・フォン・モールの夫人となったメアリー・クラークからヴィスコンティ侯爵夫人への紹介状を持っていた。侯爵夫人は、フラーと同様、ドイツの知的な歴史に魅力を感じていた。彼女は、ゲーテの友人であるベッティナ・フォン・アルニム（一七八五―一八五九）やユダヤ人の文化的遺産の保存に貢献したラーヘル・ファルンハーゲン・フォン・エンゼ（一七七一―一八三三）との知り合いで、後に彼女たちの伝記を書く予定で、資料を集めていた。歴史学者エドガー・キネ（一八〇三―七五）によれ

(29) クリスティナ・ベルジョヨーゾ公爵夫人。Cristina Trivulzio Belgiojoso. Oil portrait by Hnri Lehman, 1843 (Courtesy of the Art Renewal Center).

ば、ヴィスコンティ侯爵夫人は、ドイツ人の雰囲気を持ち、フランス女性の優雅さを湛え、イタリア・カルボナリ党張りのつよい愛国主義を秘めた、純真で、典雅であると同時に、知的に造詣の深い女性であると言うことだった。

ヴィスコンティ侯爵夫人は、二十六年間の亡命生活から帰還しフィレンツェに住んでいた。フラーが一八五〇年、ローマ共和国崩壊後フィレンチェに住んだ少しの期間、家族ぐるみで交流し、旧交を温めた人物であった。彼女は十三世紀から十五世紀にかけてミラノ、ロンバルディアを支配していた名家ヴィスコンティ家の侯爵夫人である。

フラーと親交のあったもうひとりの貴婦人は、クリスティナ・ベルジョヨーゾ公爵夫人（一八〇八―七一）であった。彼女は、イタリアン・リソルジメント（統一・独立運動）に重要な役割を果たした活動家であり、宗教・政治についても評論を多く残した。ミラノ近郊の領地ロカーテ (Locate) 内に、娯楽室や大食堂、学校、手袋工場など有する、フーリエ主義的実験農場を営んだ。大変な美貌の持ち主で、イタリアの三色旗のドレスを着てオペラ座に顕れるとか、その大胆不遜な態度、勇敢な行動力は、常に世間の耳目を集めた。

彼女はフィレンツェの豪族ジェラルディーニ (Gherardini) 家の娘で、十六歳でベルジョヨーゾ公爵と結婚したが、その時の持参金は二〇万フランで、欧州一の金満家と考えられていた。しかし、二人は音楽と革命への情熱以外、性格の不一致で別居した。彼女も夫ドン・エミリオも、一八三四年ピエモンテの争乱を画策したマッツィーニの蜂起に関わったとしてオーストリア当局から睨まれ、フランスへ亡命した。一八三八年ミラノで、フェルデナンド皇帝即位により夫ドン・エミリオは恩赦を受けた。メッテルニヒ公のサロンで、ロンバルディアの貴族たちが居並ぶ中、ロッシーニのピアノ伴奏で、ドン・エミリオは、その美声であたりを圧倒した。メッテルニヒ公は、「貴殿が処刑されたら、音楽界にとって重大な損失になるな」と叫んだと言われている。

一八三〇、四〇年代に夫人はパリで一流のサロンを開き、十八世紀、パリの文学や政治サロンの花形でナポレオンが秋波を送ったレカミア夫人（一七七七―一八一四）と並び称された。イタリアの革命家や政治家ジオベルティ、トンマゼーオ、カブール伯（一八一〇―八一）を支援、フランスの教養人トクヴィル、バルザック、ミュッセ、ヴィクトル・ユゴー、詩人ハイネ、音楽家リストなどが出入りし、欧州の知的文化的な社会を誇ったと言われている。一八三七年四月三十一日、ジギスモント・タールベルグ（一八一二――七一）とリストとのどちらが優れたピアニストかを決定する対決が行われたのは、彼女のサロンであった。その頃、タールベルグはピアノの超絶技巧や演奏スタイルなどでパリ一番の人気者であった。タールベルグのパリ滞在中、リストはコンサートを控えるほどであった。ベルジョヨーゾ公爵夫人は対決後、「タールベルグは最も偉大なピアニストであるが、リストはこの世でひとりしかいないもの」という審判を下した。

彼女は一八四二年、著書『論説カトリック教義の形成』(*Essai sur la formation du dogme catholique*) を出版し宗教界を驚かせた。一八四八年、娘マリアを出産するが父親は不問。同年、「ミラノの五日間」の直後、ナポリから義勇軍を指揮してミラノに登場、オーストリア軍と戦った。その後はパリで執筆活動を続けた。一八四九年にローマ共和国を支援し、病院の管理を担う。フランス軍侵入後、娘と共にマルタ島、コンスタンティノープルに逃亡した。一八五〇年には、ローマ共和国の誕生と崩壊をフランスの日刊紙『ル・ナシオナル』(*Le National* 一八三〇―五一）に寄稿した。その後シリアに逃亡、レバノンなど小アジア・中東を旅行し、そこでの女性問題や政治問題について著した。一八六〇年にはカブールを支援し、イタリア統一の達成を見ることになる。

しかし、一八四九年三月、革命の消えゆく火が再びヨーロッパを覆った。イタリアではサルディニア王カロ・アルベルトがまたオーストリアとの休戦を破り戦ったが、十一日後にクストーザでラデッキー将軍に敗北し、イタリア穏健派の危機感を誘発した。その間ガエータに逃亡した教皇は、ひそかに、近隣の公国と手を結び介入を伺っていたが、四月にはナポリ軍とオーストリア軍が南部と北部からローマに進軍し、スペイン艦隊は西方からティレニア海を進んでいるという具合であった。フラーは、フランス軍が一月に介入するとにらんでいたが、マッツィーニを含む他の人々は、ルイ・ナポレオンが若いころカルボネリーアの一員だったことを思い出し、安心したがっていた。フラーの勘は当たっていた。というのは、フランスは、ローマでの早い勝利がカトリック世界の支持を確保する手堅い手段であると判断したからである。それ故、表向きは治安維持と称して遠征隊をチヴィタヴェッキアへ送り、四月三十日、フランス軍はローマを攻撃した。ジュゼッペ・ガリバルディ(一八〇七—八二)の軍に押されてフランス軍は一旦海岸線まで退却したが、致命的なほど楽観的なマッツィーニの指示によりガリバルディは、それ以上後を追わなかった。その夜、フラーはベルジョヨーゾ公爵夫人からのメモで、チベル川の島にあるファタ・ベネ・フラテルリ (Fata Bene Fratelli) 病院の監督を任された。

ガリバルディのゲリラ隊が、ナポリ軍を追い払っている間、マッツィーニはフランス軍の時間稼ぎに踊らされて、レセップス将軍と二週間にわたる交渉に入った。フラーは、そのトリックを見抜いて「フランス軍の茶番の第二幕」と呼んだが、ローマ市内の戦いはますます激しくなった。チャニングに宛てた手紙で、フラーは以下のように嘆いている。

私はどのようにしてこの災難に耐えられるか分からない。これら正義のための闘争に対する難局に怒りを感じる。ローマの防衛とはいえ、私は木々を伐採し、エリジアン庭園を破壊することが、自分の責任でないことに安堵する。とはいえ、私自身、何ができたであろうか。高貴な人間や青春真っ只中の美しい若者たちが惨殺される光景を見ることは、私には塗炭の苦しみだ。(FL V. 258)

ローマ共和国はフランス軍に降伏することを決めた。ガリバルディと彼の軍隊が去った七月二日の翌々日、七月四日にフランス軍は、ローマ市内に入城した。マッツィーニは一週間ほど自由に市内を歩き回っていたが、ほどなくアメリカ公使キャスの支援でヴィザを取得し、ローマを脱出しイギリスへ亡命した。もちろん、その陰にはフラーの大きな協力があったことは知られている。フラーは、マッツィーニへの称賛をR・W・エマソンに以下のように伝えた。

マッツィーニは、私よりも何百万倍も苦しんできた。彼はおそるべき責任を担ってきた。彼は、最も貴重な友人たちを死なせてきたのだ。彼は夜も寝ずにこれらに耐えてきた。二ヵ月の間というもの、彼はすっかり年取ってしまった。生気が失われてしまったようだ。眼は血走り、皮膚はオレンジ色である。体の肉と言えば何もついていない。髪の毛には白いものが混じり、その手は触れるのも痛々しい。しかし彼は決してひるまず、決してたじろぐことはない。最後まで降伏に抵抗してきた。優雅で物静かであるが、以前にもまして燃えるような意思を保ち、私にはない性格を彼の中に見つけて、彼を英雄として敬愛する。

理念としての〈人民〉は、マッツィーニにとってはあくまで抽象的なものであり、そのカトリシズム的義務論は、啓蒙思想の自然権を主張するフラーの共和主義とはおのずから相いれないものであった。しかしその行政政策は、彼が目指した〈人民〉のための共和主義的民主主義で貫かれていた。ローマ共和国のさまざまな民主的な行政政策の計画には、身分も裁判上の差別も撤廃し、平等を目標とした普通選挙、また立法、行政、財政面の統一を強制的に実行するものもあった。教会裁判所が廃止され、宗教上の平等が宣言された。教会所有地の没収を行い、それらを小自作農に分割する布告が出された。臨時革命政府の提案した政策の多くは、時間的余裕があまりにも短かったため実現されなかった。一八四八年、一九四九年のヨーロッパの革命期に最も民主的な内容を持つローマ共和国憲法は、一八四九年七月になってやっと布告された。因みに共和国が崩壊するのがこの時期であり、ヨーロッパ各地で失敗した革命と同様に、その意味で象徴的であった。しかし、これらの経験を通じて人々は、専制政治に代わる民主的な道があることを学び、革命の挫折後もその希望の火は燃え続けることとなった。

# 第九章
# ローマ共和国の樹立と崩壊

## はじめに

フラーは、一八四七年三月からローマに滞在し、イタリアアン・リソルジメント（第一次独立・統一戦争）を支援した。当時イタリアでは、フランスやオーストリアの大国支配に抵抗し、一八四八年三月一七日からミラノでは「五日間」オーストリア軍を撤退させ、三月二十二日、ニッコロ・トンマゼーオ（一八〇二—七四）[1]、ダニエーレ・マニン（一八〇四—五七）[2]がヴェネツィア共和国を樹立するなど、自由や独立を希求する気運がイタリア半島全土に漲った。ローマ教皇領では、九月に首相に任じられたロッシが十一月十五日暗殺され、十一月二十四日教皇ピウス九世が、両シチリア王国領のガエータに逃亡した（*TSGD* 244）。一八四九年二月九日、革命運動を担ってきたマッツィーニがローマ名誉市民として迎えられ、ローマ共和国を樹立した。だが、四月二十四日、教皇の復権を図るフランスのルイ・ナポレオンが、チヴィタヴェッキアに軍を出兵させ、一八五〇年四月三十日ローマの城門は共和国軍とフランス軍との戦いの舞台となった。

フラーは、去っていく外国の報道陣を見送りローマに残ったが、ロンドン時代から交流のあったマッツィーニと、アメリカの全権公使ルイス・キャス・ジュニア（一八一四—七八）の援助で、ローマ共和国政府の公文書やフランス軍ウディノ将軍、レセップス将軍と三頭執政政府の交渉記録などを掲載し、『トリビューン』紙が公共性のある情報紙であることをアメリカの国内外に示した。その上、ベルジョヨーゾ公爵夫人の下で病院監督の役割を果たしたが、イタリア人の夫オッソリ侯爵の存在をも加えて、フラーがイタリア社会の動きを理解する十分な環境が整っていたと推察される。

ここではフラーの「特派員報告」から、前半はフランス軍の出兵とローマ共和国の交渉、後半はベルジョヨーゾ公爵夫人の活躍とガリバルディ（一八〇七―八二）部隊の抗戦からローマ共和国の崩壊を辿り、公文書の掲載を示し、ガリバルディ、ベルジョヨーゾ公爵夫人やマッツィーニの敗走を示す。また、ジャーナリストとしてのフラーは、ローマに入城したフランス兵と地元のイタリア人との軋轢をも見逃さず、ローマ市民に対し理想を求める次なる革命への期待で報道記事は終わっている。

## 1　一八四九年二月九日　ローマ共和国樹立

フラーは「特派員報告第二十八号」で、一八四九年二月九日、ローマ共和国憲法制定議会の開会とカンピドーリオ丘の元老院議会に向かう各地区代表者のパレードを報道し、ローマ共和国樹立の宣言を掲載した。パレードでは、シシリー、ヴェネツィア、ボローニア等各地域の旗が勇壮に揺れる行進中、教皇を擁するナポリ軍の旗は喪章を付けている。オーストリア参謀本部ヴェネツィア宮殿の傍を、皮肉にも各国の楽団が革命歌「ラ・マルセイユ」を奏でながら通り過ぎた。イタリア育ちで鳥類学者でもあるナポレオンの甥カルロ・ルチアーノ・ボナパルト（一八〇三―五七）とガリバルディは一緒に行進した (Deiss 197)。フラーは、元老院議会前での宣言を以下のように報道した。

ローマ憲法制定議会の基幹法規

第一条：教皇は事実上、ローマ国家の世俗的支配権を失効する

第二条：ローマの大神官は、宗教上の儀式を独立して十全に執り行うことを保証される

第三条：ローマ国家の政治形態は、純粋なる民主主義制度を基礎とし、ローマ共和国という栄誉ある国名を冠する

第四条：ローマ共和国は、他のイタリア諸国と一般的な国家としての関係を持つ

フラーは約一ヵ月後、一八四九年二月二十日付で、「期待されるよりずっと上手くローマ共和国は動いている」と報じ、ローマ共和国の抱える内憂外患の諸事を伝えた。「教皇を支援するカトリック系諸国が、ローマ共和国に軍を進めている。南からはナポリ軍、東からはオーストリア軍、西からはスペイン艦隊が迫っている。国内の改革として、紙幣の印刷が急務であるが、金貨は国外へ流出し財政が逼迫している」(*TSGD* 260–61)。一方、政府は出版物の検閲を廃止し、宗教界抑制のため星室庁裁判を廃止、司教の教育権を廃止し、教会財産を国有化し、宗教裁判所を廃止、宗教関係の建造物は貧民用のアパートに転用、国有化した土地は分割し農民に授与するなど多くの改革が示された。土地の分配は実現されなかったが、イタリアの一八四八年、一八四九年革命における農民政策は欧州で最も進歩的であったと言われている (Deiss 220)（北原 383）。

これらのニュース源の一つは、マッツィーニであった。フラーは一八四九年三月九日、彼の訪問をマーカ

ス・スプリングへの手紙で伝えた。

私は玄関のベルを聞いた。それから誰かが私の名前を言ったが、その声ですぐわかった。［……］もし誰かが、国の内外の敵からイタリアを護るとしたら、それはマッツィーニである。しかし彼はそれが可能かを疑っている。敵はあまりに多く、あまりに強く、あまりに賢い。しかし天は時々助けてくれるではないか。

［……］その後、国民議会での演説を聞けるように、彼は二度入場許可証を送ってきた。議会でマッツィーニは、威厳のある堂々とした声で演説したが、その後は、大変疲れた様子で物悲しい表情を見せていた。(Memoirs II 231)

三月二十七日フラーは、息子のいるリエーティ行く途中、イタリアン・リソルジメントのもうひとりの英雄、ジュゼッペ・ガリバルディ（一八〇七─八二）[3]の部隊に遭遇している。ガリバルディは、若い頃マッツィーニの「青年イタリア」に共鳴し、一八三四年ジェノヴァとサヴォイアでの同時蜂起計画に参加した。しかしこの計画は失敗し、欠席裁判で死刑判決をうけ、彼はマルセイユから南アメリカ、ブラジルへ逃亡した。一八四八年六月、十四年ぶりに帰還したガリバルディは、オーストリア戦でも義勇軍を組織し戦った。彼の部隊は聖職者を平気で殺し女を強姦し、食料を出さないと乱暴するという噂があったので、部隊が到着したローマではみな恐怖に慄いていた。偶然、フラーはリエーティで息子のところに行く途中店にいると、騒々しいガリバルディの兵士たちが入ってきた。彼女は即座に、自分の奢りでワインとパンを出すようにと、店主に言った。

すると、兵士たちはすぐに穏やかになり、みな紳士として振る舞った（Memoirs II 286–87）。リエーティに集結したガリバルディの部隊は、実際五百人から千人に膨れ上った。

噂とは異なり、ガリバルディは厳しく兵士を統率していた。部隊の問題は資金の欠如であった。故郷を離れて暮らしているのに、ガリバルディを支援する政府はなく、彼は部下に給料を支給できなかったからである。彼の部隊は基本的に正規の軍隊とかなり異なっていた。主に、職工や商人、そして多くは大学生であった。百姓は殆どいなかった。貴族出身者が多く入隊したが、中でも裕福で若いボローニャ出身のアンジェロ・マシーナ（一八一五―四九）[4]は、四十二人の槍騎兵を引き連れ私費で賄っていた。騎兵たちは、「死の騎兵大隊」と呼ばれ、エミリア・ロマーニャ地方の貴族出身者で構成されていたが、その端正な顔立ちや優美な軍服から羨望の的であった。軍服は、前立てに黒のフサール（ハンガリーの軽騎兵）型の組み紐のついた濃紺の幅広袖の上着、青の縦縞のある真紅のズボン、馬の房毛のついたトルコ風の帽子、白いマントのフードには片側に骸骨の刺繍が施してあった。また歩哨がトルクァート・タッソ（一五四四―九五）の叙事詩『解放されたエルサレム』の一節を歌っていたと言い、オランダの画家が驚いたという逸話があるほど、部隊の文化水準は高かった。待遇について将校と兵卒の違いは殆どなく、昇進は勇敢な行為に際して即座に承認された。ただひとつ確かなことがあった。彼らは、信頼する指導者の下で自ら理想とする社会のために、命を賭して戦う覚悟があった。

(30) イタリアの革命家ジュゼッペ・ガリバルディ。Giuseppe Girabaldi.

通常なら、フラーはこれらの事実を報道しただろうが、この時は赤子の存在が、部隊に対する恐怖を増大させていた。『マーガレット・フラーのローマ時代』の著者ダイス（Deiss 240）は、なぜ彼女がガリバルディに会見を申し込まなかったのか疑問視している。フラーはガリバルディの前途に待ち受ける役割の重大さを把握しかねていた。もちろん彼女は彼の存在が人々を奮い立たせる効果を認識していたし、またマッツィーニとガリバルディのローマにおける連合は、文字通り人々を通常では全く不可能と思われる行動に奮い立たせた。この点で、ダイスの意見は多くの批評家と重なる。手紙や「特派員報告」からは、フラーはローマ共和国の存続を確信できず、部隊を重要視しなかったのだと彼は推察する。だが、フラーは共和国崩壊直後、ガリバルディ部隊の退却を「特派員報告」で報道した。それ故、その後、彼の功績を理解し、評価したことは確かである。

## 2　一八四九年四月二十五日フランス軍の攻撃　ガリバルディの活躍

ルイ・ナポレオンの命令で、ウディノ将軍は一万二千の軍勢でチヴィタヴェッキアに上陸したが、初戦で敗北した。ローマに向かったフランス軍は、暑さのために疲労しただけだった。ウディノ将軍は、移動前の指令で、聖職者側の諜報員からの報告を繰り返した。「我々は敵として市民やローマ兵に遭うのではない。双方とも我々を解放者と考えているのだ」。

事実、訓練され装備の充分なフランス軍に対戦するため、ローマ共和国には早急に集められた兵士や武器しかなかった。千四百人の義勇兵、三百人の大学生、戦争を見たこともない一千人の国民軍、二千五百人の教皇庁の部隊、狙撃兵のロンバルディアの亡命者部隊、ガリバルディの千二百人の部隊である。ローマ軍は、所詮雑多な軍隊の集合であり、武器と言えば、教皇軍に配布された装備があったが、時代遅れの代物であった。

拙速に組織されたローマ軍はひどく不利であった。ガリバルディを信頼し、アメリカで民主的な考えに慣れた有能なジュゼッペ・アヴェザーナが、戦争大臣に指名され、ピエトロ・ロゼッリ（一八〇八―一八五）が最高司令官に任命された。ロゼッリは、紳士階級の軍人で、無論共和主義者でなかった。だが、オーストリアやフランスの将軍同様、ヨーロッパの貴族政府の基準で選んだ三頭執政政府により将軍に昇進された。ガルバルディを最高司令長官に任命することは、想定外であった。彼の南米でのゲリラ戦は、ヨーロッパでは適正な戦争行為と言えず、彼は無産階級（プロレタリアート）の出身で軍人としての資格はなかった。また彼の「部隊」の粗野な外観も、人々に嫌悪感を抱かせた。当時、正規兵は真新しい制服と白い手袋をしているものだった(Deiss 235)。

最終的にフランス軍との戦いは、ローマ市街の城壁となった。それは、三世紀末にローマ市街の周囲に作られたのだが、最早十九世紀の砲火には耐えられなかった。しかし、当時でさえ軍事作戦としては重要で、外国の軍隊には困難な障壁であった。ただ、大きな欠点としては、城壁の外の地形が、城壁内のローマ市街地よりずっと高かったことである。

そこで、ガリバルディは戦いが始まった時、部下を城壁外のコルシーニ宮殿に配置した。彼は、勝敗半ばに突然の攻撃をかけ、フランス軍を退却させた。

ローマ攻囲に立ち向かった外国人の中には、アメリカの彫刻家ストーリー夫妻がいた。妻エメリン・ストーリーの日記では、夜にフラーが来て、病院では七〇人の傷病兵が来たと言った(James Vol. 1 134)。初め、カヴァラジェリ城門で追い返されたフランス軍が、ヴァチカン庭園にいるところが見えた。「ウディノ将軍は、ローマから四時間かけてチヴィタヴェッキアに戻り、裏切られたと感じた。五百人の死者を見捨て、三六五人の傷病兵を置き去りにしたが、政府には「四月三十日は、大戦争以来の素晴らしい戦いをした」と報告し、指示を乞うた (Trevelyan 133)」。

「フランス軍は敗退したが、南からナポリ軍がローマに進軍するというニュースが入り、ローマ人はナポリとフランスが手を結ぶことに激怒した。ガリバルディは、三頭執政政府よりずっと二つの国の軍隊と戦うことの危険性を熟知しており、フランス軍が組織を立て直す前に海辺まで追い払いたいと申し出た。しかし、三頭執政政府、とりわけマッツィーニは、「ローマ共和国はフランスと戦争をしているのではなく、単に防衛状態にあるだけだ」と言って許さなかった。マッツィーニは、フランスの実情や、ルイ・ナポレオンの意図を誤解していた。これが、マッツィーニとガリバルディの反目の始まりだと言われている」(Deiss 239)。

フラーは、五月六日付の「特派員報告第三十号」で、フランス軍に攻囲されたローマから報道し、アメリカの人々を驚かした。

わたしは攻囲されたローマからあなた方にこれを書いている。我々の母国が今や危機に瀕している。[……] フランス軍のイタリア出兵については、誰も、欺かれなかったし欺かれようとはしない。フランスは明らかに、ローマ市民が普通選挙で退任させた教皇の復権を目論んでいる。フランスは、ローマ人民が教皇を受け入れていると信じるふりをする口実は全くない。それにも拘らずフランス軍は、ローマ市街への城門を攻撃し、セント・ピーターズ寺院に砲弾を撃ち込み、弾丸はヴァチカン宮殿を撃ちぬいた。フランス軍は当然の報いとして撃退され、恥辱的な敗退を余儀なくされたが、もし自ら不名誉な道を辿るという分別で士気を挫かれていなければ、勇敢なフランス兵がこのように敗北しなかったであろう。フランスは、イタリア解放の最期の希望を情熱的に打ち砕き、オーストリアを見張る警察官を任じ、共和国のフランス兵が、ローマ共和国を砲撃している！……だが、ローマの血も大量に流された。私はローマ人の血が、ピウス九世のあのあまりに有名な四月三十日の就任記念日に、ヴァチカン宮殿の回廊にベッとりと附着しているのを見た。ピウス九世も、またどの教皇も再びこの庭を穏やか気持で歩けるだろうか。不可能なことだ！教皇の統轄権は、復権を目論んだフランスの恥知らずで残酷な手段のため、消え去った。同時に、宗教世界を司るローマという聖地も再起不能に陥った (*TSGD 274*)。

フラーは、革命の進展を報道しながら、イタリア社会や各国の動きを分析、権力を監視し声なき市民の代弁者として、解説者の役割を果たした。「この戦いは、民主主義体制派と、もはや合法的といえない旧体制間で始められた戦いである。五十年ぐらい続くであろうし、一世代以上血や涙が流されるだろうが、結果は明らかだ。最も苛烈な抵抗をする大英帝国を含むすべてのヨーロッパ諸国は、次の世紀にはみな共和制国家になっているであろう」(*TSGD 277–78*) と。

フラーは、イタリア人の政治や宗教に対する姿勢の変化を伝える。「私がイタリアに着いた当初、民衆の多くは不自由な立憲君主国以上を望まず、名望貴族を尊敬し、聖職者を軽蔑はしていたが、まだカトリック教会の教義や儀式に執着していた。イタリアは、ナポリの爆弾王を必要とし、サルジニア王カルロ・アルベルトの三重の背信行為を必要とし、ピウス九世や有名なジオベルティを必要とし、臆病で嘘つきのトスカーナのレオポルド公、パルマやモディナのごろつき殿下、「父親風をふかす」ラデッキー将軍、そして最後には愚鈍な「フランスの未来の皇帝」ルイ・ボナパルト、をも必要とした。彼らはみな民衆に政権交代は不可能と信じさせてきた。だが神意は示された。イタリアの革命は過激に進み、イタリアが独立し共和国となるまで止らないであろう」。

さらに彼女は「イタリアはもはやプロテスタントである」と言っているが、プロテスタントとは、自分でものを考える人間ということだろう。「聖者や殉教者の思い出は尊敬され、女性の理想は聖母マリアの名において賛美されるが、人々はキリストのことも考え始めた。キリストの教えは、旧体制の下では常に慎重に隠され、信仰のすべては、聖職者が民衆の罪の仲裁人となり金銭となるマドンナや聖者たちへ向けられてきたからだ。［……］いまや、新約聖書がイタリア語に翻訳され、多くの部数が普及してきた」(*TSGD* 278) と言っている。

## 3　フラーの病院監督　『ロンドン・タイムズ』紙との情報戦

フラーは四月三十日、クリステナ・ベルジョヨーゾ公爵夫人からファテ・ベネ・フラテルリ病院の監督を任命され傷病兵の看護にあたっていた。夫人から英文で「十二時に病院に行ってください。そこに着いたら、あなたは怪我人の看護をする女性たち全員と会い、夜も昼も一定の数の人員を確保できるように指示を与えてください。」[5] という手紙を受け取っていたのである。

フラーは、「特派員報告第三十一号」で革命運動に貢献するベルジョヨーゾ公爵夫人を紹介した。彼女はミラノの大貴族、トリヴァルジオ家の子孫で莫大な財産があったが、革命運動に没頭しオーストリア当局から睨まれ、パリに逃げた。ミラノの財産はラデツキー将軍に抑えられ、すべてが破壊された。一八四七年にイタリアに戻り、ピウス九世の自由主義的政策に期待したが、今はローマ共和国を支援している。彼女は、四月三十

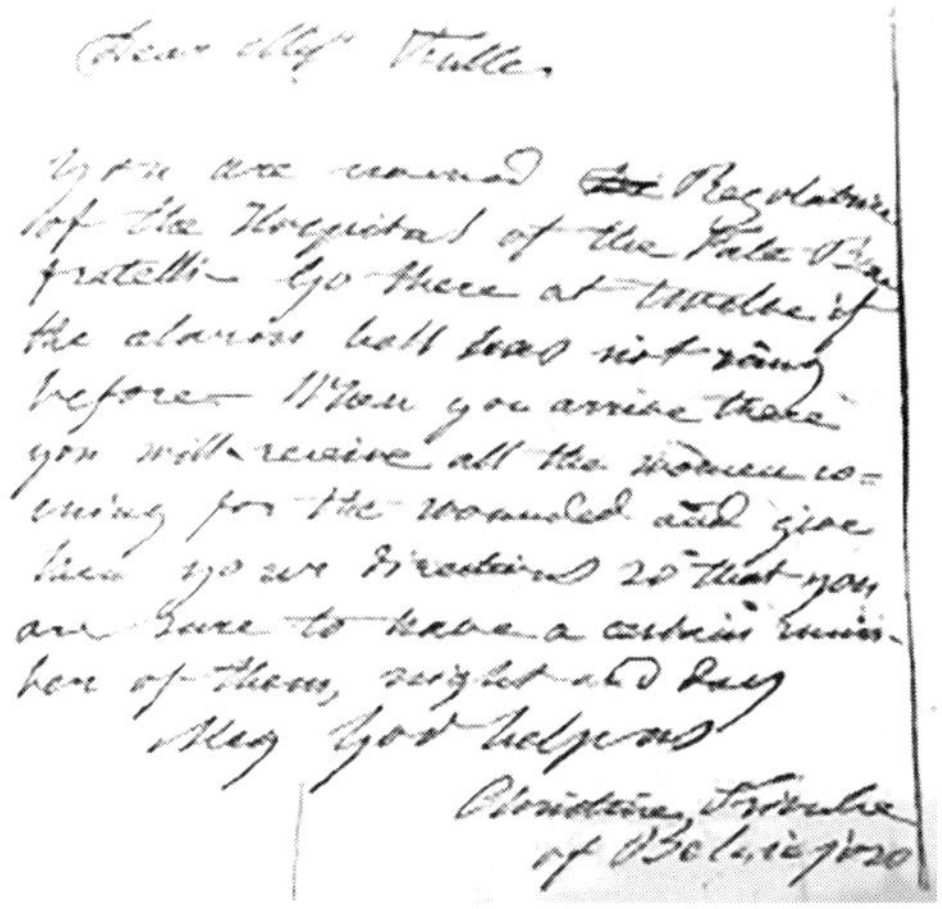
Dear Mrs Fuller.

You are named Regolatrice of the Hospital of the Fate Ben fratelli. Go there at twelve if the alarm bell was not rung before. When you arrive there you will receive all the women coming for the wounded and give them your directions so that you are sure to have a certain number of them, night and day.

May God help us

Christine Trivulze of Belgiojoso

(31) Houghton Library, Harvard University Fuller Manusctipt Am 1086. クリスティナ・ベルジョヨーゾ公爵夫人、フラーに病院監督を依頼する手紙。

日以来監督する病院に滞在したままである。ローマに到着後、市内を二人の女性と共に回り義援金を集めた。アメリカ人は領事ブラウン氏も含めて二五〇ドルを寄付したと言われている (*TSGD* 281)。

　エメリン・ストーリーの日記によると、四月二十五日に、フラーが来て言った。「ローマは今、大興奮の渦の中だわ。フランス軍が、チヴィタヴェッキアに上陸して対戦している。」我々はフラーと共に、ポポロ広場に行き、人々の演説を聞いたが、そこでベンチの上に立っているベルジョヨーゾ公爵夫人に遭った。一週間後、私たちはフラーと一緒にペレグリー病院に行き、彼女に会うと義援金二二五ドル手渡した。それからスピルマンに行って氷を買った。ベルジョヨーゾ公爵夫人の喉を潤すためであった。そこでは枢機卿の馬車が燃えていて、炎がカトリック布教聖省の建物の前を照らしていた。

　ストーリー氏の日記によると、四月二十五日フランス軍の上陸後、我々はベルジョヨーゾ公爵夫人に会った。ずっとやつれて着るものは無造作だった。我々は、パンテオンの向こうまで一緒に歩いて行き、そこで別れた。彼女の態度は愛情がこもって感じが良かった。私の手を強く握り「また来てくださいね」と言った。

　その後、我々は病院監督をしているベルジョヨーゾ公爵夫人のところにお金を渡しに行ったが、彼女は男女の職員たちに囲まれて座っており、穏やかにまた明瞭に様々な命令を下し、その決定は極めて強い実践力と良識を示していた。彼女は病院に厳しい規則を課し、施設に秩序と規律を与えた。三日三晩、彼女は睡眠をとらずなお元気で働いていた (W hitehouse 76)。

フラーは、フランス軍の介入に激怒しローマ共和国には同情的であるが、実際、ローマ軍や共和国政府にも様々な失態があったことが明らかにされている。ウディノ将軍の後、三頭執政政府と交渉したレセップス将軍がパリに戻った期間、ルイ・ナポレオンの支援でフランス軍は三万五千人に膨れ上がった。マッツィーニの命令で、この間ガリバルディは、ナポリ軍を攻撃するために一万一千の兵を任された。だが、ロゼッリ将軍は残された少数の中央部隊を任されたままであった。[……] ガリバルディは、百姓に変装した前衛の偵察を通じて、敵方の弱い箇所を何回も攻撃するという、ゲリラ活動を続けナポリ軍を退却させたので、ロゼッリ将軍が戦地に着いた時には、戦いは終わり、彼の作成した従来型の戦闘計画は無に帰したのだった (Diess 245)。

後方支援はなかったが、ガリバルディは、もしロゼッリ将軍が彼の意見に反対しなかったら、ブルボン朝のナポリ軍を領地まで追い返すことはできたはずだった。彼はそれでも、他の共和国軍がローマに戻る間の短期間、ゲリラ活動を続けるのは許されていた。今やオーストリア軍がボローニャを打ち負かし、ローマに進軍していた。マッツィーニはフランス軍よりもオーストリア軍を恐れていた。誰もフランスが、オーストリアのローマ占領を許すとは思わないが、またフランスが、オーストリアと交戦するとも思わないだろう。フランスはこの間、ブルボン王にナポリからの援軍は不要なので、シシリーの反乱軍を鎮圧するようにと忠告した。その直後、スペインの遠征隊四千人がガエータで下船し、同様にフランス軍の不興をかった (Deiss 246)。

フラーの舌戦が功を奏したか図るのはむずかしい。彼女の「特派員報告」の信憑性は後世認められているが、当初イギリス側には誤解があった。だが、「特派員報告」の記事を見ると、フラーの抗議が功を奏した。フラーは、共和国のローマについて、虚偽の記事を載せた一八四九年五月十二日付『ロンドン・タイムズ』紙を非難した。「ローマを退散した『ロンドン・タイムズ』紙の特派員は、ローマ共和国におけるテロ行為を捏造している。たまたま公衆の前に現れる勇気のある聖職者たちは、ま昼間に惨殺され、彼らの肉の断片は細かくされてチベール川に投げ込まれている」と。「『ロンドン・タイムズ』紙の記者はローマに来ない他の欧州の記者たちのニュース源なので、ヨーロッパのカトリック系分子はみな、ローマ共和国をバリケードで戦ったパリの「赤」の仲間と同類だと非難している」(*London Times*, 12 May 1849) (Deiss 222) と。

他国の新聞社もローマ共和国についてのデマを掲載し、フラーは「特派員報告第三十一号」(一八四九年五月二十七日) において、抗議を続けた。「フランスでもイギリスでも、イタリアについて甚だしい嘘が流布されている。それによると、ローマの家々に［社会主義者の］赤旗が翻っており、血に飢えていると言うことだ。さて、事実は、バリケードのない通りの家に、出入り自由な御者や馬車がいる印として旗が置かれている。私のいる家にも旗があるが、私は平和を望んでおり、宿の亭主たちは金銭を欲しているだけである」(*TSGD* 279)。

しかし、この後『ロンドン・タイムズ』紙はローマ共和国について、記事上で修正したことが「特派員報告第三十二号」(一九四九年六月十日) でわかる。フラーは、「イタリアの革命運動について『ロンドン・タイムズ』紙の記事は、我々の新聞をコピーしたもので、その完璧な信頼の度合いを見て大変驚いている。ヨーロッパには『ロンドン・タイムズ』紙ほど、自由運動を激しく非難する新聞はないし、これほどその指導者や外国特派員を信頼できないものはない。彼らにはオーストリアから金がでているそうだ。私は、これが正しいのか、或いは単なるイギリス貴族のへつらいなのか分からないが、イギリスではロシアよりも抗弁にロシア共和主義運動に反対している。イギリス人の恐怖心が、憎悪を激しくかき立てるのだろう」(*TSGD* 294)。

フラーはまた、「特派員報告第三十号」でアメリカ政府がローマ共和国を承認するように促し、国が国を承認することの重要な意義をも簡明に説明している。フラーは、「全権公使キャスは国から臨時政府を承認する権限を与えられていない。弁護士で外交官のリチャード・ラッシュ氏は、ポーク大統領下でフランスの公使を務めていたが、ワシントンからの指示を待たず、二月革命の臨時政府を承認した。キャス氏も同様の権限を与えられていたら、アメリカも病めるヨーロッパの民主主義のために援助できただろう」(*TSGD* 276–77)と述べている。

この主張は変わらず、「特派員報告第三十一号」においても、同じ主張を続けている。「他国の大使たちは教皇と一緒にガエータに移ったが、アメリカの公使がローマに留まっているのに、ローマ共和国の承認をしないので、ローマでは苛立ちと驚きが起こっている。ローマの人々は共和国の存続を要求し、教皇権への隷属を拒否した。もし現政府が崩壊するなら、内部分裂というより外国の抑圧からであろう。もしキャス氏が現政府を認めていたら、フランスのラッシュ氏と同様、脆弱なこの共和国を道徳的に強めることになったであろう」(*TSGD* 282)。

全権公使ルイス・キャス・ジュニアは、一八四九年一月にローマに赴任したが、本国からの指示があるまで、教皇国家も革命政府も承認しないようにと指示を受けていた。総領事ブラウン氏同様、彼も革命政府に共鳴し、ガリバルディにフランス政府との仲介をとるとまで提案した。彼がワシントンに提出したローマ共和国承認案に対しては、ジョン・クレイトン（一七九六—一八五六）が国務長官になった時、ようやく「適切な行動をとってよい」という返答がきた。が、その時ローマ共和国は既に崩壊していた。この件を直ちにフラーの功績とするのは困難であるが、フラーが、アメリカこそ他の国々を民主主義社会へ導くべきであるという主張を繰り返していたことは評価できる。

『トリビューン』紙の主幹グリーリーは、記者たちに誇りと責任感を持たせるために、署名入りの記事を書かせる方針であった。フラーは署名の他、星印で原稿の最後に★をつけた。したがって、フラーの記事は文芸書評も政治問題も攻撃を受けることは少なくなかった。ニューヨークのカトリック司祭ジョン・ジョセフ・ヒューズ（一七九七―一八六四）は、一九四九年六月二十七日フラーに対して侮辱的な記事を『ニューヨーク・ヘラルド』紙に掲載した。彼はピウス九世の熱烈な支持者であり、「ローマ共和国では、共和主義者がローマ人民に恐怖《テロ》政治を仕切っている」と主張した。ヒューズは、「これはローマ共和国としてグリーリー氏に承認されたファランクス［フーリエ主義実験農場体］である。しかも、『トリビューン』紙の外国通信を供給する女性の全権公使以外、どの外国からも大使を出さない共和国なのである」(*TSGD* 283) と。

## 4 フランス軍との交渉、ローマ共和国の崩壊

「このように悲しくしかも栄光ある日々を私はどのように書いたらよいでしょう。簡潔に事実を述べるのが最良である」。フラーは、一八四九年六月十日の「特派員報告第三十二号」をこのように始めた。ウディノ将軍の攻撃から二週間、ローマ共和国との和解を試みたレセップス将軍（一八〇五―九四）[6]はパリに戻り何の連絡もないところ、ウディノ将軍から最後通牒が六月十二日、三頭執政政府の各部署へもたらされ、フラーは「特派員報告第三十三号」でそれを掲載した。

(32) ウディノ将軍（フランス軍）パリ陸軍美術館蔵。Français : Nicolas-Charles-Victor Oudinot (1791–1863).Oil on Canvas 1853 Musée de l'Armée, Paris

【ウディノ将軍の書簡】

戦争行為がフランス軍をローマの城門まで先導してきた。もし市街地の城門で我々を締め出すならば、フランス国家に託された私の権限すべてを行使することになる。〔……〕ローマ軍も私同様、キリスト教世界の中軸であるこの町に流血の惨事をもたらしたくないであろう。この信念に基づき、この書簡が手元に届くや否や直ちに、同封された通告を出すように。この書簡の到着後十二時間、フランスの名誉と意図に対する返答のない場合は、やむを得ず武力に訴えることになろう。

【ローマ市民への通告】

フランス軍は戦争のためではなく、自由と共に秩序の維持のために来た。わが政府の意図は誤解されてきた。攻撃作戦はローマの城門下で行われた。現在のところ、時々あなた方の砲兵中隊に応戦してきた。今、戦闘がこの上ない惨事に発展する最後の瞬間に近づいている。数多の栄光ある記念物を有するこの町を守ろうではないか？　もし、あなた方が抗戦する構えであれば、取り返しのつかない惨事の責任はあなた方のみにある。

フラーは、ウディノ将軍の要求を拒否するローマ共和国の各部署からの回答をも掲載した。すなわち、秘書官ファブレッティ、パナッチ、コッチからなるローマ憲法制定議会、国民軍最高司令官であるスタルビネッティ将軍、ロゼッリ将軍、それとマッツィーニ、カルロ・アメリーニ、それにアウレーリオ・サッフィ三頭執政官の回答文である。

フラーは、イタリア人の戦意の向上を伝える。「フランス軍の攻撃が続き、死傷者の数が増加しているが、ローマ人の士気は高まっている。だが、ローマ軍で死傷する者は、全国から集まったイタリアの若者の華である。病院にいる彼らの多くは、ピサやパデュア、パヴィアやローマの大学生で、最初に戦闘に加わった者たちである。切断された自分の腕にキスする者や、最良の日々の思い出として、傷口からひどい痛みを伴い取り出した自分の骨を大切にしている者もいる。長い間亡命と失望から悲しみに耐えてきた年配の男たちも、高い戦意を維持している。彼らの精神は気高く燃え盛り、英雄時代から貴重な宝としてきた歴史に生命を吹き込んでいる (*TSGD* 300)。

マッツィーニはウディノ将軍の最後通牒を受け取った時、彼はすぐガリバルディの忠告を求めた。ガリバルディは、いつもの明快さで答えた。『マッツィーニ［……］自分は共和国のために、二つの方法のうちのひとつを選びたい。最高司令官になるか、単なる一兵卒として働くかだ。君が選んでくれ。』この答えは、ガリバルディ独特の単純化であって、どちらも良くなかった。彼を最高司令官に任じることは、カトリック諸国の怒りをかうだろう。一方、彼の度重なる勝利はローマの人民が奮起したように次の勝利は、イタリア全体を喚起させるだろうから、旧体制分派を治めるのは、さらに難しいものとなろう。三頭執政官が答えを濁したので、ガリバルディは、休戦の終わるまで体を休めるつもりであった (Deiss 253)。

フラーは「特派員報告第三十四号」で、六月二十二日ローマの城門がフランス軍の手に落ちた夜、ローマ共和国の運命が決まったと伝えた。

(33) フランス軍とローマ軍の戦いの場ヴィラ・スパーダ宮殿 フランス軍、第9堡塁攻撃。Viotti, Andrea, *Garibaldi—The Revolutionary and his Men* p. 57. Bladford Press Ltd, Link House Dorset, BH15 1LL 0-7137-0942-1.

この数日間の猛暑は、仏軍の攻撃よりローマの人々にとって致命的である。昼間の仕事に加えて、仏軍の攻撃が毎晩人々を苦しめている。これらの攻撃は普通の人が眠りに入ろうとする十一時か十二時に始まる。〔……〕爆撃は日ごとに激しさを増し、六月二十二日午前二時には強力な爆弾の嵐に人々は恐怖の夜を迎えた。この爆撃でローマ市の城門に間隙ができ、たちまち仏軍が侵入してきた。〔……〕それがローマ市にとって運命の時刻であった。その後、毎日頑強に抵抗はするものの、フランス軍はじりじりと攻撃範囲を広め、遂にジャニコロの丘から見晴らしのよい場所に大砲を設置し、ローマ市全体が攻撃の的となった」。二十二日以降、負傷者は日毎に重症となり、通常病院に運ばれてきても手足の切断という結果になる。二十八日からの攻撃がひどく、ラッシ・ホテルの上や近くに爆弾が落ち、三十人が亡くなったと聞いた。

「ミラノの五日間」で名を馳せたルチアーノ・マナラ（一八二一―四九）[7]将軍は、一八四八年春、六百名のロンバルディア砲兵中隊を率いてローマに来た。ガリバルディの重要な参謀を務めていたが、今回、何百人もの兵士と共に六月三十日、スパダ宮殿で亡くなった。そこで、ガリバルディは、これ以上の抵抗は無駄だと議会に告げた。それが、ローマ共和国の最後であった。(*TSGD* 303)

ローマ共和国の降伏後、フランス軍がガリバルディの身の安全を保障しないと言ったにも拘らず、他の軍隊に属する多くの兵士もガリバルディの軍に従う意志を示した。ローマ共和国政府からローマの市外での徹底抗戦を展開するように命じられたガリバルディは、七月二日早朝、サン・ピエトロ広場の中央に立つオベリスクの周りに集まった義勇兵を前に演説した。

今日、我々を見捨てた運命は、明日われらに微笑むであろう。……私はローマを出る。外国人との戦いを続けようと思う者は私と共に来い。私は金も、兵舎も、食料も与えることはできない。私が与えるものは、飢えと、渇きと、強行軍と、戦いと死だけである。唇だけでなく心にイタリアという名前をもつ者は、私に従え。(Viott 68)

(34) ガリバルディ部隊 *Garibaldi—The Revolutionay and his Men* 69 Andrea Viotti (Blandford Press Ltd., Link House, West Street, Poole, Dorset, UK. 1979) 45.

静まり返った四千七百人近い義勇兵は、「ガリバルディ、万歳」を叫び、彼に従う意志を示した。ローマ共和国の崩壊後七月二日の夕方、フランス軍はポー河を渡りローマ全市を占領する予定であった。フラーは知人とコルソ通りに行ったが、ガリバルディの出発を見送る人でごった返していた。フラーは部隊の出発をバロックの歴史画のように勇壮に描写した。

ガリバルディの槍騎兵が次々に全速力で疾走していった。彼らはみな身のこなしが軽やかで、強靭な体をもち、イタリア南部のこの上なく洗練された雄々しくも美しい姿で、歯向かい、抗い、死をいとわぬ豪胆な魂を表す、高潔で端正な顔立ちをしていた。私は、ウォルター・スコットがこの世に甦り、彼らの姿を目にしてほしいと思うほど、このように美しくロマンティックで、かつ悲壮な光景は見たことがない。ローマを知るものはあの広場独特の荘厳さを知っているであろう〔……〕夕日が傾き、三日月が昇ってきて、イタリアの若者の華が荘厳な場所に行進して行く。彼らはイタリア独立の砦として全身全霊を傾け、各地から駆けつけた。この最後の強固な砦で、彼らは自らの主義に従い、最良で最も勇敢な犠牲を奉げてきた。彼らは今ここを立ち去るか、捕虜か奴隷となるかしかない。どこへ行くのか、ハンガリー以外、彼らを受け入れる所はない。名誉の赴くままに、ということか。彼らはみな、ガリバルディ部隊の鮮やかな赤いチュニック、ギリシャ帽かピューリタンの羽のついた丸い帽子をつけ、長い髪の毛は風になびき、剛毅を漲らせている。彼らはこの悲劇的な闘争に参加する前にその犠牲を慮ってきた。民族の自由のため、生命やその他あらゆる物質的な恵みを捨ててこちらを選択した。彼らは過去を顧みず、この苦い危機から逃げることはない〔……〕多くの若者が富裕層の出身であるが、この世の思い出をハンカチに包んでおり、女たちは悲しみを湛え、別れの覚悟を示している。ガリバルディの妻は馬に乗り従っているが、彼自身は目立つ白いチュニックを着ていた。その表情は中世の英雄そのもので、彼の顔は未だ若々しく、多くの高揚する人生の場面でも、頬や眉には疲れが見えない。勝利しようと敗北しようと、人は彼の中に、生来の社会正義に奉仕する男の姿を見るであろう。彼は望遠鏡で胸墻から道路の前方を見て、遮るものがないのを確かめ、ローマ市街を振り返り城門から去っていった。人々の心は重く、目は焼けた石にように熱く、しばらく涙ひとつ流さなかった。

(*TSGD* 304)

現代の読者は、ここでフラーの古典の教養がローマ人の英雄行為を連想させたと考えるだろう。彼女は、ローマを護る共和主義者に古代の英雄の徳、真剣な目的、不屈の意志、忍耐力、自制心を見ている。ただそれをフラーの想像力にだけ帰する必要はないようである。当時のイタリアの大学教育は、古典の伝承に傾斜していて、リヴィウス（前59–17）やタキトゥス（55–120）[8]やプルタルコスは彼らの現実だったという意見もある（Trevelyan 170）。ガリバルディの部隊を、山賊とか流浪人と言う人がいるが、彼らの多くはオーストリアや教皇の迫害を逃れてきた大学生であるとフラーは擁護する。

その数日後、フラーはローマ軍がフランス軍と戦った場所を歩いている。抒情的なガリバルディ出発の文章に比較し、修飾をそぎ落とし、その乾いた非情な戦闘跡地の写実主義は、現代メディアの目指すところである。

昨日私は、戦闘の場所へ行った。クワトロ・ヴェンティ宮殿とヴァッセロ宮殿はフランス軍とローマ軍が数日間激戦を繰り広げたところで、あたり一面めちゃめちゃに壊れ、美しいフレスコ画（化粧漆喰画）や絵画の破片が未だ、連続砲撃で開いた大きな穴の間の垂木に貼りついており、そこが残骸の塊になった時にも兵士たちはそこで戦っていたと思うだけで、そら恐ろしかった。フランス軍は、最後の数日間まったく巧妙に隠れていた。私の経験不足な眼にも、フランス軍の緻密な作戦は奇跡的であり、この組織化された軍隊に対するイタリア軍の無能さが、初めてありありと分かった。イタリアの将軍たちはフランス軍のローマ攻囲作戦を理解するための、十分な戦術さえ持ち合わせていなかった［……］

それから、蜂の巣のようにすっかりえぐられ破壊されたフランス軍の駐屯地に入った。骸骨のような二本の足がバリケードの山から突き出していた。その下では、一匹の犬が兵士の死体にかかった砂を掻き出していたが、それが服のまま顔を上にして倒れているのを発見し、その犬はぎょっとして死体を眺めていた。(*TSGD* 310)

## 5　革命家たちの敗走

革命の理想は高邁であるが、失敗した革命家の運命は常に過酷である。ここではガリバルディの敗走、マッツィーニとベルジョヨーゾ公爵夫人のローマ脱出についてフラーの支援を記す。フラーが監督看護していた病院がフランス軍の本部となり、「フランス軍はすべての患者を「塗油式」(葬式)の必要な者以外はテルミニ刑務所に移せと命令した。ベルジョヨーゾ公爵夫人は無作法にも追放されたが、彼女はトリノの新聞に告発状を送った。『フランス軍は、従軍牧師を解任し代りに狂信的なカプチン修道士をおいて、傷病兵に告解を促し、[……]政治的な告白をしないと飢えと渇きで死なせてしまうと脅かしている』と。フランス軍はベルジョヨーゾ公爵夫人に対して、彼女が監督していた期間の病院の全費用を補填するよう求め、不法履行を理由に罰しようと破廉恥な企てをしている」(*TSGD* 316)。この後、彼女はマルタ島からイスタンブールへ逃亡したが、キャス・ジュニア全権公使は、「彼女のように、公共の正義のために戦った女性を受け入れるキリスト教国はないが、異教の国があるなんて、これが、十九世紀の話か疑うようなひどい話だ」(Deiss 284) と憤懣を隠さなかった。

一方、ローマ駐在のアメリカ合衆国領事は、ガリバルディにアメリカのパスポートを用意し、ローマ脱出の便宜を図るが、彼はそれを拒否した。ローマを発った彼らは、夜を徹してティヴォリに向かったが、聖職者を道案内としたフランス軍が執拗に彼らを追跡した。ガリバルディは、フランス軍からオーストリア軍に変わった追っ手をかわすために、教会国家領を出て、トスカーナ大公国に入った。キウージでは市民組織である国民衛兵の襲撃を受け、アレッツォでは城門すら開けてもらえずそこを去らねばならなかった。ガリバルディの軍隊に対する民衆の反発は激しく、食料の調達も容易でなく、脱落者も増えてきた。

その時にガリバルディが目指したのは、未だにオーストリアの攻撃に持ちこたえていた最後の砦であるヴェネツィア共和国であった。北東に向かい、山を越え川を渡り、敵の追跡を巻きながら、進軍は続いた。中立国のサン・マリーノ共和国に到着した時、部隊はローマ出発時の三分の一、千五百人に減っていた。彼はここで部隊を解体し、チェゼナーティコという寒村で調達した漁船に乗りオーストリア軍を突破したが、フラーの「特派員報告」では、ここで彼の妻の死も伝えられた（*TSGD* 314）。四面楚歌の中で、ガリバルディは一ヵ月にわたるフランス軍とオーストリア軍の追跡を免れた。ローマ共和国の防衛で名を馳せた彼の英雄伝説は、妻アニータの死を伴う悲劇的な逃避行があり、民衆の心を揺さぶった。

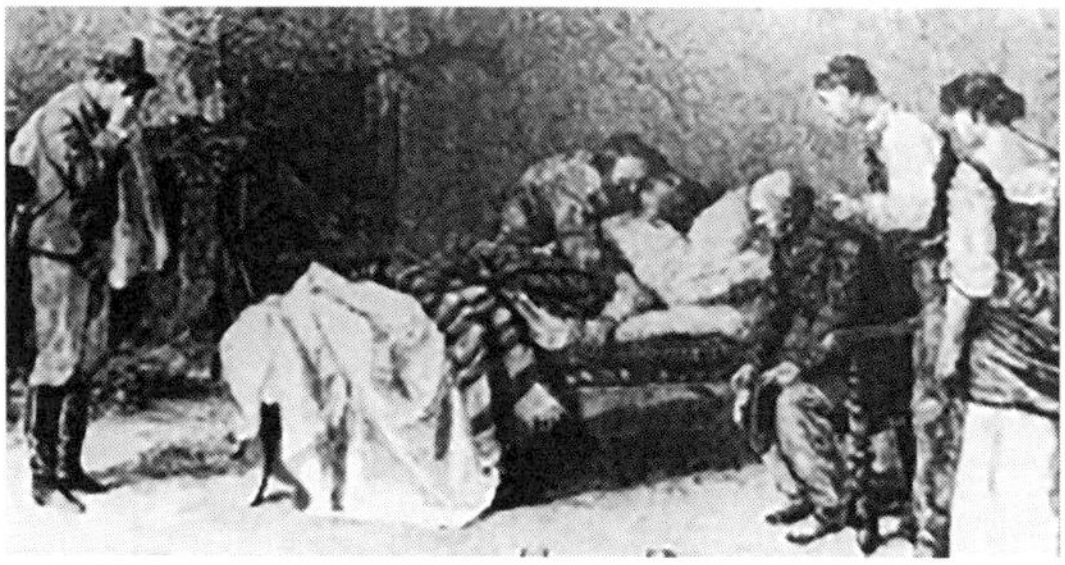
(35) ガリバルディの妻アニータの死

一方、外国の解放者として歓喜に包まれて、凱旋のローマ入城のはずであったフランス兵たちは、地元のローマ人からの冷たい仕打ちに耐えねばならなかった。翌日軍隊が入城するという御触れが出ると、自治体の役人たちは夜のうちに共和制のシンボルである「自由の木」を切り倒してしまった。また、旅館の主人は寝たふりをして夜中の仕事の後で彼らに酒を出すのを避けたが、兵士たちは店に入ると大声で脅かし、酒類を奪ってしまった。彼らの物音を実際フラーは聞いているが、翌日軍隊はローマに入城し、司教の警護団も創設された。彼らは数人の酔っぱらった百姓から喝采されたが、まともな若者は一人も見当たらなかった。フランスの将校たちは嫌悪感を隠さず、ローマの人間にはすっかり騙されたと口々に言った。ウディノ将軍から、ローマの遺跡を破壊する咎は犯さなかったという言葉が聞かれた。しかし、フラーの経験からは、砲弾はしばしばヴァチカン庭園にもクイリナーレ宮殿にも、議会の建物の上にも落ちたのだ。

ガリバルディの出発後一週間、マッツィーニは、ひとりでローマ市内を歩きまわっていた。当時、彼がフラーにパスポートを依頼した手紙が、現在二通フラーの遺品として存在する。一通目は、議会最後の論争で、マッツィーニの降伏への抵抗を髣髴とさせ、またローマ共和国降伏に際して「我々はどこに行こうと、そこがローマだ」(Dovun-que saremo, cola sard Roma.) (Trevelyan 227) と言ったガリバルディの言葉を蘇らせるものである。マッツィーニは、アンジェル・ブルネッティと息子、十二歳のロレンツォのパスポートを依頼したが、既に二人はガリバルディに従いローマを出発し、その後オーストリア軍に処刑されたと言われている。第二の手紙では、一八四九年七月五日?となっているが、如何にマッツィーニにとって、ローマ脱出が困難を伴うか理解できる。

【マッツィーニの手紙I】⑨

マーガレット・フラー嬢へ（グリゴリアナ通り　メゾン・デイズ宛て）
親愛なる友へ　すべてが終わった。私は最後まで弱腰の議会に抗議してきた。議会も政府も軍隊もみなローマを出て他の場所で存続しようと提案したが、無駄だった。私は厳粛に抗議した。抗議文を一部君に送る。しかしもう終わった。少なくとも現在は。私はどうすればよいかわからない。そのことは考えられない。しばらくは他の者たちのために働かせてほしい。アンジェル・ブルネッティ？（Cierchim 解読不明）とその息子、十二歳のロレンツォ、彼らは城壁の外で勇敢に戦い、教皇側やその密使たちを恐れている。私は、［……］もし出来れば、ふたりのパスポートを準備したいが、それをあなたにお願いしたい。［……］これからの私にも役立つように、三人目も加えてもらえないだろうか。敬具　マッツィーニ

【マッツィーニの手紙Ⅱ】

フラー嬢へ（グレゴリアナ通り　カサ・デイズ）

親愛なる友人へ、私は決心した。ここを発つ。発つ努力をするのだ。スイスへ行かねばならないが、それは問題だ。陸路ではトスカーナ、ピエモンテなどを横断しなければならず、オーストリア軍がいるし、ピエモンテ政府はオーストリア軍と変わらないからだ。海路だと、今攻囲状態の町チヴィタヴェッキアがあるが、あちらがその気なら逮捕されるだろう。マルセイユは最悪だ。私は顔を知られているし、一度マルセイユを越えれば用心深く旅行できるのだが。［……］君はアメリカ人かイギリス人の家族でスイスへ旅行する者を知らないか。少し変装して、アメリカ人のパスポートがあれば、旅行はたやすくなるだろう。

［……］

一言返事をくれたまえ。

君の友人　マッツィーニ

ヨーロッパ各国の穏健派たちは、ローマ共和国の革命家たちを必死に支援した。「フランスの外務大臣で自由主義者のトクヴィルは、教皇の報復から逃げるものは誰でも助けるつもりだった。合衆国の使節団は三頭執

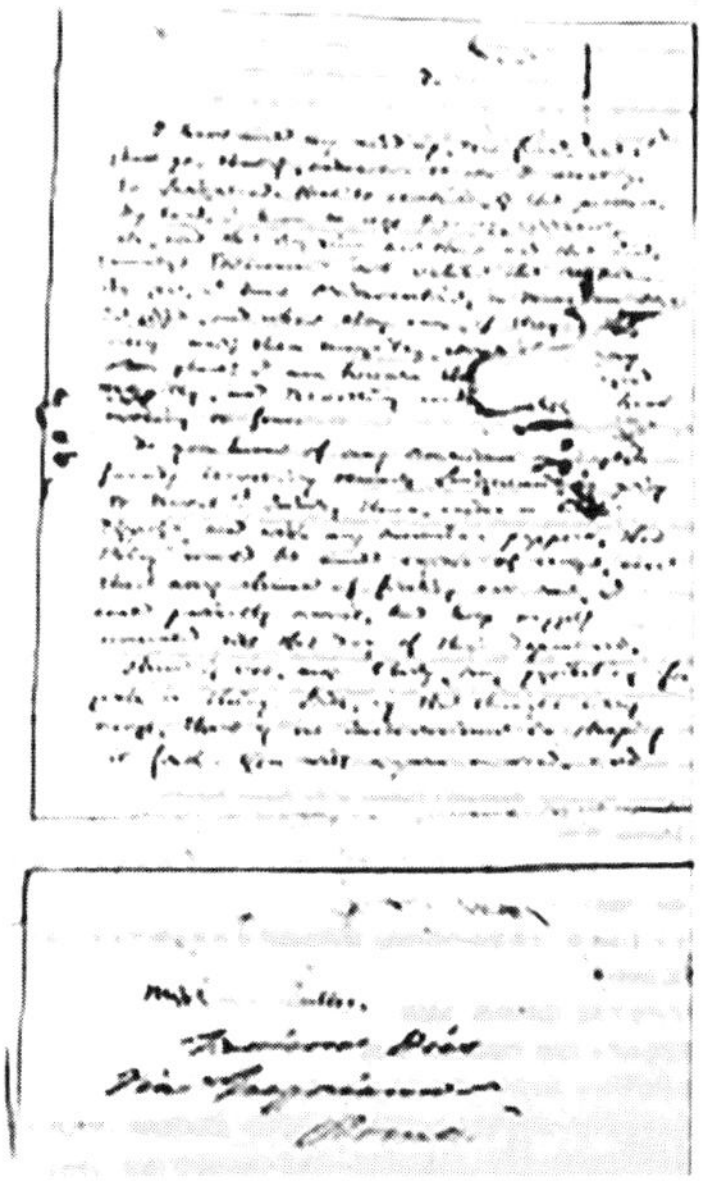

(36) ジュゼッペ・マッツィーニ、フラーへ。Fuller Manuscript Am 1086.（ローマを去る決心をした1849 年 7 月 5 日?）

政官に、ジョージ・ムーアという名前のパスポートを用意した。また、英国の総領事は他の亡命者たちに五百通のパスポートを出し、パーマーストン卿から叱責されたと言われている。最終的に、マッツィーニは、フランス船の船長の助けでマルセイユに到着、その後スイスに滞在してからイギリスに亡命した」(Smith 73)。

現代の見地からすれば、ピウス九世とフランス政府の動きは確かに品性を欠く。しかし、マッツィーニは敗色が濃くなってから、十日も敗北を認めず若者の命をいたずらに犠牲にしたことは咎められても仕方なく、ガリバルディも、塹壕にいるフランス兵に対して何回も突撃命令を出し、味方に大量の死者を出し、愚かさと無能を露呈したとの批判がある。

一八四八年の革命後に、憲法を保持し続けたサルデーニャ王国には、イタリア各地から多くの政治亡命者が流入した。ローマ共和国の防衛に当たったひとり、カルロ・ピサカーネ（一八一八―五七）[10]は軍事専門家の立場からローマ共和国敗北の要因を分析した。彼は、それを「攻撃側に極めて有利で」防衛が困難なローマの地形に求めている。また、「ローマ共和国の栄光は民主主義の指導者」にあるのでなく、「民衆と軍隊の堅固な意志」にあったとしている。

ピサカーネのガリバルディに対する批判は厳しかった。ガリバルディは、「目的地が定まらないまま、軍隊を長く行進させ、兵士をいたずらに疲労させ」、「ゲリラの才能しかなかったのに、三百人を指揮するのと同じ方法で三万人の猟騎兵部隊を統率できると信じていた。」と、彼の軍人としての資質を批判した（藤沢　七八）。一八四八年の革命は、多くの希望に満ちた理想を実現するための出発点ではあったが、また多くの過ちもあった。ただ、フラーはこの革命を、暴政を覆して長年耐えてきた日々を取り戻し、自由を獲得するものと信じていた。

## むすび

フラーは特派員としてイタリアの革命に遭遇したが、その報道記事は、真剣な眼差しと魅力的な事件、緻密な構成により、挫折や敗北に彩られる歴史や人間の姿が非情に浮かび上がるポストモダンの様相を保ちつつ、一方で、人間信頼の大きな理想や希望を奏でる偉大なドラマとなった。グリーリー同様、フラーもジャーナリストの立場を貫く厳しい覚悟があり、それがイタリアからの記事に輝きを与えている。ジャーナリズムの基本として、事実を伝えること、歴史的真実の把握、政治的なスタンスの明確化、ニュース源をつかむ才能にフラーの実力が十分に発揮されたのがこの「特派員報告」である。現代の基準からみると、正確な事実の報道、歴史的な意義の解説などは当然と思われるが、十九世紀アメリカのジャーナリズム界が未だ玉石混交であったことを考えれば、フラーの記事が優れていたことは理解できる。また、イタリア報道については、当時最も信頼された『ロンドン・タイムズ』紙との競争でフラーが立ち勝っており、それ事態がニューヨーク・ジャーナリズムの台頭を示している。フラーの革命支援の主張は、その後本国アメリカでイタリアやハンガリーを支援する熱狂的な運動を巻き起こしたとも言われ、事実、これ以降、アメリカやイギリスでガリバルディの人気は大変なものだった。

現代、ジャーナリズムの政治的社会的独立性、中立性を主張する者は多い(Kovach 170)。人間関係や組織、利害関係からの中立は当然として、ジャーナリズムの中立性については議論の余地がある。人は、ある事象や事件にまったく中立であるという姿勢をとり得るのだろうか。むしろフラーのように署名入りや★印の記事を掲載し、自らのスタンスを明確にする方が正直で、内容も理解しやすくなるであろう。フラーは、ある時点でアメリカの民主主義社会を謳う者は、ヨーロッパでは共和主義者で革命家なのだと悟った。彼女は、ローマ教皇を世俗的な支配者およびカトリック教の長として支援するフランスと、イタリア半島の新たな市民政治への流れを、歴史的せめぎあいとして捉え、ヨーロッパの進むべき政治体制にアメリカの民主主義の光を掲げようと呼びかけたのである。フラーは「ローマ共和国革命史」を書く構想を持っていたようであるが、この最後の数本の「特派員報告」が、フラーの「白鳥の歌」となった。

# 第十章
# エピローグ

## 1　フラーのローマ脱出

ローマ共和国を支援し革命軍と共に活動したこの時期、フラーの日常は生死を賭けたドラマティックなものになった。ローマの町全体に危機が迫っていたからであった。町がフランス軍によって攻撃された六月二十一日の夜、午前二時頃、フラーは途方もなく大きな砲撃の音によって目覚めさせられたが、それが闘いの最も激しい最終段階であった。丁度その頃、恐らく、イタリア軍全体がひるんで、いくつかの歩兵団が浮き足だち、そこ城壁の間を占めている宮殿の持ち場を棄ててしまったので、フランス軍が突破口を抜けて市街地に入り、そここの塹壕に身を隠すのを許してしまった。その間、フランス軍のローマ市内の塹壕は、一時間ごとに狭まり、防御するイタリア軍の砲兵中隊はボロボロに崩れ、フランス軍は残った少ない宮殿からローマ人を追い払おうとしたため、ジャニクルムの丘では闘いが最も激しかった。その前夜、砲弾の雨あられの降るローマ広場から逃げてきた人たちで、カーサ・デイズは一杯だった。フラーは、マッツィーニが安全のため兵士の護衛を付けたこの館に、アメリカの全権公使キャス・ジュニアの勧めで、病院の仕事の合間に引っ越してきたのだった。「ローマ人の殺戮は日ごと恐ろしいものになってきた」。フラーは、その夜と明け方の爆撃から一週間後に書いている。

防衛に当たったイタリア軍は、フランス軍の重装備した砲弾により打ち負かされてしまった。しかも、フランス軍の大胆な攻撃に晒され、大勢のイタリア兵士がその場で亡くなった。病院に運ばれた者たちは、一様に重傷で手足の切断を免れなかった。私の心は、日ごと、ますますこれらの光景に血を流し、私の周囲に、今や砲弾が落ち銃撃が始まっているというのに、何も感じることができなくなった。

(*TSGD* 303)

六月二十九日の夜は、ウディノ将軍が最終的な攻撃をすると決定した日であったが、街のいたる所に、砲弾や擲弾が飛んできた。アメリカの公使ルイス・キャス・ジュニアの記録によれば、彼はフラーからカーサ・デイズに来てほしいという短い手紙を受け取った。行ってみると、フラーは青ざめて震え、明らかに消耗しソファに座っていた。

彼女の用向きは、私に重要書類の包みを預けたいということであった。［……］自分が死んだ際には、アメリカにいる彼女の友人に渡してほしいと言った。それから彼女は、今ピンチアン・ヒルの砲兵中隊を指揮しているオッソリ侯爵と結婚していると述べた。それは、フランス軍の駐屯地から直接砲弾の飛んでくる、ローマで最も高い目標地点なので、昨晩のようなことがあれば彼は危険を逃れられず、彼女は彼の所にいて運命を共にする覚悟だと言った。彼女が私に手渡した包みには、ふたりの結婚証明書と息子の生誕および洗礼書が入っていた。その直後、彼女が出かける時間となったので、私はそこを辞した。

(FMW XIV 155)

彼女のドラマはこれで終わらない。ウディノ将軍はローマ占領二日後に、ローマ共和国を支援した外国人は二十四時間以内にローマから立ち去れという命令を出したが、フラーは立ち去れなかった。ようやく、七月十二日に、フラーとオッソリはローマを離れ息子に会うために、馬車でリエーティに向かった。その日は、マッツィーニがキャス・ジュニアの支援でチヴィタヴェッキアから船でロンドンに向かったと言われている。しかし、赤子は無残に変わり果てた姿で命の危険もあった。フラーたちがローマで攻囲されていた二ヵ月間、連絡が取れず金銭に窮した乳母キアラは、ニノが親に棄てられたと思い、ミルクの代わりにワインとパンを与えられて、栄養失調で衰弱していた。

伝記作家メガン・マーシャルによれば、フラーは、ニノを乳母に預ける危険を充分に理解していなかった。フラーは少年が田舎で育てば、〈自分より健康で〉〈強くなるだろう〉と信じていた。しかしそのような習慣は、ニュー・イングランドでは一般的ではなかったし、ましてヨーロッパでは認められなかった。母親が新生児の面倒を見ることができないか、あるいは裕福ではない場合、それでも乳母を雇い家族と一緒に住むのである。だからと言って、地元の人間は決して赤ん坊を田舎に預けることはなかった。それまでの経験がニノに起こったことを警告していたからである。乳母キアラは、産後九ヵ月を経て、アンジェリーノ（ニノ）と自分の息子二人分の母乳が足りなくなってきた。親のフラーが近くにいないので、キアラは自分の赤子だけに授乳することを決めて、ニノにはワインを与えてなだめていた。支払いの遅滞が、キアラの夫ニコラに、そのような決定を強いたのであろう。当時、配偶者の権利として、妻の母乳からくる収入を得る権利がニコラにあった。フラーは、「わずかなお金のために、ニノを犠牲にするなんて」と慄然としたが、金銭こそ、あらゆるものを、子供でさえ人身御供に変える神殿だと、人はいうのだ。

教皇領で乳母をするためには、教会の規律に従うことになる。リエーティのような村で、両親は、自分の子供と一緒に他人の子供を育てて、臨時収入を得ることを歓迎した。しかし、大方乳母たちは、未婚の母で自分の子供を育てる仕事を禁止され、その代り出産の際に、自分の赤子を孤児養育院に預けることになっていた (Marshall 354–55)。罪深い女性が自分の子供を育てるとその子は罪を犯すと考えられていた。こういう考えは、決してカトリック教会の地盤が強い土地だけにあるのではなかった。新世界のアメリカでさえ、ホーソーンの傑作『緋文字』六章にも、不倫を侵した主人公へスターの娘パールが三歳になった時、キリスト教徒の子供にふさわしいか、聖職者が尋問する場面がある。神政政治では、人の道を踏み迷った女性が子供を宗教心をもつ人間に育てるのは不可能ではないかと危ぶまれていた。このような教会法規の背後には、社会正義と女性の扱いに大きな矛盾が隠匿されていると考えられるが、そこは問わせない権力が厳然と存在していた。無知で弱い立場の娘たちを懲らしめるサディスティックな欲望が見え隠れする封建制度と教会権力に挑戦するのが、歌劇『フィガロの結婚』(一七八四)であり、マンゾーニの小説『いいなずけ』(一八二七)であった。そしてこれらの作品を確実に満喫する聴衆が育っていたのが、十九世紀であったのだ。

もちろん、夫婦が日夜を置かず熱心に介護したことと新しい乳母による授乳の一ヵ月後、フラーに言わせれば、「まだ骸骨のようであり、徹底的な介護を必要としているが」、息子のニノは大方恢復した。「リエーティは戦地になったローマとは異なり、田舎ののんびりした風景が広がっている」とフラーは、キャス・ジュニアへの手紙で述べた。九月下旬には、トスカナ地方の境界を越えてフィレンツェに行き、そこで将来の生活設計を立てなければならなかった。

## 2　家族の出現

フラーの難題は、ローマ共和国の創立と崩壊の間、秘密にしていた家族の存在を公表せねばならないということであった。彼女は長い間、それを恐れていたが、仮面劇を続けることは意味がないであろう。オッソリが政府機関の地位を得るという希望が潰えただけでなく、合法的な家族を明らかにすることが、彼の兄に、以前の共和主義者の将校とアメリカ人の妻に婚外子があることを知らせるより、教皇側にある彼の遺産相続のために好ましいことだった。やむを得ず結婚と出産を打ち明けたミツキェヴィチ、アメリカ人の画家トーマス・ヒックス、友人キャロライン・スタージス・タッパン、ボストン出身の画家の妻エメリン・ストーリー、そしてキャス・ジュニアへの説明は何の役にも立たなかった。そもそも、フラーは彼らに秘密にしておいてと頼んだのだから。

フラーは母親に打ち明ける前に、最も気の合う友人に家族のことを知らせていた。ミラノのコスタンザ・アルコナティ・ヴィスコンティ侯爵夫人であった。ヴィスコンティ侯爵夫人は、フィレンツェに屋敷を持っていてしばしばそこに帰るので、彼女にうちあけるのは、必要かつつらい務めであった。侯爵夫人は、かつて「マーガレットには恋人ができた」と言う噂を聞いたと手紙で言ってきたからである。

(37) コスタンザ・ヴィスコンティ侯爵夫人。The Marchioness Costanza Arconati Visconti. UNSPECIFIED—c. 1900: Portrait of Costanza Trotti Arconati Visconti (Vienna 1800–71) Countess and Italian Patriot. (Photo By DEA/G. CIGOLINI/De Agostini via Getty Images).

あなたはどう思うでしょう。私がこれと言って特色もない若者と運命を結び合わせたことを知ったら——彼は私より若いし、知的な文化を持たず、つまり私が選択する理由が見つからないような人間です。[……] しかし私たちには一歳になる子供がいます。しかも、ほんの最近、私は、この事実を私の家族に知らせたばかりです。

(MH #fMS Am 1086)

これに対して、ひとり息子を持つヴィスコンティ侯爵夫人は「あなたの状況の変化は私たちの関係を変えるものではありません。」「その上、私たちは母親の愛情を共通に持っているのですもの、私たちの絆はさらに強くなるでしょう」という返事であった。ほっとして喜んだマーガレットは、すぐに「私は、あなたの手紙をこれ以上安心して読んだことはありません。」「あなたが手紙を書くときには直接『オッソリ侯爵夫人』と書いてください」と返事を書いた。

グリーリーの息子の死のニュースや「自分は子供の結婚式に出たことがない」という母親の手紙から、フラーは秘密にしていた結婚を打ち明ける手紙を彼女に出した。

初めて、あなたの長女が長い間あなたと異なる名前で呼ばれ、小さな息子がいることを知らされたら、心の痛みを覚えるでしょう。愛する母上、そんなことは長く続きません。その代り、その事実を隠してきたのは、母上に対する愛情からですもの。もちろん、それがたったひとつの理由ではありませんが、それでも充分真実のことです。あなたの共感や導きが最も大切な時、私はそれを言うのを何百回と、控えました。［……］しかし、政治的な状況が変化し、公表することが子供のために必要なのです。私たちが公的に一緒に暮らすことが、恐らくオッソリ公爵の法的条件に関わるのです。(MB #MS Am 1450 109)

オッソリについては、彼女はヴィスコンティ侯爵夫人等に述べたような、大まかな説明しかしていない。「彼はどこから見ても、一般的に私の横にいる人間のようには見えないでしょう。彼は老人の神父から初等教育を施され、ラテン語の教養もなく性格も熱狂的なものに欠けていると認められます。」しかし、彼はフラーにとって、特に重要な多くの補完的な性格を有していることも確かである。

彼は、実用的な感覚が極めて優れており、目前を通り過ぎるあらゆる事象について思慮分別のある観察者であります。適切な義務感を持ち、そのゆるぎない行き届いた行動は、最も熱意のある者をも辱しく思わせるのです。極めて典雅な気質で、生来の上品さを備えた人物です。私に対する彼の愛は、常に変わらずとても穏和で、私は彼が意図した悪意に苦しんだことがありません。私が病気の時、彼の介護は唯一母上と比較できる程で、その繊細な心遣い、優しく家族を思う振る舞いは、エレンを思い出させます。彼の中に私は、家庭を見出すことができ、強い絆を持つ人間を見出すのです。多くの困難の最中、私たちは自然の美しさに共感し――無垢で優しいすべてのもの――私たちの子供と共に――大きな喜びを共有しまし

た。(LF V 259)

母親の返信はフラーを落胆させなかった。オッソリの性格については、娘の判断に委ねると書いてあった。問題なのは、ニュー・イングランドの友人たちであった。チャールズ・キャッパーの詳しい情報によれば、エマソンやホレス・グリーリー、マーカス・スプリングからは直ぐに返事はなかったそうである。彼女は、コンコードの人々の反応に、とりわけ神経質だったようである。しかし、旧来の女友達であるリディア・マライア・チャイルドやセアラ・クラーク、エリザベス・ホアたちは、フラーに全幅の信頼を寄せていた。ホアは、「マーガレットは自分の行動を護ることができると信じているわ」ということであった (Capper II 474)。

オッソリは、実際二十六歳でフラーより十歳下だった。彼は一八二一年一月十七日生まれ、六人の子供の末っ子で、母親は彼が六歳の時に亡くなった。彼の家族は彼をアンジェロと呼んでいたが、その時、セント・エプフェミア一八八番地の宮殿に、子供がなく母親代わりの姉アンジェラとその夫、アンドレイ侯爵、そして病気の父親と住んでいた。その当時は、アンジェロが病気の父親の世話をしていた。(もう一人の姉マチルダは、リムリックに住むアイルランド人と結婚して、アンジェロの先例を作っていた。) 財政的には大いに没落したとはいえ、彼等の家族は未だ尊い貴族の家系であり、二世紀にわたって教皇庁の重要な高官を輩出していた。この伝統により、ジョヴァンニ・アンジェロの父親フィリッポは、教皇庁で有力な地方の行政官に奉職、彼の兄たちアレッサンドロとオッタヴィオは、教皇の近衛兵で大佐を務め、長兄ジュゼッペは、ローマ領の行政官並びに教皇庁の秘書官を務め、後に家長となる人であった。とにかく、家族の文化的な環境とその教育にも拘らず、ジョヴァンニが自分の自由主義的な政治信念に固執することは、彼をして家族の黒い羊にしてしまい、当然兄たちは、数回にわたって彼のことを教皇庁に報告すると脅かしたのだった。

九月の終わりに、オッソリ家族はフィレンツェに着いた。フィレンツェでは、ヴィスコンティ侯爵夫人と馬車での散策や庭園での会話を楽しんだが、アメリカ人の画家、彫刻家やその家族が、フラーの家族をパーティ、劇場、オペラ、特にベッリーニやロッシーニのオペラに招待した。『ポカホンタス』像や『水の精オンディーヌ』像を製作した彫刻家ジョセフ・モジエ（一八一二―七〇）は、毎週土曜日の夜、アメリカ人のためのパーティを開き、経済的に苦しいフラーの気持ちを和らげたであろう。ボストン富裕層の、クインシー・アダム・ショー（一八二五―一九〇八）や妹アンナ、後にサウス・ケンジントン博物館の学芸員になったイギリス人チャールズ・C・ブラック（一八〇九―七九）も出入りした。

フラーは、自分が革命家として活動したことやオッソリ侯爵について、フィレンツェで周囲の人がまったく口にしないことに満足していた。この年は、息子の健康も回復して、フラーが一番幸せに見えた時期であった。だからと言って、彼女のことをよく言わない人がいなかったわけではない。そのことがホーソーンの死後、息子ジュリアン・ホーソーンが、彫刻家ジョセフ・モジエ（一八一二―七〇）の言葉、「アンジェロ・オッソリは薄バカで、マーガレットの『イタリア革命史』の原稿なんか存在しなかった」という箇所を著書『ナサニエル・ホーソーンとその妻』(Chevigny 416–19) で公表した際、ホーソーン家とフラー家の人たちの間で、スキャンダルになった。これは、ホーソーンの言葉の真義や、フラーの夫婦関係が問題になるばかりか、作家が公表しなかった日記や書簡を後世の人間が公表することの意味を問うばかりでなく、その内容と作家の立ち位置や意向を正しく理解するかという重大な問題を含んでいる。

## 3　詩人エリザベス・バレット・ブラウニング

フラーは、以前フィレンツェの旅行でブラウニング夫妻には会うことができなかった。今回初めて会うことになったが、ブラウニング夫人の手紙は、フラーが考えている以上に、フィレンツェではフラーの結婚が周囲を驚かせたことを示している。

アメリカの作家、フラー嬢は、ローマ滞在中書簡をかわす間柄であったが、共和主義者の熱心な友人であり病院では賞賛に値する貢献をした。だが、ローマの戦場から夫と一歳の息子を連れてフィレンツェに現れ、私たちを驚かせた。誰もこの脇筋（たくらみ）があるとは全く疑わず、彼女のアメリカの友人たちも三人がここに出現した時、驚いて棒立ちになった。夫はローマ人の侯爵で、感じが良く紳士的であり、ローマ攻囲の際、武勲を挙げたと言われている。しかし、知性に関連するどんな事柄も妻と釣り合う気どりはみせず、彼女が話すと、彼は耳を傾ける。私はいつもそのような結婚の形に驚く。しかし人々はとても異なっているので、彼らのような結婚の理想もそのうち答えがだせるかもしれない。

(*EBB Correspondence* XIV 15–28)

エリザベス・バレット・ブラウニングは、イギリス国内だけでなくジャマイカで奴隷を使い大農園を経営していた父親の下で裕福な少女時代を送り、ギリシャ語、ラテン語、ヘブライ語を学んだ。十四歳の時に詩『マラトンの戦い』を私費出版。一八四三年の詩「子供の叫び」は、炭鉱で働く子供を取り上げ、政府関係者を動揺させ、議員たちの改革活動を促した。一八四七年工場法が改正され、若年労働者と女性労働者の労働時間を一日あたり最高十時間に制限する十時間労働法の成立を見た。フラーもイギリスで炭鉱の見学を試みたのは、ブラウニングの詩が心にあったからだと思われる。エリザベスの詩に感動したロバートが手紙を送り、それがきっかけで結婚までの約二年間、二人は五七四通のラブレターを送り合った。一八四五年九月に結婚しイタリアへ駆け落ちをする。フラーがロンドンに到着した時、二人は駆け落ちした後であった。フラーは超絶主義グループの機関誌『ダイアル』の編集をしている時ヨーロッパの作家を紹介していたが、夫ブラウニングの詩『鐘とざくろ』も含まれていた。

エリザベスの代表作はロバートとの恋愛がベースになった四四のソネット詩集『ポルトガル語からのソネット』(一八五〇)、少女オーロラの成長と恋愛話を基調に書かれた物語形式の詩『オーローラ・リー』(一八五七)であるが、これらはフラーの死後出版され、その恋愛詩は英米両国で大流行した。

(38) イギリスの詩人エリザベス・ベネット・ブラウニングと息子。Elizabeth Barret Browning, her son. Reproduced by permission of the Provost and Fellows of Eton College, UK.

フラーの結婚の実態について、ブラウニング夫妻はやむを得ず、認めたであろうが、実はフラーの社会主義の方が、より深刻な障害であったかもしれない。ブラウニング夫人にとって、ふたりの関係の中でひとつの欠点は、政治的なことだった。彼女は、自由主義的だが民主主義者でなく、二年前にフラーから『十九世紀の女性』を受け取った後に、吐き出すようにロバートに言っている。「ニュー・イングランドの女性とか、女性の使命とか、私は大嫌い」「まるで、大きな神の善が、こんな善悪の解釈で行われるなんて。」「ヨーロッパの政治についても、彼女の意見は同じようだわ」(BCXI, 281 Jan. 4, 1846)。エリザベスは抑圧されたイタリア人に同情はしていたが、イタリア人の知的な能力には疑念を抱いていた。後に、カトリック君主制の反動と、フランスの壮大な「左派」(Reds) に対して必要な阻止だとして、ルイ・ナポレオンのクーデターを歓迎した。もちろん、ブラウニング夫人は、フラーの過激主義にショックを受け、友人には「オッソリ夫人は、例の徹底的な「赤」(社会主義者) で、身分制度を軽蔑するの」と言っていた。前年度、ブラウンニング夫人は、教皇やフィレンツェの大公、それに『ロンドン・タイムズ』紙の意見に賛同していたからである。

フラーは一八四九年二月十二日、スプリング夫妻に長い手紙を書いている。彼女がどんなに彼等の平和主義から出発し、アメリカ型のフーリエ主義へ近づいたかを鑑みながら、ロンドンで一緒に見学した公衆洗濯場をマーカスが本国アメリカで創設したことに賛辞を送っている。また、平和主義を唱道するクエーカー教徒マーカスとレベッカ夫妻に対して、自らの行動を律する革命の正統性を整理しようとしている。

私は熱狂的な社会主義者になりました。他に何の慰めもないし、この時代の問題に対する解決策がないからです。

平和的な方法で事を処理するのが最善であるというあなたの意見は、心底正しいと思います。もし、誰かが平和的な道筋を見つけたら、それは神の御名によってなされるでしょう。しかし、もし誰かが巨大な悪事に対して抵抗するのを辞めたら、それまで情熱的に構築した彼の業績は損なわれ、或いは他の手段をとる権利を保持すべきか確信するでしょう。その間、私は自分の手を血で汚さずにいられるか確信が持てません。私にその力があるか疑っています。［穀物法廃止連盟で活躍した］コブデンは善良な人間ですが、もし彼が［ハンガリー独立運動の指導者］コシュートの立場だったら、彼はオーストリア軍に対して剣を抜かなかったでしょうか？　マーカス、あなたは、クロアチア人がレベッカを辱め、エディを連れ去りオーストリア人の農奴にし、埃の中で可愛い息子の血を流すのを許しますか？　モーゼがエジプト人を殺している間、キリストは唾を吐きかけられ、その〈死刑〉に何の害もなかったのも事実です。あなたは正しいし、――あなたはそういう権利があります。しかし、あらゆる条件下で、マーカス、あなたはそれを実行できますか？　ローマの神政政治に蹂躙されたら、全力でそれを振り払おうとしませんか？　他の方法を練る機会を望みながら、何世紀も待とうとするのですか？　もし、そうであれば、あなたはキリスト教徒です。［ローマで］私が小競り合いの中にいたふりをしないと言うことを御存じですね。それにしても血の洗礼の苦悶の中で、ああ、どんなにかローマで、六月の黄金の日々は深かったでしょうか？［イタリアの革命に］同調しながらも、私はしり込みして、血を流すこともできませんでした。キリストは弟子たちが暗い河を渡るのを見る必要はなかったのです。彼は独りで行きました。しかし、疑いもなく、彼は預言者の心をもち、聖戦を予知していたのです。(Chevigny 489)

これこそヨーロッパで成長した最高のフラー、熱狂的で闘志を漲らせ、預言者の威厳を示したと称賛したのは、キャッパーである(Capper II 487)。しかし、革命の戦闘を恐れると同時に感受するという率直さには、アメリカ娘の顔を覗かせるフラーの名状しがたい魅力がある。もちろん、フラーはヨーロッパ知識層の全世代同様、一八四八・四九年を歴史の転換点と見ており、社会主義をその敗北に対する論理的な答えとして深く政治に関与するものとして理解していた。一方、ブラウニング夫人は階級制度や貴族特権のない共和制政治の社会を想像できなかったようであるが、目覚ましい活躍をするジョルジュ・サンドを称賛することにはやぶさかではなかった。彼女は、「認識」「欲望」というタイトルで、二つのソネットを、サンドに献上している。そのひとつを示す。

認識

真の天才、だが、真の女性よ！
お前は女の感情を男のような侮蔑で否定し、
か弱い囚われの女たちがまとう
安物の胸飾りや腕輪を打ちこわすのか？
ああ、無益な否定だ！　あの反抗の叫びは
寄る辺ない女のすすり泣きだから。
お前の女らしい髪は、姉君よ、はさみが入らず、
男の名前を認めず、苦しげに乱れ背後に波うっているではないか。
詩人の情熱でお前が燃やす世界の前に、
女の心が、大きな炎でさらに強く打つのが見える。
心臓の鼓動よ、もっと清らかに、もっと高く打て、
天の岸辺では、神がお前の性を取り除き、

肉体のない魂となって
清らかにのぼりますように！　(*Works of EBB* 2-239)

彼女は、ジョルジュ・サンドについて、最後に「天国で性を取り除いた」存在を寿ぐのである。これを読むと、当時の人々にとって、また、エリザベスにとって、女性とは、宝石をまとい長い髪をゆらす者のようである。サンドの言葉や苦しみや、庶民への期待は、どこにいってしまうのか。「性は、ひとつしかない」（ブシャルドー 221）と述べたサンドの主張は、どこにいってしまったのだろうか？

一方、ロバートは一八四一年から一八四六年の間、『鐘とざくろ』というタイトルの下に、七つの詩劇を出版し、その中には、「ピッパが通る」、「盾の汚れ」、「ルリア」がある。彼の作品で有名なものはみな詩劇の形式で書かれている。ロバート・ブラウニングは、その詩の全き即時性と口語体が永遠の魅力を保ち、無類の「近代」詩人としてヘンリー・ジェイムズから賞賛されている。彼は、片田舎の景色に典雅な風情を加え、庶民の卑近な言葉と抒情を織り交ぜ、街路や市場の日常をヴィクトリア朝の純化された詩の世界へと導入したと称された。一八六八年に出版された『指輪と本』では、フィレンツェの貴族が妻を殺害し処刑される筋書きだが、その裁判で十人の登場人物がそれぞれ意見を述べる一連の〈劇的独白〉の形式をも

(39) イギリスの詩人ロバート・ブラウニング。Robert Browning (1812–89). Reproduced by permission of the Provost and Fellows of Eton College, UK.

ち、人間心理の複雑さと多様性を浮彫にした作品である。
日本では、上田敏の訳詩集『海潮音』に掲載された詩「春の朝《あした》」が有名であるが、これは独立した短詩ではなく、『ピッパが通る』という長編劇詩の一節である。一年一度の休日にピッパが「アソロで最も幸せな四人」と思っている家の前を通る。そのうちの一人オッティマは、ピッパの勤める工場のオーナー夫人で情夫と結託して夫を殺したところで二人は口論中だった。ピッパの屈託のない歌声と詩の内容に情夫は心を動かされ、犯した罪の重さを悔やむ。その傍を通る少女ピッパのうたう歌詞である。ヴィクトリア朝文化の安寧と荘重を象徴していると思われる。

春の朝

時は春、
日は朝《あした》、
朝《あした》は七時、
片岡《かたをか》に露みちて、
揚雲雀《あげひばり》なのりいで、
蝸牛《かたつむり》枝に這《は》ひ、
神、そらに知ろしめす。
すべて世は事も無し。

（「万年艸」明治三五年一二月発表）（『海潮音』明治三八年十月刊所収）
『海潮音――上田敏訳詩集』（新潮文庫 1952/11/28）

この時期は、常に息子ニノとの豊かな時間で最も強い絆をしあわせに感じたフラーであったが、その一方、「私は、すでに多くの苦しい時間を費やしたこの四年間の研究や資料を棄てたくない」と考えていた。ローマ共和国革命史を書こうという目標は、フラーの心から離れたことはなかった。しかし、出版社を探すのはた易いことではなかった。彼女は部分的に完成した概要をカーライルに送った。彼は、以下のような推薦文を付けて、チャップマン社に送った（Capper II-484）。

マーガレット嬢は、アメリカの貴婦人で、熟年を迎え、恐らく四十歳あまりだろう。痩せていて体つきがおかしいが、指先まで熱く燃えるような魂の持ち主で、熱心で、意志堅固、雄弁である。真実、極めて素晴らしい文章を書き、常に崇高な情熱が隅々に行き渡っている。その描写は明確で、端的、生き生きしている。高尚で真摯な趣意を持つが、［……］彼女は、エマソンの偉大なる信奉者だが、ドイツ語や他の外国のことについては彼よりも理解が深い。実際、教条的、独裁的で、事実、積極的な性格とまでは言わないが、彼女はずっと激烈で、自立している。（Carlyle XXIV 183）

カーライルらしい褒めようであったが、チャプマン社は概要ではなく、彼女の原稿が読みたいと言ってきたし、また、イギリスでは著作権法が変更されたことで、外国人の出版が複雑になったという理由で断られた。フラーの試練はこれだけではなかった。自身の病状が続き、夫ジョヴァンニの仕事が決まらなかった。フラーの病的な姿は、フレデリック・ヘンリー・ヘッジ等知人たちの驚きを招いた。だが、フラー自身はカサ・リブルの六階で自分たちは幸せな家族像を営んでいると確信し、しばらくの間帰国し、イタリアが落ち着いたらまた戻ってこようと思っていた。アメリカ行きの手はずがほぼ整った一八五〇年四月十一日、エマソンから突然、手紙が来た。フラーが結婚しひとりの子供の母親であり、しかも夫は侯爵であることを知ったニュー・イングランドの人々はショックを受けたのだ。エマソンは「しばらくの間、君は今の所にいるのが賢明である。君の著書は、君がイタリアの住民である方が、アメリカへの帰還者としてよりも信頼性が高いと思うからだ」(Emerson LV 199) と述べた。続いて四月十四日、旅行の同行者だったレベッカ・スプリングから手紙がきて、リディア・マライア・チャイルド、グリーリー、パーク・ゴドウィンと一緒の意見であることを示し、「皆はとてもあなたに会いたいと思っているのだけれども、現在の帰国は、望ましくない」と言ってきた。「もし帰国しても、あなたは自分や自分の夫が幸せではないとすると、筆力が落ちるのではないか」(FP IX 36)。四月十七日には、さらにマーカス・スプリングから、手紙が来た。彼は、フラーに幼児を抱え仕事のない夫と共にアメリカに住むより、フィレンツェに住む方が経済的だと主張し、アメリカで生活するのはとても困難であると言ってきた (FP IX 136)。

フィレンチェに住むアメリカの友人たちも、必ずしもフラーの船旅に賛成ではなかった。ジョン・マテスン (Matteson 411) の意見では、アメリカに帰国するという彼女の決心が、単に理性に基づいたものだとすれば、ある本質的な部分を無視しているかもしれなかった。人はその場のはずみで選択するものだからそのプランを翻すのは、今更、臆病としか考えられなかっただろう。とはいえ、これらの意見はやはり後づけに過ぎない。事故は起こったのだ。

## 4　エリザベス号の難破

フラーたちの乗船したエリザベス号が、ニューヨーク沖のファイア・アイランドで座礁し、家族もろとも溺死したというニュースは、アメリカの大事件として、大変詳細に当時のジャーナリズムに取り上げられている。ここでは、出来るだけ簡単に事実を記す。

蒸気船は、安全であったが船賃が高く、フラーたちはフィラデルフィアの商船エリザベス号に乗ることに決定した。船長とその妻がフィレンツェに上陸し彫刻家のグリノーを訪問した時、フラーは彼らに会って安心したのだ。五月十七日にオッソリの家族は船長へイスティの小舟で二マイル先のエリザベス号へと向かった。海は穏やかで、二日目にフラーは頭痛や船酔いから解放され、家族との船旅を楽しんだ。一週間後、船長は高熱を出し、頭部や背中の痛みを訴えた。数日後、容態の変わった船長は、ジブラルタル付近で亡くなってしまった。おそらく、天然痘であったらしいが、六月九日から船長の代わりに、一等航海士のバングズ氏が船の指揮を執った。ところが、その二日後、ニノが熱を出し、顔が腫れたが、ようやく九日目には腫れが引いて目が見えるようになった。その後は穏やかな船旅であった。

七月十八日にはバーミューダ島の東側をとおり、翌朝には到着だと、一等航海士バングズ氏は告げた。不慣れなバングズ氏は、ロングアイランドの少し南を航海していることに気がつかず、船は沿岸の西をえぐっている強い流れにはまっていた。長い年月、大波がロングアイランドの浜に砂を落としてきたので、そこには長い砂洲が形成されていたのだ。七月十九日午前三時三十分に、エリザベス号はこの砂洲のひとつに衝突した。乗客は最初の衝撃で、ベッドから突き落とされ、次の大波が船尾を持って行ってしまった。その衝撃で、大理石の荷物が船の片側に移動し、片側は傾斜し大波に突き上げられた。ヘイスティ夫人が部屋から外をのぞくと、オッソリと他の乗客がメイン・キャビンに集まっていた。フラーは、白い寝着を来て肩まで垂らした髪の毛はぬれていたが、懸命に大声で叫ぶニノをあやしていた。

少したって、甲板に出た乗客や水夫たちには、陸地に救助隊がいるのが見えた。フラーが救命具をふたつ持ってきたが、ひとりの水夫がそれをもって海に飛び込み、もうひとりもそれに続いた。彼らは、高波に押し流されたが、ようやく遠くの岸辺に着くのが見えた。二人に勇気づけられて、ホレス・サムナーが円材をもち海に飛び込んだが、たちまち沈んでしまった。その後は、皆呆然とし、気分が悪くなり、座り込んで助けを待った。

岸辺の人々の動きは活気づいたが、ハリケーンの大波の前に誰も救助に来るものはいなかった。バングズ氏はフラーに息子を預けるように説得したが、彼女は首を振るばかりであった。遂にしびれを切らしたバングズ氏は、絶望して「自分で助かれよ」と怒鳴り、海に飛び込んだ。彼の後に、大方の水夫たちが続いた。四人の水夫と四人の乗客が残った。午後三時には、船はふたつに割れて沈みだした。甲板にいる八人は集まったが、直後大波を受けて、人影は甲板から見えなくなった。この辺りの状況については、船長夫人キャサリン・ヘイスティとフラーの友人キャロライン・スタージス・タッパン (FMW XVII) の手紙等たくさんの異なる資料があるが、主要なことは一致していると言われる。

「運命の難破――恐ろしい生命の損失、マーガレット・フラー溺死」、『トリビューン』紙が派手な見出しで飾り立て、船の乗客・乗員二十三名中八名が亡くなったことを報道した。数日間は、メイン州からサウスカロライナ州までの新聞がこのニュースを取り上げた。その前年、カリフォルニア州の金鉱発見のレポートで名を馳せたベイヤード・テイラー（一八二五―七八）が、グリーリーの下で働き、一週間余り生存者とのインタヴユーや関連した逸話を報道した。グリーリーは社説で、いわゆる多数の「海賊」たちが難破船から流れ出た貴重品を略奪したことだけでなく、近隣住民たちの救出に対する無策についても強い非難を浴びせた。

エマソンはソローに「あらゆる情報と、出来れば、原稿や物品の破片でもよいので」持ち返るようにという希望を託したので、ソローは難破船近くの浜辺で人びとの話を聴いて一日過ごした。また、近くの村パトチョーグへも牡蛎舟を出させて、村人のひとりからオッソリの上着をみせてもらい、コートからボタンを切り取りポケットに入れて帰ってきた。五日後の彼の日記である。

僕は、ポケットにひとつ、ボタンを入れている。それはあの日、浜辺で、オッソリ侯爵のコートからもぎ取ったものだ。それをかざして見ると、光をさえぎり――実際のボタンだから――しかしそれに関わるすべての命は、僕にとって実態がないのだ。それは、僕のはかない夢よりも興味がわかない。我々の思考は、所詮、我々の人生の中の出来事だ。その他すべては、我々がここにいる間、吹いてきた風の便りに過ぎない。(Mehren 337)

この後、ニノの屍はマサチューセッツ州に戻り、ケンブリッジにあるオーバーン墓地に埋葬された。フラーとオッソリの屍は決して見つからなかったし、フラーが持って帰ったと思われる、『ローマ共和国革命史』の原稿も見つからなかった。エマソンとチャニング、クラークなどがグリーリーの発案で、フラーの回顧録を出版することになった。

# むすび

フラーの活躍とその海難事故は、多くの女性たちに衝撃を与えたようである。フラーが亡くなって程なく、アメリカ中西部や極西部のあちこちに女性たちは、「知的社会の発展のために高度な責任を果たした人物」として評価し、「マーガレット・フラー・クラブ」を立ち上げたのであった (Flexner 68)。

また、その年の秋、一八五〇年十月、マサチューセッツ州ウースターの第一回全米女性の権利会議が、予定されていた。マーガレット・フラーの著作『十九世紀の女性』に促されて、全米女性の権利会議が前々年、一八四八年に開催されていた。指導者のひとりケイディ・スタントンは、フラーの『対話』に参加したことがあった。委員長のポーリナ・ライト・デイヴィス(一八一三—七六)は、フラーが帰還中、参加の表明をしていたことを伝え、「私は、彼女に、少なくとも、この運動のリーダーシップを取ってほしいと思っていた」と述べた (Stanton & Anthony 1: 217)。フラーの代りに十月二十三日二十四日にウースターに集まったのは、オハイオ州、ペンシルヴァニア州、ヴァーモント州、北部ニューヨーク州からはるばる来た代表議員たちであった。聴衆は、ソジャーナ・トゥルース(一七九七—一八八三)[1]、ルクレシア・モット(一七九三—一八八〇)、フレデリック・ダグラス、ルーシー・ストーン(一八一八—九三)[2]、ウィリアム・ロイド・ガリソンたちの、女性参政権や他の改良運動について全体計画に耳を傾け、マーガレット・フラーに黙祷を捧げた。

歴史の大きな潮流が、フラーの存在を生存中だけでなく死後も浮かび上がらせたと言うのが、キャパーの意見であるが、彼女の業績が確立されたのは二十世紀以降である (Capper 516)。非暴力主義者ウィリアム・ロイド・ガリソンの時代から、奴隷制廃止運動が武力闘争に突入し、南北戦争の勝利への悲惨な道筋は、フラーの革命経験が、その死後もアメリカ本国に大きな影響を及ぼしたと言えるかもしれない。一八五九年ジョン・ブラウン[3]によるハーパーズ・フェリー事件を発端に、マライア・チャイルドが暴力闘争を認めたのは、心の片隅にフラーの姿があったからであろう。確かに、フラーのロマン主義的な自由主義《リベラリズム》を目指す政治闘争は、ブルック・ファームの同胞たちの政治に消極的な社会主義やユートピア実験よりも、否、個人主義的な反抗者であるエマソンやソローとは違って、国家の運命に先んじていた。もちろん、一八五〇年代の奴隷制廃止運動がどれほど危機的であったにせよ、個人の力を越えた歴史の行方は誰にも分からない。実際、フラーの社会主義的な声は、一八五〇年代の『トリビューン』紙の労働組合や政治闘争への偏向と融合し、その一方、フラーの悲劇的な歴史感覚は、次の十年間、自由主義の勝利と戦後の幻滅をもたらした。フラーは、理想主義を熱心に叫び、自己犠牲を強いるヒロインでもあり、ローマ攻囲の最中に看護師として働いたので、無数の追従者を数えたが、中でもホイットマンの詩は有名であるだけでなく、南北戦争中、多くの一般女性の生活を勇気づけたのである。南北戦争後、フェミニズム運動の高まりで、フラーは、フェミニズム運動「第一波」の指導者として称えられ、彼女の名声は極まった。

アメリカ史の中で、一九六〇年代はフラーを浮かび上がらせる分水嶺であった。「第二派」フェミニストの学者たちが、フラーを先駆者として発見し、ジェンダー論研究とフェミニズム運動が爆発的に発展していった。著作『新しい女性の創造』（一九六三）の大きな反響から第二波フェミニズムのリーダーとなったベティ・フリーダン[4]、マリアローザ・ダラコスタのマルクス主義フェミニズム、ナンシー・チョドロウの精神分析フェミニズム、ミシェル・フーコーなど脱構造主義の影響下、黒人作家ゾラ・ニール・ハーストンを発見した脱構築のバーバラ・ジョンソン、ジュディス・バトラー、声なき声の女性を救うサバルタン研究のガヤトリ・スピヴァック、サイボーグ宣言をした社会主義フェミニスト、ダナ・ハラウェイなどによって、フラーの投げかけた様々な女性問題が、各方面で文化的地平を拡げて解釈され、新しい議論や運動を継続させ展開させられていった。

これらは、フラーが我々に残した功績のうち、ほんの一部である。我々は、フラーがイギリスの新産業都市では、ぼろを着た女性労働者の姿に心を痛め、ローマからは、「我々の母国が危機に陥っている」と報道し、イタリアの近代化を望んでいたことなど、忘れることはできない。ただ、フラーの光り輝くインスピレーション、ロマン主義的な解釈、本質から外れない理論追及が、未来の歴史に再び、彼女の姿を浮かび上がらせるであろう。

# 注

## 序章

（1）超絶主義　一八三〇年から六〇年頃にニューイングランド地方のユニテリアン派（伝統的に堅持された三位一体説の神学に反し、『神は唯一の位格をもつ父なる一体の存在とする』）牧師たちが「超絶クラブ」設立、エマソンは評論「自然論」において超絶主義を広めた。超絶主義は客観的な経験論よりも主観的な直観を強調し、その中核は人間に内在する善と自然への信頼である。ドイツのロマン派、イギリスの経験論、カント観念論の折衷だが、カーライルやコールリッジらの思想にも依拠した。

（2）ポート・スクール（Port School: Cambridge Port Private Grammar School）　ボストン・ラテンスクールに対抗し、ハーヴァード大学の準備学校としてハーヴァード大学の教官が始めた中学校。女生徒の入学も可。詩人オリヴァー・W・ホームズがフラーの同級生。

（3）ドクター・パークス・ボストン女学院（Dr. Parks Boston Lyceum for Young Ladies）　十九世紀、アメリカ東部でトップと言われた女子中学校。外科医で新聞の主幹をした校長が一八一一年に開校。カリキュラムは厳格にアカデミックで、ラテン語、仏語、修辞学、三角法や自然科学、ギリシャ・ローマの古典を重視した。

（4）カーティス、ジョージ・ウィリアム（Curtis, George William 1824–92）　編集者・評論家 一八四二年から四四年兄とブルック・ファームで暮らし、その後四年間、欧州、エジプト、シリアへ旅行。社会活動家のアンナ・ショーと結婚。奴隷制廃止運動の地下鉄道、先住民族支援、女性参政権運動・公教育運動等に活躍した。『NYトリビューン』紙、『ハーパーズ・ウィークリー』の政治欄で人気を博した。

（5）リプレイ、ジョージ（Ripley, George 1802–80）　社会改革者・ユニテリアン教会牧師・超絶主義運動の創始者　マサチューセッツ州ウェスト・ロクスベリのユートピア実験農場ブルック・ファームの創設者。ブルック・ファーム倒産後一八四九年年『NYトリビューン』紙のコラムスト。『新アメリカ百科事典』出版で大成功。

（6）ダナ、チャールズ・アンダーソン（Dana, Charles Anderson 1819–97）　ジャーナリスト、作家、官僚。ハーヴァード大学中眼病のため二年で退学、一八四一年～四六年ブルック・ファームで暮らす。『NYトリビューン』紙の編集長。南北戦争時、戦争省とユリシーズ将軍の連絡係をし、陸軍次官補となる。一八六八年『NYサン』紙の編集長および共同所有者となる。

（7）アメリカのホイッグ党　ジャクソン政権の強大化に対し、一八三三年創設者・指導者ヘンリー・クレイを候補者に大統領選挙に臨み、保護貿易主義、連邦政府の強化、合衆国銀行の復活、最高裁や上院の権威の維持といった主張を掲げたが敗れ、その後奴隷問題で分裂し、リンカーン等は共和党を結成した。

（8）ネヴィンス、ジョセフ・アラン（Nevins, Joseph Allan 1890–1971）　アメリカの歴史家・ジャーナリスト　南北戦争の歴史と経営史の研究家、ヘンリー・フォード、ロックフェラーなど伝記を出版。『アメリカ人の伝記事典』（1834–36）で四十項目寄稿した。

（9）サン・シモン主義　フランスのサン・シモン伯の産業主義。社会の富の源泉は産業であり、政府の役割は産業の育成保護にある、社会の指導者は産業人であると主張。王侯貴族よりも産業人を重視したことは歴史的大転換。弟子たちは第二帝政期、銀行や鉄道、パリ万国博覧会などで、フランスを自由貿易主義に転換させた。著書『産業階級の教義問答』（1823）『新キリスト教』（1825）

（10）フーリエ、フランソワ・マリー・シャルル（Fourier, Francois Marie Charles 1772–1837）　フランスの哲学者 倫理学者 社会思想家「空想的社会主義者」一八〇八年『四運動の理論』を発表。情念引力論により一、六二〇人から成る農業アソシアシオン（association, 協同体）、ファランジュの建設を提唱した。著書『産業的協同社会的新世界』（1829）。

### 第一章

（1）クラーク、ジェームズ・フリーマン（Clarke, James Freeman 1810–88）　アメリカのユニテリアン牧師、女性の権利を擁護し、ケンタッキー州ルイヴィルで教会牧師を務めた。雑誌『ウェスタン・メッセンジャー』編集。奴隷制廃止運動にも活躍。

（2）ピュックラー＝ムスカウ（Pückler-Muskau, Hermann von 1785–1871）　ドイツ貴族。造園家、作家、グルメ、世界遺産となったムスカウ公園で名声を得る。著書「社会の旅行者」ムスカウ開発のピュックラー・アイスは有名。

（3）トクヴィル、アレクシ・ド（Tocqueville, Alexis de 1805–59）　ジャクソン大統領時代のアメリカを見聞し民主主義を考察。『アメリカのデモクラシー』（1835）刊行。二月革命でバロー内閣の外相を務める。一八五一年ナポレオン三世のクーデターに巻き込まれ政界を退く。著書『旧体制と大革命』（1856）『二月革命の日々』（1892）

（4）カーヴァー、ジョナサン（Carver, Jonathan 1710–80）　ウィネバゴ族社会における二人の女王について記録。マサチューセッツ州植民地部隊の隊長。ミシシッピ谷と五大湖地方の探検を記録した『北米内陸部探検記』（1778）は欧州人のアメリカ大陸への関心を誘った。

（5）スクールクラフト、ヘンリー・ロウ（Schoolcraft, Henry Rowe 1793–1864）　ミシシッピ川源流部探検・アメリカ先住民文化の初期の研究（1832）。一八五〇年代『アメリカ先住民研究』六巻出版。ミシガン州のインディアン省勤務、妻ジェーン・ジョンストンの母は、オジブワ族首長 *Waubojeeg* の娘である。

（6）マッキニー、トーマス・LMS（McKenney, Thomas Loraine 1785–1859）　一八二四年年から三〇年までインディアン局勤務。インディアン教化策を推進し一八三〇年強制移住法案に賛成。共著ジェイムズ・ホール『北米大陸のインディアンの歴史——おもなる酋長の評伝と一二〇枚の挿絵』『五大湖旅行記——チッペワ族の性格と習慣、フォンド・デ・ラック条約関係書』

（7）アデア、ジェームズ（Adair, James 1709–83頃）『アデアのアメリカンディアンの歴史』(1775) アイルランド出身。アメリカ南東部の森林地域でインディアン商人となる。後に、フレンチ・インディアン戦争で活躍。

（8）カトリン、ジョージ (Catlin, George 1796–1872) アメリカ合衆国西部開拓時代の画家、著作家、旅行家。インディアンの肖像を好んで描いた。セントルイスを中心に一八三〇年からクラーク将軍と共に旅行し、五〇の部族を訪れた。

（9）ジェミソン夫人 (Jemison, Mary Deh-he-wä-nis 1743–1833) ペンシルヴァニアのアイルランド系白人。十二歳の頃インディアンの急襲でセネカ族家族の養女となる。二人のセネカ族男性と結婚。一八二四年捕囚物語を出版。

（10）ブラウン、チャールズ・ブロックデン (Brown,Charles Brockden 1771–1810) アメリカ版ゴシック小説の父 作家・歴史家。ウィリアム・ゴドウィンなどの影響で「アルクイン」(1798) を発表。『ウィーランド』(1798)『オーモンド』(1799)

（11）ゴドウィン、ウィリアム (Godwin, William 1756–1836) イギリスの無政府主義者。カルヴァン派牧師の息子。権威に対する徹底的な反抗と精神的自由を主張。一七九三年著書『政治的正義』 各人が理性に従い利己心を滅却すれば社会的調和が生まれ、私有財産制度を前提とする政府を避けることが可能になる。彼は未来に独立した生産者である個人の小集団により構成される共産主義社会を構想し、政治制度は不要となると主張。彼のユートピア社会実現の信念は、マルサスの『人口論』(1798) 出版の呼び水となった。『女性の権利の擁護』(1792) の著者メアリー・ウルストンクラフトは妻。

（12）ヘーゲル、ゲオルク＝ウィルヘルム＝フリードリヒ (Hegel, Georg Wilhelm Friedrich 1770–1831) ドイツの哲学者。自然・歴史・精神の全世界を、矛盾を蔵しながら不断の変化・発展の過程と見て、これを絶対精神の弁証法的発展の過程とした。（絶対的観念論）。また欲望の体系としての市民社会概念を明らかにした。ドイツ観念論の完成者。その正・反・合を基本運動とする弁証法は、マルクスにより弁証法的唯物論として批判的に継承された。主著『精神現象学』(1807)『論理学』(1812–16)『法律哲学綱要』(1821)『哲学的諸科学エンチクロペディ』(1839)

## 第二章

（1）スタントン、エリザベス・ケイディ (Stanton, Elizabeth Cady 1815–1902) アメリカの女性参政権主義者、奴隷制度廃止論者。一八四八年にセネカフォールズ会議で発表した「感情宣言」は女性参政権運動に先鞭をつけた。全米女性参政権協会会長。

（2）フラーの『十九世紀の女性』は、単に政治的な女性の権利を求めただけでなく、女性の修養も主張し、女性が人間として成長できる社会を要請したと言う意味で女性解放論とした。本稿では、女性の人権や活動を認めさせようとする思想をフェミニズムとして使用したが、フェミニズムという語は、二十世紀の初頭に初めて使用されたと言う事実を踏まえて、『十九世紀の女性』は、女性解放論とした。

(3) サンド、ジョルジュ (Sand, George 1804–76) フランスの作家、フェミニスト。一八二二年デュドヴァン男爵と結婚したが別居。ショパンとは領地ノアン等で同棲。二月革命時『共和国公報』執筆。フランス田園地帯等で若者の成長を描いた。『アンディアナ』(1832)『レリア』(1833)『モープラ』(1837)『コンスエロ』(1842–43)

(4) ラムネー、フェリシテ・ロベール・ド (Lamennais, Félicité-Robert de 1782–1854) フランス・カトリックのキリスト教社会主義者。一八一七年『宗教に対する無関心論』の第一巻を発表。初めローマ教皇の承認を得たが、一八二六年の『政治的および社会的宗教の考察』で罰金。一八三〇年革命当時新聞『未来』(Avenir) を創刊、教育と出版の自由、政教分離、僧禄の国庫支弁の廃止、教皇と政府の和親条約の廃止を訴え、普通選挙と地方分権を主張した。一八三四年『信者の言葉』発行、教皇に破門された。二月革命後に新聞『立憲民衆党』創刊、パリ地区から国民議会議員となる。七月選挙法改正に反対し新聞の刊行を停止。

(5) バルザック、オノレ・ド (Balzac, Honoré de 1799–1850) 九十篇の写実的小説群《人間喜劇》を執筆。ソルボンヌ大学通学後、マレ街に印刷所を創業、破産も経験。社会全体を俯瞰する巨大な視点と同時に人間精神を精密に描き、芸術と人生、欲望と理性、聖と俗等二元論を持ち根源的な主題を扱う。一八三一年『ツールの司祭』一八三五年『ゴリオ爺さん』

(6) ヴィニー、アルフレッド・ド (Vigny, Alfred Victor, comte de 1797–1863) フランスのロマン主義作家。一八二二年詩集。一八二六年「モーセ」「洪水」「角笛」『古今詩集』を刊行。

(7) グラムシ、アントニオ (Gramsci, Antonio 1891–1937) マルクス主義思想家、イタリア共産党創設者。ムソリーニ政権に投獄された間『ノート』のヘゲモニー論、有機的知識人、戦争の位置などの思想が後世に影響を及ぼした。一九一三年社会党に入党。労働者による自主管理運動を展開。二三年イタリア共産党代表としてモスクワのコミンテルン執行委員を務める。共産党書記長で一九二四年下院議員に選出され、イタリアに帰国。ファシスト政権に逮捕され禁錮刑で健康を害し一九三七年、死去。

(8) モリー・ピッチャー (Mary Ludwig Hays McCauley 1754–1832) アメリカ独立戦争一七七六年六月二十二日ニュージャージー州モンマスの戦い砲兵の夫に同伴し、夫が倒れた後に大砲の操作を引き継いだ伝説がある。

(9) ハッチンソン、アン (Hutchinson, Anne 1591–1643) イギリス非国教徒の分離派。神が直接、信仰者の魂に精霊を伝えれば、聖書や伝統を越えた新しい啓示を受けると主張し、植民地で多くの男女の追随者を生み出し公会議でマサチューセッツ州植民地から追放された。植民地時代の信教の自由と女性聖職者の歴史上重要な人物。

(10) ガリソン、ウィリアム・ロイド (Garrison, William Lloyd 1805–79) アメリカの奴隷制度廃止運動家、一八三一年奴隷制度廃止運動の新聞『リベレーター』を創刊、アメリカ反奴隷制度協会の創設者。アメリカ合衆国で奴隷制度が廃止された後、一八六五年末『リベレーター』の発行を停止。前年五月に反奴隷制度協会の会長職を辞任。

(11)〈明白な運命〉(Manifest Destiny) アメリカの膨張主義思想。NYのジャーナリスト、ジョン・オサリバン (John O'Sullivan 1813–95) が『デモクラティック・レビュー』誌に一八四五年七月号に発表した。〈年々増加する幾百万のわが国民の自由発展のために、神に与えられたこの大陸を我々が拡大するというマニフェスト・デスティニーの偉大さ〉と書いた。

(12) イギリスの経験論 ヨーロッパ大陸の合理論と拮抗する形で一七世紀から一八世紀にかけて、ベーコン、ホッブスにより確立され、バークリー、ヒュームの不可知論に発展したイギリスの近代哲学。感覚的経験を認識成立の唯一の契機と考え、合理主義者の生得観念説に反対し、当時の市民社会形成の基礎となり、フランス革命を思想的に準備した。(ブリタニカ国際大百科事典)

(13) フランスの自然法 近世においては、自然権の観念によって置き換えられ、法を想像する人間の主観的権利とされる。その後、法秩序を基礎づけるグロティウスの立場と、自然状態を自己保存の欲求、およびこの欲求の合理的計算にもとづく実現を法秩序の基礎とするホッブス的立場が見られる。

(14) ルソー『エミール、または教育について』(1762) 作者は、『社会契約論』(1762) で特定した自然人が腐敗した社会を生き残ることを可能にする教育制度を説明する。理想的な市民が受ける教育を示すために、エミールと家庭教師という小説的な設定の子育て指南。おくるみの危険性と母乳育児を奨励した。第四編にある「サヴォワの助任司祭の信仰告白」が問題視され弾圧を受けた。

(15) エマソン『自然論』(1836) 宇宙と人間精神の照応に関する想を得て、精神の限りない解放を主題とした。自然という名称で呼ばれる「非我」、精神を取り巻く外界は、人間精神の比喩であり、感覚を超越した直観による真理の把握の必要性を説いた。人間精神の無限性など、アメリカ人の積極性を表現し、アメリカ精神論の古典となった。

(16) エルヴェシウス、クロード・アドリアン (1715–71) 十八世紀フランスの啓蒙学者。認識論では、コンディヤックの感覚論と当時の生理学の成果から、人間精神の活動を「身体的感性」に還元できるとした。『精神論』(1758) はコンディヤックの快苦原理を受け継具が、霊魂の不滅に疑問を投じた。『人間論』(1771)

(17) ペイン、トーマス『コモン・センス』 一七七六年一月、ワシントン指揮の独立軍がボストンを包囲している時期に刊行されたこの冊子は、アメリカ独立の目的を明らかにし、十万部以上売れた。常識的な平易な英文で、合衆国独立への世論を強めた。

(18) チャイルド、リディア・マライア (1802–80) 作家・奴隷制廃止論者。先住民族と白人の結婚を描いた『ホボモク』(1824) でデヴュー。一八二六年から八年間『児童雑誌』を編集。一八三三年アメリカで初の奴隷制廃止論『アフリカ人と呼ばれるアメリカ人への呼びかけ』出版。その他『倹約する主婦』『母の本』『娘の本』

(19) アーレント、ハンナ (1906–75) ドイツ出身の哲学者。ユダヤ人のため、ナチス台頭でアメリカに亡命。政治哲学の分野で活躍、全体主義を生み出す大衆社会の分析が有名。主著『革命について』『イェルサレムのアイヒマン』『全体主義の起源』『人間の条件』

(20) ウルストンクラフト、メアリー (Wollstonecraft, Mary 1795–97)　イギリスの社会思想家・作家、フェミニズムの先駆者。フランス革命を保守派の見地から評したエドマンド・バークや、ルソーの『エミール』で従属的な女性を育てる少女の教育論への批判から生まれた『人間の権利の擁護』『女性の権利の擁護』(1792) 等啓蒙的な著作で、男女同権を提唱。

(21)『ジュリアス・シーザー』(*The Tragedy of Julius Caesar* 1599)　シェイクスピアの悲劇。ローマの独裁官シーザーに対するブルータスの暗殺とその余波が主題。シーザーの台詞「ブルータス、お前もか」が有名。彼の葬儀で、シーザー殺害の大義を説いたブルータスは喝采を浴びるが、アントニーの演説は民心を一気に摑み、反ブルータスの暴動を起こす。彼は三頭政治を組んで、ブルータスを死に追いやる。

(22)『オセロ』*Othello* (1602) は、シェイクスピアの悲劇。副題は『ヴェニスのムーア人』。ヴェニスの軍人でムーア人オセロは、デズデモーナと駆け落ちする。彼を嫌った旗手イアーゴーは、昇進したキャシオーがデズデモーナと密通していると、オセロに讒言する。オセロは嫉妬に苦しみ、イアーゴーにキャシオーを殺すように命じ、自らデズデモーナを殺し自殺する。

(23) ロラン夫妻、ジャン＝マリー (Roland, Jean-Marie vicomte de La latière 1734–93)　フランス革命期の政治家・経済学者。ジロンド派の指導者。ロランは当時、尊敬される経済学者、シャルル＝ジョセフ・パンクークの大百科事典に貢献した。一七九二年にルイ一六世治下内務大臣。一七九三年に失脚し逃亡するが、妻が処刑されたのを聞き、自殺した。

(24) プラテル、エミリア (Plater, Emilia 1806–31)　ポーランド・リトアニアの貴族、革命家。伯爵夫人。十一月蜂起に参加し、かつてのポーランド・リトアニア共和国を構成していたポーランド、リトアニア、ベラルーシの国民的英雄となる。

(25) ロシア、ロマノフ朝の女帝エカチェリーナ二世 (1729–96)　一七六一年にピュートル三世を倒しカチェリーナ二世の誕生。翌年デイドロを招き啓蒙専制君主として政治・文化の改革を進め、エルミタージュ美術館の礎を築く。ロシア帝国の領土をポーランドやウクライナに拡張、プガチョフの大農民反乱には反動化し、農奴解放の実施は遠のく。

(26) フラーの死後十年、母親がフラーと夫オッソリ、息子の記念碑をオーバーン墓地に建設。マウント・オーバーン墓地でフラーの記念碑は有名な観光場所となった。(黒沢眞理子『アメリカの田園墓地の研究』玉川大学出版部 2000)

## 第三章

(1) カーライル、トーマス (Carlyle, Thomas 1795–1881)　イギリスの歴史家・評論家。代表作『フランス革命』(1837)『衣装哲学』(1833–34)『英雄崇拝論』(1841)『オリヴァー・クロムウェル』(1845) ドイツ文学研究、エディンバラ大学の学長務める。

（2）マッツィーニ、ジュゼッペ (Mazzini, Giuseppe 1850–72)　イタリア統一運動時代の政治家・革命家。カルボナリを脱退後、一八三一年『青年イタリア』を組織。一八三四年『青年ヨーロッパ』を結成。一八四九年二月ローマ共和国の樹立。三頭執政官となったが、共和国は仏軍の攻撃を受け、七月には崩壊した。

（3）詩集『草の葉』(1855, 56, 60, 67, 71-) で有名なウォルト・ホイットマン (Walto Whitman 1819–92) は、フラーのイタリア革命の記事を読み、ローマ共和国崩壊後一八五〇年六月二十一日の『NYトリビューン』紙に詩 Resurgemus を発表。Marcus Spring と共に政治活動をした。

（4）バーンズ、ロバート (Burns, Robert 1759–96)　スコットランドの国民的詩人。ロマン主義運動の先駆者で社会的不正義に対する風刺が歌われる。スコットランド方言を使った民謡の普及に貢献。一七八六年初の詩集を出版。詩「蛍の光」「ライ麦畑でであったら」「アフトン川の流れ」「恋人は赤い、赤いバラ」など。

（5）スコット、ウォルター (Scott, Walter 1771–1832)　スコットランドの作家。一八〇五年、物語詩『最後の吟遊詩人の歌』『湖上の美人』発表。一八一四年『ウェイヴァリー』の好評により歴史小説群を執筆『ロブ・ロイ』(1817)『ミドロジアンの心臓』(1818)『アイヴァンホー』(1819)『修道院長』(1820)

（6）ワーズワース、ウィリアム (Wordsworth, William 1770–1850)　一七九一年、革命のパリでアネット・バロンに出会う。一七九三年英仏の戦争宣言で渡仏の機会を失う。湖水地方を愛し自然賛美の詩を書いた。詩人コールリッジと一七九八年『抒情詩集』を発行。序文で、擬古典主義に対し新しい詩歌の素材、主題、詩人の使命を主張、ロマン主義文学の指標となる。一八四八年、桂冠詩人となる。

（7）ウィルバーフォース、ウィリアム (Wilberforce, William 1759–1833)　イギリスの政治家、奴隷貿易に反対する議会議員。祖父がバルト海交易で富んだ家族に生まれた。一七七六年ケンブリッジ大学へ進み、ウィリアム・ピットと親しくなる。クラークソン議員と一七九一年、奴隷廃止を議題とする議案を提出。西インド諸島における奴隷制の改善や、西アフリカのキリスト教普及の活動にも貢献。

（8）クラークソン、トーマス (Clerkson, Thomas 1760–1846)　ケンブリッジ大学の論文大会のテーマ「奴隷制」を調べるうちに、彼は「もしこれが事実なら誰かが終わらせなければならない」と思った。これが反奴隷制運動につながり、奴隷船の船員・医師の証言を集め、定期刊行物の発行、署名運動等を続けた。一八〇七年英国の奴隷貿易は廃止された。

（9）シャープ、グランヴィル (Sharp, Granville 1735–1813)　イギリスの学者および奴隷制度廃止運動の指導者。ヨーク大主教シャープの息子。元奴隷ライルを救った彼は、奴隷廃止運動をはじめ議会改革に邁進した。一七八〇年中頃、西アフリカのシエラレオネへの（アメリカ独立戦争時英国のために戦った）元黒人奴隷の移住計画を支持したが、これは当地の伝染病などで移住者の大半が亡くなり失敗した。

(10) ダグラス、フレデリック (Douglass, Frederick 1818–95)　元奴隷、奴隷制度廃止運動家、政治家。父親不明で母親も彼が七歳の時死亡。十二歳で別の奴隷所有者の下で違法ながら女主人に文字を習った。その後彼はニューヨークへと脱出。二十三歳でマサチューセッツ反奴隷制協会で演説、『ノーススター』紙発行。『フレデリック・ダグラス自叙伝』評判となる。南北戦争後、解放奴隷救済銀行の総裁。ワシントンの連邦保安官、ハイチ共和国領事勤務。

(11) ブライト、ジョン (Bright, John 1811–89)　イギリスの政治家。綿紡績業者の息子。非国教徒でクエーカー教徒の家族の出身。自由主義者でも急進派。一八三九年リチャード・コブデンと共に反穀物法同盟を結成し、代表的人物となる。自由貿易の拡大や選挙権の拡大を目指し、帝国主義政策に批判的であった。一八四二年ピール内閣で通商長副長官を務める。

(12) コブデン、リチャード (Cobden, Richard 1804–65)　マンチェスターの実業家として成功し自由貿易主義者になり、ジョン・ブライトと共に、反穀物法同盟の中心人物となる。一八四一年に庶民議員に当選、自由主義者の急進派となる。反穀物法運動の気運を高め、一八六一年穀物法廃止への環境つくりに貢献した。クリミア戦争やアロー号事件で反戦運動を行った。一八〇六年、英仏通商条約の締結に尽力した。

(13) コールリッジ、サムエル・テイラー (Coleridge, Samuel Taylor 1772–1834)　批評家・哲学者。ワーズワースとの共著『抒情民謡集』(1798) を刊行、イギリス・ロマン主義運動の先駆けとなる。デヴォンシャー州教区牧師の息子。一七九一年ケンブリッジ大学入学。一七九八年ウェッジウッド兄弟の支援でドイツへ留学。一八〇四年マルタ島の総督書記の職。アヘン中毒の中、一八一六年『クリスタベル、クブラ・カーン』を刊行。

(14) ダンテの地獄門の碑「我を過ぐれば憂ひの都あり、我を過ぐれば永遠《とこしえ》の苦患《なやみ》あり、我を過ぐれば滅亡《ほろび》の民あり……汝らここに入る者一切の望みを棄てよ」(ダンテ『神曲』山川丙三郎訳 岩波文庫、1952)

(15) 『世界の歴史』12 ブルジョワの世紀　井上幸治編　中央公論社　1961「13　十九世紀前半のヨーロッパ諸国――イギリス自由主義の発達」村岡健次　岩波講座『世界の歴史』19 近代6　岩波書店　1969　3–32

(16) Mrs. Gaskell. *Mary Barton—A tale of Manchester Life.* First published in 1848 2 vols. Everyman's Library 1969: *North and South* (First published in 1855) (Everyman's Library 1969)

(17) ジョン・ミルトン『失楽園』(*The Paradise Lost* 1667)　ミルトンの初期近代英語の叙事詩。聖書の創世記第三章をテーマにした壮大な物語、ルシファー＝サタンが神に反逆し、戦いに敗れるところから、聖書のアダムとイヴがエデンの園を去る場面が描かれる。特に、サタンが非常に人間味あふれる様子で描かれ、悪魔軍は堕天使の長であるものの、神と戦うことを選んだサタンの葛藤、弱さ、負の感情を綿密に描いた。

(18)ドーソン、ジョージ (Dawson, George 1821–76) イギリスの非国教徒の牧師・活動家。一八四四年急速に発展するバーミンガムのバプテスト教会の聖職者となったが救世主教会に移った。彼は Civic gospel（市民の福音）の概念を発展させ、「市民生活の改善のため」闘争を呼びかけた。その結果、かれの追随者はバーミンガムだけでなく国政でも社会改革の力を発揮した。建築家J・H・チャンバレン、シェイクスピア学者ティミンズ、新聞創刊のH・T・バンズ、聖職者デイル、弁護士アーサー・ライランドなど。

(19)マーティノー、ジェイムズ (Martineau, James 1805–1900) 英国ユニテリアン教会の宗教哲学者。彼は四十五年間マンチェスター・ニューカレッジで精神的道徳的哲学と政治経済学の教授を務めた。主著『倫理思想』『スピノザ研究』

(20)フォックス、ウィリアム・ジョンソン (Fox, William Johnson 1786–1864) 英国のユニテリアン教会の牧師。政治家。一八二四年ロンドンのサウス・プレイス・チャペルに移動したが、チャーチスト運動の仲間やフェミニストたちが集まった。彼は、反穀物法同盟で熱心な演説家として活躍し、一八四七年から自由党所属の代議士になった。

## 第四章

(1)カスー、ジャン (Cassou, Jean 1897–1986) フランスの作家、美術評論やスペイン文学研究、対独レジスタンス活動家。フランス国立近代美術館主任学芸員。反ファシズムの文芸誌『ユーロープ』編集長、仏共和国臨時政府のトゥールーズ共和国委員等歴任。主著『黄昏のウィーン』『パリの虐殺』『一八四八年二月革命の精神史』

(2)エンゲルス、フリードリッヒ (Engels, Friederich 1820–95) プロイセン王国の社会思想家。国際的な労働運動の指導者。一八四二年マンチェスターで『イギリスにおける労働者階級の状態』を執筆。パリでマルクスに再会、「ヘーゲル哲学批判序説」を『ライン新聞』に掲載、マルクスはエンゲルスの協力で唯物史観の将来を描く社会主義理論の体系化に務め、一八四八年エンゲルスと共に『共産党宣言』を起草した。

(3)オーウェン、ロバート (Owen, Robert 1771–1858) イギリスの実業家、社会主義者。一七九〇年マンチェスター紡績工場、スコットランド・ニューナラーク紡績工場の経営で成功。労働者の生活改善や子弟の教育、幼稚園や店舗を設け、一八一九年紡績工場法制定に貢献。一八一七年に協働社会建設を提案、一八二五年から私財を投じてアメリカ・インディアナ州に共同村ニューハーモニーを建設したが、失敗に終わる。

(4)コンシデラン、ヴィクトール (Considerant, Victor 1808–93) ユートピア社会主義者・二月革命時に議員となり、女性の参政権主唱。ナポレオン第二帝政のイタリア政策に反対。ベルギーへ亡命。第一インターナショナル時、仏に帰国。

(5) ロラン、ポーリヌ (Roland, Pauline 1805–52)　フランスのフェミニスト・社会主義者　サンシモン思想の影響を受け、パリではピエール・ルルーとジョルジュ・サンドと知り合い、ブサックにあるルルーの共同体に参加し学校を運営。フェミニスト新聞『女性の声』をジャンヌ・ドロワンやデジレ・ゲイと創刊。社会主義教師アソシエーションを結成、労働者アソシアシオン連合で中央委員として活躍したが、アルジェリアへ流刑となり死亡。

(6) ルルー、ピエール (Leroux, Pierre 1797–1871)　フランスの哲学者・政治経済学者。一八三一年サン・シモン派に入るが、アンファンタンが司祭夫婦の機能を説いた時サンシモン派から離脱。一八三四年評論『個人主義と社会主義』刊行。一八三八年から一八四一年、ジャン・レイノーと『新百科全書』を創刊。一八四一年ジョルジュ・サンドと『両独立評論』創刊。一八四八年立法議会に選出される。第一インターナショナル中央評議会に指名。

(7) シュー、ウージニー (Sue, Eugene 1804–57)　海軍の軍医。一八四二―四三年『ジュルナル・デ・デバ』紙で連載した『パリの秘密』で絶大な人気を博した。パリの貧民や下層社会を描いた社会主義的な作品。

(8) マドモアゼル・ラシェル (Rachel, Elizabeth Felix 1821–58)　スイスのユダヤ人行商人の家に生まれ、パリの街頭で歌を認められ音楽学校に入る。十七歳でコメディ・フランセーズに入る。一八三八年コルネイユ作『オラース』で人気を博し、その後ラシーヌ作『フェードル』『アンドロマック』等古典悲劇を演じた。

(9) ラシーヌ『フェードル』(1677)　全体で五幕からなるAlexandran（12音綴）で書かれた詩編。アテネの王女フェードルは、アテネの王で夫テゼー（テセウス）の留守中に、義理の息子イポリートに恋をしてしまう。完成度の高い悲劇的構成、人間観察の深さ、韻文の豊かさなどから、ヴォルテールは「人間精神を扱った最高傑作」と評した。

(10) アラゴ、フランソワ (Arago,Francois 1786–1853)　天文学者　七月王政下で極左として活躍し、二年月革命では臨時政府の海軍大臣陸軍大臣となる。植民地の奴隷制を廃止。立憲議会委員として、行政委員会に参加

(11) デュプレ、ジルベール・ルイ (Duprez,Gibert-Louis 1806–96)　高Cを出せるフランスのテノール歌手、一八三五年ベルカント時代、ドニゼッティ『ランメルモールの花嫁』でエドガルド役。ロッシーニの『セミラーミデ』や『オテロ』のロドリーゴ役を演じ、テノール・コントラルティーノで観客を魅了。高Cを謳い一八三七年パリ公演で成功。

(12) グリジ、ジュリア (Grisi,Giulia 1811–69)　イタリアのソプラノ歌手。ミラノ生まれ、音楽家の系統。その声はソプラノ・ドラマティコ（重厚で劇的な表現力を持つ）一八二八年、ベッリーニ―『ノルマ』の初演でアダルジーザを謳う。サルディニア王国の侯爵カヴァリエール Cavaliere 夫人とも知られ、欧米諸国で公演。

(13) ロッシーニ『セミラーミデ』(1823)　ヴォルテールの悲劇『セミラミス』をもとに作曲したオペラ・セリア（ギリシャ悲劇の再来を目指した正歌劇）で、イタリア時代最後の作品。保守的なヴェネチアの聴衆の好みと、母親殺しの悲惨な結末を和らげるた

めに、劇の最後を新王誕生の祝典的な合唱で終わらせている。
(14)タールベルグ、ジギスモンド (Thalberg, Sigismond 1812–71)　スイス生まれのピアニスト、ロマン派の変奏曲、幻想曲多数作曲。一八三六年パリの演奏会で大成功し、リストとライバル意識が燃え上がる。《三本の手》奏法は彼のピアノ技法。
(15)ベッリーニ『ノルマ』(1831)　ミラノ・スカラ座初演。アリア「清らかな女神よ」は特に有名。あらすじはローマ支配下のガリア地方。ローマ総督ポリオーネは、密かに二人の子を儲けた巫女ノルマへの愛が冷めてアダルジーサを愛していると言うが、彼はガリア人に捕えられる。懊悩するノルマはすべてを皆に告白し、ノルマとポリオーネは火刑台へ進む。
(16)ロッシーニ『セビリアの理髪師』　本来一七七五年にオペラコミックとして制作されたが、フランスの劇作家ボーマルシェ作で一八一六年二月初演。舞台はセビリア。バルトロ伯爵が貧乏な若者と偽りロジーナに愛を歌う。真実を知った彼女は手紙をフィガロに渡し、彼等の証人で伯爵とロジーナの結婚が承認される。
(17)ゲー、デジレ (Gay, Désirée 1810–91)　『自由な女性』紙の創刊者・編集者。ジャンヌ・ドロワン、『女性の声』紙には、ポーリヌ・ロラン、シュザンヌ・ヴォワルカン、ジェニー・デリクール等が寄稿。(Brakeman & Susan Gail 173)
(18)ブリスベーン、アルバート (Brisbane, Albert 1809–90)　アメリカのユートピア社会主義者。アメリカにフーリエ理論を普及させた。一八三九年ニューヨークでフーリエ協会を設立、アメリカにいくつかファランクスを設立。
(19)ピーボディ、エリザベス (Peabody, Elizabeth 1804–94)　幼児教育運動家。アメリカ初の英語で教育する幼稚園を開園。子どもの遊びがその発達や教育に重要だと主張。ボストンに本屋を開業。超越クラブの機関誌『ダイアル』の経営責任者。

**第五章**

(1)ミツキェヴィチ、アダム (Micklewicz, Adam 1798–1855)　ポーランドを代表する国民的ロマン派詩人、革命家。バトリ大学。ロシアからの独立を目指す地下組織の設立。一八二三年ロシアにより逮捕。一八二八年叙事詩『コンラード・フォン・ヴァレンロット』刊行。一八二九年叙事詩『パン・タデウシュ』一八四〇年コレージュ・ド・フランス講師。ピアニストのシマノフスカの娘セリナと結婚するが、一八五五年妻が亡くなる。コンスタンティノープルで病死。
(2)サンド、ジョルジュ『アンディアナ』(1832)　出版当初から大人気。ロマン主義的作品。主人公はブルボン島生まれのクレオール。女性のため従属を強いる「主人」、すなわち父親と夫を批判しつつ島の奴隷たちに同情する。隷従の結婚と愛のない夫から逃げ、従兄ラルフを追う彼女は最後に愛を取戻す。
(3)ナポレオン法典　フランスは大革命後に短い期間離婚は認められたが、第一帝政のナポレオン民法典により再度禁止され、女性の地位は後退した。

(4) サンド、ジョルジュ『愛の妖精』(1849) 原題は『小さなファディット』フランスの田園地方を舞台に、恋に導かれた野性的な少女ファディットが真の女性へと変貌を遂げていく。双子の兄弟との愛の葛藤を配した細やかな恋愛描写は、清新な自然描写と相まって、サンド屈指の秀作と言われている。

(5) ディッケンズ、チャールズ (Dickens, Charles 1812–70) イギリス作家。『ボズのスケッチ集』(1836) で世に出る。下層階級を主人公とし弱者の視点で社会を風刺。代表作『オリヴァー・ツイスト』『クリスマス・キャロル』『ディヴィッド・カパフィールド』『二都物語』作品の構成には難があるが、迫真の描写、精密な観察眼と豊かな想像力で、時代社会の風俗を巧みに描いた。

(6) ホーソーン『緋文字』(1850) 十七世紀。ニューイングランドのピューリタン社会が舞台。牧師の子を出産し姦通罪のヘスターは、処刑台で神官たちから父親の名を明かすことを強いられるが拒み続け、町外れの小屋に母子で暮らす。悔恨と尊厳の内に新しい人生を歩む女性の物語を描き、神の許しと律法主義・罪悪の問題を探る。

(7) ディキンソン、エミリー (Dickinson, Emily 1830–86) アメリカの詩人、祖父はアマースト大学の創設者、父は下院議員という名家だが、ホリヨーク女学院でホームシックに罹り帰宅。実家で隠遁生活。詩は、バラードと賛美歌の韻律、ダッシュの多用、大文字の使用、風変わり語彙と比喩的描写などで抒情詩を作る。

(8) クーパー、ジェイムズ・フェニモア (Cooper, James Fenimore 1789–1851) イエール大学退学、海軍士官候補生。一八二一年『スパイ』でベストセラー、《革脚絆物語群》は、優れた開拓者一代記、フロンティアの白人「高貴な野蛮人」の神話的な英雄を描く。『モヒカン族の最後の者』(1826)『大平原』(1827)『開拓者』(1840)『鹿狩り人』(1841) など。

(9) アーヴィング、ワシントン (Irving, Washington 1783–1859) 十九世紀アメリカの作家。ニューヨーク生まれ。一八〇七年兄たちと雑誌『サマルガンディ』発行。スペイン大使・イギリス大使を務める。一八一八年短編集出版『リップ・ヴァン・ウィンクル』『スリーピィ・ホロウ』短編集『スケッチブック』など。

(10) バンクロフト、ジョージ (Bancroft, George 1800–91) アメリカの歴史家・政治家。ハーヴァード大学入学後、ドイツに留学。ハイデルベルグ、ベルリンで古代ギリシャ、プラトン等の研究。ゲーテ、フンボルト、ヘーゲル等と交流。中等教育の振興に貢献。一八四五年から一八四六年海軍長官を務め、アナポリスに海軍兵学校設立。代表作『アメリカ合衆国史』等。

(11) プレスコット、ウィリアム (Prescott, William 1726–95) マサツセッツ州植民地出身の軍人。独立戦争中、バンカーヒルの戦いでは、パトナム将軍の副官。「敵の目の白いところが見えるまで撃つな」が彼の言葉。戦闘に慣れていない兵士を励ました。

(12) フィールディング、ヘンリー (Fielding, Henry 1707–54) イギリス作家・治安判事一七三七年風刺劇を取り締まる演劇検閲法で演劇をやめ小説家へ向かう。一七四八年ウエストミンスターの治安判事になり、ボウ・ストリート巡察隊を結成、これはイギリス近代警察への第一歩とされた。一七四九年『トム・ジョーンズの冒険』を出版し、《イギリス小説の父》とされる。

(13) ホア、サムエル・(Hoar, Samuel 1778–1858)　奴隷制廃止運動家。ウィッグ党、フリーソイル党、一八五四年州の共和党会議を設立。一八四四年、弁務官としてマサチューセッツ州籍の船舶の自由黒人である水夫が下船し拘留された事の異議申立てのために、チャールストンへ行ったが、州議会と知事は暴動を恐れて彼を上陸させなかった。ホア氏妨害の事件が、マサチューセッツ州の奴隷制廃止運動の機運を勢いづけた。

(14) リスト、フランツ (Liszt, Ferenc 1811–86)　ハンガリー王国出身、ピアニスト、ドイツロマン派の作曲家。一八二二年ウィーン音楽院でツェルニー、サリエリに師事。カトリック信仰も深め、サン＝シモン主義、ラムネーの自由主義へと接近。一八三一年パガニーニに感銘し超絶技巧を目指す。ベルリオーズ、ショパン、シューマンらと交流、マリー・ダグー伯爵夫人と一八三五年、約十年間の同棲生活をする。子供のひとりが、ワーグナーの妻になるコジマである。一八四八年からヴァイマール常任宮廷楽長に就任。

(15) シマノフスカ、マリア (Szymanowska, Maria1789–1831)　ポーランドの女性ピアニスト・作曲家。ヨーロッパ全土で演奏旅行を行ない、その後はサンクトペテルブルクでロシア宮廷のために演奏し文芸サロンを開いた。演奏会用練習曲や夜想曲を作曲しブリヤン様式 (stile brillant) の作品は、ショパンの到来を予告する。彼女の演奏は、繊細な音色や超絶技巧と抒情的な感覚で知られ、ヨーロッパ初の職業的ピアニストであった。

(16) ペトラルカ、フランチェスコ (Petrarca, Francesco 1304–74)　イタリアの詩人・学者・人文主義者。キケロに範を取りラテン語の文法を整備。中世イタリアのアレッツォ生まれ。モンペリエ大学とボローニャ大学で法学を修めた。一三四一年桂冠詩人。主作品はラウラへ捧げられた一連の恋愛抒情詩群『カンツォニエーレ』(*Canzoniere*)

## 第六章

(1) ダヴィッド、ジャック＝ルイ (David, Jacques-Louis 1748–1825)　フランスの画家。一七七四年プッサン、カラヴァッジョ、カラッチ研究、新古典主義的な画風へ向かう。《ホラティウス兄弟の誓い》(1784)《ナポレオン一世の戴冠式と皇妃ジョゼフィーヌの戴冠》(1807) 等。

(2) ジェリコー、テオドール (Géricault, Théodore 1791–1824)　フランスの画家。『メデューズ号の筏』(1819) が代表作。ドラクロワなどに影響を与え、ロマン派絵画の先駆者。『突撃する近衛猟騎兵士官』『戦場から去る負傷した胸甲騎兵士官』

(3) ロマン主義絵画　一八世紀末に欧州で生まれた芸術運動。過去や自然への賛美、また個人の感情や主観を表現するのが最大の特徴である。「恐怖」や「自然に対する感動や畏怖」など、これまで抑制された人間の感情が発露された。産業革命の科学的合理主義・理性主義、逆に貴族社会や王政への反発もあるが、古典主義よりも中世への憧憬といった世界観を好む傾向がある。中世への憧憬は、民族芸術や古代における習慣の賛美にまで高められ、それは、近代国民国家形成を促進することになった。

(4) ドラクロワ、ウジェーヌ (Delacroix, Eugène 1798–1863)　フランスのロマン主義を代表する画家。父は外交官。一八二二年『ダンテの小舟』でサロン（官展）に入選。一八二四年『キオス島の虐殺』で実際の事件を題材にし、賛否両論を巻き起こした。一八三〇年七月革命に『民衆を導く自由の女神』制作。一八三二年『アルジェの女たち』制作。

(5) 新古典主義《ネオクラシズム》　官能的で装飾的なバロック・ロココに対抗し、欧州で興った芸術様式。古代からの精巧で躍動感溢れる作風が特徴的、神話をモチーフにしたギリシア彫刻作品を多数生み出した。特にイタリアの都市ポンペイの発掘 (1738, 1748) から八〇、九〇年代に最高潮に達した。ギリシャや古代ローマの調和、明晰さ、抑制、普遍性、理想主義を呼び起こした芸術思潮。

(6) シェリー、パーシー・ビッシュ (Shelley, Percy Bysshe 1792–1822)　イギリスのロマン派詩人。啓蒙思想、『政治的正義』などで思想形成。オックスフォード大学在学中『無神論の必要』(1811) を配布し、放校となる。ゴドウィンの娘メアリと結婚。長詩『女王マッブ』(1813) ソネット『オジマンディアス』(1818) 劇『無政府の仮面劇』(1819) 悲劇『チェンチ一族』(1819) 長詩『西風の賦』(1819) 長詩『鎖を解かれたプロメテウス』(1820) 詩『雲』(1820)『ひばりに寄せて』(1820) 等。

(7) バイロン、ジョージ・ゴードン (Byron, George Gordon1788–1824) 英国詩人。一八〇九年からポルトガル、スペイン、ギリシャなどを旅し、長詩『チャイルド・ハロルドの巡礼』（一八一二年）出版。シェリーと共にスイス各地を巡遊。冷笑と機知に満ちた長編叙事詩『ドン・ジュアン』創作。ギリシャ独立戦争参加のため、一八二四年メソロンギに行き熱病死。『アバイドスの花嫁』一八一四年『チャイルド・ハロルドの巡礼』一八一六年『ションの囚人』

(8) モジエ、ジョセフ (Mozier, Joseph 1812–70)　アメリカの彫刻家　ヴァーモント州生まれ。一八四五年ビジネスをやめて欧州で彫刻に打ち込む。『水の精オンディーヌ』で一八六七年ローマで賞を獲得。《ポカホンタス》《放蕩息子》《インディアンの少女》

(9) パワーズ、ハイラム (Powers, Hiram 1805–73)　新古典主義の《ギリシャの奴隷》像でイギリスのクリスタルパレス展で国際的な評判を得た初のアメリカ人芸術家。バーモント州の農家に生まれ、一八三九年『イブ』像はトルヴァルセンの評価を得る。《アンドリュー・ジャクソン》《ベンジャミン・フランクリン》像等

(10) グリノー、ホレイショ (Greneaugh, Horace 1805–52)　アメリカの彫刻家兼作家。新古典主義。ハーヴァード大学卒業後、一八二五年から二年間イタリアに渡る。《サミュエル・モールス》(1831)《ジョージ・ワシントン》像はトーガとサンダル姿のため、スミソニアン博物館に移された。機能主義を主張。

(11) フランチェスカ、ピエロ・デラ (Francesca, Piero della, 1412–92)　イタリア・ルネサンス期の画家。一四三九年頃フィレンツェ

でドメニコ・ヴェネツィアーノに師事、著書『算術論』『遠近法論』『五正多面体論』二十世紀に巨匠として再評価された。代表作『キリストの洗礼』（ロンドン National Gallary）『キリストの鞭打ち』『ウルビーノ公夫妻』

(12) タリオーニ、マリー (Taglioni, Marie1804–84) ロマンティック・バレエ時代を代表するスウェーデン・イタリアのバレエダンサー　父は振付家。母はオペラ歌手の娘。一八三一年「死んだ尼僧たちの踊り」、一八三二年『ラ・シルフィード（空気の精）』の主役で大成功。ここで初めてチュチュが用いられポワント（つま先）で躍った。

(13) アルカディア思想　アルカディア（古代ギリシア語：Ἀρκαδία/Arcadia, Arkadia）は、ギリシャのペロポネソス半島中央部にある古代からの地域名で、後世に牧人の楽園として伝承され、理想郷の代名詞となった。名称はギリシア神話に登場するアルカス（アルカディア人の祖）に由来する。

(14) コール、トーマス (Cole, Thomas 1801-48)　イギリス生まれ、アメリカの風景画家。ハドソン・リバー派の創始者。フィラデルフィア・アカデミーで学び、ニューヨーク州キャッツキルに住み、イタリアに滞在した際《帝国の推移》四枚の連作作品《人生の航路》を完成。『エトナ火山の風景』（一八四二年頃）

(15) ターナー、ジョゼフ・M・W (Turner, Joseph Mallord William, 1775–1851)　イギリス のロマン主義画家。一七七五年ロンドン・コヴェントガーデンの理髪師の子。一七九七年ロイヤル・アカデミーに油彩画を初出品。一八〇二年二十六歳でロイヤル・アカデミー正会員。『カレーの桟橋』(1803)『アルプスを越えるハンニバルとその軍勢』(1812)『吹雪-港の沖合の蒸気船』『解体されるために最後の停泊地に曳かれてゆく戦艦テメレール号』(1838)『雨、蒸気、速度——グレート・ウェスタン鉄道』(1844)

(16) カノーヴァ、アントニア (Canova, Antonio 1757–1822)　イタリアの彫刻家。新古典主義。ヴェネト州生まれ。カノーヴァは石工の祖父母に育てられる。ヴェネツィア貴族の支援。《ダイダロスとイカロス》(1779)《テセウスとミノタウロス》。（ヴィクトリア&アルバート美術館）ローマ教皇クレメンス十三世の慰霊碑 (1787–1792) 代表作《アムールとプシュケ》《三美神》（エルミタージュ美術館蔵）

(17) トルヴァルセン、ベルテル (Thorvaldsen,Bertel 1770–1844)　デンマークの彫刻家。コペンハーゲン生まれ。十一歳でデンマーク王立美術院に入学しイタリア留学の奨学金を得た。ローマでカルステンスから古典主義を、アントニオ・カノーヴァから石彫を学び新古典主義に感化された。一八〇五年にデンマーク王立美術院の正会員。《キリスト》像《マクシミリアン一世》《瀕死のライオン》像など。

(18) チェンチ、ベアトリーチェ (1577–99) は貴族の娘であったが、父親の暴力的気性と不道徳きわまりない虐待を受けて（一家はローマのチェンチ宮に暮らしていたが）、家族全員で父親を殺害した。それは当局の知る所となり、兄は四つ裂きの刑、妻とベアトリーチェは斬首となった。実情を知るローマの人々は裁判所の決定に抗議したが、教皇クレメンス八世は、財産没収の企てから、まったく慈悲を示さなかった。ベアトリーチェは、傲慢な貴族社会への抵抗の象徴となり、多くの詩や絵画の題材となった。

## 第七章

（1）リプレイ、ジョージ (Ripley, George 1802–80)　ユニテリアン牧師、超絶主義クラブの会員、マサチューセッツ州ウェスト・ロクスベリーの共同実験農場ブルック・ファーム創設。フラーの後任で『ニューヨーク・デイリィ・トリビューン』紙の書評欄担当。

（2）ブラーミン (Brahmins)　ニューイングランド地方の名門出身で、保守的な知識階層を指す。通常、その高慢で排他的な態度が非難の的となってきた。

（3）ソロー、ヘンリー・デイヴィッド (Thoreau, Henry David 1817–62)　ウォールデン池畔に丸太小屋を建て自給自足の生活を二年余り送る。その記録が代表作『ウォールデン 森の生活』(1854) 没後『メインの森』(1864) や『コッド岬』(1865) などの旅行記や自然誌、日記は Nature writing の系譜に位置づけられる。一八四八年メキシコ戦争開始に反対し人頭税の支払いを拒否して投獄され、それをまとめた評論『市民の反抗』はガンジーのインド独立運動やキング牧師の市民権運動に強い影響を与えた。国家に対する個人の良心、自然と文明の共存、消費社会の到来等、全人類的な課題が検討される。

（4）オルコット、エイモス・ブロンソン (Alcott, Amos Bronson 1799–1888)　アメリカの教育家、哲学者、社会運動家。1834年、ボストンでテンプルスクールを開校。助手はエリザベス・P・ピーボディ、後にマーガレット・フラー。主著『人間文化の教義と修養』『福音書に関する子供たちとの会話』一八四三年、Charles Lane と実験農場フルーツランドを計画、極端な生活規範と食事療法のため、数ヵ月で破綻。ルイザ・メイ・オルコットは次女。

（5）ドイツ観念論 (deutscher Idealismus)　世界百科事典第2版（平凡社）カント以後十九世紀半ばまでのドイツ哲学の主流。フィヒテ、シェリング、ヘーゲルが代表。カントにおける感性界と英知界、自然と自由、実在と観念の二元論を、自我中心の一元論に統一、一種の形而上学的な体系の樹立を試みた。その趣旨は自我中心主義、フィヒテがこの傾向を保持しシェリングは神と自然へと、ヘーゲルは国家と歴史へと自我の存立の場を拡張し、ショーペンハウアーの非合理主義、マルクスの社会主義に大きな影響を与えた。

（6）ドイツ・ロマン派　ロマン派の活動期にナポレオン戦争が起こったため、ロマン主義的情熱は外国支配からの脱却を求める民族意識の高揚に収斂された。ヘルダーの提唱に端を発し、民謡の研究調査が進められ中世文学が発掘されるなど、民族性の強化が望まれた。この時代にE・T・A・ホフマンの《黄金の壺》《悪魔の霊液》などの膨大な作品群、ノヴァーリスの《青い花》、シャミッソー、クライスト、アルニムによって幻想文学の宝庫を形成した。

（7）ティーク、ルートヴィヒ（Tieck, Ludwig 1773–1853）　ドイツ前期ロマン派の中心人物。詩・翻訳・評論で活躍。風刺劇『長靴をはいた猫』、小説『フランツ＝シュテルンバルトの遍歴』などロマン主義小説の方向性を示す。一七九九年からイェーナでシュレーゲル兄弟やブレンターノ、フィヒテ、シェリングと交友、ノヴァーリスと知己になる。

（8）ノヴァーリス（Novalis 1772–1801）　ゾフィーと出会い婚約したが、彼女は重病に倒れた。作品は「ゾフィー体験」を中核に神秘主義的傾向、とりわけ無限への志向と、中世共同体志向にある。前者は『夜の賛歌』に、後者は小説『青い花』宗教改革前の世界をキリスト教を含む共同体の評論『キリスト教世界或いはヨーロッパ』に現れる。

（9）チャニング、ウィリアム・エラリィ（Channing, William Ellery 1780–1842）　ユニテリアン派の指導的な牧師、人間主義の立場から社会運動を展開し、奴隷制廃止運動、反戦同盟を組織。彼の説教 Unitarian Christianity Most Favorable to Piety（一八二六）が超絶主義への道を拓いた。

（10）光来　原語は influx。神の光が自我の中に入ってくる体験をいう。

（11）ナイペルグ、グラフ・アダム・アルベルト（Neipperg, Graf Adam Albert von 1775–1829）　オーストリア帝国の貴族。フランス革命戦争とナポレオン戦争を戦い、マリア・テレジア軍事勲章を授与。一八一二年には対仏同盟への加担のためナポリ国王に派遣され、オーストリアとナポリ王国の同盟交渉を行った。ナポレオン一世の皇后マリア・ルイーザと再婚し女公を支援。

（12）ボンベル、シャルル・ルネ・ド（1784–1856）　ナポレオン戦争中にオーストリア軍に仕えた貴族。ナポレオンの二番目の妻でパロマ公国のマリー・ルイーザの首相を務め、夫人と結婚。

（13）ヒューズ、ジョン（John Hughes 1797–1864）　セント・パトリック大聖堂をはじめ教会を多く建造し学校建設に邁進した。一八四一年には後にフォーダム大学となるセントジョンズ大学を設立。アイルランド移民の排斥（Nativism）は一八四四年春と夏フィラデルフィア暴動で爆発、NYでもアメリカン騎士団が設立された。彼は移民排斥で市長となった James Harper に「カトリック教会がひとつでも焼かれたらニューヨークは第二のモスコワになるぞ（ナポレオンの一八一二年モスコワ焼き討ちを暗示）」と威嚇、攻撃的な言葉と態度に〈Dagger John〉の綽名をとる。

（14）スティレット戦＝地上戦　十五世紀初めイタリアで騎士や商人が腰に付けた控えの武器 rondel dagger での地上の戦い。十字架のような形状で短剣としては長身で両側には刃は突いていない。殺傷目的として鎧帷子や鎧の隙間を狙って突き刺す。中世には、瀕死の騎士にトドメを刺すために用いられた。

（15）ロレーヌ家　ベルギー、ルクセンブルグ、ドイツと国境を接するフランスの北東部、ロレーヌ地方を統治した侯爵家。十八世紀に婚姻によりハプスブルグ家を相続。

（16）サッフィ、アウレリオ（Saffi, Aurelio 1819–90）　フェラーラ大学法学部一八四四年フォレリ市議会議員、イタリア行動党　ローマ共和国で三頭執政官、後にマッツィーニとロンドンへ亡命。

(17) アルメッリーニ、カルロ (Armellini, Carlo 1777–1863)　ローマ共和国で三頭執政官　弁護士アウレリオ・サリチェーティ、法学者マティア・モンテッキと共に歴史上初の、死刑を禁止した「ローマ共和国憲法」起草に貢献。共和国崩壊後、ベルギーに亡命。

## 第八章

(1) ウルフ、スチュアート (Woolf, Stuart J. 1936–2021)　ロンドン生。ケンブリッジおよびレディング大学で教鞭をとる。他には『ナポレオンによるヨーロッパ統合』『ヨーロッパのナショナリズム』がある。

(2) ヴィーコ、ジャンバッティスタ (Vico, Giambattista 1668–1744)　イタリアの哲学者。ナポリに生まれ、哲学・文学・歴史学・法学・自然学などを独学で学ぶ。一六九九年に王立ナポリ大学の修辞学（雄弁術）教授。ヴィーコはデカルト派の認識論に反対し、歴史は、明確な認識を生む学問として数学と同じと主張。十九世紀ベネデット・クローチェに評価される。

(3) ヘルダー、ヨハン・ゴットフリート (Herder, Johann Gottfried von 1744–1803)　ドイツの哲学者・文学者、詩人、神学者。カントの哲学などに触発され、若きゲーテやシュトゥルム・ウント・ドラング、ドイツ古典主義文学およびドイツロマン主義に多大な影響を残す。カントの超越論的観念論の哲学と対決し、歴史的・人間発生学的な見地から二十世紀の哲学に影響を与えた。

(4) ポープ、アレキサンダー (Pope, Alexander, 1688–1744)　イギリス詩人　幼少の頃から詩作を試みる。詩集『牧歌』(1709)『批評論』(1711)。ホメロスの『イーリアス』(1715)『オデュッセイア』(1725)『シェイクスピア全集』ヒロイック・カプレット（heroic couplet, 弱強五歩格二行聯句）を完成。諷刺詩『髪盗人』は傑作。

(5) ミル、ジョン・スチュアート (Mill, John Sturt 1806–1873)　イギリス・スコットランドの歴史家、哲学者・経済学者、功利主義者。著作『英領インド史』エジンバラ大学卒業、東インド会社の社員。『宗教の類推』( Analogy of Religion)、理神論も斥ける立場をとった。『自由論』(1859)『女性の隷従』(1869)

(6) ブォナッローティ、フィリッポ (Buonarroti, Fellipo Maria 1761–1837)　フランス革命総裁政府の下、一七九六年「バブーフの陰謀」の首謀者 欧州的民主主義、社会主義革命の指導者、「ネオ・バブーフ主義の理論家」。一八三三年「真のイタリア人協会」(Societa dei Veri Italiani) と「青年イタリア」は協定を結ぶが、その後分裂。

(7) リチャードソン、サミュエル (Richardson, Samuel 1689–1761)　イギリスの小説家、近代小説の父。ダービーシャー生まれ、ロンドンの印刷業者の徒弟。書簡体小説の奔り。美しい小間使いが改心した若主人と結婚して地主夫人になる『パミラ、あるいは淑徳の報い』(1740)。放蕩男に犯され自殺する『クラリッサ』(1747–48)。

(8) オースティン、ジェイン (Austen, Jane 1775–1817)　イギリスの小説家。十八・十九世紀田舎の中流社会を舞台に女性の結婚を皮肉と愛情を込めて描き、近代イギリス長編小説の頂点とされる。『分別と多感』(1797)「マンスフィールド・パーク」(1811)『高慢と偏見』(1813)『エマ』(1815)『ノーサンガー・アビー』(1818)『説得』(1818)

(9) ディズレーリ、ベンジャミン (Disraeli, Benjamin 1st Earl of Beaconsfield 1804–81)　イギリスの政治家、小説家、貴族。ユダヤ人。保守党で成功し保守党首、二期の首相（在任：一八六八、一八七四—八〇年）。第二次内閣は「トーリー・デモクラシー」と呼ばれる一連の社会政策の内政と帝国主義的外交で活躍。

(10) アリオスト、ルドヴィーコ (Ariosto, Ludovico 1474–1533)　イタリアの詩人。要塞司令官アリオストの息子。六歳で主にラテン語の古典を研究。エステ家の枢機卿に仕える。一五一七年以降ガルファニャーナの総督。代表作『狂えるオルランド Orlando furioso』(1516) はルネサンス期のベストセラー、五篇の喜劇《Cassaria》《Suppositi》《Negromante》《Lena》《Scolastica》などの作品がある。

(11) タッソ、トルクァート (Tasso, Torquato 1544–95)　十六世紀イタリアの叙事詩人。パドヴァ大学で学ぶ。フェラーラの枢機卿ルイージ・デステに仕える。一五六二年叙事詩『リナルド』叙事詩『解放されたエルサレム (*La Gerusalemme liberata*)』は大評判。エステ家に使えたが、精神異常を来たし一五七七年に幽閉された。逃亡後、再び収容され、七年間を過ごした。退院後ゴンザーガ家に仕えたが、流浪を続け詩作した。

(12) アルフィエーリ、ヴィットーリオ (Alfieri, Vittorio 1749–1803)　イタリアの悲劇詩人。ピエモンテ生れ。フランス古典演劇の合理的な筋運びと流麗な言語運用から一線を画す作劇法を追求、極限の人間の不安と苦悩を描出し、登場人物への一体化を要求する作風はロマン主義作家に好まれ、非順応主義的な思想と生き方は、後のイタリア統一運動や反ファシズム運動期の思想家や活動家の精神的拠り所とされた。悲劇『クレオパトラ』(1774)『僭主論』(1777)『パッツィ家の陰謀』(1478)『サウル』(1782)『アンティゴネ』(1783)

(13) アリギエーリ、ダンテ (Alighieri, Dante 1265–1321)　イタリア・フィレンツェ出身の詩人、哲学者、政治家。代表作は『神曲 (*La Divina Commedia* 1307–121)』。『新生 (*La Vita Nuova*)』イタリア文学最大の詩人でルネサンス文化の先駆者。ラテン語学校やボローニャ大学入学。憧れのベアトリーチェは二十四歳で病死。ダンテはフィレンツェの市政にグェルフィ党（教皇派）として参画したが、永久追放の宣告を受け流浪。

(14) プルタルコス (Πλούταρχος, Plutarchus 46–119 頃)　帝政ローマのギリシア人著述家。アテナイで数学と自然哲学を学び、デルフォイ神殿の神託を推奨した。思想的には、アカデメイア派または中期プラトン主義、折衷主義、穏健な懐疑主義の立場をとる。

三世紀頃『対比列伝』（英雄伝）執筆、十六世紀に仏訳がなされ十七世紀トマス・ノースの英語版を参考にシェイクスピアは『ジュリアス・シーザー』、『アントニーとクレオパトラ』等執筆。

（15）ブラン、ルイ (Blanc, Louis 1811–82)　フランス第二共和政期の社会主義者の政治家、歴史家。二月革命後に臨時政府に入り、労働時間の短縮をおこない国立作業場を設立した。しかし一八四八年四月の選挙で落選。農民たちはようやく手に入った土地を、平等を旨とする社会主義派により再び失うことを恐れ、彼を支持しなかった。これで臨時政府は国立作業場の廃止を決定。パリ民衆の武装蜂起が鎮圧されると、イギリスに亡命した。

（16）ブランキ、ルイ・オーギュスト (Blanqui, Louis Auguste 1805–81)　フランスの社会主義者、革命家。十九世紀フランスのほとんどの革命に参加し、延べ三十三年余りにわたって収監された。カルボナリ党員で、一八二九年にはピエール・ルルーの『グロウブ』紙『人民の友』に入り、ブオナロッティ、ラスパイユ、バルベスと交流。

## 第九章

（1）トンマゼーオ、ニッコロ (Tommaseo, Niccolo 1802–74)　詩人で愛国者。ヴェネツィアの指導者ダニエーレ・マニンと共に一八四八年逮捕され、解放された。トンマゼーオは、教育大臣、短命のヴェネツィア共和国の駐在フランスの外交官として務めた。

（2）マニン、ダニエーレ (Manin, Daniele 1804–57)　ダニエーレの父方はユダヤ系で、若いマニンは啓蒙主義のロック、ルソー、エルベティウス等、ヨーロッパの古典文学と哲学を原語で読む。多言語を理解し、ギリシャ語のエノック書に関する解説 (1820) を出版。彼はパドヴァ大学を十七歳で卒業し法曹界で活動。愛国運動によりオーストリアの刑務所にニッコロ・トンマゼーオと共に投獄され、一八四八年三月解放された。サンマルコ共和国の布告で大統領に選出されたが、オーストリア軍により亡命。

（3）ガリバルディ、ジュゼッペ (Garibaldi, Giuseppe1807–82)　イタリア統一運動に貢献した軍事家。一八三三年、マッツィーニの「青年イタリア」の蜂起失敗後、亡命。一八三六年南米へ航海、ブラジルのリオ・グランデ・ド・スル州の独立戦争などに参加。一八四八年イタリアへ帰国。ローマ共和国成立後、フランス軍の包囲下でローマを脱出。ラヴェンナ近郊で妻のアニータ死。一八五〇年、渡米後イタリアのカプレーラ島で農業を営み戦いの機会を伺った。一八五九年第二次イタリア独立戦争の勃発。彼はサヴォイア王家が率いるサルデーニャ・ピエモンテ軍に参戦勝利したが、彼の故郷であるニースがサヴォワと共に、プロンビエールの密約に基づいてフランス参戦の見返りとしてフランスに割譲された。一八六〇年、ガリバルディは約千人の義勇兵を集め「赤シャツ隊」を結成、シチリアで勝利を宣言し、義勇軍はナポリへと入城する。十月、ヴォルトゥルノでの戦いが勃発したが、戦闘の大部分はサルデーニャ軍に任された。彼はヴィットーリオ・エマヌエーレ二世との有名な会談で、一八六〇年十月イタリアの王として挨拶した。イタリア王国は、ヴェネツィアと教皇領を残し、統一を成就した。一八六六年、ガリバルディは普墺戦争の勃発に、オーストリアからヴェネツィアを奪回すべくイタリアもプロイセンの同盟国として参戦（第三次イタリア独立戦争）。「アルプス猟兵隊」を招集し、オーストリア軍を撃破し、戦勝国としてヴェネツィア回収に成功した。一八七〇年、普仏戦争が勃発するとフランス軍はローマから撤退し、イタリア軍は教皇領の奪回に成功しイタリアの統一は完成、彼の功績も終結。

（4）マーシナ、アンジェロ（Masina, Angelo 1815-49）　軍人 ボローニア絹商人の家族。一八三一年ロマーニャ蜂起に参加。一八四八年にヴェネト戦参加。一八四八年後半、ボローニャ近郊で「死の槍騎兵隊」結成、ガリバルディに認められ、ローマ共和国を護るガリバルディ軍の配下となる。カジノデイ・クアトロ・ヴェンティでフランス軍との激戦で殉職した。

（5）FULLER MANUSCRIPTS Index to volume 11, P29, Belgiojoso, princess letters to Ossoli, S. Margaret (Fuller) 1849. (MS Am 1086 Houghton Library, Harvard University)

（6）レセップス、フェルディナンド（Lesseps, Ferdinand Marie Vicomte 1805–94）　フランスの外交官、一〇三四年から三七年、カイロの領事、一八六九年スエズ運河を完成させる。パナマ運河の計画も立てるが、こちらは資金難で失敗。

（7）マナラ、ルチアーノ（Manara, Luciano 1825–49）　ミラノ生まれの軍人でイタリアン・リソルジメント時代の政治家　カッターオネの友人で「ミラノの五日間」に、ポルタトーサ奪回のためバリケードを移動させオーストリア軍を駆逐した。オーストリア軍再来でピエドモントに亡命。一八五〇年フランス軍に攻囲されたローマ共和国では、ヴィラ・スパーダで殉職した。わずか二十五歳であった。

（8）タキトゥス、コルネリウス（Tacitus, Cornelius 55–120 頃）　帝政期ローマの政治家、歴史家。サルスティウス、リウィウスらとともに古代ローマを代表する歴史家、ラテン文学白銀期の作家。その著作ではローマ皇帝カエサルの治世中にユダヤ総督ピラトがイエス・キリストを処刑したことも書いた。属州出身者、元老院議員、執政官に就任。著作はローマ帝国の衰亡を憂い、共和制時代の気風の回復を訴える。主著『アグリコラ』(98)『ゲルマーニア』(98)』『同時代史』(105)『年代記』(117)

（9）Mazzini, Giuseppe Letter to Ossoli, S. Margret (Fuller) Index to volume 11, 111–13 (1849) (MS Am 1086 Houghton Library, Harvard University)

（10）ピサカーネ、カルロ（Pisacane, Carlo 1818–57）　イタリアの革命家。ナポリ出身。ブルボン政権に反発、一八四七年ナポリを離れた。四八年四月ミラノで、対オーストリア戦争に参加。四九年ローマ共和国の支援に駆けつけ、軍参謀部の幹部となる。ローマ共和国崩壊後、四八年革命失敗の原因を分析して政治革命でなく社会革命を主張。五七年、南イタリアの解放のためサプリ遠征を試みるが失敗し自決。

## 第十章

（1）ソジャーナ・トルース（Sojourner Truth 1797?–1883）　米国奴隷解放活動家。ＮＹ州で黒人奴隷として生まれ十一歳から数回売られる。奴隷男性と結婚し五人子供を産んだ。以前の主人が息子を売ったので訴訟を起こした。メソジスト教会で、ソジャーナ・トルースと名乗り、巡回説教師として活躍。有名なスピーチは「私は女ではないのか」

（2）ストーン、ルーシー（Stone, Lucy 1818–93）　米国の奴隷制度廃止論者、女性の権利運動を擁護。アメリカで大学の学位を取得した初の女性になる。ウースターで第一回全米女性の権利の会議を企画。夫ブラックウェル等と全米女性参政権協会（AWSA）設立。初めは黒人男子、次に女性の参政権を求める事に決定。『ウーマンズジャーナル』創刊。

（3）ブラウン、ジョン（Brown, John 1800–59）　米国の奴隷制廃止運動家。廃止運動の手段としてアメリカで反乱を唱道し実行した。一八五九年奴隷解放のためのバージニア州ハーパーズ・フェリー襲撃は、その呼びかけに応えた奴隷が一人もいなかったが、国中を震撼させた。彼は反逆罪で絞首刑に処せられたが、多くのアメリカ人には英雄のように映った。一八五九年彼の襲撃が、南北戦争に繋がったのだ。

（4）フリーダン、ベティ（Friedan, Betty 1921–2006）　アメリカのフェミニスト、ジャーナリスト、作家。一九六三年出版の著書『女らしさの神話』（邦題『新しい女性の創造』）が大きな反響を呼び、米国における第二波フェミニズム（ウーマンリブ運動）の引き金となった。一九六六年、全米女性組織（NOW）を設立し会長に就任。政府に女性の地位向上、雇用機会、賃金、昇進をめぐる男女差別の解消、人工妊娠中絶の自由化を主張。

# あとがき

マーガレット・フラーのめざす世界は、十九世紀のアメリカやヨーロッパにおいて、各国の産業化と市民革命のはざまで、階級闘争の中で、抑圧された人民も、民族も、それぞれの文化を尊重しながら、自由平等に独立や統一を目指す人々を支援するものであった。従って、フラーは本国アメリカでは、政治的な弱者である女性、インディアンや奴隷の黒人、ヨーロッパではイタリア人やポーランド人の立場をも擁護した。それは、リヴァプールでの女性労働者の悲惨な姿、リヨンのうら若い女工の困窮生活を肌で感じ、隆盛してきた新思想ーサン・シモン運動、フーリエ主義、社会主義や共産主義運動がそれらの問題解決のための策なのだと理解したのである。それ故イタリアの統一・独立運動に命を懸けたマッツィーニに共鳴したのは、当然のことであった。フラーの『ローマ共和国革命史』こそ出版されなかったが、彼女のグローバルな自由主義運動への貢献は、二〇世紀後半以降の、フラー研究の増加とその継続が物語っている。

私がフラーへの関心をもったのは、絶版になっていた旅行記『五大湖の夏　一八四三年』が再販され、青い表紙のその本を手に取ったときからであった。ナイアガラの滝の清廉で激しく逆巻く水流の描写、観光客用に檻に入れられた鷲の姿や滝に向かって唾を吐きかける野卑な男への怒りのエピソードの中に、フラーの自由闊達な精神を感じた。その後、『十九世紀の女性』において、女性問題に対するフラーの強い態度、ひるまぬ勇気に、目を開かされた。折しも、『世界女性史大事典』ブレイクマン編集（日外アソシエーツ／紀伊国屋書店、一九九九）の翻訳に携わることになり、私は十九世紀を担当することになった。英米文化学会でもフェミニズム分科会が立ち上げられ、私はアメリカの女性参政権運動の歴史を辿り始めた。そこから私はフラーの人生に向き合うことを決心した。

私にとってフラー研究はゆっくり進んだが、多くの幸運に恵まれた。日本ホーソーン協会で出遭った日本女子大学の故師岡愛子先生からは、フラーの回顧録のコピーを含む多くの資料を段ボール箱でいただいた。また、資料を集めたり関係場所を訪れたり、研究の励ましを戴いた昭和女子大学の多くの関係者には心よりお礼を申し上げる。フラーの資料の多くがハーヴァード大学のホートン図書館やボストン公立図書館にあり、昭和女子大のボストン・キャンパスに出張中だけでなく休暇中も通えたが、ボストン・キャンパスの先生方や図書館員の方々には大変親切にしていただいた。フラー家の墓のあるオーバーン田園墓地やコンコードの見学にも、ボストン校のプロボスト元校長やアビューザ先生等の支援があった。昭和女子大学の女性文化研究所には、研究の場を提供して戴いた。イタリア旅行の際には、フラーがモコレッティの祭りを楽しんだローマのコルソ通りや、工事中ではあったが、バルベリーニ宮殿やトリトンの泉を訪れ、フラーがここのアパートから、クイリナーレ宮殿におけるローマ市民と衛兵との小競り合いを見たのだと、感慨にふけったものであった。また、二〇〇二年、同時多発テロ九・一一事件の翌年ボストン出張の帰りに、ワシントン時代の友人ヒュー・ヤング夫妻のお世話になった。ワシントンの国会図書館で『ニューヨーク・デイリィ・トリビューン』紙のフラーの記事を、マイクロフィッシュで存分に見ることができた。おそらくフラーがパリの下院付属図書館でルソーの原稿を見た時同様に、心躍る体験であったと思う。このように考えると、私の昭和女子大学での研究生活は、常にフラーの人生に寄り添っていたことを実感する。

一九七〇年代以降から、アメリカにおけるフラー研究が進み、一九九二年にアメリカでフラー学会が設立された。因みに私が入会した時は、京都産業大学の故渡辺和子先生が日本人としてひとり会員であった。二〇〇二年十一月、アメリカのフラー学会とイタリアのマッツィーニ学会が、共同でシンポジュウムを開催し、フラーの功績が両国にとって現在に至るまでどのような意味があるかを検討している。日本でも、その後フラーの著作『五大湖の夏』（高野良一訳）『十九世紀の女性』（伊藤淑子訳）が翻訳されてきたが、未だ、彼女の全生涯をめぐる著書は出版されていない。それは、フラーの世界が、並外れて分野を横断し内容が広範囲にわたるからに違いない。しかしながら、少しづつフラー関係の論文が出版されているのを見ると、フラーのリベラリズムが日本にも浸透していくのが感じられる。

この本が出版されるまで有形無形にお世話になった方々には、夫や家族の協力も含めて、感謝の気持ちを伝えたい。とりわけ、出版を快諾された社長福岡正人氏、編集に携わった佐藤求太氏、倉林勇雄氏、また画像処理を手伝ってくださった大原由佳氏、吉田未来氏には、心から御礼申し上げます。

上野　和子

二〇二三年二月二十日

| | |
|---|---|
| | Oxford and New York: Oxford University Press, 2007. |
| Mehren | Mehren, Joan Von. *Minerva and Muse: A Life of Margaret Fuller*. Amherst: University of Massachusetts Press, 1994. |
| Browning | F. G. Kenyon, ed. *Letters of Elizabeth Barret Browning*. London: Macmillan, 1897. |
| Emerson | *The Letters of Ralph Waldo Emerson*, in 10 vols. New York: Columbia University Press, 1939 1990–95. |

# 略語表

マーガレット・フラーの著作には文献の略語を、他の著者の文献には著者名を入れた。

| | |
|---|---|
| SOL | Fuller, Margaret. Summer on the Lakes, in 1843. A Prairie State Book, Urbana and Chicago: University of Illinois Press, 1991. |
| WXIX | Fuller, Margaret. *Woman in the Nineteenth Century.* World's Classics, Oxford and New York: Oxford University Pres, 1994. |
| Kelley | Kelley, Mary, ed. *The Portable Margaret Fuller.* New York: Penguin Books, 1994. |
| Steele | Steele, Jeffrey, ed. *The Essential Margaret Fuller.* New Brunswick, New Jersey: Rutgers University Press, 1992, 1995. |
| TSGD | Reynolds, Larry J. & Smith, Susan Belasco, eds. *"These Sad But Glorious Days"—Dispatches From Europe 1846–1850.* New Haven and London: Yale University Press, 1991. |
| LF | Hudspeth, Robert N., ed. *The Letters of Margaret Fuller* 5 Vols. Ithaca: Cornell University Press, 1983–. |
| Memoirs | *Memoirs of Margaret Fuller Ossoli,* Vols. I–II. Eds, J. F. Clarke, R.W. Emerson, and W.H.Channing. 1884. Biblio Bazaar, LLC 2011. |
| Miller | Miller, Perry. *Margaret Fuller: American Romantic.* Ithaca: Cornell University Press, 1963. |
| Chevigny | Chevigny, Bell Gale. *The Woman and the Myth: Margaret Fuller's Writing.* Feminist Press, 1976. 238–39, 340–42 Northeastern Univ Pr; Revised, Expanded version (1993/ 12/9) |
| FP | Journals, Fuller Paper. Houghton Library, Harvard University * 原稿や現物、手紙のまま保管。File に Dr. Hudspeth の整理番号がある。 |
| FMW | Fuller Manuscript and Writing, Houghton Library, Harvard University |
| MB | Fuller, Margaret, Boston Public Library, Department of Rare Books and Manuscripts |
| MH | Fuller, Margaret, Harvard University, Houghton Library |
| LWLW | *Life Without and Life Within,* edited by Arthur B. Fuller. New York: The Tribune Association 1869.University of Michigan: University Library |
| EBB Correspondence | The Browning's Correspondence edited by Philip Kelley &Ronald Hudson 15 vols. Wedgestone Press |
| EBB Works | *The Complete Works of Elizabeth Barret Browning,* 6 vols. (Delphi Classics) Delphi poet Series Book 27 (2013/ 4/3) |
| Blanchard | Blanchard, Paula. *Margaret Fuller: From Transcendentalism to Revolution.* New York: Delacorte, 1978. |
| Capper I | Capper, Charles. *Margaret Fuller: An American Romantic Life—The Privet Years.* Oxford and New York: Oxford University Press, 1992. |
| Capper II | Capper, Charles. *Margaret Fuller: An American Romantic life—The Public Years.* |

林遼右『ベランジェという詩人がいた』新潮社、1994。

バーンズ、ロバート『ロバート・バーンズ詩集』ロバート・バーンズ研究会編訳、国文社、2009。

ヒバート、クリストファー『ヴェネツィア』横山徳爾訳、原書房、1997。

ヒバート、クリストファー『ローマ：ある町の伝記』横山徳璽訳、朝日選書、1991。

フォーガチ、デイヴィッド編『グラムシ・リーダー』東京グラムシ研究会監修・訳、御茶ノ水書房、1995。

藤田治彦『ターナー 近代絵画に先駆けたイギリス風景画の巨匠の世界』六耀社、2001/1/1。

ブシャルドー、ユゲット『ジョルジュ・サンド』北代美和子訳、河出書房新社、1991。

藤澤房俊『ガリバルディ――イタリア建国の英雄』中公新書、2016。

藤沢房俊『マッツィーニの思想と行動』太陽出版、2011。

藤沢道郎『物語イタリアの歴史――解体から統一まで』中公新書、1991/10。

フーリエ、シャルル『四運動の理論』上下、巌谷國士訳、現代思想社、1987。

ブレイクマン、L. 編『世界女性史大事典』田中かず・代表、日外アソシエート／紀伊国屋書店、1999。

ヘドレイ、アーサー『ショパンの手紙』小松雄一郎訳、白水社、2003。

ペロー、ミッシェル編『ジョルジュ・サンド――政治と論争』持田明子訳、藤原書店、2000。

マグローヒル社編纂『医学史百科事典』(1985)。

マッツィーニ『人間の義務について』斎藤ゆかり訳、岩波文庫、2010。

的場昭浩・高草光一編『1848 年革命の射程』御茶ノ水書房、1998。

マルクス『ルイ・ポパルドのブリュメール一八日』伊藤・北条共訳、岩波文庫、1954［原題 *The Eighteenth Brumaire of Louis Bonaparte*, 1852］。

マルクス、カール『ルイ・ボナパルトのブリュメール 18 日』上村邦彦訳、平凡社ライブラリー、2008。

マンゾーニ『いいなずけ』平川祐弘訳、河出書房新書、2006。

ミツキェヴィチ、アダム『コンラット・ヴァレンロット』ポーランド文学古典叢書 4、久山宏一訳、未知谷、2014。

村岡健次・木畑洋一編『イギリス史 3』山川出版、1991。

村岡健次『13 十九世紀前半のヨーロッパ諸国家――イギリス自由主義の発達』岩波講座。

持田明子『ジョルジュ・サンドからの手紙』藤原書店、1996。

モロア、アンドレ『ジョルジュ・サンド』河盛好蔵訳（現代世界文学全集第二九巻）新潮社、1954。

山内恵『不自然な母親と言われたフェミニスト――シャーロット・ギルマンと母性』東信堂、2008。

ラスキン、ジョン『近代画家論』『芸術の真実と教育 構想力の芸術思想 近代画家論 原理編』全 2 巻、内藤史朗訳、法蔵館、2003。

ラルウ、ルネ『フランス詩の歩み』小松清・武者小路實光訳、文庫クセジュ、白水社、1964。

リューデ、ジョージ『歴史における群衆――英仏民衆運動史 1730–1848』古賀秀男・志垣嘉夫・西嶋幸右訳、法律文化社、1982。

ルソー、ジャン＝ジャック『人間不平等起源論』本田喜代治、平岡昇訳、岩波文庫、1972。

ルソー、ジャン＝ジャック『新エロイーズ』安士正夫訳、岩波文庫、1991.『社会契約論』桑原武夫訳、岩波文庫 1954。

ロレンス、D. H.『アメリカ文学論』永松定訳、弥生書房 1991。

カスー、ジャン『一八四八年　二月革命の精神史』野沢協監訳、二月革命研究会訳［叢書ウニベルシタス］法政大学出版局、1979年7月、1–3。

加藤節子『1848年の女性群像』法政大学出版、1995。

加藤浩子『オペラでわかるヨーロッパ史』平凡社、2015。

樺山紘一『岩波講座　世界歴史』19　移動と移民――地域を結ぶダイナミズム 近代6、岩波書店、1999/8/20。

北原敦編『イタリア史』世界各国史15、山川出版社、2008。

喜安朗『近代フランス民衆の〈個と共同性〉』平凡社、1994。

グラムシ、アントニオ『革命論集』上村忠男編訳、講談社学術文庫、2017。

クレチェマー、E.『天才の心理学』内村祐之訳、岩波文庫、1988, 163。

黒沢真理子『アメリカ田園墓地の研究――生と死の景観論』玉川大学出版、2000。

黒須純一郎『イタリア社会思想史――リソルジメント民主派の思想と行動』御茶ノ水書房、1997/5/1。

古賀秀男『チャーティスト運動』教育者歴史新書、1980。

小柳康子「変貌するフェミニスト批評」『英語青年』研究社、1995年12月号。

坂本慶一『マルクス主義とユートピア』紀伊國屋新書、1994。

坂本千代『人と思想 ジョルジュ・サンド』清水書院、1997。

佐藤卓己『現代メディア史』岩波書店、1998。

サンド、ジョルジュ『スピリディオン』大野一道訳、藤原書店、2004。

シャルレティ、セバスティアン『サン・シモン主義の歴史』沢崎浩平・小杉隆芳訳、法政大学出版、1986。

シュヴァリエ、ルイ『労働者階級と危険な階級』喜安朗、相良匡俊、木下賢一訳、みすず書房、1993。

ジョンソン、ポール『近代の誕生(2) 機械文明の広がり』別宮貞徳（訳）共同通信社(K.K. kyoudo News Service) 1995/3/1。

『聖書旧約続編付き』共同訳聖書実行委員会、日本聖書協会訳、1997/1/1。

『世界歴史体系 フランス史』2・3、山川出版、1996。

『世界の名著 オーウェン、サン・シモン、フーリエ』中公バックス42。

セルヴィエ、ジャン『ユートピアの歴史』朝倉剛・篠田浩一郎訳、筑摩叢書、1985。

高尾直知「マーガレット・フラーとローマ共和国の夢」『越境する女――19世紀アメリカ女性作家たちの挑戦』倉橋洋子・辻祥子・木戸光世編、開文社出版、2014、pp. 3–22。

ダガン、クリストファー『イタリアの歴史』創土社、2007。

田村毅他『フランス文学史』東大出版会、1998。

遠山一行『ショパン』新潮社、昭和六年、157。

トクヴィル『アメリカのデモクラシー』第一巻（下）、松本礼二訳、岩波文庫、2005, 2020。

トクヴィル『フランス二月革命の日々』喜安朗訳、岩波文庫、1968, p. 290。

トレヴェリアン、G. M.『イギリス史』みすず書房、1973, 1979。

中野京子『怖い絵――泣く女篇』角川文庫、2013。

ノヴァック、バーバラ『自然と文化』黒沢眞里子訳、玉川出版部、2000。

バーク、エドマンド『崇高と美の観念の起源』中野好之訳、みすず書房、1999。

長谷川貴彦『産業革命』世界史リブレット116、山川出版、2020。

Introduction p. xv, *A People's History of Post Reconstruction Era*, vol. vi. *The Rise of Industrial America*. Penguin Books, 1990.

Spring, Beatrice Buffum. *Friendship of Rebecca Buffum Spring* arranged by Borchardt: Raritan Bay Union Collection, New Jersey Historical Society, 1973. 14–15.

Stanton, Elizabeth, & Anthony, Susan, & Gage, Mathilda. *The History of Woman Suffrage*. 3 vols. Rochester: New York, 1881. Harper, Ida, ed. Husted Library of Congress, 1922.

Stebbins, Theodore E. Jr. *The Lure of Italy—American Artists and the Italian Experience 1760–1914*. Museum of Fine Arts, Boston in association with Harry N. Abrams, Inc. Publishers, 1992.

Strumhingher, Laura S.. *Women and the Making of the Working class; Lyon, 1830–1870*. Bratleboro, VT, 1979.

Stuart, Woolf. *Nationalism in Europe: From 1815 to the Present*. Routledge, 1995/7/12.

Thoreau, H. D. *The Portable Thoreau*. Bode, Carl, ed. The Viking Press, 1987.

Thoreau, Henry David. *The Main Woods*. 1864. Penguin Classics, September 1, 1988.

Tocqueville, Alexis. *Democracy in America*, 1835/1840. Translated by Arthur Goldhammer. The library of America-147, 2004. Literary Classics of the United States, Inc., New York, N.Y. p. 386, p. 692.

Trevelyan, George Macauley. *Galibaldi's Defense of the Roman Republic 1848 to 1849*. Kissinger Legacy Reprints, 1910.

Urbanski, Marie Mitchell, ed. *Margaret Fuller: Visionary of the New Age*. Orono, ME: Northern Lights, 1994.

Watson, David. *Margaret Fuller-An American Romantic*. <Berg Women's Series> Berg Publisher's Limited, 1988.

Wiener, Joel. *William Lovett*. Manchester University Press: Manchester and NY, 1989.

Wollstonecraft, Mary, *A Vindication of the Rights of Woman: With Strictures on Political and Moral Subject*s. World's Classics Oxford: Oxford University Press, 1994.

アーレント、ハンナ『人間の条件』志水速雄訳、ちくま文芸文庫、2000。

アロン、ジャン＝ポール『路地裏の女性史』新評論、1984。

イギリス文化事典編集委員会『イギリス文化事典』丸善出版、平成 26 年 11 月 28 日。

井上幸治編『世界の歴史』12 ブルジョワの世紀、中央公論社、1961。

イワシュキェフィッチ、ヤロスワフ『ショパン』佐野史郎訳、音楽の友社、昭和 43 年。

ウォシュバーン、W. E.『アメリカ・インディアン——その文化と歴史』富田虎雄訳、南雲堂、1984。

ウルストンクラーフト、メアリ『女性の権利の擁護——政治および道徳問題の批判をこめて』白井堯子訳、未来社、1980/5/15。

ウルフ、スチュアート・ジョーゼフ『イタリア史 1700–1860』鈴木邦夫訳、法政大学出版、2001。

エマソン、R. W.：斉藤勇訳「神学部講義」『超絶主義』研究社、1987。

エマソン、R. W.『エマソン論文集』酒本雅之訳、岩波書店、1996。

エンゲルス『空想から科学へ』寺沢恒信訳、国民文庫 2、大月書店、1998. 72。

エンゲルス『イギリスにおける労働者階級の状態』上、浜林雅夫訳、新日本出版、2000 [原題 *Die Lage der Arbeitenden Klass in England* 1845]。

1844. Ulan Press, 2012/8/31.
Mehren, Joan Von. *Minerva and Muse: A Life of Margaret Fuller.* Amherst: University of Massachusetts Press, 1994.
Miller, Perry. "Nature and the National Ego, in *Errand into Wilderness.* Belknap Press: Harvard University Press, 1956, 1964, 199, 211.
Mitchell, Catherine. *Margaret Fuller's New York Journalism.* Knoxville: University of Tennessee Press, 1995.
Mrs. Gaskell. *Mary Barton—A tale of Manchester Life.* First published in 1848 2 vols., Everyman's Library 1969. *North and South.* First published in 1855. Everyman's Library, 1969.
Myerson, Joel, *The New England Transcendentalists and the Dial.* Associated University Presses, Inc., 1980.
Namier, Lewis. *1848: The Revolution of the Intellectuals.* Oxford & NY: Oxford University Press, 1946, 1992.
Nash, Roderick. *Wilderness and the American Mind.* New Haven: Yale University Press, 1967. 44, 69.
Nevins, Allan. *Dictionary of American Biography.* Vols. 20. NY: Scribner's Sons, 1920. (1934–36) www.tulane.edu/~latener/Greeley html.
Novak, Barbara. *Nature and Culture.* Oxford & NY: Oxford University Press, 1995.
*Oxford Companion to Art.* Oxford: Oxford University Press, 1970.
Parkes, Henry Bamford. *The American Experience.* Greenwood Press Publishers, Westport Connecticut, 1941. 91.
Reynolds, Donald Martin. *Masters of American Sculpture—The Figurative Tradition from the American Renaissance to the Millennium.* Abbeville Pr; New York 1994/1/1.
Reynolds, Larry J. *European Revolution and American Renaissance.* New Haven and London: Yale University Press, 1988.
Romeo, Rozario. *Risorgimento e Capitalismo.* 1998. *Il Risorgimento in Sicilia.* 2001 4a Ed. Vita di Cavour. 2004.
Rusk, Ralph L. ed. *Letters of Ralph Waldo Emerson*, vol II. NY: Columbia University Press, 1939.
Sand, George. *Mouprat* translated by Sylvia Raphael. Oxford & NY: Oxford University Press, 1997.
Sand, George, *Romans 1830, Indiana, Valentine, Lelia, Le Secretaire Intime, Leone Leoni, Jaques, Mauprat, Un Hiver a Majorque.* Press de la Cite, 1991.
Sand, George. *Histoire de Ma Vie.* Gallimard, 1970. Chapitre xi 533 Letters Vol I. Dec. 17 1829
Sand, George. *Spiridion.* 1839. *Edition d'Aujoured'hui*, 1976.
*The Collected Letters of Thomas and Jane Welsh Carlyle*, Duke-Edinburgh Edition. Ed, Sanders, Richard et al., 32 vol., to date. Durham, N.C.: Duke University Press, 1970–. xxiv. 183.
Sharon, Harris, ed. *Selected Writings of Judith Sargent Murray.* Oxford University Press, 1995.
Showalter, Elaine. *Sexual Anarchy: Gender at Culture at the Fin de Siecle* (1990).
Smith, Denis Mack. *Mazzini.* New Haven, Conn.: Yale University Press, 1994.
Smith, Page. *The Nation Comes of Age: A People's History of the Ante-Bellum Years.* vol. iv

Dickens, Charles. *American Notes and Pictures from Italy*. Everyman's Library 290.

Diess, Joseph J. *The Roman Years of Margaret Fuller*. New York: Crowell, 1969. Dutton, New York, 1970.

Douglass, Ann. *Feminization of American Culture*. The Noonday Press, A Division of Farrar, Straus and Giroux, 1977.

Elsden, Annamaria Formichella. *Roman Fever—Domesticity and Nationalism in Nineteenth Century American Women's Writing*. Ohio State University Press, 2004.

Emerson, Ralph Waldo. *Collected Works*. Joseph Slater, ed. Cambridge: Mass. BelknapPress, 1983.1960. 'Divinity School Address' Selection from Ralf Waldo Emerson Houghton Mifflin Harcourt, Boston.

Fleischmann, Fritz, ed. *Margaret Fuller's Cultural Critique—Her Age and Legacy*. New York: Peter Lang, 2000.

Flexner, Eleanor. *A Century of Struggle*. Cambridge, Mass: Belknap Press, 1959. 68.

Francis, Richard. *Transcendental Utopias—Individual and community at Brook Farm, Fruitlands, and Walden*. Ithaca, NY: Cornell University Press, 1997.

Fuller Letters, V, 248 Boston Public Library, #MS Am 1450, 109.

Fuller Letters, V, 259.

Fuller Manuscript and Writing, Houghton Library XVII.

Gardner, Albert TenEyck. *Yankee Stonecutters—The First American School of Sculpture 1800–1850*. NY: Columbia University Press, 1945.

Gilbert, Sandra & Gubar, Susan. *The Madwoman in the Attic: Woman Writer and the Nineteenth-Century Literary Imagination*. Yale University Press, 1979.

Hawthorne, Julian, ed. *Nathaniel Hawthorne and his wife*. Boston: Houghton Mifflin, 1895.

Hawthorne, Nathaniel. *The Scarlet Letter in the Complete Writings of Nathaniel Hawthorne*, Vol. 21. Houghton, Mifflin and Co. 1900.

Hearder, Harry. *Italy in the Age of the Risorgimento 1790–1870*. Longman, 1983.

Hibert, Christopher. *Rome: the Biography of a City*. Grafton Books, London, 1985.

Higginson, Thomas Wentworth. *Margaret Fuller Ossoli*. 1884; rpt. New York: Confucian Press, 1998

James, Henry. *William Wetmore Story and His Friends: From Letters, Diaries, and Recollections*, 2 vols. Boston: Houghton, Mifflin, 1904, 1, 259. (Nabu Press, 2010).

Kelley, Philip and Hudson, Ronald eds. *The Brownings' Correspondence*, 14 vols. to date (Winfield, Kan.: Wedgestone Press, 1984–).

Kovach, Bill & Rosenstiel, Tom. *The Elements of Journalism*. Three Rivers Press, 2001. Knoxvill, 1995.

Lawrence, David Herbert Richards. *Studies in the Classic American Literature*. Penguin Books, 1977.

Marshall, Megan. *Margaret Fuller: A New American Life*. Boston: Houghton Mifflin Harcourt, 2013. Mariner Books: Illustrated version, 2013/3/12.

Matteson, John. *The Lives of Margaret Fuller: A Biography*. New York: Norton, 2012.

Mckenney, Thomas L. & Hall, James. *History of Indian Tribes of North America*. London, 1838–

Allen, Gay Wilson. *Waldo Emerson*. New York: Penguin Books, 1981. 315.

Allen, Margaret Vanderhaar. *The Achievement of Margaret Fuller*. University Park: Pennsylvania State University Press, 1979.

Allen, Margaret Vanderhaar. "The political and Social Criticism of Margaret Fuller", *South Atlantic Quarterly 72*. Autumn 1973. 563–73.

Berkeley, G. F. H. *Italy in the Making: January 1st 1848 to November 6th 1848*. Cambridge University Press, 1968. 2: 270, 284.

Blanchard, Paula. *Margaret Fuller: From Transcendentalism to Revolution*. New York: Delacorte, 1978.

Bradford, Torrey and Allen, Francis H, eds. *The Journal of Henry David Thoreau*. Salt Lake City, 1984. 2: 44.

Brakeman, Lynne & Gail, Susan, eds. *Chronology of Women World Wide*. Eastward Publishing Development, 1996.

Breunig, Charles. *The Age of Revolution and Reaction 1789–1850*. NY・London: Norton & Company, 1977.

Brooks, Paul, *People of Concord*. Chester, Conn.: Globe Pequot Press, 1990. 381.

Browning, Elizabeth Barret. *Letters*. Ed. F. G. Kenyon. London & London: Macmillan, 1897, 1898. (Palala Press, 2015/9/1).

*Letters of Elizabeth Barret Browning to Mary Russel Mitford, 1836–1854*, ed. Meredih B. Raymond and Mary Rose Sullivan, 3 vols. (Waco, Tex.: Armstrong Library of Baylor University, 1983).

Browning, Elizabeth Barret. *The Complete Works of Elizabeth Barret Browning*, 6 vols. (Delphi Classics) Delphic Poet Series Book 27, 2013/4/3.

Buell, Lawrence. *Literary Transcendentalism: Style and Vision in the American Renaissance*. Ithaca, New York: Cornell University Press, 2016/7/31.

*New England Literary Culture*. Cambridge University Press, Online publication date:October 2009, Print publication year: 1986.

Capper, Charles. *Margaret Fuller: An American Romantic Life—The Privet Years*. Oxford and NY: Oxford University Press, 1992.

Capper, Charles. *Margaret Fuller: An American Romantic life—The Public Years*. Oxford and NY: Oxford University Press, 2007.

Capper, Charles and Giorcelli, Cristina, eds. *Margaret Fuller—Trans-atlantic Crossings in a Revolutionary Age*. University of Wisconsin: Madison, 2007.

Carl, J. Guaneri. *The Utopian Alternative—Fourierism in nineteenth-century America*. Ithaca, NY: Cornell University Press, 1997.

Carlyle, Thomas, *Sartor Resartus*. Published in the US by IndyPublish.com Boston, Massachusetts. ISBN 1-4142-1005-1.

Catlin, George. *Letters & Notes on Manners, Customs and Condition of North American Indians*. 2 vols. London,1842. BiblioBazaar, 2010/4/6.

Cott, Nancy. *Bonds of Womanhood: 'Woman's Sphere' in New England 1780–1835*. New Haven, Conn.: Yale University Press, 1977.

# 書誌・参考文献

## I. マーガレット・フラー著作


Fuller, Margaret. *Summer on the Lakes, in 1843*. Urbana and Chicago: University of Illinois Press, 1991.

——. *Woman in the Nineteenth Century and Other Writings*. World's Classics Oxford & New York: Oxford University Press, 1994.

——. *Woman in the Nineteenth Century*. Ed. Reynolds, Larry J. New York: Norton, 1998.

——. *The Essential Margaret Fuller*. Ed. Steele, Jeffrey. NY & London: Rutgers University Press, New Brunswick, New Jersey, 1992, 1995.

——. *The Portable Margaret Fuller*. Ed. Kelley, Mary. New York: Penguin, 1994.

——. *"These Sad But Glorious Days"—Dispatches From Europe 1846–1850*, eds. Reynolds, Larry J. & Smith, Susan Belasco. New Haven, Conn.: Yale University Press, 1991.

——. *The Letters of Margaret Fuller* Vols. l-Vl, ed. Hudspeth, Robert N. Ithaca, NY: Cornell University Press, 1994.

——. *Memoirs of Margaret Fuller Ossoli* Volume I, II ed. J. F. Clarke, R. W. Emerson and William Henry Channing. Biblio Bazaar, LLC, 2011.

——. *Margaret and Her Friends: Or, Ten Conversations with Margaret Fuller*, Eds. Wells, Caroline & Hearley, Dall. Biblio Bazaar, 2011.

——. *Eckermann's Conversation with Geothe in the last years of His Life in Ripley's Speciman of Foreign Standard Literature*. Vol. IV Hilliard Gray and Co., 1839.

——. Journals (Fuller Paper). The Houghton Library, Harvard University.

——. Fuller Manuscript and Writing, Houghton Library, Havard University.

——. *Life Without and Life Within*, edited by Arthur B. Fuller. New York: The Tribune Association 1869.University of Michigan: University Library.

Howe, Julia Ward. *Love Letters of Margaret Fuller (Classic Reprint) 1845–1846* Forgotten Books (2018/8/24) ISBN 978-139-7886897.

Miller, Perry. *Margaret Fuller: American Romantic: A Selection From her Writings and Correspondence*. Ithaca, NY: Cornell University Press, 1963.

Chevigny, Bell Gale. *The Woman and the Myth: Margaret Fuller's Writings*. Feminist Press, 1976. 238–39, 340–42.

マーガレット・フラー『五大湖の夏』高野一良訳（未知谷、2011）

——.『十九世紀の女性』伊藤淑子訳（新水社、2013）


## II. 参考文献・引用文献


Adair, James. *History of American Indian particularly Those Nations Adjoing to the Mississippi, East & West Florida, GA, Carolinas, & Virginia*. London 1755.

(30) Giuseppe Girabaldi wikipedeia.
https://ja.wikipedia.org/wiki/%E3%82%B8%E3%83%A5%E3%82%BC%E3%83%83%E3%83%9A%E3%83%BB%E3%82%AC%E3%83%AA%E3%83%90%E3%83%AB%E3%83%87%E3%82%A3#/media/%E3%83%95%E3%82%A1%E3%82%A4%E3%83%AB:Giuseppe_Garibaldi_portrait2.jpg

(31) ベルジョヨーゾ夫人手紙／(36) マッツィーニの手紙 Houghton Library, Harvard University. Fuller Manuscript Am 1086.

(32) ウディノ将軍（フランス軍）：パリ陸軍美術館蔵

(33) スパーダ宮殿／(34) 部隊 45／(35) アニタの死 69 Andrea Viotti, *Garibaldi: Revolutionary and his Men* (Blandford Press Ltd., Dorset UK)

(37) The Marchioness Costanza Arconati Visconti (Vienna 1880–1871) Countess and Italian Patriot. (Photo By DEA/G. CIGOLINI/De Agostini via Getty Images)

(38)(39) Elizabeth Barret Browning and her son: Robert. *Reproduced by permission of the Provost and Fellows of Eton College, UK.*

(10) ウィリアム・ワーズワース：川崎寿彦『イギリス文学入門』研究社、1986.
(11) ランカシャ工場：エイザ・ブリッグス『イングランド社会史』今井／他訳、筑摩書房、2004. 291.
(12) バーンズ：*Robert Burns* (Pitkin Pictorials, Healey House, Hampshire, UK) 20.
(13) 女優ラシェル：1906 *McClure's Magazine*, August, 1906. 367.
(14) ラムネー：Félicité-Robert de Lamennais, Louvre Museum.（ルーブル美術館蔵）
(15) ベランジェ：Pierre-Jean de Béranger, Wikipedia. https://no.wikipedia.org/wiki/Pierre-Jean_de_B%C3%A9ranger#/media/Fil:Pierre-Jean_de_B%C3%A9ranger_1847.jpg
(16) Huguette Bouchardeau: *George Sand* (Editions Robt Laffont, S.A., Paris 1990) 4.
(17) ショパン：1838『ルーブル美術館 Ⅶ』高階秀爾監修（日本放送出版協会 1986/5/1）
(18) ミツキェヴィチ：Adam Mickiewicz według dagerotypu paryskiego z 1842 roku.jpg
(19) テネラニ：『花の精』（国立エルミタージュ美術館蔵）St. Petersburg, Russia. *Neoclassical Sculpture: Neo-Classical Sculptures, Neoclassical Sculptors, Sculptures by Antonio Canova, Bertel Thorvaldsen, Johannes Wiedewelt.* https://www.rct.uk/sites/default/files/collection-online/4/c/904263-1563204960.jp
(20) トルヴァルセン：1817 (Photo: 2010-07-21) (Photo: CarstenNorgaard) {{cite web |title=Ganymede and the Eagle |url=https://collections.artsmia.org/art/1629 |author=Sculptor: Bertel Thorvaldsen |year=1817–29 |accessdate=02 Mar 2023 |publisher=Minneapolis Institute of Art}}
(21) アントニオ・カノーヴァ作『キューピッドの接吻によって蘇るプシュケ』（ルーブル美術館蔵）(Licensed under CC BY 4.0) https://fr.wikipedia.org/wiki/Psych%C3%A9_ranim%C3% A9e_par_le_baiser_de_l%27Amour#/media/Fichier:Antonio_canova,_psiche_rianimata_dal_bacio_di_amore,_1788-1793,_02.JPG
(22) ラファイエット将軍：Gardner, Albert TenEyck: *Yankee Stonecutters—The First American School of Sculpture 1800–1850.* Columbia University Press, 1945.
(23) クロフォード／(25) グリノー：Theodore Stebbins, Jr.: *The Lure of Italy* (Harry N. Abrams, Inc., NY) 3, 335.
(24) ギリシャの奴隷：The Greek Slave by Hiram Powers at the Yale Art Gallery. (Licensed under CC BY SA 4.0) https://en.wikipedia.org/wiki/The_Greek_Slave#/media/File:The_Greek_Slave_by_Hiram_Powers_at_Yale_crop.jpg
(26) バルダッサレ・ベラッチの「5日間の出来事」（ミラノ リソルジメント美術館所蔵）https://ja.wikipedia.org/wiki/%E3%83%9F%E3%83%A9%E3%83%8E%E3%81%AE5%E6%97%A5%E9%96%93#/media/%E3%83%95%E3%82%A1%E3%82%A4%E3%83%AB:Episodio_delle_cinque_giornate_(Baldassare_Verazzi).jpg
(27) ヴェネツィア共和国樹立：『イタリア史』北原敦編（山川出版社 2008、379）
(28) Denis Mack Smith: *Mazzini* (New Haven: Yale University Press 1994) Portrait of Mazzini by John Andrews (Collection of the Earl of Rosebery)
(29) ベルジョヨーゾ夫人：同上 (oil portrait by Henri Lehamann, 1843. Courtesy of the Art Renewed Center) Charles Capper 106–28.

# 図版出典一覧表

カバー

マーガレット・フラー肖像横顔：ラドクリッフ大学、シュレシンジャー図書館
Southworth and Hawes daguerreotype copy of an unrecovered daguerreotype by John Plumbe made in July 1846 → Wikipedia

歴史画：1849/05/1 フランス軍のローマ攻囲
Illustrated London News/Hulton Archive/Getty Images

## 1. フラーと家族

(1) マーガレット・フラー少女時代（アロンゾ・チャッペル銅版画）。
(2) フラー生家 Capper, Charles, *Margaret Fuller, an American Romantic Life*. Oxford, 2007. 106.
(3) ジョヴァンニ・アンジェロ・オッソリ侯爵（フラーの夫）Mehren, Joan Von, *A Life of Margaret Fuller: Minerva and the Muse*. University of Massachusetts Press: Amherst, 1994. 182.
(4) フラーの家族。Matteson, John, *The Lives of Margaret Fuller: A Biography*. NY Norton & Co., 2012. 434.

## 2. 芸術家・文化人・社会運動家

(1) エマソン：Matteson, John, *The Lives of Margaret Fuller*. 2012. 111.
(2) ソロー：Capper, Charles, *Margaret Fuller—An American Romantic Life*. Oxford 2007. 106–8.
(29) ベルジョヨーゾ夫人：同上 (oil portrait by Henri Lehamann, 1843. Courtesy of the Art Renewed Center) Charles Capper 106–28.
(3) グリーリー：Wikipedia. www.google.co.jp/search?q=horacegreeley&ie=UTF-8&oe=
(4) J. F. クラーク：https://archive.org/details/jamesfreemanclar00clar_0/page/n9/mode/2up
(5) ナイアガラ *The Conquest of North America* (Doubleday and Co. Inc. Garden City, NY) 198.
(6) Fashion plate, 1860. V&A Museum no. E.267-1942 (*Godey's Lady's Book*)
(7) アビィ・ケリー：Sterling, Dorothy, *Ahead of Her Time—Abby Kelley and the Politics of Antislavery*. Norton & Co., Inc., 1991. 276.
(8) フレデリック・ダグラス：Image: Frederick Douglass (2).jpg published as the cover of (1897) *In memoriam: Frederick Douglass*. Retrieved on 5 July 2010.
(9) トーマス・カーライル：https://commons.wikimedia.org/wiki/File:Thomas_Carlyle_1.jpg

| | | |
|---|---|---|
| | ラーの伝記製作計画、頓挫。 | |
| 1884 | ジュリアン・ホーソーン『ナサニエル・ホーソーンとその妻』フラーの中傷が公表される | |
| 1903 | ヘンリー・ジェイムズ『ウィリアム・ウェットマー・ストーリーと仲間たち』 | |
| 1992 | マーガレット・フラー学会創設 | 1920 アメリカの女性参政権（憲法修正19条）発行される |

| | | |
|---|---|---|
| 1846（36歳） | フラー、特派員として欧州渡航。英国ではワーズワースに会見。10月にロンドンで、カーライル、マッツィーニと親交を深める。11月パリへ、『文学芸術評論』出版。 | 1846 英国・穀物法廃止<br>（伊）教皇ピウス九世選出。<br>（仏）議会下院の解散 |
| 1847（37歳） | 2月ジョルジュ・サンド、ショパン、ミツキェヴィチ、ベランジェ、ラムネー、ピエール・ルルーに会見。<br>2月下旬、イタリアへ。4月オッソリ侯爵に会う。5月スプリング夫妻と北イタリアへ旅行。ドイツへ行く彼らと別れ、ひとりイタリアに戻る | |
| 1848（38歳） | 4月フラー、オッソリ侯爵と結婚。7月ラクイラからリエーティに移住。9月5日息子アンジェロ・ユージン・フィリップ（ニノ）出産。<br>12月フラー、赤子を乳母に預けてローマに戻る。 | 1848 欧州革命拡大。1月ミラノたばこ一揆、シシリー、パレルモの暴動、2月マルクス『共産党宣言』パリ2月革命ルイ・フィリップ退位3月13日ウィーン革命、メテルニヒ辞職3月18日ミラノの5日間<br>3月23日ヴェネツィア共和国樹立<br>7月カルロ・アルベルト王、クストーザでオーストリアに敗北。8月ヴェネツィア共和国、オーストリアに降伏<br>11月ピウス九世ローマ脱出 |
| 1849（39歳） | フラーは、ベネ・フラテルリ病院監督<br>オッソリ、市民警護団隊長　7月オッソリ夫妻は、ニノと再会、フィレンチェへ移動、ブラウニング夫妻と交際 | 1849 2月9日ローマ共和国創設<br>4月仏軍ローマ攻囲。<br>7月1日ローマ共和国崩壊<br>ソロー『市民の反抗』 |
| 1850（40歳） | 5月オッソリ家族は、エリザベス号乗船<br>6月エリザベス号船長ヘイスティは、天然痘で死亡。7月19日一等航海士が交代。エリザベス号は、嵐のNYファイア・アイランド沖で座礁。フラー家族、他4人が溺死。 | 1850 ピウス九世ローマに戻る<br>ホーソーン『緋文字』出版<br>1851 ロンドン大博覧会 |
| 1852 | クラーク、チャニング、エマソン編『マーガレット・フラー・オッソリ回想録』 | |
| 1855 | 妹エレン・フラー・チャニング死。 | |
| 1859 | 母マーガレット・クレイン・フラー、弟ユージン・フラー死亡。 | |
| 1869 | 弟リチャード・フレデリック・フラーの死、フ | 1861–65 アメリカ南北戦争 |

| | | |
|---|---|---|
| | | 創刊。7月革命<br>1831 マッツィーニ「青年イタリア」結成<br>9月 ワルシャワ陥落<br>1832 ジョルジュ・サンド『アンディアナ』<br>ハリエット・マルティノー『経済学例解』 |
| 1833 | ジャクソン大統領選出、父ティモシー、グロトンで農場経営。 | 1833（英）工場法成立<br>1834 ミツキェヴィチ『パン・タデウシュ』<br>カーライル『衣装哲学』<br>コンシデラン『社会の運命』 |
| 1835（25歳） | 父ティモシー死。 | |
| 1836 | マーガレット、ブロンソン・オルコットのテンプルスクールで教鞭を取る | 1836 エマソン『自然論』<br>（仏）ニボワイエ『女性新聞』創刊<br>エマソン、ハーヴァード大学神学部講義「アメリカの学者」 |
| 1837（27歳） | プロヴィデンスのグリーン・ストリート・スクールで教鞭を取る | |
| 1839（29歳） | グロトンに帰り、母と弟たちと、ジャマイカ・プレーンに引っ越す。<br>エッカーマン著『ゲーテとの会話』翻訳出版。ボストンで女性のための「対話」（大学レベルのセミナー）を開始。 | |
| 1840（30歳） | 超絶主義クラブの機関誌『ダイアル』創刊号から編集。 | 1841 ロングフェロー『ヘスペラス』<br>エマソン『英雄主義』 |
| 1842 | 『ダイアル』編集辞退 | 1842 ホーソーン『牧師館からの苔』<br>ソロー『マサチューセッツ博学史』<br>（英）ターナー『吹雪・港沖合の蒸気船』 |
| 1843 | 「大訴訟」（『ダイアル』1843年7月）<br>5月 ナイアガラ・シカゴ方面旅行 | 1843 仏女優ラシェル『フェードル』の主役演じる |
| 1844（34歳） | 『五大湖の夏 1843年』出版<br>妹エレンと夫チャニングの娘誕生。フラーは、NYデイリートリビューン紙の文芸書評・社会批評のポストを呈示される。<br>12月 NYフィッシュキル・ランディングで『19世紀の女性』執筆。シンシン刑務所訪問。 | |
| 1845（35歳） | 『19世紀の女性』出版。<br>ドイツ企業家ネイタンと交際。彼は6月に帰国。フラーは250の評論を新聞に掲載。米国初の女性ジャーナリストとなる。 | 1845 エドガーアラン・ポー詩集『鴉』<br>メルビル『タイピー』 |

# マーガレット・フラー年譜

| 西暦（年齢） | マーガレット・フラー関係 | 歴史・文化 |
|---|---|---|
| 1775 | マーガレットの父ティモシー・フラー (1739–1805) 牧師とサラ・ウイリアム (d. 1822) の子供 11 人の4番目の息子に生まれる。 | 1781 シラー『群盗』<br>1786 ロバート・バーンズ『詩集』<br>1787 モーツアルト『ドン・ジョバンニ』初演 |
| 1789 | マーガレットの母マーガレット・クレイン、ピーター・クレイン (1752–1821) とエリザベス・ジョーンズ・ワイザー (1755–1845) の間に生まれる | 1789 年 8 月フランス革命憲法制定国民会議『人間と市民の権利宣言』<br>1789 ワーズワース、コールリッジ『抒情詩集』 |
| 1801 | ティモシー・フラー、ハーヴァード大卒業 | |
| 1809 | 両親ティモシー・フラー、マーガレット・クレイン結婚 | 1803 英国、奴隷貿易禁止法成立（ウィルバーフォース国会議員） |
| 1810 | 長女サラ・マーガレット・フラー誕生、5 月 23 日 | |
| 1812（2 歳） | 妹ジュリア・アデレイド・フラー誕生 | |
| 1814 | 妹ジュリア・アデレイド死亡。マーガレットは妹の土葬を泣いて拒んだ。 | 1814 ウォールター・スコット『ウェイヴァリー』 |
| 1815（5 歳） | 弟ユージン・フラー誕生。父親は娘マーガレットの教育開始。ラテン語、フランス語、論理学・修辞学・ギリシャ語を少し。マーガレットはヴァージルを暗記。 | 1815 ピエール=ジャン・ド・ベランジェ『シャンソン詩集』 |
| 1817（7 歳） | ティモシー・フラー、国会議員となる。<br>弟ウィリアム・ヘンリー・フラー誕生 | |
| 1820 | 妹エレン・キルショウ・フラー誕生 | 1821 ゲーテ『ウィリヘルム・マイスターの遍歴時代』 |
| 1822 | 弟アーサー・バックミンスター・フラー誕生 | 1822 アンリ・ド・サン・シモン『産業階級の教理問答』 |
| 1824（14 歳） | 弟リチャード・フレデリック・フラー誕生 | |
| 1826 | 弟ジェームズ・ロイド・フラー誕生 | 1828 リディア・マライア・チャイルド『ホボモク』 |
| 1828（18 歳） | エドワード・ブレック・フラー誕生 | 1829 シャルル・フーリエ：家庭・農業アソシアシオン論『ソシエテール産業的新世界』<br>1830 インディアン強制移住法<br>（仏）ロベール・F・ラムネー、新『未来』 |

# 初出一覧表

本書に収録した論文の初出時のタイトルと発表した雑誌および単行本は以下の通りである。なお、本書への収録に際しては、大幅な加筆、修正をほどこした。

第一章 「インディアン問題：超絶主義的アプローチ *Margret Fuller: Summer on the Lakes, 1843* の再版に際して」『昭和女子大学女性文化研究所紀要』第19号、1997年

第二章 「マーガレット・フラーの女性解放論」英米文化学会編『行動するフェミニズム』(新水社、2003年)

第三章 「マーガレット・フラー：イタリア・リソルジメントへの軌跡 (1) アメリカ奴隷制廃止運動と穀物法廃止」昭和女子大学『学苑』698号、1998年

第四章 「マーガレット・フラー：イタリア・リソルジメントへの軌跡 (2) 二月革命前夜のフランス」昭和女子大学『学苑』701号、1998年

第五章 「マーガレット・フラー：イタリア・リソルジメントへの軌跡 (3) マーガレット・フラーとジョルジュ・サンド」昭和女子大学『学苑』709号、1999年

第六章 「マーガレット・フラーのイタリア便り——ピクチャレスク・ネオクラシシズム・ターナー論争——」昭和女子大学『学苑』833号、平成22年3月

第七章 「マーガレット・フラーの反カトリック思想」『昭和女子大学女性文化研究所紀要』第31号、2004年

第八章 「マーガレット・フラーとジュゼッペ・マッチィーニ：人民とは誰か」昭和女子大学『学苑』774号、2005年

第九章 「マーガレット・フラーのイタリア便り——教皇ピウスⅨ世とイタリア統一・独立運動」昭和女子大学女性文化研究所叢書六集『女性と文化』(お茶の水書房、2008年)

「マーガレット・フラーのイタリア便り——ローマ共和国崩壊とニューヨーク・ジャーナリズムの台頭」『昭和女子大学女性文化研究所紀要』第39号、2012年

序章、第十章 書下ろし

〈マ行〉



〈ヤ行〉



〈ラ行〉



〈ワ行〉

〈サ行〉

# 事項索引

〈数字は、章〉

〈ア行〉



〈カ行〉

〈ワ行〉

〈マ行〉



〈ヤ行〉



〈ラ行〉

〈ナ行〉



〈ハ行〉

〈タ行〉

〈カ行〉



〈サ行〉

# 人名索引

〈数字は、章〉

〈ア行〉

アーヴィング、ワシンントン Irving, Washington 序, 1, 5
アヴェザーナ、ジュゼッペ（戦争大臣）Avezzana, Giuseppe 9
アダムズ、ヘンリー Adams, Henry 3
アディア、ジェイムズ Adair, James 1
アーノルド、マシュウ Arnold, Matthew 3
アベラール、ピエール（キリスト教神学者）Abélard, Pierre 5
アラゴ、フランソワ Arago, François 4, 8
アリオスト、ルドヴィーコ Ariosto, Ludovico 8
アリギエーリ、ダンテ、Alighieri, Dante 8
アルコナティ=ヴィスコンティ、コンスタンツァ Arconati-Visconti, Constanza 8, 10
アルストン、ワシントン（画家）Allston, Washington 6
アルフェエーリ、ヴィットーリオ（劇作家）Alfieri, Vittorio 8
アルベール、マルタン Albert, Martin (socialist) 8
アルメリーニ、カルロ Armellini, Carlo 9
アレン、マーガレット Allen, Margaret 序
アレント、ハンナ Arendt, Hannah 2
アンソニー、スーザン Anthony, Susan 序, 2
アンデルセン、ハンス・クリスチャン Anderson, Hans Christian 5
アンファンタン、プロスペール Enfantin, Prosper 4
イヴァノフ、ニコラ Ivanoff, Nicola 7
イギリス国王チャールズ一世 Charles 1, King of England 3
イシス（エジプト女神）Isis 2
イワシェキェフィッチ Iwaszkiewicz, Jarostaw 5
インマン、ヘンリー Inman, Henry 3
ヴァッサーリ、ジョルジオ Vassali, Georgeo 6
ヴィーコ、ジャンバッティスタ Vico, Giambattista 8
ヴィニー、アルフレッド Vigny, Alfred 2
ウィルソン、ウッドロウ Wilson, Woodrow 3
ウィルバーフォース、ウィリアム Wilberforce, William 3
ウィーラー、アン Wheeler, Ann 2
ヴェルネ、オラース Vernet, Émile Jean-Horace（画家）6
ヴェルレーヌ、ポール Verlaine, Paul 4
ヴォアルカン、スザンナ Voilquin, Susana 4
ウォシュバーン W. E. Washburn 1
ヴォドジンスカ、マリア Wodzinska, Maria 5
ヴォルテール Voltaire 5
ウォーレン、マーシィ・オーティス Warren, Mercy Otis 2
ウディノー、ニコラ・シャルル Oudinot, Nicolas Charles（将軍）7, 8, 9, 10
ウルストンクラフト、メアリー Wollstoncraft, Mary 1, 2, 5
ウルフ、スチュアート Wolf, Stuart 8
エウリピデス Euripídēs 2
エカチェリーナ2世（ロシア）Екатерина II Алексеевна 2
エッカーマン、ヨハン・ペータ Eckermann, Johann Peter 1, 2, 7
エピクテトス Επίκτητος, Epiktētos 2
エマソン、ラルフ・ウォルドー Emerson, Ralph Waldo 序, 1, 2, 3, 5, 6, 7, 8, 10
エミリア・プラテル公爵夫人 Countess Emilia Plater 2
エリオット、ジョージ Eliot, George 2
エリザベス女王（一世）Elizabeth I
エルヴェシウス、クロード=アドリアン Helvétius, Claude-Adrien（啓蒙思想家）2
エルスナー、ユゼーフ Elsner, Jozef 5
エンゲルス、フリードリッヒ Engels, Friedrich 序, 3, 4
オーエン、ロバート Owen, Robert 4
オシリス（エジプト男性神）Osiris 2

＊著者紹介＊

上野　和子（うえの　かずこ）

早稲田大学大学院博士課程満期退学、昭和女子大学名誉教授

共著　英米文化学会編『行動するフェミニズム』（新水社 2003）、君塚淳一編著『アメリカ 1920 年代──ローリングトウェンテイーズの光と影』（金星堂 2004）、藤野早苗編著『ヘンリー・ジェイムズ『悲劇の詩神』を読む』（彩流社 2012）、英米文化学会編『ヴィクトリア朝文化の諸相』（彩流社 2014）、松本昇編著『ジョン・ブラウンの屍を越えて──南北戦争とその時代』（金星堂 2016）

翻訳　サクルスキー編著『パシフィック・リムの友だち』（総合制作 1993）／共訳　L. ブレイクマン編著『世界女性史大事典』（日外アソシエーツ・紀伊國屋書店 1999）、マルカム・ブラドベリ『現代アメリカ小説』I–II（彩流社 2001）

マーガレット・フラー　近代への扉

ジェンダー、階級、そして人種

2023 年 3 月 31 日　初版発行

著　者　上 野　和 子

発行者　福 岡　正 人

発行所　株式会社 金 星 堂

（〒101–0051）東京都千代田区神田神保町 3–21

Tel. (03)3263–3828（営業部）

(03)3263–3997（編集部）

Fax (03)3263–0716

https://www.kinsei-do.co.jp

組版／ほんのしろ

装丁デザイン／岡田知正

印刷所／モリモト印刷　製本所／牧製本



ISBN978-4-7647-1221-8 C1098